【臺灣現當代作家
研究資料彙編】59

王昶雄

國立台灣文學館
出版

部長序

　　時光的腳步飛快，還記得去年「臺灣現當代作家研究資料彙編第三階段」成果發表會當天，眾多作家、文友，以及參與計畫的學者專家齊聚一堂，將小小的紀州庵擠得水洩不通，窗外是陰雨綿綿的冬日，但溫潤燦麗的文學燭光，卻點燃了滿室熱情與溫馨。當天出席的貴賓，除了表達對資料彙編成書的欣喜之情，多半不忘殷殷提醒，切莫中斷這場艱鉅卻充滿能量的文學馬拉松，一定要再接再厲深入梳理更多資深作家的創作與研究成果，將其文學身影烙下鮮明的印記。

　　就在眾人引頸期盼與祝福聲中，國立臺灣文學館以前此豐碩成果為基礎，於 2014 年持續推動「臺灣現當代作家研究資料彙編計畫」第四階段，出版刻正呈現於讀者眼前的蘇雪林、張深切、劉吶鷗、謝冰瑩、吳新榮、郭水潭、陳紀瀅、巫永福、王昶雄、無名氏、吳魯芹、鹿橋、羅蘭、鍾梅音共 14 位前輩作家的研究資料專書。看到這份名單，想必召喚出許多人腦海中悠遠而美好的閱讀記憶：蘇雪林的《綠天》、《棘心》，謝冰瑩的《從軍日記》、《女兵自傳》，為我們勾勒了 20 世紀初現代女性的新形象；臺灣最早的「電影人」黑色青年張深切、上海名士派劉吶鷗的風采；人人都能琅琅上口的王昶雄《阮若打開心內的門窗》；無名氏純情而又淒美的《塔裡的女人》；鹿橋對抗戰時期西南聯大青年學子生活和理想的詠歎《未央歌》、鍾梅音最早的女性旅遊書寫《海天遊蹤》……。每一部作品，都是一幅時代風景，是臺灣人共同走過的生命絮語，也是涓滴不息的臺灣文學細流。只是，隨著光陰流轉，許多資深前輩作家逐漸滑進歷史的夾縫，淡出了文學的舞臺。

　　而「臺灣現當代作家研究資料彙編」叢書的出版,無疑正是重現這些文學巨星光芒的一面明鏡,透過相關資料的蒐集、梳理、彙整,映現作家的生命軌跡、文學路徑;評論者巧眼慧心的析論,則為讀者展開廣闊的閱讀視野,讓文本解讀的面向更加豐富多元。這不僅是對近百年來臺灣新文學的驗收或檢視,同時也是擴展並深化臺灣文學研究的嶄新契機。在此特別感謝承辦單位台灣文學發展基金會所組成的工作團隊,以及參與其事的專家、學者,當然更要謝謝長期以來始終孜孜不倦、埋首於文學創作的前輩作家們,因為有您們,才讓我們收穫了今日這一片臺灣文學的繁花似錦。

文化部部長　龍應台

館長序

　　作家站在文學與時代的樞紐，在時代風潮、社會脈動中，用文字鋪展出獨具個人風格的作品。透過心與筆，引領讀者進入真與美的世界，與充滿無限可能的人生百態。而作家到底是什麼樣的一群人？他們寫什麼？如何寫？又為何寫？始終是文學天地裡相當引人入勝的問題之一。此所以包括學院裡的文學研究者和文壇書市中的讀者書迷，莫不對「作家」充滿好奇與興趣，想要一窺其人生之路的曲折、梳理其心靈感知的走向、甚至是挖掘、比較其與不同世代乃至同輩寫作者的風格異同。這些面向，不僅關乎作家自身的創作經歷和文學表現，更與文學史的演進有密不可分的關係。

　　作為一所國家級的文學博物館，國立臺灣文學館除了致力於臺灣文學的教育、推廣，舉辦各項展覽，另一項責無旁貸的使命即是文學史料的蒐集、整理、研究，並將這些資源和成果與社會大眾分享，以促進臺灣文學的活絡與發展。懷抱著這樣的初衷，本館成立11 年以來，已陸續出版數套規模可觀的文學史料圖書，其中，以作家為主體，全面觀照其文學樣貌與歷史地位的「臺灣現當代作家研究資料彙編」系列叢書，可說是完整而貼切地回答了上述問題，向讀者提出對作家及其作品的理解與詮釋。

　　「臺灣現當代作家研究資料彙編計畫」啟動於 2010 年，先後分三階段纂輯、彙編、出版賴和等 50 位臺灣重要現當代作家研究專書，每冊皆涵蓋作家影像、生平小傳、作品目錄及提要、文學年表以及具代表性的評論文章和研究目錄。由於內容翔實嚴謹，一致獲得文學界人士高度肯定，並期許持續推展，以使臺灣作家研究累積

更為深化而厚實的基礎。職是之故，臺文館於 2014 年展開第四階段計畫，承續以往，以經年的時間完成蘇雪林、張深切、劉吶鷗、謝冰瑩、吳新榮、郭水潭、陳紀瀅、巫永福、王昶雄、無名氏、吳魯芹、鹿橋、羅蘭、鍾梅音共 14 位資深前輩作家研究資料彙編。本計畫工程浩大而瑣碎，幸賴承辦單位秉持一貫敬謹任事的精神，組成經驗豐富的編輯團隊，以嫻熟縝密的工作流程，順利將成果呈現於讀者眼前；在此也同時感謝長期支持參與本計畫的專家學者，齊為這棵結實纍纍的文學大樹澆灌滋養。

國立臺灣文學館館長　翁誌聰　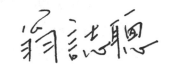

編序

◎封德屏

緣起

　　1995 年 10 月 25 日，在臺灣師範大學教育大樓的 201 室，一場以
「面對臺灣文學」為題的座談會，在座諸位學者分別就臺灣文學的定義、
發展、研究，以及文學史的寫法等，提出宏文高論，而時任國家圖書館編
纂張錦郎的「臺灣文學需要什麼樣的工具書」，輕鬆幽默的言詞，鞭辟入
裡的思維，更贏得在座者的共鳴。

　　張先生以一個圖書館工作人員自謙，認真專業地為臺灣這幾十年來究
竟出版了多少有關臺灣文學的工具書，做地毯式的調查和多方面的訪問。
同時條理分明地針對研究者、學生，列出了十項工具書的類型，哪些是現
在亟需的，哪些是現在就可以做的，哪些是未來一步一步累積可以達成
的，分別做了專業的建議及討論。

　　當時的文建會二處科長游淑靜，參與了整個座談會，會後她劍及履及
的開始了文學工具書的委託工作，從 1996 年的《臺灣文學年鑑》起始，一
年一本的編下去，一直到現在，保存延續了臺灣文學發展的基本樣貌。接
著是《中華民國作家作品目錄》的新編，《臺灣文壇大事紀要》的續編，
補助國家圖書館「當代文學史料影像全文系統」的建置，這些工具書、資
料庫的接續完成，至少在當時對臺灣文學的研究，做到一些輔助的功能。

　　2003 年 10 月，籌備多年的「臺灣文學館」正式開幕運轉。同年五月
《文訊》改隸「財團法人台灣文學發展基金會」，為了發揮更大的動能，開

始更積極、更有效率地將過去累積至今持續在做的文學史料整理出來，讓豐厚的文藝資源與更多人共享。

於是再次的請教張錦郎先生，張先生認為文學書目、作家作品目錄、文學年鑑、文學辭典皆已完成或正在進行，現在重點應該放在有關「臺灣現當代作家評論資料目錄」的編輯工作上。

很幸運的，這個計畫的發想得到當時臺灣文學館林瑞明館長的支持，於是緊鑼密鼓的展開一切準備工作：籌組編輯團隊、召開顧問會議、擬定工作手冊、撰寫計畫書等等。

張錦郎先生花了許多時間編訂工作手冊，每一位作家的評論資料目錄分為：

（一）生平資料：可分作者自述，旁人論述及訪談，文學獎的紀錄。

（二）作品評論資料：可分作品綜論，單行本作品評論，其他作品（包括單篇作品）評論，與其他作家比較等。

此外，對重要評論加以摘要解說，譬如專書、專輯、學術會議論文集或學位論文等，凡臺灣以外地區之報刊及出版社，於書名或報刊後加註，如中國大陸、香港、新加坡等。此外，資料蒐集範圍除臺灣外，也兼及中國大陸、香港、新加坡、日本、韓國及歐美等地資料，除利用國內蒐集管道外，同時委託當地學者或研究者，擔任資料蒐集工作。

清楚記得，時任顧問的學者專家們，都十分高興這個專案的啟動，但確定收錄哪些作家名單時，也有不同的思考及看法。經過充分的討論後，終於取得基本的共識：除以一般的「文學成就」為觀察及考量作家的標準外，並以研究的迫切性與資料獲得之難易度為綜合考量。譬如說，在第一階段時，作家的選擇除文學成就外，先考量迫切性及研究性，迫切性是指已故又是日治時期臺籍作家為優先，研究性是指作品已出土或已譯成中文為優先。若是作品不少而評論少，或作品評論皆少，可暫時不考慮。此外，還要稍微顧及文類的均衡等等。基本的共識達成後，顧問群共同挑選出 310 位作家，從鄭坤五、賴和、陳虛谷以降，一直到吳錦發、陳黎、蘇

偉貞，共分三個階段進行。

「臺灣現當代作家評論資料目錄」專案計畫，自 2004 年 4 月開始，至 2009 年 10 月結束，分三個階段歷時五年六個月，共發現、搜尋、記錄了十餘萬筆作家評論資料。共經歷了三位專職研究助理，近三十位兼任研究助理。這些研究助理從開始熟悉體例，到學習如何尋找資料，是一條漫長卻實用的學習過程。

接續

「臺灣現當代作家評論資料目錄」的專案完成，當代重要作家的研究，更可以在這個基礎上，開出亮麗的花朵。於是就有了「臺灣現當代作家研究資料彙編暨資料庫建置計畫」的誕生。為了便於查詢與應用，資料庫的完成勢在必行，而除了資料庫的建置外，這個計畫再從 310 位作家中精選 50 位，每人彙編一本研究資料，內容有作家圖片集，包括生平重要影像、文學活動照片、手稿及文物，小傳、作品目錄及提要、文學年表。另外每本書分別聘請一位最適當的學者或研究者負責編選，除了負責撰寫八千至一萬字的作家研究綜述外，再從龐雜的評論資料中挑選具有代表性的評論文章，平均 12～14 萬字，最後再附該作家的評論資料目錄，以期完整呈現該作家的生平、創作、研究概況，其歷史地位與影響。

第一部分除資料庫的建置外，50 位作家 50 本資料彙編（平均頁數 400～500 頁），分三個階段完成，自 2010 年 3 月開始至 2013 年 12 月，共費時 3 年 9 個月。因為內容充實，體例完整，各界反應俱佳，第二部分的 50 位作家，接著在 2014 年元月展開，第一階段計畫出版 14 本，預計在 2015 年元月完成。超量的出版工程，放諸許多臺灣民間的出版公司，都是不可能的任務。

首先，工作小組必須掌握每位編選者進度這件事，就是極大的挑戰。於是編輯小組在等待編選者閱讀選文的同時，開始蒐集整理作家生平照片、手稿，重編作家年表，重寫作家小傳，尋找作家出版品的正確版本、

版次，重新撰寫提要。這是一個極其複雜的工程。還好有宇霈帶領認真負責的工作同仁，以及編輯老手秀卿幫忙，才讓整個專案延續了一貫的品質及進度。

成果

雖然過程是如此艱辛，如此一言難盡，可是終究看到豐美的成果。每位編選者雖然忙碌，但面對自己負責的作家資料彙編，卻是一貫地認真堅持。他們每人必須面對上千或數百筆作家評論資料，挑選重要或關鍵性的評論文章，全面閱讀，然後依照編選原則，挑選評論文章。助理們此時不僅提供老師們所需要的支援，統計字數，最重要的是得找到各篇選文作者，取得同意轉載的授權。在起初進度流程初估時，我們錯估了此項工作的難度，因為許多評論文章，發表至今已有數十年的光景，部分作者行蹤難查，還得輾轉透過出版社、學校、服務單位，尋得蛛絲馬跡，再鍥而不捨地追蹤。有了前面的血淚教訓，日後關於授權方面，我們更是如臨深淵、如履薄冰，希望不要重蹈覆轍，在面對授權作業時更是戰戰兢兢，不敢懈怠。

除了挑選評論文章煞費苦心外，每個作家生平重要照片，我們也是採高標準的方式去蒐集，過世作家家屬、友人、研究者或是當初出版著作的出版社，都是我們徵詢的對象。認真誠懇而禮貌的態度，讓我們獲得許多從未出土的資料及照片，也贏得了許多珍貴的友誼。許多作家都協助提供照片手稿等相關資料，已不在世的作家，其家屬及友人在編輯過程中，也給予我們許多協助及鼓勵，藉由這個機會，與他們一起回憶、欣賞他們親人或父祖、前輩，可敬可愛的文學人生。此外，還有許多作家及研究者，熱心地幫忙我們尋找難以聯繫的授權者，辨識因年代久遠而難以記錄年代、地點、事件的作家照片，釐清文學年表資料及作家作品的版本問題，我們從他們身上學習到更多史料研究可貴的精神及經驗。

但如何在規定的時間內，完成每個階段資料彙編的編輯出版工作，對

工作小組來說，確實是一大考驗。每一冊的主編老師，都是目前國內現當代臺灣文學教學及研究的重要人物，因此都十分忙碌。每一本的責任編輯，必須在這一年多的時間內，與他們所負責資料彙編的主角——傳主及主編老師，共生共榮。從作家作品的收集及整理開始，必須要掌握該作家所有出版的作品，以及盡量收集不同出版社的版本；整理作家年表，除了作家、研究者已撰述好的年表外，也必須再從訪談、自傳、評論目錄，從作品出版等線索，再作比對及增刪。再來就是緊盯每位把「研究綜述」放在所有進度最後一關的主編們，每隔一段時間提醒他們，或順便把新增的評論目錄寄給他們（每隔一段時間就有新的相關論文或學位論文出現），讓他們隨時與他們所主編的這本書，產生聯想，希望有助於「研究綜述」撰寫的進度。

在每個艱辛漫長的歲月中，因等待、因其他人力無法抗拒的因素，衍伸出來的問題，層出不窮，更有許多是始料未及的。譬如，每本書的選文，主編老師本來已經選好了，也經過授權了，為了抓緊時間，負責編輯的助理們甚至連順序、頁碼都排好了，就等主編老師的大作了，這時主編突然發現有新的文章、新的資料產生：再增加兩三篇選文吧！為了達到更好更完備的目標，工作小組當然全力以赴，聯絡，授權，打字，校對，重編順序等等工作，再度展開。

此次第二部分第一階段共需完成的 14 位作家研究資料彙編，年齡層較上兩個階段已年輕許多，因此到最後的疑難雜症，還有連主編或研究者都不太清楚的部分，譬如年表中的某一件事、某一個年代、某一篇文章、某一個得獎記錄，作家本人絕對是一個最好的諮詢對象，對解決某些問題來說，這是一個好的線索，但既然看了，關心了，參與了，就可能有不同的看法，選文、年表、照片，甚至是我們整本書的體例，於是又是一場翻天覆地的大更動，對整本書的品質來說，應該是好的，但對經過多次琢磨、修改已進入完稿階段的編輯團隊來說，這不啻是一大挑戰。

1990 年開始，各地縣市文化中心（文化局），對在地作家作品集的整

理出版，以及臺灣文學館成立後對日治時期作家以迄當代重要作家全集的編纂，對臺灣文學之作家研究，也有了很好的促進作用。如《楊逵全集》、《林亨泰全集》、《鍾肇政全集》、《張文環全集》、《呂赫若日記》、《張秀亞全集》、《葉石濤全集》、《龍瑛宗全集》、《葉笛全集》、《鍾理和全集》、《錦連全集》、《楊雲萍全集》、《鍾鐵民全集》等，如雨後春筍般持續展開。

經過近二十年的努力，臺灣文學的研究與出版，也到了可以驗收或檢討成果的階段。這個說法，當然不是要停下腳步，而是可以從「臺灣現當代作家評論資料目錄」所呈現的 310 位作家、10 萬筆資料中去檢視。檢視的標的，除了從作家作品的質量、時代意義及代表性去衡量外、也可以從作家的世代、性別、文類中，去挖掘還有待開墾及努力之處。因此在這樣的堅實基礎上，這套「臺灣現當代作家研究資料彙編」，每位編選者除了概述作家的研究面向外，均有些觀察與建議。希望就已然的研究成果中，去發現不足與缺憾，研究者可以在這些不足與缺憾之處下功夫，而盡量避免在相同議題上重複。當然這都需要經過一段時間去發現、去彌補、去重建，因此，有關臺灣文學的調查與研究，就格外顯得重要了。

期待

感謝臺灣文學館持續支持推動這兩個專案的進行。「臺灣現當代作家評論資料目錄」的完成，呈現的是臺灣文學研究的總體成果；「臺灣現當代作家研究資料彙編」套書的出版，則是呈現成果中最精華最優質的一面，同時對未來臺灣文學的研究面向與路徑，作最好的建議。我們可以很清楚的體會，這是一條綿長優美的臺灣文學接力賽，我們十分榮幸能參與其中，更珍惜在傳承接力的過程，與我們相遇的每一個人，每一件讓我們真心感動的事。我們更期待這個接力賽，能有更多人加入。誠如張恆豪所說「從高音獨唱到多元交響」，這是每一個人所期待的。

編輯體例

一、本書編選之目的，為呈現王昶雄生平、著作及研究成果，以作為臺灣
　　文學相關研究、教學之參考資料。

二、全書共五輯，各輯內容及體例說明如下：

　　輯一：圖片集。選刊作家各個時期的生活或參與文學活動的照片、著
　　　　　作書影、手稿（包括創作、日記、書信）、文物。

　　輯二：生平及作品，包括三部分：

　　　　　1.小傳：主要內容包括作家本名、重要筆名，生卒年月日，籍
　　　　　　貫，及創作風格、文學成就等。

　　　　　2.作品目錄及提要：依照作品文類（論述、詩、散文、小說、
　　　　　　劇本、報導文學、傳記、日記、書信、兒童文學、合集）及
　　　　　　出版順序，並撰寫提要。不收錄作家翻譯或編選之作品。

　　　　　3.文學年表：考訂作家生平所進行的文學創作、文學活動相關
　　　　　　之記要，依年月順序繫之。

　　輯三：研究綜述。綜論作家作品研究的概況，並展現研究成果與價值
　　　　　的論文。

　　輯四：重要文章選刊。選收國內外具代表性的相關研究論文及報導。

　　輯五：研究評論資料目錄。收錄至 2014 年 11 月底止，有關研究、論
　　　　　述臺灣現當代作家生平和作品評論文獻。語文以中文為主，兼
　　　　　及日文和英文資料。所收文獻資料，以臺灣出版為主，酌收中
　　　　　國大陸、香港、日本和歐美國家的出版品。內容包含三部分：

　　　　　1.「作家生平、作品評論專書與學位論文」下分為專書與學位
　　　　　　論文。

　　　　　2.「作家生平資料篇目」下分為「自述」、「他述」、「訪談」、
　　　　　　「年表」、「其他」。

　　　　　3.「作品評論篇目」下分為「綜論」、「分論」、「作品評論目
　　　　　　錄、索引」、「其他」。

目次

輯一◎圖片集

影像◎手稿◎文物

1910年代後期，年幼的王昶雄（中）
與父親王則國、母親王洪勤合影。
（家屬提供）

1920年代，就讀淡水公學校的王昶
雄（立於階上之前排，右二著黑衣
者）。（家屬提供）

1930年代前期，全家福。右起：王昶雄、父親王則
國、姊姊王明月、母親王洪勤。（家屬提供）

1933年9月，就讀東京郁文館中學的王昶雄。
（家屬提供）

1935年，郁文館中學畢業紀念照。前排左起：王昶雄、何鍊金、滿尾久光；後排左起：野崎源一、鍾國均、宮崎平太郎。（翻攝自《王昶雄全集──第十一冊・影像卷》，臺北縣文化局）

1935年12月18日，就讀日本大學豫科文科的王昶雄。（家屬提供）

1942年，就讀日本大學專門部齒科的王昶雄（前排左三），與同窗合影。（家屬提供）

1943年6月19日，王昶雄與妻子林玉珠結婚照。（家屬提供）

1940年代，王昶雄回臺，於淡水開
設「岩永齒科醫院」，並於院前留
影。（家屬提供）

1947年5月，擔任淡水純德女中歷史
老師的王昶雄（前排中）與學生們
合影。（家屬提供）

1959年11月20日，王昶雄（前排右二）與預備軍醫役同袍合影於湖口。（家屬提供）

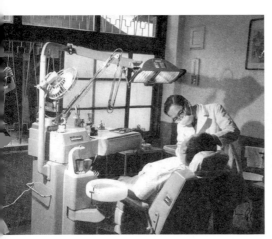

1950年代後半期，王昶雄於臺北中山北路開設的「照安齒科」診所看診。（家屬提供）

1968年6月，與家人合影。前排右起：王昶雄、母親王洪勤、妻子林玉珠；後排右起：三女兒王瑤君、長女王淑君、長女婿李照雄、長子王凌洋、二女兒王韶君。（家屬提供）

1969年2月12日，隨榮星兒
童合唱團至東部巡演，
攝於大禹嶺。右起：王
昶雄、呂泉生、許子哲。
（翻攝自《王昶雄全
集──第十一冊·影像
卷》，臺北縣文化局）

1980年7月2日，攝於《聯合報》副刊主辦之「光復前臺灣
文學中的民族意識與抗日精神」座談會。右起：瘂弦、王
昶雄、郭水潭、龍瑛宗（前）、廖漢臣（中）、黃得時
（後）。（創世紀詩雜誌社提供）

1981年3月，王昶雄與文友於所開設位於中山北路的「照安
齒科」診所前留影。前排左起：北原政吉、鄭世璠；後排左
起：龍瑛宗、王昶雄、林玉珠。（劉知甫提供）

1982年新春，與文友同遊明德水庫。左起：郭啟賢（後立者）、吳坤煌、鄭世璠、龍瑛宗、王昶雄、沈萌華、趙天儀。（劉知甫提供）

1982年2月27日，應國民黨文工會主任周應龍之邀，參加文藝先進作家餐會，攝於中國電視公司貴賓室。前排左起：施煥沖、吳松谷、吳坤煌、楊雲萍、杜聰明、黃得時、巫永福、龍瑛宗、鍾肇政；後排左起：鄧璞、林衡道、王昶雄、劉捷、周應龍、陳火泉、鄭世璠。（劉知甫提供）

1984年2月11日，出席文訊雜誌社主辦「新春茶會」，與文友合影。前排左起：
王昶雄、龍瑛宗、楊雲萍、林芳年、郭水潭；後排左起：李宗慈、楊熾昌。
（翻攝自《王昶雄全集——第十一冊・影像卷》，臺北縣文化局）

1986年3月11日，王昶雄返故鄉淡水重溫往事，並於重建街舊宅前留影。（翻攝自《王昶雄全集——第十一冊・影像卷》，臺北縣文化局）

1986年4月，王昶雄（前排左六）應邀出席純德女中同學會。（翻攝自《王昶雄全集——第十一冊・影像卷》，臺北縣文化局）

1987年2月6日，應邀出席文訊雜誌社舉辦「七十六年新春作家聯誼會」，攝於臺北中影文化城。右起：王昶雄、龍瑛宗、劉捷、封德屏。（文訊文藝資料中心）

1987年8月，應邀出席《自立晚報》主辦第九屆「鹽分地帶文藝營」，攝於臺南南鯤鯓廟。左起：龍瑛宗、王昶雄、陳秀喜、巫永福、郭水潭、黃平長。（翻攝自《王昶雄全集——第十一冊‧影像卷》，臺北縣文化局）

1988年5月4日，王昶雄夫婦赴日旅遊，拜訪日本作家西川滿（中），攝於西川滿宅第。（翻攝自《王昶雄全集——第十一冊・影像卷》，臺北縣文化局）

1988年夏，王昶雄於臺鐵北淡線拆除前夕，一一至各車站拍照留念，此攝於新北投火車站。（翻攝自《王昶雄全集——第十一冊・影像卷》，臺北縣文化局）

1989年，應邀出席臺灣筆會年會，於會後合影。坐者左起：李敏勇、李魁賢、王昶雄、陳千武、楊青矗、王麗華、杜潘芳格；後排左起：王人豪、張信吉、張恆豪、郭成義、簡上仁、陳明台、龔顯榮、羊子喬、許振江、鄭清文、鄭炯明、黃勁連、林宗源、陳少廷、趙天儀、王美琇。（翻攝自《王昶雄全集——第十一冊・影像卷》，臺北縣文化局）

1990年1月30日，參觀「鄭世璠、張文連、林天瑞、黃混生菁菁四人展」，與畫家們合影於臺北翡冷翠藝術中心。右起：黃混生、王昶雄、鄭世璠、林天瑞、張文連。（翻攝自《王昶雄全集——第十一冊·影像卷》，臺北縣文化局）

1990年10月，王昶雄夫婦赴歐旅遊，攝於瑞士阿爾卑斯山之旅館。（翻攝自《王昶雄全集——第十一冊·影像卷，臺北縣文化局》）

1992年10月3日，應邀出席文訊雜誌社主辦「文藝界重陽敬老聯誼活動」，攝於臺北聯勤中山俱樂部。左起：鄭羽書、王昶雄、杜文靖、杜潘芳格。（文訊文藝資料中心）

1993年1月16日,「益壯會」聚會合影。前排右起:曹永洋、楊千鶴、王昶雄、巫永福、黃平堅、黃天橫、阮美姝、陳淑惠;後排右起:鄭清文、陳遜章、鄭世璠、李魁賢、林文欽、劉竹村、黃正平、陳琰玉、黃智惠,郭啟賢(左一)。(國立臺灣文學館提供)

1993年5月2日,與文友們同遊埔里牛耳石雕公園。前蹲右為鄧岡芬;中排右起:李秀、張恆豪子、許素蘭、王昶雄、李喬(後)、羊子喬、張恆豪、張瓊文、陳明仁(後)、陳惠豐、崔成宗(後)、許俊雅;後排右起:張德本、鍾逸人、李魁賢。(翻攝自《王昶雄全集──第十一冊‧影像卷》,臺北縣文化局)

1993年，與「北臺灣文學」叢書編輯們合影。前排左起：王昶雄、劉峰松、廖清秀、
鄭清文；後排左起：莊永明、杜文靖、秦賢次、李魁賢。（翻攝自《王昶雄全集——
第十一冊·影像卷》，臺北縣文化局）

1994年11月25日，應邀出席行政院文建會主辦「賴和及其同時代的作家——日據時期
臺灣文學國際學術會議」，攝於新竹。前排右起：周金波、王昶雄、巫永福、陳垂
映、吳漫沙；後排右起：楊千鶴、葉石濤、陳千武、林亨泰。（文訊文藝資料中心）

1994年，王昶雄與龍瑛宗（右）參加國立文化資產保存研究中心主辦「春節文藝作家聯誼會」。（劉知甫提供）

1995年9月3日，王昶雄應邀擔任臺中縣清水鎮公所（今臺中市清水區公所）於清水舉辦「馬關條約後臺灣百年發展史研討會」專題演講人，演講主題「文學與語言──臺灣文學的回顧與臺語文學的抬頭」。（翻攝自《王昶雄全集──第十一冊・影像卷》，臺北縣文化局）

1995年11月12日，王昶雄與杜文靖（右）擔任臺北市立美術館主辦「臺灣意象五十──藝文名人榕樹下講古」演講人，於會後合影。（國立臺灣文學館提供）

1996年12月29日，應邀出席「臺展三少年回顧展」，與畫家們合影。左起：王昶雄、林玉山、陳進、郭雪湖。（國立臺灣文學館提供）

1996年10月，應邀出席由臺中縣古典音樂協會於臺中清水舉辦第一屆「牛罵頭音樂節──春風歌聲四季情」，向聽眾解說《阮若打開心內的門窗》的創作過程。左起：莊永明、王昶雄、李靜美（右一）。（翻攝自《王昶雄全集──第十一冊·影像卷》，臺北縣文化局）

1997年1月26日，應邀出席1996年度本土十二大好書頒獎典禮，攝於臺大校友會
館。左起：李鎮源、王昶雄、李魁賢。（翻攝自《王昶雄全集——第十一冊·
影像卷》，臺北縣文化局）

1997年6月14日，應邀出席「吳濁流文學獎、巫永福評論獎頒獎典禮」，攝於臺
北教師會館。左起：杜潘芳格、楊千鶴、巫永福、王昶雄、莊柏林、陳千武、
林亨泰。（翻攝自《王昶雄全集——第十一冊·影像卷》，臺北縣文化局）

1998年3月12日，與文友於家中雅集。左起：郭啟賢、王昶雄、鍾肇政、河原功、
江惟明。（翻攝自《王昶雄全集——第十一冊・影像卷》，臺北縣文化局）

1998年6月15日，與柏楊夫婦聚會，攝於自宅。左
起：王昶雄、柏楊、張香華。（翻攝自《王昶雄全
集——第十一冊・影像卷》，臺北縣文化局）

1999年3月26日，探望自美返臺的呂泉生，攝於亞都
麗緻大飯店。右起：陳遜章、王昶雄、呂泉生、莊
永明。（翻攝自《王昶雄全集——第十一冊・影像
卷》，臺北縣文化局）

1999年5月11日,王昶雄赴日旅遊,攝於日本奈良寶福寺。右起:黃共照、黃火
耀妻子(後)、王昶雄、黃火耀(後)、簡萬鎮、許振泰、加藤剛男。(翻攝
自《王昶雄全集——第十一冊·影像卷》,臺北縣文化局)

1990年代,與楊英風夫
婦聚會,攝於自宅。右
起:林玉珠、王昶雄、
楊英風、楊定。(翻攝
自《王昶雄全集——第
十一冊·影像卷》,臺
北縣文化局)

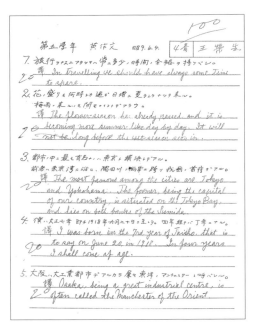

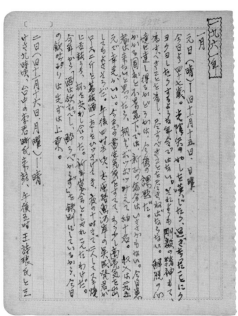

1934年6月，王昶雄就讀東京郁文館中學五年級時，英文作文試卷。（翻攝自《王昶雄全集——第十一冊・影像卷》，臺北縣文化局）

1961年1月1日，王昶雄日記手稿。（國立臺灣文學館提供）

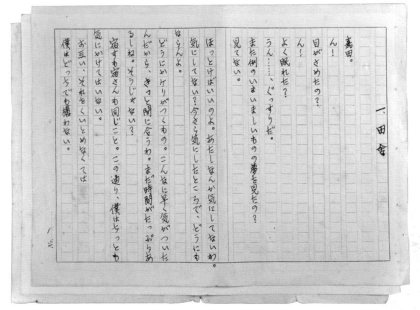

1969年7月，王昶雄日譯沈萌華短篇小說〈鬼井〉手稿。（國立臺灣文學館提供）

樂天知命一學人
—悼念吳本立先生
王昶雄

1985年12月，王昶雄發表於《文訊》第21期〈樂天知命一學人——
悼念吳本立先生〉手稿。（文訊文藝資料中心）

荒城自蕭索
—童年與古堡戀
王昶雄

1993年3月15日，王昶雄發表於淡水鎮刊《金色淡水》第1期〈荒城
自蕭索——童年與古堡戀〉手稿。（國立臺灣文學館提供）

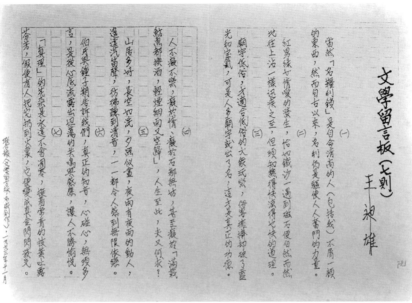

1993年11月11～17日，王昶雄發表於《聯合報》第37版〈文學留言版（七則）〉手稿。（國立臺灣文學館提供）

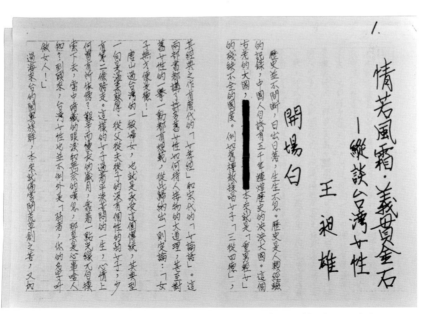

1994年2月20日，王昶雄發表於《臺灣文藝》第141期〈情若風霜・義貫金石──縱談臺灣女性〉手稿。（國立臺灣文學館提供）

豈能盡合君意
但求不愧我心

一九九八年吉旦（三月十五日）
王昶雄題字

河原功 昶雄 惠存

1998年3月15日，王昶雄贈河原功之墨寶：「豈能
盡合君意，但求不愧我心」。（翻攝自《王昶雄
全集——第十一冊·影像卷》，臺北縣文化局）

日本詩人北原政吉為王昶雄素描畫像，王昶
雄將之設計為名片。（翻攝自《王昶雄全集
——第十一冊·影像卷》，臺北縣文化局）

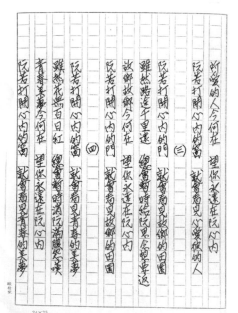

阮若打開心內的門窗

王昶雄 詞
呂泉生 曲

（一）
阮若打開心內的門
就會看見五彩的春光
雖然春天無久長
總會暫時消阮滿腹心酸
春光春色今何在
望你永遠在阮心內
阮若打開心內的門
就會看見心愛彼的人

（二）
阮若打開心內的窗
就會看見五彩的春光
雖然花無百日紅
總會暫時消阮滿腹怨嘆
青春美夢今何在
望你永遠在阮心內
阮若打開心內的窗
就會看見青春的美夢

（三）
阮若打開心內的門
就會看見故鄉的田園
雖然路途千里遠
總會暫時消阮思鄉之苦憐
故鄉故鄉今何在
望你永遠在阮心內
阮若打開心內的門
就會看見故鄉的田園

（四）
阮若打開心內的窗
就會看見心愛彼的人
雖然人去樓也空
總會暫時消阮滿腹輕鬆
心愛的人今何在
望你永遠在阮心內
阮若打開心內的窗
就會看見心愛彼的人

王昶雄〈阮若打開心內的門窗〉手稿。（莊永明提供）

輯二◎生平及作品

小傳◎作品◎年表

小傳

王昶雄，男，本名王榮生，籍貫臺灣臺北，1915 年（大正 4 年）2 月 13 日生，2000 年 1 月 1 日辭世，享壽 84 歲。

日本大學專門部齒科畢業。曾任淡水純德女中歷史教師，開設岩永齒科醫院、照安齒科診所，並創立臺灣筆會、臺灣文學研習營。曾獲臺灣新文學特別推崇獎、臺灣文學家牛津獎、總統褒揚令。

王昶雄創作文類以小說、散文為主，另兼及詩、評論、翻譯、歌詞等。作品中有文以載道的精神，流露出鄉土情懷，反對殖民與強權，追求人類自由平等。他曾言：「文學的真正任務是體現人生，啟發人生。使人從文學的境界中獲致一個正確的觀念，這才是文學的最高準則。」散文部分，內容有遊記、評論、隨筆等多種，運用洗練文字，呈現平實風格，以洞悉人情的練達、廣闊的交遊為骨架，並力求新穎，富有現代意識。小說風格則帶有社會寫實及省思批判，1936 年發表第一部中篇小說〈梨園之秋〉於《臺灣新民報》，以質樸流利的筆觸，描寫梨園子弟間的愛恨情仇。中篇小說〈奔流〉為其代表作，以正言若反的方式，對日治時期下臺灣人的心理狀態進行貼切入微的描繪，並呈現出世代間的思想斷層，巫永福曾稱：「〈奔流〉反映了皇民化運動的激流中，臺灣人的苦難和心酸。」

除上述文類外，王昶雄亦與作曲家呂泉生多次合作，撰寫多首膾炙人口的歌詞，其中，《阮若打開心內的門窗》一首，意境、曲調優美，至今仍

傳誦不輟。

　　王昶雄生性豪爽豁達，談笑風生，有「少年大仔」的稱號。1942 年返臺開設齒科診所，執業之餘，亦從事寫作，並熱衷推廣臺灣文學，不僅參與《臺灣文學》編務、創立「益壯會」、「臺灣筆會」等文學團體，亦擔任「北臺灣文學」叢書主編工作，他曾自稱：「醫是側室，文學是元配。」雖因經歷政治、經濟、語言文字的轉變，不諳中文而擱筆多年。期間刻苦自修，再度拾起創作之筆，以中文書寫雜文、散文，展現本土意識，主張生活在這片土地上的人們應該要有自我意識。其重要性誠若詩人李敏勇所言：「從日治到國府時期，反映臺灣人文學和藝術的某種生命情調，以王昶雄的筆鐫刻的一頁篇章，會被翻閱、被傳唱。」

作品目錄及提要

【散文】

驛站風情

臺北：臺北縣立文化中心
1993 年 6 月，25 開，329 頁
北臺灣文學・臺北縣作家作品集 1

本書集結作者發表於報章雜誌的作品，內容多為抒發作家生活感懷，亦有文學評論、遊覽名勝等取向。全書分「藝文」、「時令」、「鄉情」、「遊踪」、「人物」、「談叢」、「小品」、「評論」八部分，收錄〈文學傳統的延續〉、〈過去是一個新的起點〉、〈漫談靈感與氣氛〉、〈新浪推舊浪──臺灣新舊詩論爭的啟示〉等 46 篇。正文前有尤清〈縣長序〉、劉峰松〈主任序〉、王昶雄〈自序〉、作家生活剪影。正文後附錄張恆豪〈反殖民的浪花〉、〈王昶雄年表〉。

草根出版公司 1996

阮若打開心內的門窗

臺北：草根出版公司
1996 年 3 月，25 開，338 頁
草根文學 5

臺北：前衛出版社
1998 年 4 月，25 開，338 頁
新臺灣文庫 36

本書集結作者發表於報紙、刊物的文章，內容包含憶友、懷舊、雜感等面向，與作家生活息息相關。全書分「人文」、「人物」、「人生」、「人地」四部分，收錄〈《阮若打開心內的門窗》情懷〉、〈迎接五彩春光──序《臺灣歌謠鄉土情》〉、〈秀氣骨氣鍾於一身──淺論郭雪湖「浸淫丹青七十年作品展」〉、〈獨守孤燈一完人──陳慧坤其人其事〉等 43 篇。正文前有作家身影照片、王昶雄〈我珍惜我的足跡──自序〉、〈《阮若打開心內的門窗》曲譜〉。

前衛出版社 1998

1998 年前衛版：正文與 1996 年草根版同。正文前刪去王昶雄
〈我珍惜我的足跡——自序〉，新增王昶雄〈我的書‧我的歌
《阮若打開心內的門窗》——自序〉。

【小說】

翁鬧、巫永福、王昶雄合集／張恆豪主編
臺北：前衛出版社
1991 年 2 月，25 開，387 頁
臺灣作家全集‧短篇小說卷／日據時代 6

中、短篇小說集。本書為翁鬧、巫永福、王昶雄三人作品合
集，王昶雄部分收錄〈奔流〉一篇。正文前有作家身影照
片、張恆豪〈世界觀的激盪——王昶雄集序〉。正文後附錄張
恆豪〈反殖民的浪花——王昶雄及其代表作〈奔流〉〉、張恆
豪編〈王昶雄小說評論引得〉、張恆豪編〈王昶雄生平寫作年
表〉。

【合集】

王昶雄全集／許俊雅主編
臺北：臺北縣文化局
2002 年 10 月，25 開

共 11 冊。分七卷，按小說、散文、詩歌、日記書信、隨筆翻譯、評論、影像分
卷。各冊書前皆有蘇貞昌〈縣長序〉、許俊雅〈編者序〉、〈《王昶雄全集》編輯體
例及分卷篇目〉。

王昶雄全集第一冊‧小說卷

臺北：臺北縣文化局
2002 年 10 月，25 開，372 頁

中、短篇小說集。全書收錄黃玉燕譯〈梨園之秋〉、黃玉燕譯〈回頭姑娘〉、黃玉燕譯〈淡水河的漣漪〉、黃玉燕譯〈獨白──〈淡水河的漣漪〉執筆完畢〉、林鍾隆譯；王昶雄校訂〈奔流〉、鍾肇政譯〈奔流〉、張良澤譯〈奔流〉、賴錦雀譯〈奔流〉、賴錦雀譯〈奔流〉、賴錦雀譯〈〈奔流〉（手改稿）〉、陳藻香譯〈鏡〉共 11 篇。正文後附錄李駕英譯〈〈淡水河的漣漪〉刊出前的宣傳〉。

王昶雄全集第二冊‧散文卷一

臺北：臺北縣文化局
2002 年 10 月，25 開，441 頁

本書集結作者遊記類文章。全書收錄〈寫在前面〉、〈東方的那波里──淡水〉、〈陽明山──集自然美之大成〉、〈賞心悅目的野柳海濱風景線〉、〈靈秀獨鍾話仙公〉等 32 篇。

王昶雄全集第三冊‧散文卷二

臺北：臺北縣文化局
2002 年 10 月，25 開，485 頁

本書集結作者發表於報紙、期刊的文章，內容以描寫人物為主。全書收錄張季琳譯〈給先舅父──我的書翰集（一）〉、張季琳譯〈給出征的友人──我的書翰集（二）〉、〈給自暴自棄的友人──我的書翰集（三）〉、〈給舞蹈家的友人──我的書翰集（四）〉、〈給故鄉的妻子──我的書翰集（五）〉等 77 篇。

王昶雄全集第四冊‧散文卷三

臺北：臺北縣文化局
2002 年 10 月，25 開，367 頁

本書集結作者發表於報紙、期刊的文章。全書分「文學歷程」、「藝文」兩部分，收錄葉笛譯〈妄想片斷〉、李駕英譯〈創作與靈感〉、陳藻香譯〈病牀日記〉、〈「光復節」前後〉、〈老兵過河記〉等 57 篇。

王昶雄全集第五冊‧散文卷四

臺北：臺北縣文化局
2002 年 10 月，25 開，331 頁

本書集結作者發表於報紙、期刊及《驛站風情》的內容。全書分「鄉情」、「人生」、「關於日本」、「節令」、「小品」五部分，收錄林鍾隆譯〈初秋獨嘯〉、張文薰譯〈詩中之夢‧現實的夢〉、〈淡水風光無限好〉、〈過去的榮光與未來的藍圖〉、〈不信榮光喚不回？——感慨話滬尾〉等 70 篇。

王昶雄全集第六冊‧散文卷五

臺北：臺北縣文化局
2002 年 10 月，25 開，293 頁

本書集結作者評論文章、演講稿、座談會紀錄。全書分兩部分，「評論」收錄賴錦雀譯〈日本歌舞伎與支那戲劇的研究（一）〉、賴錦雀譯〈歌舞伎與支那戲劇的研究（二）起源與沿革〉、賴錦雀譯〈歌舞伎與支那戲劇的研究（三）劇場與舞臺〉、賴錦雀譯〈歌舞伎與支那戲劇的研究（四）歌舞伎的演員性格〉、賴錦雀譯〈歌舞伎與支那戲劇的研究（五）女主角的藝術禮讚〉等 53 篇；「演講稿、座談會」收錄〈臺灣戰後五十年〉、葉笛譯〈賴和及其同時代作家——日據時期臺灣文學國際學術會議演講稿〉、〈無題〉等十篇。

王昶雄全集第七冊‧詩歌卷

臺北：臺北縣文化局
2002 年 10 月，25 開，237 頁

本書集結作者曾發表於各報紙、期刊的詩稿、歌詞。全書分兩部分，「詩」收錄陳藻香譯〈回春〉、葉笛譯〈來，我們要戰勝〉、賴錦雀譯〈今日〉、葉笛譯〈讚美海軍志願兵〉、葉笛譯〈嗚呼！塞班島〉等 66 首；「歌詞」收錄〈一念之差（主題歌）〉、〈遊江曲（一念之差插曲）〉、〈阮若打開心內的門窗〉等 27 首。正文後附錄「樂譜」。

王昶雄全集第八冊‧日記、書信卷
臺北：臺北縣文化局
2002 年 10 月，25 開，393 頁

本書集結作者 1933、1961、1985、1986 與 1988 年撰寫的部
分日記，及與日本友人書信往來翻譯版本。全書分兩部分，
「日記」收錄李永熾譯〈一九三三年一月一日～四月三十
日〉、邱振瑞譯〈一九三三年五月一日～七月三十一日〉等 7
篇；「書信」收錄林鍾隆譯〈逆井信致王昶雄書信（明信
片）〉、張良澤譯〈錦輝致王昶雄書信（一九三七年十二月二
十三日）〉、張良澤譯〈某友人致王昶雄書信（一九三七
年）〉、林鍾隆譯〈某友人致王昶雄書信〉、林鍾隆譯〈某友人
致王昶雄書信〉等 110 篇。

王昶雄全集第九冊‧隨筆、翻譯卷
臺北：臺北縣文化局
2002 年 10 月，25 開，420 頁

本書集結作者隨筆創作、翻譯篇章及歌詞。全書分兩部分，
「隨筆」收錄葉笛、邱若山譯隨筆文句共 341 則；「翻譯」收
錄林鍾隆譯〈我的譯詩抄〉、王昶雄譯〈草は枯れども──譯
詩抄〉等 11 篇。正文後附錄〈王昶雄生平著作年表初編〉、
〈王昶雄作品目錄〉、〈王昶雄全集篇目索引〉。

王昶雄全集第十冊‧評論卷
臺北：臺北縣文化局
2002 年 10 月，25 開，287 頁

本書集結窪川鶴次郎、張恆豪、呂興昌等十位學者評論文
章。全書收錄窪川鶴次郎著，邱若山譯〈這半年來的臺灣文
學（1）昭和十八年下半期小說總評〉、張恆豪〈反殖民的浪
花──王昶雄及其代表作〈奔流〉〉、呂興昌〈評王昶雄〈奔
流〉校訂本〉等 12 篇。正文後附錄〈王昶雄單篇研究文
獻〉。

王昶雄全集第十一冊‧影像卷

臺北：臺北縣文化局
2002 年 10 月，25 開，267 頁

本書收錄作家身影照片、手稿、與文友往來書信、墨寶。

王昶雄作品集／河原功編

東京：綠蔭書房
2007 年 6 月，32 開，444 頁
日本統治期台灣文學集成 29

本書為作家作品合輯。全書分四部分：「小說」收錄〈梨園の秋〉、〈出戻り娘〉、〈淡水河の漣〉、〈奔流〉、〈鏡〉共五篇；「詩」收錄〈春かへる〉、〈ニコライ堂の鐘〉等六篇；「譯詩」收錄〈草は枯れども──訳詩抄〉、〈私の訳詩抄〉兩篇；「評論‧隨筆‧散文」收錄〈妄想断片〉、〈日本歌舞伎と支那劇の研究（連載）〉、〈亡き叔父に与ふ──私の書翰集より（一）〉等 25 篇。正文前有〈凡例〉。正文後附錄〈作品初出一覽〉、河原功〈作品解說〉、河原功編〈王昶雄略年譜〉。

文學年表

1915 年 （大正 4 年）	2 月	13 日，生於臺灣淡水郡淡水街九坎四二番地（今新北市淡水區重建街 30 號），本名王榮生。父親王則國，母親王洪勤，上有一姊王明月，下有一弟王榮洲。家營船頭行。
1918 年 （大正 7 年）	本年	因雙親經商奔波於泉州、福州、廈門等地，由外祖母撫養長大。
1922 年 （大正 11 年）	5 月	1 日，就讀淡水公學校（今淡水國小）。
	本年	課餘時至私塾習漢文，學讀《三字經》、《千家詩》、《昔時賢文》等。
1923 年 （大正 12 年）	3 月	23 日，因成績優異，獲頒「二等賞」及「全勤獎」。
1925 年 （大正 14 年）	3 月	19 日，成績優異獲頒獎狀，後連續三年皆獲獎。
1927 年 （昭和 2 年）	本年	創作日文詩作〈回春〉。
1928 年 （昭和 3 年）	3 月	22 日，畢業於淡水公學校，獲頒「郡主賞」、「優等賞」及「語賞」。
1929 年 （昭和 4 年）	4 月	就讀臺灣商工學校商科（今開南商工）。
1932 年 （昭和 7 年）	3 月	畢業於臺灣商工學校商科第 13 屆。
1933 年 （昭和 8 年）	3 月	7 日，負笈日本。 23 日，考入東京郁文館中學，編入四年級。
	本年	時常造訪神田內山九助開設的中文書店。 就學期間曾兩度參加辯論比賽，均獲優異成績。

1935 年 （昭和 10 年）	3 月	畢業於東京郁文館中學第 44 屆。
	4 月	考入東京日本大學豫科文科（今日本大學文學系）一年級。
	本年	日文詩作〈我的歌〉發表於《青鳥》第 2 卷。
1936 年 （昭和 11 年）	1 月	1 日，日文中篇小說〈梨園之秋〉發表於《臺灣新民報》，此為作者首次發表小說作品。
	8 月	26 日，父親王則國逝世。
1937 年 （昭和 12 年）	3 月	畢業於日本大學豫科文科。
	5 月	31 日，完成日文短篇小說〈回頭姑娘〉創作，後發表於《臺灣新民報》。
	9 月	日文〈妄想片斷〉以本名「王榮生」發表於《開南》臺灣商工學校創立 20 周年紀念號。
1938 年 （昭和 13 年）	4 月	考慮文學謀生不易，重考入日本大學專門部齒科（今日本大學齒學系）就讀。期間曾投稿電影評論至周金波主辦《晚鐘》雜誌。
	9 月	日文詩作〈陋巷札記〉發表於《臺灣新民報》。
1939 年 （昭和 14 年）	8 月	21 日，日文中篇小說〈淡水河的漣漪〉連載於《臺灣新民報》，至 9 月 22 日刊畢。文中插畫由陳敬輝繪製。
	9 月	10 日，日文〈獨白——〈淡水河的漣漪〉執筆完畢〉發表於《臺灣新民報》。
1940 年 （昭和 15 年）	2 月	14 日，日文〈日本歌舞伎與支那戲劇的研究（一）～（結）〉連載於《臺灣日日新報》第 4 版，至 3 月 12 日刊畢。
	10 月	5 日，日文〈給先舅父——我的書翰集（一）〉發表於《臺灣新民報》。 8 日，日文〈給出征的友人——我的書翰集（二）〉發表於《臺灣新民報》。

9～10 日，日文〈給自暴自棄的友人——我的書翰集
（三）〉連載於《臺灣新民報》。

11 日，日文〈給舞蹈家的友人——我的書翰集（四）〉發
表於《臺灣新民報》。

13 日，日文〈給故鄉的妻子——我的書翰集（五）〉發表
於《臺灣新民報》。

1941 年 （昭和 16 年）	4 月	日文詩作〈樹風問答〉發表於《臺灣新民報》。
	12 月	畢業於日本大學專門部齒科。
1942 年 （昭和 17 年）	春	返臺。
	3 月	2 日，日文詩作〈來，我們要戰勝〉發表於《興南新聞》 第 4 版。
	4 月	於淡水開設「岩永齒科醫院」。
	7 月	13 日，日文〈東洋幻想的追求——林明德氏的舞蹈新作 為中心〉發表於《興南新聞》第 4 版。
	9 月	14、21 日，日文〈科舉狂態——中國的宿命之一〉連載 於《興南新聞》第 4 版。
	10 月	19 日，日文〈關於「木蘭從軍」〉發表於《興南新聞》第 4 版。
	11 月	1 日，日文〈陳逢源氏《雨窗墨滴》讀後感〉發表於《臺 灣藝術》第 3 卷第 11 號。
		16 日，日文〈サンド・ミンゴ城に立ちて〉發表於《興 南新聞》第 4 版。
	12 月	21 日，日文〈科舉與儒教〉發表於《興南新聞》第 4 版。
	本年	加入張文環主導《臺灣文學》陣容。
1943 年 （昭和 18 年）	1 月	18、25 日，日文〈武士道與義士精神〉連載於《興南新 聞》第 4 版。

	5 月	24 日，日文〈石田三成與王安石〉發表於《興南新聞》第 4 版。
	6 月	19 日，與女畫家林玉珠結婚，設宴於新北投蓬萊閣別館，有張文環、呂赫若、陳逸松、陳逢源、黃得時等文友出席。
	7 月	26 日，將多首日本作家創作詩作翻譯後集結為〈草は枯れども——譯詩抄〉，發表於《興南新聞》第 4 版。
		31 日，日文中篇小說〈奔流〉發表於《臺灣文學》第 3 卷第 3 號，但多處遭日本政府刪改。
	8 月	16 日，日文詩作〈今日〉發表於《興南新聞》第 4 版。
	9 月	6 日，日文詩作〈讚美海軍志願兵〉發表於《興南新聞》第 4 版。
		13 日，日文〈燃燒的熱情——觀看「厚生演劇」〉發表於《興南新聞》第 4 版。
	11 月	30 日，日文〈偉大的創造〉發表於《興南新聞》第 2 版。
1944 年 （昭和 19 年）	1 月	9 日，長女王淑君出生。
	6 月	日文小說集《鏡》廣告刊登於《臺灣文藝》第 1 卷第 2 號，後續卻未見相關出版資料。
		日文詩作〈當心吧！朋友〉發表於《臺灣藝術》第 5 卷第 6 號。
	8 月	1 日，日文詩作〈嗚呼！塞班島〉發表於《臺灣藝術》第 5 卷第 8 號。
	9 月	日文〈偉大的進軍〉發表於《臺灣時報》9 月號「光榮の徵兵制実施を迎我等の感激と覺悟」專題中。
1946 年	2 月	22 日，長男王凌洋出生。
	3 月	23～24 日，日文〈浩然剛正的精神——寫於革命先烈雷

燦南先生追悼會前〉連載於《人民導報》第2版。

24日，與陳逸松於淡水東國民小學（今淡水國小）舉行「烈士雷燦南先生追悼會」，並於會中發表日文〈哭革命先烈雷燦南〉一文。

7月　28日，出席「臺灣文化協進會」於臺北中山堂舉行第一屆文學委員會懇談會。與會者有郭水潭、張星建、楊逵、呂赫若、黃得時、吳漫沙、林荊南等二十多位。

8月　擔任淡水純德女中歷史教師，至1950年。

1947年　本年　因二二八事件餘波的清鄉行動，至臺中清水避禍。

創作日文詩作〈尼克來聖堂之鐘〉。

1948年　8月　通過考試院牙醫師考試，取得牙醫師資格證書。

1949年　10月　10日，次女王韶君出生。

1950年　8月　結束教職工作，回到齒科診所行醫。

12月　6日，創作〈淡水風光無限好〉。

1955年　7月　參加國防部地方醫事人員衛生勤務講習班。

1956年　5月　24日，三女王瑤君出生。

本年　創作歌詞〈阮若打開心內的門窗〉，呂泉生譜曲，後續二人共同合作多首詞曲。

1957年　9月　自淡水遷居臺北照安市場（今中山市場）附近，改診所名為「照安齒科」。[1]

創作歌詞〈一念之差〉、〈遊江曲〉，呂泉生譜曲，為電影《一念之差》主題曲與插曲，由東陸影業有限公司發行。

本年　由文協男聲合唱團於臺北中山堂演唱《阮若打開心內的門窗》，為該曲首度發表。

1959年　6月　受政府徵調，於湖口服預備軍醫役。

11月　自預備軍醫役退役。

[1]另有1953年的說法。

1963 年	本年	創作歌詞〈失落的夢〉，呂泉生譜曲。
		隨榮星兒童合唱團進行全島巡迴演唱。
1965 年	9 月	10 日，〈「香港白薔薇」與張美瑤〉、〈明仁太子與美智子太子妃〉、〈談談日本的「文化財」——扶桑心影之十三〉發表於《國際畫報》第 18 期。
	10 月	〈吹不散的心頭人影——王井泉快人快事〉；翻譯李高慈美〈一個溫暖的回憶〉、林之助〈半樓〉、吳李玉梅〈讓時間來沖淡一切的記憶〉、張郭朱鶯〈從古井兄的逝世談到我的家境〉發表於《臺灣文藝》第 9 期。
1966 年	12 月	29 日，〈世界第一大都市〉、〈你想認識日本嗎？請先考察一下它的風俗〉發表於《國際畫報》第 30 期。
	本年	創作〈秋愁曲〉、〈女人心曲〉歌詞，羅仙（呂泉生筆名）譜曲。
1967 年	4 月	28 日，〈悼念琊琅山房主人〉發表於《臺灣風物》第 17 卷第 2 期。
	10 月	於《今日生活》開設「寶島心影」專欄。〈「寶島心影」寫在前面〉發表於《今日生活》第 13 期。
	11 月	〈東方的那波里——淡水〉發表於《今日生活》第 14 期。
	12 月	〈陽明山——集自然美之大成〉、〈西國的妙舞婀娜多姿〉發表於《今日生活》第 15 期。
1968 年	1 月	〈賞心悅目的——野柳海濱風景線〉發表於《今日生活》第 16 期。
	2 月	〈靈秀獨鍾話仙公〉發表於《今日生活》第 17 期。
	3 月	〈烏來風光處處幽——翠谷、飛瀑、泉韻〉；歌詞〈祝十周年校慶歌〉（實踐家專）發表於《今日生活》第 18 期。
	4 月	〈竹塹城邊——青草湖畔〉發表於《今日生活》第 19

期。

5 月　〈石門、大溪之遊〉發表於《今日生活》第 20 期。

6 月　〈朝霞暮雲遊獅城〉發表於《今日生活》第 21 期。

7 月　〈今古傳奇「鐵砧山」，六根清靜「毘盧寺」〉發表於《今日生活》第 22 期。

8 月　15 日，〈日新月異的——日本鋼鐵工業〉、〈當世首屈一指的——日本造船工業〉、〈產量佔全世界第三的——日本汽車工業〉、〈十幾年來突飛猛進的——日本電機器工業〉、〈百年歷史的——日本化妝品與資生堂〉、〈舊傳統，新技術——三菱重工業〉、〈規模宏大的——三井物產公司〉、〈龐大的電機器王國——日立商標遍及全球〉、〈環飛全球的——日本航空公司〉發表於《國際畫報》第 48 期。

〈「文化城」——臺中行散記〉發表於《今日生活》第 23 期。

9 月　〈山歌曼妙，野趣橫生——苗栗風景線〉發表於《今日生活》第 24 期。

10 月　〈八卦山耐君竟日遊——鹿港處處古色蒼然〉發表於《今日生活》第 25 期。

11 月　〈世外桃源話「埔里」，「霧社」天塹不虛傳〉發表於《今日生活》第 26 期。

12 月　〈富饒迷人的日月潭〉發表於《今日生活》第 27 期。

1969 年　1 月　〈從北港朝天宮香火之盛談到「媽祖」信仰〉發表於《今日生活》第 28 期。

2 月　8～12 日，隨榮星兒童合唱團，至宜蘭、花蓮、臺東進行為期五天的旅行演唱，後續發表多篇演唱紀行文章。

〈成仁廟、香雪梅，名城嘉義風光〉發表於《今日生活》第 29 期。

3 月　〈天然勝景別有天，百聞一見阿里山〉發表於《今日生活》第 30 期。

5 月　〈神火靈泉久擅名——關子嶺之遊〉發表於《今日生活》第 32 期。

6 月　〈榮星兒童合唱團東部演唱紀行〉發表於《今日生活》第 33 期。

7 月　〈融於「珊瑚潭」的瑩潔，眩於「虎頭埤」的晶瑩〉、〈榮星兒童合唱團東部演唱紀行（續）〉發表於《今日生活》第 34 期。

日譯沈萌華短篇小說〈鬼井〉，發表於《臺灣文藝》第 24 期。

8 月　〈南部鹽分地帶與南鯤身代天府〉發表於《今日生活》第 35 期。

9 月　〈只有天在上，並無山與齊——玉山攀登記〉發表於《今日生活》第 36 期。

10 月　〈佛教聖地大岡山，明寧王墓與廟〉發表於《今日生活》第 37 期。

11 月　〈古都巡禮（一）——滄桑話臺南〉發表於《今日生活》第 38 期。

12 月　〈古都巡禮（二）——重建後的赤崁樓〉發表於《今日生活》第 39 期。

1970 年　1 月　〈古都巡禮（三）——發人深省的延平郡王祠〉發表於《今日生活》第 40 期。

創作歌詞〈雨夜的小徑〉，呂泉生譜曲。

5 月　〈古都巡禮（四）——全臺首學，五妃墓廟〉發表於《今日生活》第 44 期。

12 月　〈古都巡禮（五）——南都一百七十寺，幾聲鐘鼓夕陽

		中〉發表於《今日生活》第 51 期。
1971 年	5 月	〈古都巡禮（六）——公園，廢園，果園〉發表於《今日生活》第 56 期。
	6 月	〈楊三郎的畫與人〉發表於《今日生活》第 57 期。
		創作歌詞〈歌聲、友情、智慧〉，呂泉生譜曲。
		創作歌詞〈安魂曲〉，呂泉生譜曲。
	10 月	〈日本皇統與明治盛世〉、〈滄桑五十年史與日皇裕仁〉、〈日本皇室的蛻變〉、〈日本皇族遊聘外國紀聞〉、〈日本皇宮話古今〉、〈日皇伉儷的生活與皇子皇孫〉發表於《國際畫報》第 85 期。
1973 年	本年	成立「益壯會」，成員有巫永福、劉捷、鄭世璠等數十位藝文好友。
		日文〈逼近造形核心的魄力——解明楊藝術〉收錄於《楊英風景觀雕塑作品集（一）》，由臺北呦呦藝苑、中國雕塑景觀研究社出版。
1974 年	4 月	〈感慨話文評〉發表於《臺灣文藝》第 43 期。
	本年	創作歌詞〈臺灣風光真是好〉，呂泉生譜曲。
1976 年	本年	創作歌詞〈合家歡〉，呂泉生譜曲。
1978 年	4 月	1 日，詩作〈悼文環兄〉發表於《夏潮》第 4 卷第 4 期。
	8 月	日文〈「徒然草（一）」——喪失浪漫與夢的現代社會〉發表於《日僑協會會報》第 142 號。
	10 月	8 日，應邀出席《聯合報》副刊主辦「光復前臺灣新文學運動作家」座談會，出席作家有王詩琅、巫永福、杜聰明、郭秋生、郭水潭、黃得時、陳火泉、陳逢源、葉石濤、楊雲萍、楊逵、廖漢臣、劉捷、龍瑛宗等多位。座談會紀錄連載於同月 22～24 日《聯合報》第 12 版。
1979 年	4 月	19 日，〈酒與夢境〉發表於《民眾日報》第 12 版。

	7 月	日文〈「徒然草（二）」──心與心的接觸〉發表於《日僑協會會報》第 153 號。
	10 月	26 日,〈「光復節」前後〉發表於《民眾日報》第 12 版。
	本年	日文中篇小說〈奔流〉由林鍾隆翻譯,收入鍾肇政、葉石濤主編《光復前臺灣文學全集 8・閹雞》中,由臺北遠景出版公司出版。
1980 年	3 月	日文〈「徒然草（三）」──想要適應當地的心〉發表於《日僑協會會報》第 161 號。
	7 月	2 日,參加《聯合報》副刊於淡水紅毛城主辦「永不熄滅的爐火──光復前臺灣文學中的民族意識與抗日精神」座談會,出席作家有王詩琅、郭水潭、廖漢臣、龍瑛宗、黃武忠等。座談紀錄連載於同月 7～8 日《聯合報》第 8 版。
	8 月	28～31 日,與劉捷、巫永福、楊逵、林快青、林清文等應邀擔任第二屆鹽分地帶文藝營「前輩作家座談會」與談人。
	11 月	3～5 日,〈人生是一幅七色的畫〉連載於《聯合報》第 8 版。
	12 月	17 日,〈人生幾度清涼──悼念廖漢臣兄〉發表於《自立晚報》第 10 版。
	本年	創作歌詞〈蓮花〉,呂泉生譜曲。
1981 年	2 月	4 日,〈日日是好日──從臘尾接春頭說起〉發表於《自立晚報》第 10 版。 19 日,詩作〈我的歌〉、〈陋巷札記〉、〈樹風問答〉、〈當心吧！朋友〉經修訂重譯後發表於《自立晚報》第 10 版。
	3 月	19 日,〈適來而順去──追念郭秋生兄〉發表於《自立晚

報》第 10 版。

6 月　〈世外桃源話「埔里」・「霧社」天塹不虛傳〉發表於《路工》第 46 卷第 6 期。

本年　擔任陳逸人主編《臺灣觀光指南》中文撰稿、編輯部分，由臺北南華出版社出版。

1982 年	5 月	〈老兵過河記〉發表於《臺灣文藝》第 76 期。
	8 月	21 日，創作歌詞〈祖母愛唱歌〉，呂泉生譜曲。

21 日，應臺北西區扶輪社之邀，發表演講「漫談古音」。

28 日，〈漫談古音〉發表於《龍山——臺北西區扶輪社社刊》第 28 卷第 5 期。

1983 年	5 月	15 日，〈「性」的昇華——從我國傳統觀念談起〉發表於《臺灣文藝》第 82 期。
	10 月	〈不信童年喚不回〉發表於《學前教育月刊》第 6 卷第 7 期。
	11 月	15 日，〈王白淵的點點滴滴〉發表於《臺灣文藝》第 85 期。

本年　創作歌詞〈中華兒女頌〉，呂泉生譜曲。

1984 年	1 月	15 日，〈「顏」色「雲」層「連」綴〉發表於《臺灣文藝》第 86 期。
	3 月	11 日，與日本神戶大學研究代表團於臺北自立晚報社進行兩場文學交流。首場與楊逵、劉捷、龍瑛宗等日治時期作家座談；次場與陳映真、尉天驄、七等生、許達然等當代作家座談。
	6 月	7 日，〈鄉音代表我的心——《阮若打開心內的門窗》前後〉發表於《自立晚報》第 10 版。
	7 月	〈靈感與氣氛〉發表於《路工》第 49 卷第 7 期。
	8 月	3 日，應邀擔任臺北市日僑工商會例會演講人，發表演講

「日本語のルーツと中國古音」。

9月　20 日，應邀出席聯合文學雜誌社主辦「美人心事——文人與藝旦」座談會，與會者有王詩琅、郭水潭、吳松谷、楊逵、林芳年、周添旺、黃得時、劉捷、龍瑛宗等多位。座談紀錄發表於《聯合文學》第 3 期。

12月　〈平常心與清靜心靈〉收錄於《800 字小語（4）》，由臺北文經出版社出版。

1985 年

1月　18～19 日，〈陋巷出清士——哀悼王詩琅兄〉連載於《自立晚報》第 10 版。

2月　19 日，〈多采的大除夕〉發表於《自立晚報》第 10 版。
24 日，〈秋澄萬景新——白露接秋分〉發表於《聯合報》第 8 版。

5月　14 日，〈過去是一個新的起點——舊作〈奔流〉箚記〉發表於《臺灣時報》第 8 版。

10月　25 日，〈挽面〉發表於《聯合報》第 8 版。

12月　21 日，〈火籠〉發表於《聯合報》第 8 版。
〈樂天知命一學人——悼念吳本立先生〉發表於《文訊》第 21 期。

1986 年

2月　4 日，〈年景年俗在臺灣〉發表於《聯合報》第 8 版。

4月　應邀出席於淡水萬熹餐廳舉行純德女中 1946 年初中部、1949 年高中部聯合同學會。

5月　〈一股傻勁的衝力〉、〈《臺灣文藝》百期感言〉；翻譯鄭世璠〈自重、自省、自覺〉發表於《臺灣文藝》第 100 期。

8月　14 日，〈往事只能回味——同學會札記〉發表於《臺灣時報》第 8 版。

9月　17 日，〈秋夜一地銀輝——臺灣中秋節夜譚〉發表於《聯合報》第 8 版。

	10 月	25 日，應邀出席「臺灣新文學回顧座談會」，出席者有楊啟東、郭水潭、邱鑯、劉捷、江燦琳、龍瑛宗、黃平堅、巫永福、林芳年等多位。座談紀錄發表於《臺灣文藝》第103 期。
		日文〈南方來的名球員背號 13〉發表於《日僑協會會報》第 241 號。
	11 月	日文〈馬蹄聲已遠，韻律卻猶存〉發表於《日僑協會會報》第 242 號。
	本年	創作歌詞〈我愛臺灣的老家〉、〈結〉，呂泉生譜曲。
1987 年	2 月	12 日，與巫永福、劉捷、葉石濤、鍾肇政、陳千武等一百多位臺灣作家，在臺北耕莘文教院成立「臺灣筆會」，由楊青矗任會長、李魁賢任副會長、李敏勇任祕書長。
		18 日，〈我為什麼要寫作〉發表於《聯合報》第 8 版。
		受陳淑女校長之託，為母校淡水國小翻修改建的禮堂命名為「澄暉堂」。
	3 月	日文〈日本的短詩〉、〈俳句〉發表於《日僑協會會報》第246 號。
	4 月	〈文學傳統的延續〉發表於《文訊》第 29 期。
	7 月	7 日，〈逢節憶故人〉發表於《臺灣新生報》第 7 版。
	9 月	20 日，〈時光不倒流〉發表於《聯合報》第 8 版。
	10 月	27 日，〈正統聲樂融入臺語歌謠——陳盈伶、廖智慧唱出鄉土情懷〉發表於《自立晚報》第 10 版。
	11 月	8 日，〈「國飲」辨別〉發表於《聯合報》第 8 版。
	12 月	15 日，詩作〈多雲多雨情人節〉發表於《笠》第 142 期。
	本年	創作歌詞〈林旺之歌〉，呂泉生譜曲。
1988 年	1 月	14 日，應邀參加由笠詩社於臺中舉辦「第三屆亞洲詩人

大會」。

	2月	16 日,〈文評談何容易〉發表於《臺灣時報》第 14 版。
	6月	〈過去的榮光與未來的藍圖〉發表於《臺北人》第 10 期。
	7月	1～2 日,〈最後響笛前的舊夢——北淡線最後一瞥〉連載 於《自立晚報》第 14 版。
		15 日,於北淡線停駛前,攝下北淡線每一站的舊貌,後 續撰寫多篇懷念文章。
	8月	13～17 日,應邀出席第十屆鹽分地帶文藝營,與陳千武 一同獲頒「臺灣新文學特別推崇獎」。
		13 日,〈鹽分帶來恩惠〉發表於《自立晚報》第 14 版。
1989 年	2月	2 日,〈嬉笑怒罵皆成文章——從文評談到劇評〉發表於 《臺灣時報》第 14 版。
		15 日,詩作〈身黑心不黑〉發表於《笠》第 149 期。
	5月	4 日,應邀出席由新聞局與文訊雜誌社於崇光百貨文化會 館主辦「五四文藝晚會」,為與作家林芳年的最後會晤。
	7月	20～21 日,〈從落日餘暉中消隱——悼念林芳年先生〉連 載於《聯合報》第 27 版。
	9月	17 日,〈人間惜晚晴〉發表於《自立晚報》第 5 版。
	10月	14 日,〈秀氣骨氣鍾於一身——淺論郭雪湖「浸淫丹青 70 年作品展」〉發表於《中國時報》第 27 版。
	12月	16 日,〈平而新〉發表於《臺灣時報》第 23 版。
1990 年	1月	12 日,〈「心靈的窗」話滄桑〉發表於《新都會》第 2 期。
		15 日,〈不信榮光喚不回?——感慨話滬尾〉發表於《新 都會雜誌》第 2 期。
	6月	15 日,詩作〈奇遇〉、〈自命平凡〉、〈烈士碑前〉發表於

《笠》第 157 期。

24 日，應邀出席新地文學基金會主辦「第三屆中國文學國際學術會議：我們是怎麼走過來的──日據時代作家座談會」，與會者有葉石濤、陳千武、林亨泰。座談紀錄發表於《新地文學》第 1 卷第 3 期。

7 月　　主編《孕育文教故鄉情──淡水國小 90 周年紀念誌》，由臺北淡水國小出版；〈72 年 12 月 24 日澄暉堂破土典禮──「澄暉」釋義〉、〈母校九十周年特刊後記〉發表於其中。

〈此生無悔〉收錄於《他的最初──第一次交女朋友》，由高雄派色文化出版社出版。

10 月　　16～18 日，〈資深畫家「心不死」〉連載於《聯合報》第 29 版。

11 月　　10 日，應邀出席財團法人張榮發基金會主辦「臺灣歌謠青年研習會」，講授「寫作歌詞的經驗與實務」課程。

12 月　　15 日，詩作〈夜城〉、〈霧與女郎心〉、〈鳩拙自慚〉發表於《笠》第 160 期。

本年　　創作歌詞〈把心靈的門窗打開〉，呂泉生譜曲。

1991 年　　1 月　　24 日，〈尋回失落的童年──滬尾往事只能回味〉發表於《臺灣新生報》第 22 版。

2 月　　1 日，張恆豪主編中、短篇小說集《翁鬧、巫永福、王昶雄合集》，由臺北前衛出版社出版。

15 日，詩作〈小鳥〉、〈小燈〉、〈小丑〉發表於《笠》第 161 期。

3 月　　19 日，應邀出席輔仁大學河洛社、學生會主辦「〈阮若打開心內的門窗〉──臺灣歌謠思想起」教唱活動，擔任主講人。

20～25 日,〈妙語解頤的硬漢——張文環逸聞逸事〉連載於《臺灣新生報》第 18、22 版。

23 日,〈無限淒冷悼秀喜〉發表於《自立晚報》第 19 版。

5 月　1 日,詩作〈夢見郭大師歸來〉發表於《自由時報》第 18 版。

9～10 日,〈與原住民共舞——從《與狼共舞》的道德勇氣觀談起〉連載於《自立晚報》第 19 版。

6 月　13～16 日,〈還我當初美少年——樂天豁達的「益壯」一群人〉連載於《聯合報》第 25、39 版。

15 日,應《聯合報》副刊主編瘂弦之邀,出席副刊「寶刀集」專欄作家聚餐,出席作家有黃得時、楊雲萍、巫永福、劉捷、龍瑛宗等人。

7 月　12 日,〈畫淡水——詩情畫意故鄉情〉發表於《自立晚報》第 19 版。

26 日,〈《臺北老街》〉(莊永明著)發表於《中國時報》第 36 版。

8 月　15 日,詩作〈給冥頑的文士〉、〈嘶啞的淡水河〉發表於《笠》第 164 期。

9 月　21～22 日,〈另一種格式的「渴死者」——人間無明正,心中有明正〉連載於《自立晚報》第 19 版。

10 月　13 日,詩作〈心靈的門窗〉以外孫王郁彬之名發表於《自立晚報》第 19 版。

27 日,〈平心看平常心〉發表於《中時晚報》第 15 版。

〈八月十五日的省思〉發表於《幼獅文藝》第 454 期。

〈打開心內的門窗——談寫作歌詞的經驗與實務〉發表於《田園樂府‧樂訊》第 2 期。

1992 年　　1 月　　15 日,〈妙契自然‧發掘天趣〉發表於《聯合報》第 25 版。

〈景雕一代宗師楊英風──擁抱「天人合一」的世界〉收錄於《楊英風不銹鋼景觀雕塑專輯》,由臺北漢雅軒出版。

〈新浪推舊浪──臺灣新舊詩論爭的啟示〉發表於《大同雜誌》第 71 卷第 1 期。

　　　　　3 月　　25 日,〈寫稿情懷〉發表於《文學臺灣》第 2 期。

　　　　　4 月　　15 日,詩作〈心靈的門窗〉、〈夢中說「望」〉發表於《笠》第 168 期。

　　　　　5 月　　1 日,〈一陰一陽──與張文環的對話〉發表於《臺灣文藝》第 130 期。

23 日,〈但願九份永保神韻〉發表於《聯合報》第 25 版。

　　　　　8 月　　15 日,詩作〈在地球上的一角落裡〉發表於《笠》第 170 期。

　　　　10 月　　15 日,詩作〈思鄉情懷〉、〈你與我〉、〈追思亡友〉發表於《笠》第 171 期。

24 日,應邀出席九歌文教基金會主辦「日據時代臺灣新文學」座談會,與會者有陳千武、許俊雅等多位。

　　　　12 月　　11 日,〈《阮若打開心內的門窗》情懷〉發表於《自立晚報》第 19 版。

日文中篇小說〈奔流〉由鍾肇政翻譯,收錄於施淑主編《日據時代臺灣小說選》,由臺北麥田出版公司出版。

1993 年　　2 月　　3 日,〈玄奘〉發表於《中國時報》第 27 版。

15 日,詩作〈海邊的回憶〉、〈妳我他〉經修定重譯後,發表於《笠》第 173 期。

3 月　15 日，〈荒城自蕭索——童年與古堡戀〉發表於淡水鎮刊
《金色淡水》第 1 期。

24 日,〈臺灣人搬臺灣戲——《天鵝宴》宴客札記〉發表
於《自立晚報》第 19 版。

4 月　5 日,〈珍貴鏡頭〉發表於《文學臺灣》第 6 期。

6 月　《驛站風情》由臺北臺北縣立文化中心出版。

主編「北臺灣文學叢書第一輯」（八冊），由臺北臺北縣文
化中心出版。

8 月　15 日，自譯日文詩作〈樹風問答〉；詩作〈不信童年喚不
回〉、〈憂患詩人〉發表於《笠》第 176 期。

9 月　18 日，應邀擔任淡水鎮公所於淡水文化大樓 5 樓主辦
「淡水文學風情的失落與期待」座談會，由李敏勇主持，
出席者有李魁賢、林文義、謝德錫等人。座談紀錄發表於
淡水鎮刊《金色淡水》第 8 期。

11 月　11～17 日,〈文學留言版，名家創作（七則）〉連載於
《聯合報》第 37 版。

16 日，應邀出席施乾雕像碑文揭幕。

26 日,〈打頭陣的賴和——哲人「走得其時」〉發表於
《自立晚報》第 10 版。

12 月　8 日，以「澳洲感歎之旅」為題，詩作〈大自然的化
身〉、〈雪梨花圃〉發表於《自由時報》第 25 版。

1994 年　2 月　15 日,〈感慨話家鄉年景〉發表於淡水鎮刊《金色淡水》
第 12 期。

20 日,〈情若風霜‧義貫金石——縱談臺灣女性〉發表於
《臺灣文藝》第 141 期。

26 日，應邀出席臺灣筆會於臺大校友會館舉辦「臺灣文
化之夜」，獲頒 1993 年度本土文學類好書獎牌。（獲獎作

品為《驛站風情》）。

4 月　1 日，詩作〈八卦山〉發表於《史懷哲之友》第 3 期。

11～12 日，〈白面書生王白淵〉發表於《自由時報》第 25 版。

21 日，〈名字春秋〉發表於《聯合報》第 37 版。

5 月　1 日，於淡水參加第一屆「北臺灣文學研習營」分組研討會。

6 日，應國際扶輪第 3480 地區 1994～1995 年度社務講習會之邀，發表演講「打開心內的門窗」。

〈皇民熱潮下的《臺灣文藝》〉發表於《日本文摘》第 9 卷第 4 期。

6 月　11～12 日，參加臺灣筆會於臺中上智社教研究院主辦「1994 臺灣文學創作研討會」暨慶祝《臺灣文藝》、《笠》30 周年，並發表演講「巫永福及周邊作家的文學活動」。

主編「北臺灣文學叢書第二輯」（八冊），由臺北臺北縣文化中心出版。

8 月　3 日，〈北臺無處不飛花──「北臺灣文學」導言〉發表於《自立晚報》第 19 版。

13 日，〈「畫我家鄉」，黃道瑞國，隆愛丹青〉收錄於《黃國隆油畫創作特輯》，由臺北明生畫廊出版。

20 日，〈在家日日好，出外朝朝難〉發表於《自由時報》第 29 版。

9 月　4 日，〈梅花天地心──讀《賴和漢詩初編》〉（林瑞明編）發表於《自立晚報》第 19 版。

18 日，應邀出席由淡水鎮公所於淡水文化大樓舉辦「淡水文學風情的失落與期待」座談會，出席者有李敏勇、李

魁賢、林文義、莊永明等人。

10 月　15 日,〈銅像的聯想〉發表於《臺灣時報》第 22 版。

11 月　25 日,應邀出席由行政院文建會主辦「賴和及其同時代的作家——日據時期臺灣文學國際學術會議」座談會,出席作家有吳漫沙、陳垂映、王昶雄、周金波、林亨泰、陳千武、葉石濤、楊千鶴等人。

1995 年　1 月　5 日,〈筆墨歲月的省思〉發表於《文學臺灣》第 13 期。
〈但求不愧我心——序《鄭世璠油畫回顧展畫集》〉收錄於《鄭世璠油畫回顧展畫集》,由臺灣省立美術館出版。

4 月　1 日,〈千尺深潭越離越遠——懷念郭水潭兄〉發表於《聯合報》第 37 版。

6 月　7～8 日,〈北臺文學綠映紅〉連載於《自立晚報》第 23 版。
主編「北臺灣文學叢書第三輯」(八冊),由臺北臺北縣立文化中心出版。
應邀擔任淡水文化基金會顧問。

7 月　5 日,〈郭兄生前的笑容〉發表於《文學臺灣》第 15 期。
〈獨守孤燈一完人——陳慧坤其人其事〉收錄於《執著與豐收——陳慧坤 90 回顧展祝賀文集》,由臺北藝術家出版社出版。

9 月　3 日,應邀擔任由臺中縣清水鎮公所(今臺中市清水區公所)於清水舉辦「馬關條約後臺灣百年發展史研討會」專題演講人,發表演講「文學與語言——臺灣文學的回顧與臺語文學的抬頭」。

10 月　10～11 日,〈把心靈的門窗打開〉連載於《中國時報》第 39 版。

11 月　5 日,〈悲戚無聲勝有聲〉發表於《自立晚報》第 17 版。

12 日，與杜文靖共同擔任臺北市立美術館主辦「臺灣意
象五十──藝文名人榕樹下講古」主講人。

18 日，〈馬偕・施乾──永不磨滅的「銅像」出現了〉發
表於《自立晚報》第 17 版。

12 月　9〜10 日，應邀出席由中央研究院中國文哲研究所主辦
「張我軍學術研討會」，擔任「日據時代臺灣作家的創作
語言」專題討論的引言人。

1996 年　3 月　6〜7 日，〈兩地情結的人〉連載於《中國時報》第 31
版。

21 日，〈《阮若打開心內的門窗》〉發表於《聯合報》第 37
版。

〈《阮若打開心內的門窗》的二三事〉發表於《臺灣書
訊》春雨號。

《阮若打開心內的門窗》由臺北草根出版公司出版。

4 月　2 日，應邀擔任臺北縣立文化中心主辦第 3 屆北臺灣文學
研習營講師，講授「古音與古語」課程。

5 月　26 日，〈臺灣第一位醫學博士──杜聰明先生〉、〈臺灣第
一位慈善家──施乾先生〉、〈淡小百年校慶感言〉發表於
《淡水兒童》第 45 期。

7 月　〈縱橫文筆見高情──第四輯導言〉發表於「北臺灣文學
叢書第四輯」，由臺北臺北縣文化局出版。

9 月　23 日，〈立足臺灣，胸懷臺灣〉發表於《臺北市明德扶輪
社社刊》第 8 卷第 13 期。

應邀出席臺北縣立文化中心縣民大學系列活動「立石鐵臣
畫作紀念展」，發表演講「孤寂之聲──立石鐵臣的生命
情調」。

11 月　16 日，〈六旬青年畫家──名器越「陳」越「錦」且

「芳」〉發表於《臺灣日報》第 23 版。

本年　應邀出席於臺中清水舉辦「牛罵頭音樂節──春風歌聲四季情」，由莊永明主持，李靜美演唱《阮若打開心內的門窗》。

1997 年　1 月　26 日，應邀出席由臺灣筆會於臺大校友會館舉行「1996 年度本土十二大好書頒獎典禮」，獲頒獎牌（獲獎作品為《阮若打開心內的門窗》）。

4 月　1～2 日，〈志節的座標──愛鄉志士吳新榮〉連載於《臺灣日報》第 23 版。

6 月　1 日，應邀出席於新竹縣立文化中心舉辦「1997 年竹塹文學獎頒獎典禮暨陳秀喜全集新書發表會」。

29 日，〈走不平凡的路，此生無悔〉收錄於《大乘景觀論──邀請邀遊 LANDSCAPE》，由臺北楊英風美術館出版。

7 月　主編「北臺灣文學叢書第五輯」（八冊），並撰寫序文〈郁郁文采北臺灣──第五輯導言〉。

8 月　4 日，自譯日文詩作〈海邊的回憶〉發表於《聯合報》第 41 版。

10 日，詩作〈你和我〉發表於《臺灣日報》第 27 版。

20 日，〈臺北市立美術館〉收錄於川成洋主編《世界美術館──美をめぐる 26 旅》，由日本丸善株式會社出版。

10 月　5 日，〈昔日文友喜相逢〉發表於《文學臺灣》第 24 期。

1998 年　1 月　18 日，應邀出席「臺北歌壇創立 30 周年」紀念慶祝大會。

4 月　《阮若打開心內的門窗》由臺北前衛出版社出版。

5 月　10 日，自譯詩作〈嗚呼！塞班島〉發表於《民眾日報》第 19 版。

編輯並自費出版《膠彩與我——林玉珠膠彩畫選集》。

6月　4 日，〈網路時代的方向——悼亡二之一〉發表於《民眾日報》第 19 版。

11 日，〈詩意的布局——悼亡二之二〉發表於《民眾日報》第 19 版。

7月　25 日，應邀出席前衛出版社舉辦「臺灣大眾文學系列」出版茶會。

25～26 日，〈文墨因緣談江老〉連載於《臺灣日報》第 27 版。

8月　4 日，高雄縣政府興建「臺灣文學步道」完成，為 35 位作家豎立紀念碑，王昶雄名列其中。

12 日，〈一個超傳奇人物的悲劇〉發表於《民眾日報》第 19 版。

20 日，〈白圭之玷〉發表於《民眾日報》第 19 版。

9月　4 日，〈「望春風」滿堂紅〉發表於《臺灣日報》第 27 版。

16 日，〈世上沒有完人〉發表於《民眾日報》第 19 版。

10月　7 日，〈造緣可喜〉發表於《民眾日報》第 19 版。

24 日，應邀出席九歌文教基金會於臺北舉行「老當益壯——向臺籍資深作家致敬」餐會，出席者有巫永福、劉捷、鄭世璠、黃天橫、廖清秀、郭啟賢等「益壯會」資深作家。

29 日，〈悲歡歲月女詩人〉發表於《民眾日報》第 19 版。

11月　26 日，〈昨夜星辰昨夜風〉發表於《民眾日報》第 19 版。

1999 年　1 月　4 日，〈感慨談家山——滬尾風情畫〉發表於《臺灣日

報》第 27 版。

7 日,〈令人稱快的小插曲〉發表於《民眾日報》第 19 版。

2 月　4 日,〈回憶錄劄記〉發表於《民眾日報》第 19 版。

4 月　7 日,詩作〈秋愁〉、〈懷舊〉發表於《臺灣日報》第 35 版。

29 日,〈碩果僅存這一部〉發表於《民眾日報》第 19 版。

5 月　26 日,〈文人與酒〉發表於《民眾日報》第 19 版。

8 月　17 日,應邀出席臺北大安扶輪社於臺北來來飯店 17 樓七星廳舉辦之專題演講,發表演講「阮若打開心內的門窗」。

10 月　5 日,自譯詩作〈我的歌〉發表於《文學臺灣》第 32 期。

13 日,詩作〈睡蓮〉發表於《臺灣日報》第 31 版。

11 月　1 日,〈浩劫當中悼斯人〉發表於《文訊》第 169 期。

13 日,詩作〈婚禮多美好〉發表於《臺灣日報》第 31 版。

12 月　26 日,詩作〈古井札記〉發表於《臺灣日報》第 31 版,為作者生前最後發表。

2000 年　1 月　1 日,凌晨 1 時 55 分,因胃癌辭世,享壽 84 歲。

5 日,〈淡水河〉刊載於《文學臺灣》第 33 期。

25 日,由李登輝總統頒發褒揚令,謂:「綜其生平,盡瘁臺灣文藝復興大業,弘揚我國傳統文化統緒,敦世勵俗,德高崇隆。」表揚其對臺灣文學貢獻。

4 月　5 日,《文學臺灣》製作「王昶雄紀念專輯」,王昶雄〈王昶雄自訂日治時期著作目錄〉、杜文靖〈日日是好日,年

年是好年——臺灣文壇前輩王昶雄的生活哲學〉、葉石濤〈敬悼王昶雄先生〉、鍾肇政〈昶雄與益壯會〉、廖清秀〈少年大二三事〉、鄭清文〈停雲與飛鳥〉、陳萬益〈心奧底鄉愁——王昶雄紀念〉、彭瑞金〈讓我們一起打開心內那扇窗〉、李敏勇〈你能聽見他的歌——紀念王昶雄〉、賴永松〈尋找——懷王昶雄先生與益壯會〉、李秀〈趕赴另一個故鄉田園——懷念王昶雄老師〉、曹永洋〈打開臺灣人心內的門窗——懷念「少年大」王昶雄先生〉、李魁賢〈同鄉會是我的名字〉、垂水千惠著；葉笛譯〈追悼王昶雄氏〉刊載於《文學臺灣》第34期。

15 日,《淡水牛津文藝》製作「王昶雄先生追悼專輯」,王文心〈阿公,您永遠活在我心中〉、曹永洋〈「少年大」與「益壯會」——懷念王昶雄先生〉、河原功作;王郁雯譯〈告別作家王昶雄先生〉、劉峰松〈「少年大」天上的笑容——懷念王昶雄先生〉、巫永福〈悼念王昶雄君〉、李魁賢〈難耐故鄉情〉、林政華〈終身為臺灣文學灌溉的先行作家——王昶雄先生〉、賴永松〈益壯會同窗錄——紀念王昶雄先生〉莊紫蓉〈淡水河畔的美麗漣漪——王昶雄專訪〉、王昶雄詞;呂泉生曲〈安魂歌〉刊載於《淡水牛津文藝》第7期。

11月	4 日,真理大學臺灣文學系舉辦「福爾摩莎的心窗——王昶雄文學會議」,並頒發臺灣文學家牛津獎。
	李魁賢主編《望你永遠在我心內——王昶雄先生追思集》,由臺北臺北縣文化局出版。
2001 年　7月	1~30 日,臺北縣文化局於現代陶瓷館文獻特展室舉辦「王昶雄紀念展」。
	日文中篇小說〈奔流〉由張良澤翻譯,連載於《臺灣文學

評論》第 1 卷第 1～2 期，至 10 月止。

2002 年　　　10 月　許俊雅主編《王昶雄全集》（共 11 冊）由臺北臺北縣文化
　　　　　　　　　　局出版。

2007 年　　　6 月　河原功編《王昶雄作品集》由東京綠蔭書房出版。

2014 年　　　4 月　26 日，淡水文化基金會主辦第一屆淡水文學節「思路」，
　　　　　　　　　　並於真理大學牛津學堂遊客中心舉行「再見，淡水——王
　　　　　　　　　　昶雄紀念座談會」。

　　　　　　　9 月　23 日，國立臺灣文學館主辦「看見五彩春光——王昶雄
　　　　　　　　　　捐贈展」，以「文學人生」、「故鄉情懷」、「文壇『少年大
　　　　　　　　　　仔』」、「看見五彩的春光」區分出四主題，展出作家藏
　　　　　　　　　　書、照片、作品手稿、閱讀札記等多件，呈現其豐富廣闊
　　　　　　　　　　的人生經歷。至隔年 1 月 11 日止。

參考資料：

‧李魁賢主編，《望你永遠在我心內——王昶雄先生追思集》，臺北：臺北縣文化局，
　2000 年 11 月。

‧許俊雅編，〈王昶雄生平著作年表初編〉，《王昶雄全集第九冊‧隨筆、翻譯卷》，臺
　北：臺北縣文化局，2002 年 10 月。

‧河原功編，《王昶雄作品集》，東京：綠蔭書房，2007 年 6 月。

‧王昶雄，〈王昶雄自訂日治時期著作目錄〉，《文學臺灣》第 34 期，2000 年 4 月。

‧姚蔓嬪，〈王昶雄小說研究〉，臺灣師範大學國文學系碩士論文，許俊雅教授指導，
　2002 年 6 月。

‧電子資料庫：報紙標題索引資料庫。

輯三◎
研究綜述

FORMOSA 的心窗
少年大仔王昶雄及其作品研究概況

◎許俊雅

一、前言

　　王昶雄，一位跨越兩個時代、兩種語言的文學作家，以小說〈奔流〉、歌詞〈阮若打開心內的門窗〉，奠定他在文壇的地位，陳萬益教授給予相當高的評價：「尤其令人浩歎的是：從日文、臺文到華文，無一不精。不說戰前世代的前輩受限於日文，……觀其散文集《驛站風情》、《阮若打開心內的門窗》，其行文之雅善流麗，都要自歎弗如。」[1]除了王昶雄外，巫永福也與之相近，日治前以小說聞名，戰後重新學習中文，以之創作新詩、散文、隨筆、評論，頗有好評，詩文的文字功力，卻毫不輸給原本母語即是中文的作家。但卻難以用中文寫小說。

　　根據書信〈王昶雄致柳澤勇雄書簡〉往返的資料中他自述：「戰前，用日文在這裡的報紙雜誌上連續發表作品，主要是小說和詩，小說有〈梨園之秋〉、〈淡水河的漣漪〉、〈回頭姑娘〉、〈奔流〉、〈鏡子〉等長短篇。戰後，改用中國的白話文，寫的都是評論和隨筆。我拿中學時代一個朋友給我命名的『昶雄』為筆名，其後，一直使用這個名字。」[2]這些小說中〈奔流〉引發的爭議，一直不斷。其他四篇小說在他生前未見於世，在他逝世後不久，《王昶雄全集》才收入〈梨園之秋〉、〈淡水河的漣漪〉、〈回頭姑

---

[1]陳萬益，〈心奧底鄉愁〉，《望你永遠在我心內——王昶雄先生追思集》（臺北：臺北縣文化局，2000年11月），頁112。
[2]王昶雄，〈王昶雄致柳澤勇雄書簡〉，《王昶雄全集第八冊・日記、書信卷》（臺北：臺北縣文化局，2002年10月），頁249。

娘〉、〈鏡子〉，因此討論〈奔流〉的作品最多，其他四篇明顯偏少，從本書
收入的相關評論亦可見得。

　　這五篇小說最早發表的是昭和 11 年（1936 年）的〈梨園之秋〉，以傳
統戲班為故事主軸；其次是〈回頭姑娘〉，完稿於昭和 12 年（1937 年）5
月，寫寡婦驚覺愛上的竟是亡夫弟弟，第三是昭和 14 年（1939 年）刊登
在《臺灣新民報》的〈淡水河的漣漪〉，以淡水、八里為空間，寫漁家、也
寫世代恩仇，真純反映淡水河兒女的情愛，第四篇是昭和 18 年（1943
年）7 月刊登在《臺灣文學》的〈奔流〉，內容涉及是否為皇民文，最後則
是於昭和 19 年（1944 年）發表的〈鏡〉，〈鏡〉在當時僅見發表前的廣
告，內文是編全集時，整理自其身後手稿。戰後，王昶雄選擇以隨筆和詩
歌與讀者重新見面，1965 年 9 月《國際畫報》與 1967 年的《今日生活》，
分別刊登王昶雄「扶桑心影」及「寶島心影」系列文章，前者分析日本皇
室與工商業發展；後者則是記錄他行腳臺灣名勝的足跡，一出手即不凡。
在這段期間，王昶雄也陸續發表作品，尤其是在 1980 年 11 月在《聯合
報》副刊發表〈人生是一幅七色的畫〉更讓人眼睛為之一亮。他也在這個
年代重新被重視、被討論，迄今討論的作品無論是小說或散文、詩歌，都
不乏其人，也獲致相當多的迴響及資料上的訂正等等。

二、相關史料辨正

　　關於王昶雄的生年是 1916 或 1915 年？筆者所編的《王昶雄全集》的
附錄記載為 1915 年的 2 月 3 日，而李魁賢所著〈王昶雄生日考〉[3]中則記
載他考證王昶雄其人的確實生日應該是 1916 年 2 月 3 日，筆者的〈王昶雄
生平著作年表初編〉：「據其著作年譜所載生年為 1916 年 2 月 25 日。然
王氏生肖屬虎，應是 1914 年除夕時生，其時新曆為 1915 年 2 月 3 日。今
觀日治時期戶籍謄本及郁文館中學生徒學籍簿及身分證所載，悉為大正 4

---

[3]李魁賢，〈王昶雄生日考〉，《望你永遠在我心內──王昶雄先生追思集》，頁 25。

年。訃文及自訂年譜誤為 1916 年。」當時在新舊曆換算時誤為 2 月 3 日。
幸而後來賴文豪根據筆者提出的線索,復舉《王昶雄全集》〈臘尾接春頭〉
及〈多采的大除夕〉文以證:「人世往往有料想不到的湊巧,例如有個嬰竟
在那圍爐的時辰出世,我便是其中之一。」並回憶起其母在每逢除夕的時
候,就會喜孜孜的對他說:「你是王家的寶貝兒,今天是你的生日,娘祝你
頭殼好、豪讀書,將來大出頭啊!」除了作品外,最重要的是在全集中的
日記卷裡曾兩次提及自己是農曆除夕出生的幸運兒,由這些線索可反推其
生日是甲寅年肖虎,而當年的農曆除夕為新曆 1915 年的 2 月 13 日,而非
2 月 3 日。[4]至此王昶雄生年從坊間沿用的 1916 年,可以訂正為 1915 年無
疑。

　　另外是關於〈奔流〉版本的爭議。當 1970 年代日治臺灣小說重新被整
理翻譯時(遠景出版公司),「皇民文學」就成為收入與否的難題,什麼才
是「皇民文學」,其界定、確認也存在相當大的差異及難度,筆者也曾為呂
赫若〈鄰居〉、〈山川草木〉、〈風頭水尾〉、〈玉蘭花〉提出文本的深層解
讀,以證非「皇民文學」之作。當「皇民文學」成為熱門的關鍵詞,還在
世的日文作家受到整體氛圍的影響,幾乎不可能不在意評論界的公審,[5]因
此 1982 年王昶雄在〈老兵過河記〉一文就自述〈奔流〉原作有些部分曾慘
遭日本憲警擅自增刪,後來王昶雄又依據《臺灣小說集(1)》版本自己修
訂增刪。

　　今日可見的〈奔流〉譯本,依據賴錦雀譯,筆者主編的《王昶雄全
集》,收入三種日文版中譯本,一是最早發表於《臺灣文學》第 3 卷第 3 號
的「《臺灣文學》版」,二是收錄在《臺灣小說集(1)》的「《臺灣小說集》

---

[4]賴文豪,〈王昶雄及其作品研究〉(臺北教育大學臺灣文化研究所碩士論文,2013 年 6 月),頁
15~17。
[5]1988 年 3 月,中國學者包恒新在《臺灣現代文學簡述》一書論及〈奔流〉時,仍判定是對皇民化
妥協的媚日之作,之後臺灣文學界研究者如張恆豪、呂興昌、陳萬益、林瑞明等人則持反對意
見,如陳文云:「貫穿全篇的則是 1940 年代臺灣知識分子徬徨求索,尋找出路的心靈的掙扎的紀
錄。」林文認為絕對是「非皇民文學」,見許俊雅主編,《王昶雄全集第十冊‧評論卷》(臺北:
臺北縣文化局,2002 年 10 月)。

版」，三是依據《臺灣小說集》刊文修訂的手改稿。因此〈奔流〉的日文和中譯版本不少，[6]對自己已發表作品的修訂，楊逵更是較早的例子，學界對此現象也早展開討論，王昶雄〈奔流〉版本的討論，自然也是必然。1991年10月，呂興昌〈評王昶雄〈奔流〉的校訂本〉一文首先觸及〈奔流〉的版本問題，透過文本的細讀及分析，提醒了讀者如何面對此文，經過他的分析，表達他個人的見解是：〈奔流〉批判皇民化運動的策略是相當成功的。此後研究者對版本的後續討論，大抵圍繞幾個值得重視的現象，以下謹就此略為概述。

　　學者的論辯似乎相當影響作者本人，因為1991年前衛版的《臺灣作家全集》收入〈奔流〉時，採用的雖然仍是林鍾隆原先的中譯，但已經過王昶雄的「校訂」，對照之下，可發現大部分容易引起爭議的字句、段落，已被作者「改寫」了。
包括：

　　一、「我」於新正前往伊東家拜年，看見伊東的日本人妻子與岳母，聯想到真正的日本之美。原刊本的以下三行，王昶雄刪除了「我無法安於自己是出生於南方的日本人這個事實。如果不能完全變成真正的日本人的話，就不甘心。我認為，自己並非主動地努力成為內地人，而是在無意識之中，內地人的血將移入自己的血管，不知不覺地靜靜地在我全身流動。」

　　二、伊東春生父親葬禮後，「我」發覺伊東春生對待親生母親的態度非常冷淡，林柏年因之不滿與氣憤，「我」的內心百味雜陳，亦有所反省，諸如：「你真是個卑怯的傢伙。那不是明顯地證明你卑視臺灣嗎？臺灣人絕不是中國人，也不是愛斯基摩人哦。豈止如此，臺灣人與生於內地的人毫無

---

[6]戰後〈奔流〉亦出現許多翻譯版，包括1992年《日據時代臺灣小說選》的鍾肇政譯版、1995年《海鳴集》的林鍾隆譯版（後收錄於前衛出版的《翁鬧、巫永福、王昶雄合集》）、2001年《臺灣文學評論》的張良澤譯版、2002年《王昶雄全集》的賴錦雀譯版（包括刊行本、手改稿）等等四種翻譯版本。需注意的是，1991年前衛版的《臺灣作家全集》收入的林鍾隆中譯，是已經過王昶雄的「校訂」，將二者對照，可見容易引起爭議的字句、段落，多已被作者「改寫」。

兩樣呀。引以為傲吧！要有同是日本臣民的驕傲！」文字近一頁約五百字
被作者全數刪除。

三、「我」接到入日本武道專門學校進修的林柏年來函，信上表示「不
必因為出生於南方，而覺得卑屈」，後來此信內容刪去二處，即「為了維繫
偉大的大和魂，我覺得非默默地用我們的鮮血去描繪不可。這，比什麼都
重要的是決心。我們過去所缺少的，就是這決心」、「我更必須是個堂堂正
正的臺灣人才行」前面的一句「如果我要做一個偉大的日本人」。據王昶雄
〈老兵過河記〉指出，前者頌揚「大和魂」等之字句，本就是被無端補入
的，除此尚有〈奔流〉原稿中，指責日人「六成加俸」的特惠條例與譏罵
日人為「四腳仔」的口頭禪悉被刪去。[7]

筆者指導的姚蔓嬪碩論，[8]據此三種版本，發現手改稿的更動，幾乎影
響戰後的各家翻譯。在《臺灣文學》刊行本的洪醫師對伊東有種崇敬、惺
惺相惜之情，但這些文字多半被刪除。此外原先洪醫師認為柏年的想法是
純真、不成熟，作者卻有意強化其反抗地位。再者作者試圖修飾原版本中
受日本文化影響的情節，例如洪醫師由衷讚歎伊東的生活方式之詞，在手
改稿中已不復見，將新曆年到神社參拜的過程改而為農曆大年初一去看日
出。而常出現在主角口中「要當堂堂正正的日本人」、「本島人也是堂堂的
日本人」及「我想起了在內地時的事情。當有人問我『府上是哪裡？』
時，我是什麼樣的的心理作用呢？我通常都回答說是四國或九州。……我
正在享受著這種境遇，正在貪婪地吸收這種大慈愛。」之語，亦遭刪除。
最後將被懷疑是為皇民化運動作宣傳的一句：「今後的本島人，可以成為有
名譽的軍人，也可以做官，同時還可以開拓藝術之道。」其中「成為有名
譽的軍人」也被刪除。[9]經過這些潤飾，弱化減卻了臺灣知識分子面對現代

[7]王昶雄，〈過去是一個新的起點〉，《驛站風情》（臺北：臺北縣立文化中心，1993 年 6 月），
頁 14～15。
[8]姚蔓嬪，〈王昶雄小說研究〉（臺灣師範大學國文所碩士論文，2002 年 6 月）。
[9]賴錦雀譯，〈奔流〉，《王昶雄全集第一冊・小說卷》（臺北：臺北縣文化局，2002 年 10 月），
頁 254。姚蔓嬪，〈王昶雄小說研究〉，頁 110、111。

化所產生的焦慮，凸顯其中對伊東行為的質疑，這使得〈奔流〉趨向於抗議文學之列。

三、關於戰前小說的評論

　　根據王昶雄自訂的日治時期創作目錄手稿提到：「用日文寫小說、詩、評論等，都是在昭和 6 年（1931 年）至昭和 21 年（1946 年）之間。」這時期的作品以日文寫成，手稿中列出的中篇小說包括：〈梨園の秋〉、〈淡水河の漣〉、〈奔流〉、〈かがみ〉四篇，短篇小說則多達 12 篇：〈出戻り娘〉、〈さすらひ日記〉、〈ピエロの溜息〉、〈遠島〉、〈二人の女性〉、〈チンピラ物語〉、〈濱千鳥〉、〈ある壯士の死〉、〈へっぱこ野郎〉、〈阿緞の嫁入〉、〈心の歲時記〉、〈緋櫻の咲頃〉。全集整理時僅得見四篇中篇小說及〈回頭姑娘〉，題材各異，但皆體現了小說與文中戲劇電影的互文性。

　　昭和 11 年（1936 年）王昶雄發表以戲班為題材的小說〈梨園之秋〉，這是他的第一篇中篇小說，緊接著在昭和 12 年（1937 年）發表〈回頭姑娘〉。〈梨園之秋〉共分為「酒……酒」、「師兄弟」、「吵架」、「私奔‧死亡」、「追弔的笛音」五章節，故事環繞戲團「和勝班」發展，〈梨園之秋〉和之後的〈淡水河的漣漪〉可以明顯看出王昶雄對故鄉人事物的懷念，由於留日關係，對日本現代化的接觸及殖民教養關係，小說中不時夾雜西洋、日本樂曲及電影、戲劇，從〈梨園之秋〉不斷出現的傳統戲碼，可以看出王昶雄對傳統戲曲的造詣。不只是〈梨園之秋〉，在〈淡水河的漣漪〉、〈奔流〉到〈鏡〉都可以發現，他擅長應用電影、戲劇、文學，使小說人物、性格、命運，甚而是人物結局，彼此呼應，彼此相映現。[10]這與他不僅關心傳統戲曲，也熱衷東西洋的電影或戲劇有關，在昭和 15 年（1940

---

[10]李敏忠之文：「王昶雄在〈鏡〉和〈淡水河的漣漪〉這兩篇小說中都有安排戲劇的情節，而劇情和小說中的主角處境有時相吻之處，有時則成為伏筆為劇情埋下一個預告或和小說情節相呼應。」見〈皇民的反抗：臺灣人的新生苦旅——以王昶雄〈淡水河的漣漪〉、〈奔流〉以及〈鏡〉小說的考察為例〉，檢索日期：2014 年 5 月 25 日，網址：http://ip194097.ntcu.edu.tw/gian kiu /GTH/2006/TSIT/lunbun/19%E6%9D%8E%E6%95%8F%E5%BF%A0.pdf。

年）他即陸續在《臺灣新民報》，發表一系列以〈日本歌舞伎と支那劇の研究（一）〜（結）〉（〈日本歌舞伎與支那戲劇的研究〉）為題的文章。

　　昭和 14 年（1939 年）他利用暑假回臺期間，於《臺灣新民報》發表第二篇日文中篇小說〈淡水河的漣漪〉。顧名思義，〈淡水河的漣漪〉以淡水河為背景所寫，題目的靈感據他個人表示是來自於《多瑙河的漣漪》。〈淡水河的漣漪〉刊出時的插畫是中村敬輝（陳敬輝）畫的，而陳敬輝正是其日後代表作品〈奔流〉裡伊東春生這個角色。由於淡水特殊的人文背景以及環山繞水的特殊景致，常常帶給作家無限的想像空間，當地的人、事、物，也可以由許多作品中看出影子。呂赫若戰後初期的小說〈冬夜〉（1947 年 2 月），起始的場景也設在淡水河邊。時值深夜，天空一片漆黑，夜色凝結成一種哀傷的晦暗。王昶雄多篇小說都有淡水、八里的影子。在〈梨園之秋〉之後發表的〈淡水河的漣漪〉，是《臺灣新民報》「新銳中篇創作集」中的一篇，由於結尾安排了志願從軍的段落，在 1980 年代時，他唯恐引起非議，始終不願示人，全集的整理，讓這篇作品重新被看到，在王昶雄小說中的〈淡水河的漣漪〉及〈鏡〉這兩篇，都是以身分差距的男女戀情的分手，最後走上效忠天皇、投身軍旅之路或赴滿洲國發展，結尾與時局呼應。姚蔓嬪文即云：

> 王昶雄一直不願將〈淡水河的漣漪〉再次公諸於世，主因於「呼籲從軍」的故事結局，〈淡水河的漣漪〉可歸類為具有「順民」暗示的小說，有意將青年對男女愛戀的熱情，轉移至已開打的中日戰爭。時代對作家造成的陰影持續五十多年，這也是王昶雄在戰後甘冒「藏私」的批評，也不肯多談〈淡水河的漣漪〉一句的原因，戰後的文壇排斥討論這些曾為皇民宣傳的作品，甚至以此評論人品，致使斷絕不少文學生命，今日得以重新探討這篇小說，背後的價值將不僅止於文學技巧本身。

對此作進而以「性格鮮明的人物刻畫」、「以時序為結構的情節安排」、

「善用故鄉事物融情於景」、「河流意象」（神祕與無常、毀滅與重生、荒溪型的男女情愛）等善加分析，因此可見小說中有許多異國元素，音樂、戲劇、詩文的貼切引用，形成雙關、暗示，如敘述上一代恩怨時，王昶雄便引用日本詩人「國木田獨步」的一段話為開場，企圖表達「影響命運的因素不僅僅是人力所為的因果」，還包括「人力以上的原因左右」，因此縱然明珠和阿川彼此情投意合，終究是無法共結連理的。

1943 年，他發表了〈奔流〉，即受到文評家窪川鶴次郎的注目，揭示作者不得不用私小說寫作的苦心，但窪川此一論點也遭致質疑，認為窪川也許是錯認了王昶雄的後殖民性格，而誤將這類「偽裝的皇民化文學」當成是自我表白、自我暴露的「傷納悶透」（Sentimental）私小說了。戰後評家對於〈奔流〉，有人以為是一篇皇民化作品，或說是一篇站在臺灣人的立場，傾訴皇民化苦悶心聲的小說。在單篇論文中，張恆豪的研究深入全面，且多次發表相關評論解析〈奔流〉的時空背景與時代意義，如在〈反殖民的浪花〉中提出：「被肯定於當時，也被認定於異族」的論點，駁斥皇民文學的欲加之罪，並期待多元化的詮釋觀點，認為「本篇寫的是皇民化，而骨子裡卻是反皇民化，所以〈奔流〉可說是一朵逆流而立的、反殖民的浪花。」[11]

垂水千惠以「多文化主義」等文化人類學用語解讀〈奔流〉也是基於這個理由。希望可以不要用民族主義的觀點，而從一個普遍的視野來評論戰前的臺灣文學。她把〈奔流〉等一系列日本語文學，視為解釋「日本近代文學」的鑰匙。王昶雄的近代主義超越了周金波的近代主義。王昶雄不僅看到近代日本的魅力，同時也看到被它蹂躪、捨棄的人們的悲哀。王昶雄筆下的人物不得不懷疑。而能描寫出他們的懷疑，就表示王昶雄逃過了周金波掉落的陷阱。

陳瑩真、劉乃慈則以〈奔流〉來探討自然主義形式美學及其敘事政治

---

[11] 張恆豪，〈反殖民的浪花──王昶雄及其代表作〈奔流〉〉，原刊於《暖流》第 2 卷第 2 期（1982 年 8 月）；後收錄於《翁鬧、巫永福、王昶雄合集》（臺北：前衛出版社，1991 年 2 月）。

的絕佳示例。換言之，自然主義所展現出來的一種假客觀敘事文體，可以巧妙迴避主導話語的規範箝制、爭取文本開放多層次的意義詮釋空間，與 1940 年代主導文化的寫作政策產生微妙的抗衡或消解作用。

　　賴文豪在討論〈奔流〉時又引用了多則「血液」之說，尤其是向來認為這些句子是被日本人強加上的，賴文以《臺灣新民報》發表的〈給故鄉的妻子——我的書翰集（五）〉出現類似的用語為例：但是我們的結合是曾經發誓過要彼此相互理解，在血液不足時，奉獻鮮血；甚至最後即使奉上生命也不後悔的。在 1943 年 11 月距離發表〈奔流〉四個月後，他又於《興南新聞》發表〈偉大的創造〉中寫道：「我認為我們現在要把兩年前的感激重新感受，要像明治維新時代的志士一般，不，我們要燃燒起比他們更激烈的精神，非創造出用我們的血來描寫的歷史不可。」1944 年的〈鏡〉也出現類似句子，在哲子給秋文的信裡：「此際，每個青年，應該把茫然的熱情，轉變為更切實地熱，透過每個人的血管，與歷史的脈動共同活下去不可」，哲子將彼此的戀情升級到國家位階層次，用「大東亞秩序的建設」做為感情煞車的工具，信雖是哲子所寫，但哲子是作家筆下人物，文句自然也來自於作者，這樣的書寫跟用血潮來描繪大和魂的想法殊無二致，文字雷同，語意也非常相近，「是十分有力的證據」，其內涵就是〈偉大的進軍〉中所要展現的這股意志：「甚至讓人們懷疑本島人的血液裡，竟也潛藏著這麼樣的不服輸的精神。率直地把自己豁出去時，就會產生不惜身命，再沒有比把自己拋出去更強的，而這就是劍道的精神之極致吧。」所以他又重申一次：「現在正是摒棄卑屈的、偏見的表情，本島的青年們燃燒起凌駕明治維新時期的志士的不屈不撓的精神，想要以自己的鮮血描畫著歷史將要完成長足的成長。」因此賴文云「就相關證據顯示，作者運用關乎『血』的書寫方式在 1940 年就有前例，早於〈奔流〉創作，而戰後語境尚未改變前，他又有類似用法出現在 1946 年，所以可以推斷這是一個慣性筆法，所以血潮或血液其實在文本中只是代表著一個加強語氣詞的意象，是一種形容詞用語，然爭議點在於意象背後的支撐點為何？對於王昶

雄而言鄉土情感自不待言，但政治情感則要考究於他的國家宗主性，對於
當時的王昶雄而言，用默默的血潮去描繪宏大的大和魂，跟以澎拜的熱血
去描寫歷史，其背後均指向日本精神，這也是殖民現代性的幽魂作祟，意
識代表的一條通路，而這一條通路就是通往殖民母國的日本，藉著修煉與
淬鍊，用己身的血潮去描繪歷史的敘事，讓自我的身心靈能藉此一舉動與
皇民契合，換血成大和民族純正血統。」[12]其評述立場自然很明顯，也具有
一定說服力，作者自述是否可能因記憶或特殊情感而說法出入？賴文以王
昶雄自己的作品來證明，此說值得留意。

　　發表於 1944 年時的小說〈鏡〉，雖然當時已見諸廣告預告，但直到
《王昶雄全集》的出版，才從其黏貼數層的剪貼簿分離出來。所以如此，
恐怕是因王先生在 1980 年代時即受「皇民文學」討論氣氛的影響，對於
1940 年代戰爭期的作品多所疑慮，不願示人亦無法割捨毀棄。果真在
〈鏡〉整理翻譯之後，研究者亦有不同解讀，姚蔓嬪認為〈鏡〉是以「幽
微閃爍的男女心態變化掩蓋宣傳口號的冷硬」、「濃厚的皇民色彩便足以掩
蓋這篇小說的文學性，而讓研究者專力批判此點。」[13]，姚文因之認為
〈鏡〉的批判性之所以遠不如〈奔流〉，甚至出現歌頌皇民化及大東亞共榮
圈的字眼，不難想像他當時創作所承受的壓力。

　　陳建忠認為「最後的結局則是洪秋文因對愛情絕意後，偕同母親要到
滿洲工作。這個帶有『時局色彩』的結局，或許正是王昶雄日後寧願此作
藏諸名山也不願公諸於世的重要原因之一罷」。但陳文也認為「當然有呼應
時局之處，但似乎沒有為皇民化運動、大東亞共榮圈張目的開朗、積極精
神，反倒有一種『道不行，乘桴浮於海』的放逐意圖。」論文討論到「透
過這些曲折的鏡像，臺灣知識菁英終究是認識到自己是有文化的文明人，
抑或是認識到殖民主義對於臺灣人形塑文化觀與世界觀的霸權地位？換言
之，這鏡像究竟是自我的實像？抑或是為殖民主義所形塑？是獨立的近代

---

[12]賴文豪，〈王昶雄及其作品研究〉，頁 67～68。
[13]姚蔓嬪，〈王昶雄小說研究〉，頁 131～132。

自我人格的確立？或是一種認同錯亂下的誤識？」因此這篇小說該用民族主義、多元文化或去殖民的本土主義來解讀，也成為各種的可能及難題。

　　林沛潔則從三個面向思考：一、作者選擇《白野辨十郎》的動機與歷史意義為何？二、男女主角之間的戀情，是否對應於小說中的戲劇《白野辨十郎》，甚至影響小說結局？小說中秋文前往滿洲的結局究竟為單純配合時局，或者是諷刺大東亞共榮圈下「殖民鏡像」幻影？看似配合時局「前往滿洲」，又是否反映 1940 年代本島知識分子自我省思後，所下的結論？最後提出「從歷史背景看來，小說中『前往滿洲』的結局看似配合時局。實際上更是諷刺戰爭末期，為了戰爭資源使本島人被當作『內地人』，卻必須在非日本內地的『滿洲』才能得到的『內地人身分』。關鍵的『前往滿洲』結局，正是嘲諷在共榮共存的『大東亞共榮圈』中，被殖民者在日本內地永不可得的『內地人』身分。從小說最開頭《白野辨十郎》所凝聚的『內地人』民族心，反映在內地無法實現的『虛像』；『前往滿洲』成為小說最後一面『鏡子』，映照只有在大東亞共榮圈下的外地『滿洲』，才能成為『內地人』的弔詭現實。秋文決定前往滿洲後，忍不住吟唱〈故鄉在彼方〉的詩詞，更能夠反映上述現象。」最後指出「只有重新觀看〈鏡〉所處的歷史背景、以及重新解讀複雜的敘事層次，才能看出小說背後暗示著本島知識分子必須重新思考自我、不失去自我身分的真意。」

　　李敏忠〈皇民的反抗：臺灣人的新生苦旅——以王昶雄〈淡水河的漣漪〉、〈奔流〉以及〈鏡〉小說的考察為例〉[14]認為哲子與秋文的分手，有「某種力量」無力超越，正是給內臺通婚一記悶棍。小說中的多處突兀之筆及破綻，如秋文最後決定帶著老母前去滿洲，及引用室生犀星詩句，使「原已昇華成崇高的國策宣言，頓時又弱化為一去不復返的耽美」、「對於秋文來說，這樣的出路顯然是個挫敗」。李文分析中特別就幾篇作品中

---

[14]李敏忠〈皇民的反抗：臺灣人的新生苦旅——以王昶雄〈淡水河的漣漪〉、〈奔流〉以及〈鏡〉小說的考察為例〉，檢索日期：2014 年 5 月 25 日。網址：http://ip194097.ntcu.edu.tw/giankiu/GTH/2006/TSIT/lunbun/19%E6%9D%8E%E6%95%8F%E5%BF%A0.pdf。

著墨青年的「新生」的一貫出路：出任軍夫、學習武道、遠去滿洲，乃是符合皇民化大論述的結局，但在王昶雄筆下「新生」出路的書寫，卻充滿「破綻」：情節安排的不盡情理、問題癥結未明以及可有可無國策／大論述。大約從〈淡水河的漣漪〉、〈鏡〉結尾安排，似乎都可以看到作者所安排的主角出路，呼應了時局，但在寫作上又處處充滿行文脈絡的倉促、生硬、破綻，隱約暗示了作者在戰爭時局下的難隱之言及當時困境。

此外，王昶雄小說中，除了〈回頭姑娘〉與〈鏡〉沒有喪禮敘述外，其餘三篇〈梨園之秋〉、〈淡水河的漣漪〉、〈奔流〉都有提到喪禮的進行內容，這在賴文豪論文首次特別標舉出來。

四、戰後重拾彩筆

王昶雄為戰後跨語的一代，但他何時又從文壇出發？張恆豪認為王昶雄「戰後一度中斷創作，直到 1960 年代才重新提筆續有新作。」彭瑞金亦提到他是「封筆 20 年後又重拾筆桿」，林忠勝在撰寫王昶雄小傳時，更以「人生是一幅七色的畫」謂其沉潛 20 年之後的新作。但從《王昶雄全集》可見 1950 年時即有散文創作〈淡水風光無限好〉，及 1956 年寫下的〈阮若打開心內的門窗〉，1957 到 1958 年間他也為「東陸影業」發行的臺語片《一念之差》主題曲的插曲作詞，並寫下〈「樂而不淫，哀而不傷」的意境——作詞後感〉等等。其次，在 1967 年 10 月《今日生活》第 13 期專欄「寶島心影」的連載前言，王昶雄如是說道：

> 「臨文猶如臨盆」的我，卻偏偏愛寫文章，有「遊」必有「記」，現在篋底稿子積有若干。日前，承蒙林成子和鄭俊興兩位先生的鼓勵，我挺著胸，鼓起勇氣來，一面把舊稿整理，一面重新落筆，準備將它按月在本刊發表。
>
> ——〈寫在前面〉，《王昶雄全集第二冊・散文卷一》，頁 7～8

　　姚蔓嬪的研究據此論證：王氏雖自此不再涉足小說，但對於寫作卻從未放棄，只是和其他戰前作家一樣在摸索發表的空間，因此若說是「停筆」未免過於武斷。可以說戰後仍執業牙醫的王昶雄，雖曾暫停文學活動，但很快即跨越語文障礙，在 1950 年代即有中文翻譯、創作發表，後來又寫了為數不少的新詩、隨筆、臺語詩歌，尤其 1980 年以散文〈人生是一幅七色的畫〉，震驚文壇。當他以中文重現文壇後，其文學風格轉而著重於抒情言志，選擇的文類以散文、詩歌居多，小說幾乎無法如願再執筆創作，這幾乎也是跨越語言一代的作家（如巫永福、陳火泉）共有的現象。王昶雄散文的藝術成就在戰前作家中，可說是其中佼佼者，頗受矚目及肯定。在《王昶雄全集》中散文卷即占了五卷（小說、詩歌各一卷），可知他著力於散文（包含雜文、評述）寫作，這些作品如〈日本歌舞伎與支那戲劇的研究〉、〈科舉狂態——中國的宿命之一〉、〈陳逢源氏《雨窗墨滴》讀後感〉、〈科舉與儒教〉、〈武士道與義士精神〉及頗多記人記事的散文，他寫過雷燦南、林明德、張美瑤、王井泉、楊三郎、王白淵、張文環、顏雲年、王詩琅、呂泉生、郭雪湖、陳秀喜、施明正、楊英風、陳錦芳、郭水潭、陳慧坤、馬偕、施乾、李來富、張我軍、杜聰明、吳新榮、鄭世璠、張深切、郭香美及妻子林玉珠，其中文學藝術領域者居多。[15]

　　此外尚有不少遊記文章，他在文前特別說明這一系列遊臺散文（遊記）撰寫緣由：「據說，1583 年葡萄牙的航海家正當迂迴臺灣海峽時，從船上望見一綠島（即臺灣）不由的讚歎了一聲：『伊拉，福摩沙！』（美麗島之意），後來，福摩沙竟成為臺灣的洋名。難怪，有位外國詩人來到此島時寫道：『靈魂靜躺樂園中，夢眼惺忪』。值得旅客留戀的，是那往

---

[15]歐宗智〈留下熱愛生命的足跡——談王昶雄的散文成就〉：「其《驛站風情》與《阮若打開心內的門窗》極具價值的，應是夾敘夾議了許多位臺灣前輩畫家、音樂家、雕塑家及作家，有如人物誌，多達三十篇以上，雖然所言見仁見智，卻對後學的研究工作，提供了豐富而新穎的史料，此應是王昶雄散文最大的成就。」見《橫看成嶺側看成峰——臺灣文學析論》（臺北：臺北縣文化局，2004 年 12 月）。另筆者指導的學生莊嘉玲亦撰有〈王昶雄「記人散文」的特色〉，對此有所發揮，可以並讀。兩篇皆原發表於真理大學臺灣文學系主編《福爾摩莎的心窗——王昶雄文學會議論文集》（臺北：真理大學臺灣文學系，2000 年 11 月）。

昔所遺留下的文物遺構——城垣碉堡，庭院園榭，以及自然所賦與的靈秀
獨鍾——青山綠水，旖旎風光。臺灣被譽為『蓬萊島』或『寶島』，似乎
當之無愧。」後來研究者也都特別凸顯這方面的特色，如姚蔓嬪謂其作：
「散文作品中以『記遊』」、『記人』為題材的篇章最為成功，王昶雄是一個
熱愛旅遊的人，因此寫下許多遊蹤文章，並在民國 60 年（1971 年）擔任
《臺灣觀光指南》的中文編輯，且有『遊』必有『記』，他的記遊文章主要
發表在 1965 年至 1971 年間，行走足跡遍及臺灣南北，其中絕大部分是發
表在《今日生活》。」[16]此外，其他關注的題材有「關於日本」、「節令」
等，他談時令、民俗、古蹟、媽祖廟、童年往事，無不娓娓道來，鄉情洋
溢，流露濃郁的鄉土情懷。他的散文也關懷社會政治現實，如〈臺灣戰後
五十年〉：「從臺灣人民的立場來說，『二二八』是臺灣人抗暴的自救運動。
另外對於二二八事件後的戒嚴體制與『白色恐怖』統治，對當政者發出批
判，……白色恐怖期間，臺灣人的反抗遭到徹底的摧毀，臺灣菁英被殺不
計其數。」[17]以及他在〈銅像的聯想〉中對政治偶像的批判：「藉一個政治
偶像，造成全民思想的僵化……政治銅像的林立，實在已達到『氾濫成
災』的地步……這些銅像應及早拆除，現在就是訴諸行動的時候了。」[18]另
有些作品被選入文選集，如〈張文環與酒〉、〈童年一個夢〉、〈鹽分帶來恩
惠〉、〈秋夜一地銀輝——臺灣中秋夜譚〉、〈阮若打開心內的門窗〉。

　　王昶雄散文之作重複、改寫現象也是必須留意的，全集在編纂時特別
將這類作品彙整成一表格，以見彼此異同之處，並說明最後選擇某版本之
由。從這可知王昶雄生前對已發表之作品時有修訂，或稍易篇名或稍加增
刪，因此同篇作品之版本三、四種的情況頗多，其中因素或因對自己作品
的求好心理，或因交稿的時間壓力，也有因再度收入或轉刊的緣故，當然
也顯露他對某些文章、文句的特別鍾愛。但也因此遭致一些批評，如「部

---

[16]姚蔓嬪，〈王昶雄小說研究〉，頁 141。

[17]王昶雄，〈臺灣戰後五十年〉，《王昶雄全集第六冊・散文卷五》（臺北：臺北縣文化局，2002
年 6 月），頁 263。

[18]王昶雄，〈銅像的聯想〉，《王昶雄全集第六冊・散文卷五》，頁 183。

分篇章主題互有重複」、「寫作者最忌『重複』，不斷重複『製造』相同的複製品，則乖離了文學乃是『創造』的本義」[19]等等。

　　王昶雄的另一項重要成就是「詩歌」創作，[20]尤其是歌詞部分，但對其詩歌的研究，數量並不多，與前述散文研究情況近似。其中李魁賢〈歷史、現實與憧憬——談王昶雄詩歌中的故鄉情節〉、杜偉瑛〈從〈阮若打開心內的門窗〉談王昶雄的歌詞創作〉、賴婉玲〈跨越與認同——試論王昶雄詩作〉等篇，值得留意，而王先生詩歌中的〈阮若打開心內的門窗〉、〈憂患詩人〉、〈古井札記〉、〈我的歌〉是比較常被做為欣賞對象的作品。在全集中可見的歌詞創作包括〈阮若打開心內的門窗〉、〈一念之差〉、〈遊江曲〉、〈失落的夢〉、〈祝十周年校慶歌〉（實踐家專）、〈雨夜的小徑〉、〈歌聲、友情、智慧〉、〈安魂曲〉、〈臺灣風光真是好〉、〈合家歡〉、〈蓮花〉、〈祖母愛唱歌〉、〈中華兒女頌〉、〈我愛臺灣的老家〉、〈結與結〉、〈林旺之歌〉、〈把心靈的門窗打開〉、〈淡水懷古〉（朱明煌選曲）、〈淡水國民小校歌〉（陳泗治作曲）、〈鄉情〉（簡上仁作曲）、〈觀光網球隊隊歌〉、〈（一信）社歌〉（陳秀男作曲）、〈阿公店扶輪社歌——岡山鄉土情（一信）社歌〉（李安和作曲）、〈和友合唱團團歌〉（呂泉生作曲），尚有莊永明先生後來的補充〈秋愁曲〉與〈女人心曲〉（見本書〈少年大佮老小——《王昶雄全集》補遺〉），其中影響力最廣最大者，自然是〈阮若打開心內的門窗〉[21]無疑，這首以「五彩春光」、「心愛的人」、「故鄉田園」、「青春美夢」為意象的詞，溫柔撫慰經歷戰爭、戰後政治經濟變動等等驚魂未甫的人心，不但傳唱至今，更是享譽海內外。

　　1950 年代他移居臺北市中山南路行醫，但仍時常回到淡水行走，在詩

---

[19]出現「重複為文，一稿多用」、「慣性用法，一體適用」的情形，歐宗智、賴文豪碩論均提到這些現象，賴文見碩論頁 197、198。

[20]李魁賢：「王昶雄雖然以小說和歌詞享有盛譽，但他到晚年執著的仍然是詩，所以他是詩人，因為他擁有著永恆的故鄉。」《李魁賢文集‧第九冊》（臺北：行政院文建會，2002 年 10 月），頁 69。

[21]關於〈阮若打開心內的門窗〉創作時間，眾說紛紜，賴文豪對此做了詳盡的考論，見〈王昶雄及其作品研究〉，頁 210～218。

文歌詞中不時描寫淡水，淡水是他永恆的故鄉。在詩歌中，他經常歌詠童年和鄉景，在〈思鄉情懷〉一詩，他抒發他的鄉愁和青春年華逝去的惆悵：「我常常打開心靈的窗／曾坐在故鄉丘陵上的我／就會看見溫熙的河山／昔日蒼翠的青山和銀帶般的河流／都隱進那奧祕的深處／如今金黃的歲月失落了／像一顆燦爛的流星掠過茫茫的天際／在記憶裡依稀還殘留著青春的痕跡／我依然如故的思念我的故鄉／以及屬於它的一切／故鄉的景物將不朽／在通往永恆的驛站中」。然而他對日益遭受汙染的淡水河也是充滿憂心憤慨的，在〈嘶啞的淡水河〉詩中，他說：「四十年前水勢滔滔，水色藍澄澄／四十年後變成一條死寂的河流／滿目瘡痍而臭味沖鼻／也許是藉口『科技化』的後遺症／河面上形形式式的漂流物／讓人看了膽戰心驚，掩鼻而過／看河的遊客走了／垃圾卻亂七八糟的留下來／污染了詩情畫意的海岸線／隨著潮起潮落／紅樹林的垃圾也漂來漂去／河岸的國寶級水筆仔／承擔了淡水河流域的所有污垢／螃蟹懶得出頭／水鳥也不斷減少」。

　　他似乎為故鄉環境遭破壞，念念難忘，在《驛站風情》序文依舊寫著：「山容秀拔的觀音山，由於整座山的墓園化，所有山頭都斑斑塊塊，嚴重破壞了自然景觀。淡水河也是一樣，戰前是水清見底，戰後卻變成了一條又髒又臭的河流。」

　　在李魁賢〈歷史、現實與憧憬──談王昶雄詩歌中的故鄉情節〉[22]一文，誠如其題目所標舉，他以王昶雄創作的詩和歌詞中所表現的故鄉情結，加以歸納分析，就歷史的故鄉、現實的故鄉、憧憬的故鄉三方面分析，最後歸結為「他用詩歌吟頌故鄉情結，大抵保留著童年美好的回憶。而在現實中最不滿意環境受到污染，在他急切期盼『俟河之清』時，所隱喻的政治清明的願景，他也會更急切地直接宣示出來。」

---

[22] 李魁賢，《李魁賢文集・第九冊》，頁 69。

五、結語：永不止息燃燒熱情

　　王昶雄以日文寫小說、新詩、評論，作品之豐富，頗冠於一時，及至戰後雖暫停文學活動，但其興趣不減，暇時熟讀現代文學作品，且創作新詩、散文、臺語歌詞，他曾說：「文學的真正任務是體現人生，啟發人生，使人從文學的境界中獲致一個正確的觀念，這才是文學的最高準則。」1950 年代創作的〈阮若打開心內的門窗〉，風靡全島，1980 年散文〈人生是一幅七色的畫〉，文筆流暢，情思並茂。當他 85 歲高齡時還擔任「北臺灣文學研習營」講師與「北臺灣文學」主編，風趣的言談與豐富的創作歷練，讓每位學員如沐春風、滿載而歸，同時不時提供縣府藝文建言。生前所寫的觀看「厚生演劇」感言，事實上也可說是他一生的寫照：「總之，演劇之道是充滿荊棘的道路。但是筆者從來沒有聽過，有哪個未經過荊棘道路，就產生出好的戲劇而成為偉大演劇者的例子。演劇者的步伐和不為人知的費心，就是像文字般的牛步，像牛一樣不疾不慌地努力。林博秋說：『舞臺是我們最華麗的死亡場所』」[23]。文壇也是他最華麗的死亡場所，在距離他死前五日，最後一篇作品〈古井札記〉發表，其創作熱情，永不熄滅的燃燒，至死方休，不能不讓人因之動容、喟歎不已。

---

[23]王昶雄，〈燃燒的熱情——觀看「厚生演劇」〉，《王昶雄全集第六冊‧散文卷五》，頁 140。

輯四◎
重要評論文章選刊

回憶錄劄記

◎王昶雄

　　論壇驍將龍應台，她在一篇〈字裡行間的鬼魂〉為題的書信體文中，開頭就寫：「從你那兒取得王昶雄的電話之後，很快就去拜訪他了。近八十歲的人，卻神清氣爽，精神奕奕。我鼓勵他趕快寫回憶錄；說『趕快』總是因為害怕時間走得太快，讓他這一代人來不及為我們留下歷史的證言。」

　　讀後讓我想起黃武忠的一篇感喟時文：「戰前的作家們雖然停筆一段時間，然而，他們從一堆將熄滅的灰燼中，化作一股熠火，重拾不鏽的『寶刀』。在文學的園地裡再耕耘，形成在文藝旅程上，辛苦趕路的人。」黃氏所用的「趕路」兩字，非常耀眼，跟龍文異曲同工，總覺得有點含有「風燭殘年」的味道，使這夥人有「哭笑不得」之感。我想，每一個過程就是意義，不要為了忙著趕路而忽略每一個步伐的價值。

　　晚近，臺灣終於出現了為仍然健在的人寫傳記的新趨勢，這新趨勢是一種進入見證歷史的兆頭。所謂「見證歷史」，乃是本世紀後半葉的一種史學見解，也擴延到傳記的領域。因此，在西方，最重要的研究領域之一就是傳記類。在臺灣，自從戒嚴解除後，各種不同立論的回憶錄，都可在市面流通，造成了前所未有的蓬勃氣象。在美國最受歡迎的書目中，回憶錄也是占了頭籌。

　　讀書治學，要懂存疑，我們每讀回憶錄都發現，作者很少參考客觀事實，差不多都盡量表揚自己的成就，而掩飾自己的缺失，寫自己免不了患「老王賣瓜，自賣自誇」的毛病，而寫別人也很難擺脫私人之間的糾葛。

自傳最常被人抓住的把柄，也就是題材極為主觀，自傳既然是由一己的經驗出發，偏見自然是無法避免的，而且隱己之短，稱己之所長，也是人之常情。

西方革新後的三大準則的重心，是在「不偏不倚地追求真實」，把整個事實的真相表露出來，但是人間世或多或少總有隱瞞之處。世上沒有一個完美無疵的人，如果忌諱或顧慮太多，就沒有法子寫可靠的傳記了。胡適的《四十自述》只寫到 19 歲，便是這個緣故。「真實」的依據可說是虛懷若谷、悲天憫人的人生觀，由此發而為文，則是茅塞頓開，心安理得。

有人說，回憶錄是一個人的生活寫照；還有人說，有些人喜歡看回憶錄，是因為他們能在別人的生活中找到自己。不管怎樣，其實大家都會同意，一本好的回憶錄並不只是一個人的遭遇，而且是反應出整個廣大的現實世界。

在撰寫自傳的人當中，有些躊躇滿志、盛氣凌人，但我卻是自慚形穢，只能卑以自牧，束身自愛。我不擅於講求效率，做人做事則緩慢、樸拙、勁草般志節，當然這些是我的短處也是優點。但願我能以不含糊、不畏縮的春秋筆法，又在不冗長的篇幅中，刻劃出「豈能盡合君意，但求不愧我心」的悲歡歲月。

——《民眾日報》1999 年 2 月 4 日

——選自許俊雅主編《王昶雄全集第四冊‧散文卷三》
臺北：臺北縣文化局，2002 年 10 月

我的文學觀

◎王昶雄

　　事實上，小說家與凡人無異，他不一定是預言者，他大概也沒有超人的本領。只是他在寫作的過程，時常運用思考，加上敏銳的情感，使得他「自覺」的能力比較高，由於能「自覺」，也就比較能「覺他」，也就是比較清醒，看得比別人清楚。因此，作家不能僅以養成一種審美的、趣味的觀察力為滿足，因為文學的真正任務，是體現人生，啟發人生，使人從文學的境界中獲得一個正確的觀念，這才是文學的最高準則。文學所提供的，是人與自然的關係及人與人的關係，是真理的探求，倫理的分析以及美的創造，也就是合乎真、善、美的境界。我對於文學創作，一直保持著三個原則：

　　一、文學是不該穿制服的，應該有與眾不同的個性，在任何環境下，總有自己的個性。

　　二、文學精神是自由的表現精神，文學的精神存在的地方，就是自由存在的所在。所以自由表達的作品，必是新鮮的、虎虎有生氣的佳構。如果是公式化的作品，必是陳腐的、庸俗得不可耐的東西。

　　三、雖然小說技巧原無定法，但可以預見的是傳統因襲的技巧將漸漸被突破性的、創造性的技巧所取代。

——選自《文學臺灣》第 34 期，2000 年 4 月

打開心內的門窗
談寫作歌詞的經驗與實務

◎王昶雄

臺灣歌謠的特色

音樂和美術的表達方式，使用的是世界通用的「語言」；但文學創作則要受到各國語言不同的限制。囝仔時代，我就讀過漢學，12、13 歲到日本求學，經常到內山丸助書店大阪分店看中文書。這家書店都賣中國書，我對白話文特別感到興趣。因此，在日據時代我用日文寫作，光復後也能夠用漢文來寫作。

本來北方黃河一帶是漢文化的發祥地。東晉以後，因為多次戰亂而南遷至閩粵（兩廣）一帶。為求生存，他們冒著生命危險，橫渡臺灣海峽，移居到臺灣來。當時來臺的唐山客，大多數是單身漢，所以有句俗語說：「有唐山公，無唐山媽。」他們到了臺灣，用血汗開拓寶島臺灣，我們祖先堅忍不拔、刻苦耐勞的拓荒精神和特質，反映在當時的歌謠中，形成當時臺灣歌謠的獨特風格。

一般說來，民謠有三個特色：

一、地方性：屬於某特定地區的人所共有，住在這地區的人，時常會用當地語言哼出二、三句當地的歌謠。當地的思想、語言、宗教、風俗習慣都會帶有地方色彩，尤以語言最明顯，所以民謠必須要以當地獨特的語言來演唱，才能表現出它的地方色彩和獨特性。

二、時間性：民謠必須經過一段時間的流傳過程，要能經得起長期的

考驗才不致於被遺忘。

　　三、通俗性：有的歌曲好聽但不好唱。民謠必須好聽而又好唱，歌詞可以白一點，讓阿公、阿媽都能聽得懂。

　　此外，臺語尚有一個獨特性，即是它保留了古音。

　　古音，就是中原標準音，也就是閩南音。北京大學教授錢玄同將語音的變易依時代分為六期：一、周秦音；二、兩漢音（以上兩期為古音）；三、魏晉南北朝之音；四、隋唐宋之音（近音）；五、元明清之音；六、清末以來之音（國音）。

　　國語有 24 個聲母、16 個韻母和 4 個聲調（陰平、陽平、上平、去平）。閩南語有 20 個聲母、36 個韻母、7 個聲調——軍 Kun、滾 kún、棍 kùn、骨 kut、群 kûn、近 kūn、滑 kut，其中第二音和第六音相同；第四音和第八音是入聲字。入聲字短而急促，是古音的特色之一。現在的國語已經沒有入聲字，臺語仍保有入聲字，所以直接用臺語吟唱，就比較能吟出古詩的音韻。

　　日語也有入聲字。凡是ク、ツ、キ、チ、ウ這五個音為末尾的音都讀為入聲。例如：六（ロク）、白（ハク）、學（ガク）、德（トク）、雀（ジセク）；月（ゲツ）、必（ヒツ）、發（ハツ）、質（シツ）、熱（ネツ）；石（セキ）、式（シキ）、的（テキ）、益（エキ）、歷（レキ）；一（イチ）、七（シチ）、八（ハチ）、日（ニチ）、吉（キチ）；十（ジュウ）、入（ニュウ）、葉（ヨウ）、捷（ショウ）、蝶（チョウ）等，這些字，臺語和日語都讀為入聲。閩南語和日語的發音比較接近，例如：二、耳、爾、而、兒等字，日語讀為ニ、ジ、ジ、ジ、ジ（二），和臺語相近，國語則讀為ㄦˋ、ㄦˇ、ㄦˇ、ㄦˊ、ㄦˊ，聲音完全不同。再如：未、味、微、維、尾等字，日語讀為：ミ、ミ、ビ、ビ、ビ，和臺語很近似，但國語則讀為：ㄨㄟˋ、ㄨㄟˋ、ㄨㄟˊ、ㄨㄟˊ、ㄨㄟˇ，音也相異。又如：溪、玉、瑞、禮、造、陶等字，日語發音為：ケ、ギョウ、ズイ、レイ、ゾウ、ドウ，和臺語近似，國語則讀作ㄒㄧ、ㄩˋ、ㄖㄨㄟˋ、ㄌㄧˇ、ㄗㄠˋ、

ㄊㄠˊ，完全相異。北方因受到外族的影響較多，所以語言改變很多，例如「走」，本意是跑，國語則變為「行」的意思，而臺語則仍保留本意。又如「失禮」，臺語和日語仍然保留，但國語則改成「對不起」。「自豪」，國語說成「驕傲」；古語的「物件」，臺語、日語仍保留，國語別說成「東西」；「齒科」，國語說成「牙科」（其實象、山豬的才叫牙，人的叫齒）。古時用「馬上連鞭」表示很快的意思，北方人取「馬上」兩字，南方人取「連鞭」兩字，表示「連續打馬鞭」——很快。臺語有語音和讀音的分別，比國語麻煩，但保留入聲字，是臺語的特色。另外，臺語也保留了很多古代的語言，並且每一個音都可以用文字寫出來。

臺灣民謠可分為兩大類

臺灣民謠約可分為兩大類：

一、自然民謠：在沒有文字的時代，以口相傳，作者不可考，若硬要指出作者，可說是民間大眾的集體創作。內容包括耕作、打獵、喝酒、談情說愛、婚喪喜慶、勸世、見景思情等。例如：《都馬調》、《百家春》、《恆春調》、《十唸仔》、《卜卦調》、《哭調仔》、《思想枝》、《牛犁調》、《勸世歌》、《搖嬰仔歌》、《草螟弄雞公》、《乞丐調》等等。

二、創作民謠：知道作詞、作曲者的姓名。日據時代創作的歌曲，詞曲優美動聽，適合大眾口味，長時間流傳下來，便成為民謠。例如：《雨夜花》、《望春風》、《月夜愁》、《心酸酸》、《心茫茫》、《阮嘸知影啦》、《春宵吟》、《白牡丹》、《三聲無奈》、《孤戀花》、《望你早歸》、《港都惜別》、《南都夜曲》、《燒肉粽》、《農村曲》、《四季謠》、《安平追想曲》、《三步慈淚》、《收酒矸》、《苦戀歌》、《秋怨》、《滿面春風》、《日日春》等等。這些歌曲除了《四季謠》、《青春嶺》、《滿面春風》是比較明朗、希望、樂天的歌曲以外，百分之八十以上都是哀怨、悲傷、消極的歌謠。值得一提的是，日據時代創作的臺語民謠，中國的韻味十足，作曲的技術是現代的，而風格、精神則帶有很濃的傳統鄉土味，不但好聽，又能表現鄉土的意境，十

分高妙，較沒有受到日本歌曲的影響。光復以後，民謠反倒變得比較殖民化（這一點，作者沒有保障可能是原因之一）。文夏夫妻是有名的臺語歌手，但是他們在臺語歌謠史上無法占有一席之地，正因為他們所唱的歌曲都是採用日本歌。有一首日本歌，同時成為臺灣三個名歌手的招牌歌：《風》──崔苔菁演唱；《為你唱一首愛的歌》──歐陽菲菲演唱；《風》──劉文正演唱，這種現象實在很不爭氣。

我寫作歌詞的緣由

我本來看不起歌詞，認為寫歌詞是「小技」，後來改變想法，成為作詞者之一，原因是這樣子的：西條八十是日本有名的法國文學專家，也是大名鼎鼎的桂冠詩人，他決心下海成為流行歌曲的作詞者，據說有一段耐人尋味的故事。1923 年（大正 12 年）關東大地震，上野公園聚集了很多災民，西條八十也到了那裡。入夜以後，忽然聽到一個孩子用口琴吹起《枯芒》這首曲子，頓時眾人漸漸平靜下來，不再驚惶，又有了再生的勇氣。西條八十看到這情景大受感動，認為應該作大眾喜愛、感動的歌曲。一首曲高和寡的詩固然偉大，但一首通俗小品也能啟示人生的真諦，這亦是我創作歌詞的動機。

阮若打開心內的門窗

每一個人都有回憶。尤其是出外討生活的遊子，負笈他鄉的學子，思念故鄉父母，緬懷遠離的情人、憶起童年時代的往事，那時，若打開心內的門窗，由心門、心窗望出去──一片青山，一片翻舞的稻浪、彷彿可以聞到陣陣泥土的芳香。〈阮若打開心內的門窗〉這首歌詞脫稿後，交給呂泉生先生（榮星合唱團指揮），曲子完成後，1957 年由文協男聲合唱團在臺北中山堂首次發表。後來中廣合唱團和臺大合唱團都來索取樂譜。

許多年來，縱使這首歌流行的步調很慢，但從國內到國外，這首歌成為海外留學生、遊子旅人聚會思鄉常唱的一首歌。《自立晚報》副刊主編林

文義的一篇〈北美旅記〉裡，談到他在國外的同鄉會中一邊唱這首歌一邊流淚，大家也都哭了。作家林雙不的小說《決戰星期五》的封底介紹了這首歌的詞和譜。《大地之子》這齣戲的導演，在結束時也以臺語來合唱這首歌。這首歌受到注意，是我當初寫作時所始料未及的。

歌詞寫作技巧

技巧本無定法，但我認為作品要注意意境（即藝術作品內容所含的境界），假使要達到這個境界就不能太直，要會「彎曲」，即閩南語所說的「敧斜」，但這要看天分，沒這天分的人，很難成為藝術家。另外，詞要白，讓阿公阿婆都能聽懂。歌詞白又意境高，在唐詩中可以找到很多例子，如：「春眠不覺曉，處處聞啼鳥。夜來風雨聲，花落知多少。」、「松下問童子，言師採藥去。只在此山中，雲深不知處。」、「月落烏啼霜滿天，江楓漁火對愁眠。姑蘇城外寒山寺，夜半鐘聲到客船。」這些詩，大家都懂，但格調高，意境又好。

臺語歌謠押韻的方法，或隔行押韻，或隔二行押韻，或上下押韻皆可。臺灣歌詞的詞，要使用純正的臺語才好。例如「元氣」、「健兒」等語，雖是中國人所創，但後來日本人用得比中國人多，在戰前所作的臺語歌詞往往用這些日式漢語，要盡量避免才好。純正的臺語，如《採茶歌》：「舉頭一看滿天星，想到歹命講要呢。」、「您的歌敢再多，呀都小ㄍㄨㄚ來交賠。」、「您的歌敢再巧，呀都小ㄍㄨㄚ來摧ㄑㄧㄠˊ。」歌詞中的「講要呢」、「交賠」、「摧ㄑㄧㄠˊ」都是純正的臺語，我們要恢復這些古臺語，用在臺灣歌謠的創作中，以延續許多瀕臨失傳的臺灣古文化。

個人對臺灣歌詞的一些看法

現在臺語歌曲愈走愈窄，唱的不是迌迌人，就是行船人，大多是社會邊緣的人物。好的臺語歌詞無法創作、流行，是臺灣歌謠沒落的真正原因，我們要改善這種情況，不能因為要使歌詞通俗而變得俗不可耐，要盡

量力求優雅。

　　過去，臺灣歌謠的作詞者很有天分，作出許多的好歌，但因當時為日據時期，很多人學歷不高，若能加上高學歷，見聞更寬廣的話，作的詞水準會更好。

　　我個人一直很反對靡靡之音，但《迌迌人》這首歌曲，雖然俗不可耐，但不能視為靡靡之音，黃友棣在他的《中國音樂思想的批評》中提到：雅樂是以靜、淡為主要氣質，不屬於感官，要用理智去穿鑿附會，不但是非生活之音樂，而是虛偽形式的音樂。較之於雅樂，被稱為亡國之音的鄭聲，曲調非常華麗、複雜、內容偏重愛情的大眾音樂。結果，雅樂無人愛聽，就連提倡的人也不願意聽，所以至今雅樂衰微，中國音樂不發達，歷代提倡雅樂的關係很大。

　　我非常期望喜愛音樂的人能發揮你們的熱情和才華，一起來創作和提倡臺灣歌謠。

——《田園樂府‧樂訊》第 2 期，1991 年 10 月

——選自許俊雅主編《王昶雄全集第四冊‧散文卷三》
臺北：臺北縣文化局，2002 年 10 月

王昶雄與益壯會

◎巫永福*

　　1965 年 10 月 3 日臺灣新文學運動先驅、詩人、美術評論家王白淵在臺北去世。他 1902 年生於彰化縣二水鄉，畢業於東京美術學校。曾任日本岩手縣盛岡高等女學校教諭，因思想問題不容於日本，離職後常來東京相會。1932 年在東京與蘇維熊、張文環、曾石火、吳坤煌、施學習、楊基振與我等組織「臺灣藝術研究會」，創刊臺灣人第一部文藝雜誌《福爾摩沙》。他發表詩，著有臺灣最早期出版的詩集《荊棘之道》，大我 11 歲。他為避被捕走入地下，被稱為「地鼠」，1937 年在上海被捕送回臺北入獄。戰後任臺灣區電工器材公會總幹事，常在報紙發表美術評論。

　　組織臺灣藝術研究會時我最年輕，才 19 歲，《福爾摩沙》雜誌上我發表詩、小說、戲曲，同仁各發表寫作外，另有劉捷的評論，吳天賞、吳希聖的小說投稿。曾石火，南投市人，東京帝大法文系畢業，常翻譯法國短篇小說發表，能說數國語言的才俊。吳天賞，臺中市人，東京青山學院畢業，寫小說、美術評論，均英年早逝。詩人楊基振，清水人，早大畢業赴美，與吳希聖欠席外，《福爾摩沙》關係者都參加 10 月 5 日第一次治喪委員會。另外還有《臺灣文學》雜誌的陳逸松、王昶雄、王詩琅、吳瀛濤、鄭世璠、張維賢、廖漢臣、郭水潭，《文藝臺灣》的編輯劉榮宗（龍瑛宗）及《臺灣文藝》雜誌創辦人吳濁流。10 月 8 日召開第二次治喪委員會時，除前述人員外還有王白淵同鄉同學謝東閔、同學朱昭陽外，黃啟瑞，臺北萬華人，曾任臺北市長，也是 1934 年與黃得時參加臺北市文藝家協會創刊

*巫永福（1913～2008），南投人。詩人、小說家、評論家。

《先發部隊》，第一線文藝雜誌的同仁。黃得時，臺北市名詩人黃純青三男，臺大畢業，臺大中文系教授，畫家李石樵、林玉山，雕刻家陳夏雨，治喪委員另有彩畫家陳進、郭雪湖、林之助，油畫家廖繼春、楊三郎，文學家醫師吳新榮，詩人江燦琳，文化人李君晰、周井田、蕭苑室、郭玉榮、廖能都是當時文化界一時之選。

　　我們臺灣藝術研究會《福爾摩沙》的同仁蘇維熊、張文環、施學習、吳坤煌與我歡喜三十多年後能再見面，久敘當時東京的氣概感慨萬千，也想到如王白淵詩集《荊棘之道》，人生充滿荊棘與無常，大家乃相約要常相聚談天說皇帝的必要。雖然在二二八事件下的白色恐怖，戒嚴令餘波存在的年代，就約定自明年 1966 年起不定期的聚餐。是時我任新光產物保險公司副總經理。蘇維熊，新竹市人，任臺灣大學英文學系教授，著有《臺灣歌謠之研究》，英國詩人「奧滋奧斯」的研究者，不數年去世。張文環，嘉義梅山人，東洋大學文學系以思想問題中退，臺灣文藝聯盟東京支部負責人，《臺灣文學》雜誌主幹，戰前曾任大里庄長，戰後任埔里能高區署長，臺中縣議會議員，臺北陳查某公司總經理，南山人壽保險公司主任祕書，臺灣人壽嘉義分公司經理，彰化銀行北臺中分行經理，日月潭大飯店總經理，1978 年於臺中去世。戰前以日文小說〈父親的面貌〉入選於日本《中央公論》大雜誌名噪一時，戰後〈爬在大地的人〉日文長篇小說獲日本圖書館協會圖書獎，由廖清秀譯為〈滾地郎〉中文在臺北出版。施學習，鹿港人，日本大學藝術系畢業，著有白香山研究，戰前曾在《臺灣新民報》記者，被徵召為軍屬報導官，我曾送他赴南洋，戰後任臺北市立女子中學校長多年，數年前以 93 歲高齡去世。吳坤煌，詩人，南投市人，臺中師範時與吳天賞、翁鬧同學，日本大學因思想問題中退，曾在東京築地小劇場從事演劇，戰前赴北京定居與北京姑娘結婚，戰後回臺北定居；因劉明事件被捕入獄多年，出獄後再婚，我曾照顧其女兒就業，多年前在臺北去世。就從 1966 年起並約《福爾摩沙》投稿者劉捷，屏東人，曾任《臺灣新民報》記者，戰時在大陸多年備受辛苦，戰後回臺定居，創辦《農牧》雜

誌，評論家，禪的研究實踐者，不定期聚餐歡談。

　　後來擴充至《臺灣文學》雜誌的同仁黃得時，戰前曾任《臺灣新民報》文藝欄主編，戰後任臺大中國文學系教授，曾指導學生從事張文環文學的研究；行動不方便，晚年多不來參加，年前以 90 高齡去世。王昶雄，牙醫師，淡水人，臺北市中山北路一段開業診所，寫小說、散文，有名的《阮若打開心內的門窗》作詞者，2000 年 1 月 1 日以 84 高齡去世。作家王詩琅，臺北萬華人，曾為黑色聯盟入獄，戰時被徵召為軍屬，赴廣東從事新聞工作，戰後回臺任職臺灣省文獻委員會多年，因眼睛多病不常來參加。郭水潭，臺南佳里人，鹽分地帶重要詩人，戰後吳三連任臺北市長時曾在臺北市政府服務，筆名千尺，臺北歌壇同仁，著有郭水潭詩集。黃平堅，臺南佳里人，寫詩，後來從商，為臺北「一之鄉」連鎖店創辦人。劉榮宗，筆名龍瑛宗，苗栗人，戰前日人西川滿《文藝臺灣》的編輯，小說家詩人，日文小說〈植有木瓜樹的街市〉入選於日本大雜誌《改造》名噪一時，戰後任職合作金庫，晚年行動不便，一時由孫女陪伴來參加或不來參加，於 1999 年以 90 高齡去世。「臺灣文藝聯盟」創設盟員、《臺灣新文學》雜誌創辦人楊逵，臺南新化人，日本大學因思想問題中退，國際共產主義者，日據時被扣留 30 次共 30 天，以一篇日文小說〈新聞配達夫〉（譯名〈送報伕〉）入選於日本文學評論雜誌名噪一時，首陽農場園丁，戰後以一篇〈和平宣言〉被送火燒島關 12 年。時我任臺中市政府祕書，曾照料其家族生活，太太葉陶賢慧任勞任怨，是有名的社會運動家，協助出獄後的楊逵開拓東海花園，楊逵以 80 歲高齡在臺中去世時我為主祭人。李君晰，彰化市人，東京大學畢業，是有名的臺灣民族運動家楊肇嘉的妹婿，常資助文化人，彰化銀行經理退休後出版文化叢書十數本。施維堯，鹿港人，有名的葉榮鐘妻弟，戰後曾任職臺中市政府，與我同事。楊國喜，臺中港人，臺中資產家楊子培長男，二二八失蹤的臺灣信託公司董事長陳炘女婿，大學畢業，彰化銀行退休，晚年身體缺安，常不參加聚會。鄭世璠，新竹人，畫家，《新新》雜誌創辦人，彰化銀行退休。陳遜章，臺中市人，

吳天賞三弟，早大法文系畢業，歌喉良好，臺灣信託被華南銀行合併前陳炘的得力助手，陳炘失蹤後仍在華南銀行服務以經理退休。《路工》雜誌郭啟賢，中壢人，散文家。另有《臺灣新民報》老記者陳宗福，晚年移民美國，在美國去世。黃本根，《臺灣新民報》老記者。另有劉永曜、語言學家吳本立、萬華人吳松谷，形成一個老人懇談會。但大家都不認老，要老當益壯。

二二八事件的白色恐怖漸漸解凍，久年的戒嚴令也有些放鬆，乃從不定期的聚餐，記得自 1972 年起改為每個月第三周禮拜五為聚餐日。仍請往中山北路一段王昶雄牙醫診所為臺北市中心地點，大家聚會容易，也是最年輕的作家，他也非常爽快答應代勞為召集人，至今年去世為止三十多年。當時最年長的施學習，大王昶雄十多歲，因王昶雄體格矮小稱他為少年的王先生，所以這些老先生出席的年代，王昶雄雖自認為年少，卻不敢自稱為少年大，這些大老一個個凋謝開始請女詩人陳秀喜、杜潘芳格夫婦，詩人李魁賢、李敏勇、靜宜大學文學院長趙天儀，小說家鄭清文、廖清秀、楊青矗、鍾肇政，散文家曹永洋、黃天橫、劉竹村、黃正平、杜文靖、阮美姝、賴永松、陳火桐等下一輩的才俊參加，使益壯會後繼有人，能繼續發展，王昶雄才敢自稱為少年大，非常有趣。

張文環去世時我曾寫〈悼張文環兄回首前塵〉發表於 1978 年 7 月「張文環先生追思錄」〔編按：《笠》第 84 期〕。楊逵去世後曾寫一篇〈日據時代臺灣新文學運動與楊逵〉，發表於 1985 年 5 月號《中華雜誌》。龍瑛宗去世後我寫一篇追悼文〈龍瑛宗最得意的一九三○年代〉，登於真理大學《淡水牛津文藝》雜誌。王昶雄去世後我也寫一篇〈悼念王昶雄君〉，登於 2000 年 4 月 15 日《淡水牛津文藝》雜誌。

現在所剩的原始會員我 88 歲，劉捷、黃平堅各 90 歲，年少的郭啟賢、陳遜章、鄭世璠、楊國喜都是 84、85 歲的老人，非原始會員陳秀喜也作古，著有詩集十冊，由其女兒、女婿組織一個基金會頒發現代詩詩集獎，楊國喜隨著年歲大身體不良，差不多不出席，我也常感疲勞，1999 年

間的出席率不良。

　　王昶雄去世後我感年歲大不堪勞累，本想順其自然發展，想不到李魁賢、李敏勇、鄭清文等商量後推舉我這原始發起人擔當召集人，由黃正平辦理事業我始答應。自一月王昶雄去世停辦的益壯會乃於四月開始續會。

　　益壯會在臺灣是一個非常特殊的團體組織，雖不正式掛名卻有團體的運作，全是文化界知識分子的聚餐會；每次集會都請專家來講演，已有三十多年的歷史。從其會員的構成就可知其特色，且早期的成員都經過日本殖民時代臺灣民族自由民主運動，新文化運動的洗禮，戰後又經過國民黨殖民統治的二二八事件白色恐怖，40 年的戒嚴，萬年國會的黑暗時代，具有臺灣民族的尊嚴與解放。所以大家不怕中共威脅，歡喜陳水扁打敗國民黨，當選臺灣新的總統。本會為臺灣民族的尊嚴與文化繼續發展，多求人民的幸福。

　　我為本會原始發起人，最清楚自聚會至今的本會狀況，黃正平要我寫「益壯會的淵源與歷史」，乃以「王昶雄與益壯會」，交代本會的歷史淵源，以便後人作參考。

——2000 年 5 月 31 日

——選自巫永福《巫永福全集 24——二〇〇三續集・文集卷 II》
臺北：榮神實業公司，2003 年 8 月

從「益壯會」說起

◎趙天儀*

　　臺灣九二一集集大地震以後，百廢待舉。坐車路過豐原、臺中、霧峰、草屯、南投等地，傾斜倒塌的大樓正在拆毀，彎曲斷裂的道路正在封閉，一切的一切，彷彿重建舊山河。

　　冬天來了，一波寒流侵襲美麗的島嶼，白雪皚皚，崩裂的山峰有的禿頂，有的瓦解，一個山中湖產生了。在這寒冷的日子，寒流無孔不入，封鎖著臺灣的每一個角落。

　　去年歲末，龍瑛宗走了，吳潛誠也走了。今年年初，少年大王昶雄也走了，我們「益壯會」一年一度的忘年會恐怕也將停辦了？

　　30 年前，在「益壯會」的忘年會裡，我們見過一些前輩作家，例如，健在的巫永福先生、陳遜章先生、劉捷先生等等。當然，我們也見到楊逵、吳濁流等前輩。

　　雖然「益壯會」在每月第三周的星期五舉行，王昶雄先生常常會通知我。但因我太忙，他已把我從「晴耕」移至「雨讀」，表示只有偶爾出席。這一次我正在盤算著忘年會的日子，也許我可以出席了！沒想到，我們的總召集人王昶雄先生卻也走了！

　　「益壯會」象徵著老當益壯，且以文學會友。「益壯會」的臺灣文壇前輩，藉著這樣小小的聚會，招待遠方的來賓，包括異國的文友。我們這些後輩，得以有機會跟前輩見面，並且傾聽他們高談闊論，甚至高歌一曲。

　　「益壯會」逐漸地接納了新朋友，比較年輕的一輩也常參加，例如：

---

*發表文章時為靜宜大學中國文學系教授，現為靜宜大學退休教授。

鄭清文、李魁賢、李敏勇、張炎憲、陳萬益等也常出席，看來「益壯會」必需選出一個新的總召集人。

王昶雄是一位詩人，一位小說家；但是，他以齒科醫師為職業。他常說「人」要說「齒」，野獸才要說「牙」。所以，他自稱齒科，不說牙科，這是很有意思的區分。他寫新詩，由於《阮若打開心內的門窗》，由音樂家呂泉生作曲，詞曲並茂，已成臺灣的名曲。做為一個小說家，他當然是日治時期的日本語文學家之一，曾在皇民化時期表現過那時期的問題意識，這是涉及歷史解釋與個人表現之間的問題。今日許多曾未經過那個時期的所謂臺灣文學史家紛紛以西方的理論要來套那時期的作品，缺乏歷史經驗，也缺乏田野調查工作，要強作解人，這是一種欠缺公平的裁判！

王昶雄是一位日本語作家，可是，在戰後，他就能以頗為流暢而且優美的華文來寫作，常令我們後輩羨慕，也很佩服。他說話聲音宏亮，丹田有力，雖然身材屬於嬌小，卻也頗為勇健。在他主持的「益壯會」裡，不會有冷場，而且能使同座者皆大歡喜。

近四年來，我主持了兩件有關臺灣文學研究的工作，都必須去訪問王昶雄先生。一是「臺灣文學史料調查工作，以日治時期為範圍」。我曾經偕靜宜大學中文所的研究生曾鈴月、顏利真，並約評論家張恆豪先生去造訪他。提出問題請教他，並錄音存證。王昶雄起初不願意照像，後來在我們的央求勸說之下，也讓我們一起拍照，目前「臺灣文學史料調查報告」已經完成初稿。二是「陳垂映全集的蒐集與整理」，因為他跟陳垂映先生是同一時代的作家，所以，訪問他，向他請益也是我們重要的工作之一，我曾偕靜宜大學中研所研究生謝專芳同學訪問過他，也錄音、拍照存證。

《陳垂映集》由趙天儀、邱若山主編，已由臺中縣文化中心出版，中文本兩冊、日文本兩冊。陳垂映的日文長篇小說，《暖流寒流》是民國 25 年由「臺灣文藝聯盟」出版。因此，日文版是原來版本的復刻本，中文版是由東吳大學日文系主任賴錦雀教授翻譯，並由她的先生靜宜大學日文系主任邱若山先生審訂的，相信是一個優秀的譯本。其中日文版第二冊是由

邱若山先生用電腦全部刷新並由他翻譯，並由本人校訂，當然，尚有些許缺點。不過，這一套《陳垂映集》的出版，我以為是研究臺灣文學史的一件大事，陳垂映不但是重現文壇，而且是重新復活，該是張恆豪所說的「復活的群像」之一。

王昶雄先生走了，在他的《安魂曲》中安息了，我們會懷念他，懷念他是一位性情中人，從歷史的時代錯誤中走出來，他也是我們臺灣文學的「復活的群像」之一吧！另一波寒流又來了，在冷清的歲暮裡，我們有無限的懷念！

——選自趙天儀《風雨樓再筆——臺灣文化的漣漪》
臺中：臺中市文化局，2000 年 11 月

「少年大」與「益壯會」

懷念王昶雄先生

◎曹永洋*

　　1994 年春，好友鄭清文兄介紹我參加了「益壯會」，有關這個集會的淵源，「少年大」王昶雄先生在一篇題名〈還我當初美少年〉的文章中有精采的描述。因此我認識這位文壇長青樹的作家不是先從他的作品，而是從直接交往，聽他的聲咳，看他現場的演出開始的。

　　初次和「少年大」見面時，他主持這個奇妙的團體已經近二十年的歲月。第一代的成員，已先後走完人生的旅程，或者因年邁、行動不便，很少來參加盛會了，我參加的正是「少年大」主持的最後六年時光。

　　個性樂觀、豪爽，待人真誠、親切的王先生，無疑是這個團體的靈魂人物。當時已近八十高齡的「少年大」，說話的時候不用麥克風，發自丹田的聲音，字正腔圓的河洛話，傳入會友的耳裡，不但聲聲清澈，洋溢一股暖意，令與會的每一個人都感到從容、自在，有如欣賞一篇佳妙的散文。

　　每一次集會，「少年大」都會通過他的人脈，請來一位 GUEST 和大家話家常。這些精心安排的短講，往往在歡樂、明快的氣氛下進行，而且在簡單的餐會之後，還有互動的討論。「少年大」一手策劃這些活動，看來舉重若輕，明信片上的通知都由自己親筆書寫，甚至「益壯會」成員名冊也一個字一個字用原子筆謄寫，如今這些筆跡也成為臺灣文學史上珍貴的史料。開會前他還會親自打電話提醒會友呢！

---

*傳記作家，發表文章時為志文出版社新潮文庫總編輯。

　　參加「益壯會」的第一年就發現這個團體並不是來參加便餐、喝酒、飲茶的閒散人。這些前輩很多都是有過歷史滄桑、臥虎藏龍的「老先覺」，尤其陽曆年和農曆年的新春忘年會，「少年大」更使集會的氣氛提升到大家同樂、渾忘人生憂患的境界。那一年我看到前輩陳遜章、劉竹村二位先生聯袂登臺演唱，二人的唱藝之佳，有如行雲流水，聽到他們的演唱簡直會讓時下的歌手羞死！畫家鄭世璠先生也在這一段時間印了畫集和文集，看了他在北美館的展出，真令我大開眼界，他是一位何等傑出的畫家。至於成員中有多位重量級作家和各方請來的 GUEST，也無不是在不同領域中卓然有成的大師，我就不在這裡一一列舉他們的大名了。

　　在這個團體我見到的成員有「少年大」筆下描述過的巫永福、劉捷、郭啟賢、黃平堅、杜慶壽、潘芳格伉儷、鄭世璠，只在集會見過一面的施維堯、楊國喜等前輩，萬綠叢中一點紅的二位女士是阮美姝和郭純美女士。其他陸續加入的會友，不分年齡、入會先後，很快就成了一見如故的好友。

　　「少年大」最喜歡強調的是：參加「益壯會」雖然規定 60 歲以上是會員，60 歲以下是準會員，可是後來有些盛年的新血輪也陸續加入。少年大說，入會的唯一條件是認同臺灣，熱愛這一塊土地。

　　「少年大」最後為「益壯會」請到的三位 GUEST 竟是當年發表〈臺灣自救宣言〉未及流入市面即被逮捕判刑的三位志士。不依師生輩分而以 GUEST 身分出席先後來參加的三位臺灣民主運動先驅——謝聰敏、魏廷朝、彭明敏教授。主持彭明敏教授列席短講的「益壯會」，「少年大」在開場白致詞時，第一次看到他原本中氣十足的聲咳幾度停頓、喘息，這是我參加「益壯會」六年來所僅見。雖然近半年來，王昶雄先生的氣色、元氣大見減弱。散會後也都由會友劉竹村、賴永松先生和筆者陪同走回「少年大」的寓所，可是萬萬沒有想到這一次竟是他主持的最後絕響！

　　千禧年元旦清晨 1 點 55 分，「少年大」在家人的守候中告別人間。王昶雄先生擁有一個美滿的家庭，王夫人林玉珠女士不但是才貌雙全的賢內

助，本身也是一位傑出的畫家。「少年大」在文學創作的成就早有定評。真理大學 2000 年 11 月 4 日將頒予他「臺灣作家牛津獎」並舉行盛大的文學會議，由其家屬代表接受殊榮。「少年大」在世的時候，人緣好，在他的生活圈子裡有不同年齡層的好友，他的一生活得有聲有色，可稱無憾。我知道他還有一個未實現的心願：就是要投票選出陳水扁來當臺灣總統，他思思念念就是臺灣國未來的前途，這個絕不妥協，絕不放棄的堅持，正是「少年大」的真實本色！

　　有一種人即使有緣相識，因為格格不入，無法聲氣相求，就是有機會共事，也是形同陌路，不可能有任何交集。但是有一種人，你第一眼和他交朋友，便一見如故，可以暢所欲言，沒有絲毫顧忌，而且知道你們是同一個臺灣國的人，王昶雄先生就是這樣一位讓人懷念的正港臺灣人！

——2000 年 2 月 28 日和平紀念日
——《淡水牛津文藝》第 7 期，2000 年 4 月 15 日

——選自李魁賢主編《望你永遠在我心內——王昶雄先生追思集》
臺北：臺北縣文化局，2000 年 11 月

消逝的北淡線

王昶雄生命裡的史詩

◎劉克襄[*]

　　想要回味北淡線的風情，如今只能搭乘淡水捷運了。

　　1997 年春，新開通的這條捷運路線，幾乎重覆蓋在舊路的軌跡上。中途的車站大抵也有增無減。最近數度從臺北搭乘到終站的淡水教學，順道瀏覽一甲子以來，斷續前往淡水、關渡走動的時光。路途中，每走訪一站，總會情緒翻攪。北淡線彷彿一道年輕時留下的未癒疤痕，上了年紀竟也浮臃轉了色澤。

　　我有這等情緒，毫不意外。臺灣地景裡，北淡線素來是作家書寫最多的題材，遠超過其他小鎮。隨興回想相關的作品，便有一籮筐的書寫。遠離大城，前往海邊的小鎮，是這條路線最精采的主軸。北淡線像只風箏線，讓臺北人的欲望有一掙脫的管道，揚升到天際，再漸次回收。過去的時空裡，若沒北淡線，臺北文學勢必失色不少。

　　北淡線成為作家筆下充滿美麗和哀愁的情境，卻非一開始即有此氛圍，而是緩慢演進，才逐漸有此況味。

　　但無疑的，一開始就是這個宿命了。早年在 20 世紀初，美國首位駐臺領事禮密臣（James Wheeler Davidson）在其大作《臺灣島之過去與現在》（1903 年）裡，早已預測到繼縱貫線後，這一第二條鐵道的命運。

　　北淡線的初始，主要想仰仗淡水港的吞吐功能進出貨物。但他揣測，

---

[*]詩人、自然觀察作家、生態保育工作者。

未來的時間裡，這個港口的機能會快速下滑，反而觀光旅遊愈加提升。長
年居留北臺的他，頗具慧眼。沒多久，淡水港果然淤積嚴重，海運日漸凋
萎，反而是客運的內容遞增，求學、經商，以及觀光旅行，逐漸成為這條
路線繼續經營的重要因由。

那時搭乘北淡線，可以去看海，或者到海水浴場玩樂。到北投也不全
然是泡溫泉，還兼及登山賞櫻。有幾年，天氣酷寒，陽明山落雪。搭乘火
車去賞雪，竟也風行好一陣，甚而有加班的專線列車。

北淡線功能轉變後，每個年代不僅有好些作家以它為主題，多次複踏
書寫，展開迥異創作風格者亦多有人在。朱天心、舞鶴、林文義等即是文
學常客，我也偏好以他們的創作背景分析，做為為市民導覽之內涵。但這
回搭乘，腦海裡唯一浮升的只有一位，撰寫歌詞〈阮若打開心內的門窗〉
的王昶雄（1915～2000 年）。

為何對他印象特別深刻呢？去年淡水街上有些老巷舊弄即將拆除，許
多人透過網站串聯，前往聲援。經由電視畫面，我看到許多人擠爆重建
街，因而聯想及王昶雄。他是道地的淡水人，在重建街二層紅磚樓出生長
大。太平洋戰爭時，還在淡水開設牙科，1950 年才搬到長安西路平交道附
近，診所也移到中山北路。日後，有子克紹箕裘，仍在原地守成迄今。

從小到大，王昶雄除了年輕時赴日求學，生活裡最重要的足跡，多半
在這條鐵道線去來。從襁褓時期的搭乘，被母親抱在懷裡走訪親友、日後
年輕的生澀戀情、中年時的家國感懷，以迄北淡線結束營業，他都逐一體
驗了。北淡線是他生命裡最重要，甚且是唯一的，史詩般的鐵道。

1988 年 7 月 15 日北淡線結束前夕，王昶雄感性地寫下一文〈最後響
笛前的舊夢──北淡線最後一瞥〉，我以為是他生命中最重要的散文之一，
把北淡線之種種跟自己的成長，做了一個重要的美好交代。

透過近七千字的緬懷之文，他追述了自己從小到大搭乘北淡線的經
驗，還有每一站如數家珍的追溯。文學質地或許偏弱，卻是有趣的旅遊指
南，交織著個人生活和鐵道歷史的寶貴經驗。他以豐厚的生命情感，生動

地引我紙上漫遊，重新回到北淡線的最後時光。我遂嘗試由此文的細小線索，展開自己的考證，跟大家閒聊二三。

最初，我被吸引的是開頭，其個人孩提時的回憶。甫起文，王昶雄即提到一則感人的旅行故事。北淡線即將結束那年春天，他的小時玩伴，加拿大人亞里斯專程返臺。經過 57 年後，亞里斯回到 12 歲時離開的家園，和王昶雄相約，重新搭乘北淡線，一路追溯每一站的經過。

只可惜，王昶雄並未清楚告知，亞里斯更詳細的身世背景。根據文章的敘述推斷，亞里斯離開臺灣的時間，約在 1930 年前後。日治時期在淡水出生，其父親是位加拿大籍傳教士，無疑是尾隨馬偕來臺之後，基督教長老教會系統的神職人員，而母親也伴隨來臺，在淡水偕醫館工作。另外，亞里斯的姊姊長他一歲，同樣在淡水出生。王昶雄小時跟亞里斯經常玩在一起，因而感情甚佳。

這位傳教士臺語很溜，喜愛搭乘火車，經常帶自己的孩子和王昶雄一起出遊，或北投泡溫泉，或到臺北逛街。在火車上，還描繪了許多西方有名的童話故事。

有些美好童稚時期的經驗，兩位 70 歲的老人遂相約，在北淡線最後的班次裡，一起重新出遊，懷念每一站，以及早年時光。這等重返舊時的班車，想像那畫面的情境自是感人。

1920 至 1930 年代左右，基督教長老教會前來淡水服務的傳教士還不少。其父親到底是哪位？經過多方請益和查詢，包括聯絡小說家後嗣王凌洋牙醫，還有神學教授鄭仰恩等人，還是無法確切知悉，此人的真正身分。參考當年基督教長老教會來淡水服務人員的名單，最接近者有兩位，分別是高華德牧師（W. G. Coates，1921～1927 年在臺）、廉叡理牧師（G. A. Williams，1919～1927 年在臺）。

根據王凌洋醫師的印象，其父親小時玩伴多已辭世，想經由此管道得知傳教士身分恐不可得。但我還是懷抱一絲希望，說不定日後有人巧遇，且確切知其身分，說不定更能描繪出當年諸多美好之事物吧。

回憶之文裡，王昶雄還描述自己的初戀在北淡線發生。對方是中日混血的女孩。在那個保守的年代，當然不可能發生任何事。情竇初開的二人，只敢在列車廂內眉目傳情。真正碰頭了，竟害臊地滿臉通紅，什麼話都不敢表示。後來雖有進展，終究還是面臨分手的命運。王昶雄沒細說，戀情發展到何地步。只提分手時，激越如下：

> 她淒楚地站在台北站第六月台上，幾乎連抬頭向我揮別的勇氣都沒有，虛弱地呆滯著，望著火車移動而駛向站外。有人說初戀是一首歌，如果是真的，那却是一首叫人痛入肺腑的哀歌。

第六月臺早年是北淡線專用月臺，這名稱是 1979 年臺北車站改建而形成的。那一年，增建了第四和第五月臺，早些時慣稱為第四月臺。在好幾個作家的作品裡，我都讀過這第四月臺的身影，但很少談到戀情，甚而像王昶雄日後這麼大膽地表露。

有天特別走到後火車站懷舊廣場，那兒還擺放著一節列車，圓筒形車身上白下藍，如同文湖線捷運的車廂。透過車廂，望著裡面的「韭」字形木頭座椅，想像著王昶雄年輕時和那位日本少女的生澀之戀。突地間，想及自己年輕時在北淡線上，也有著類似的初識情境，啊，那捉不回的青春感傷，莫名地竟有著說不出的共鳴了。

文末，除爆此生澀戀情，王昶雄還有段火車出軌的紀錄，亦堪回味：

> 風速五〇公尺的超級颱風來勢洶洶，沿線田地早已變成一片澤國。當天照駛無誤的北淡線列車，正在開往淡水，行駛到竹圍站附近的大拐彎處，被一陣暴風吹倒在水裏。後來我才知道，死者十四人，包括我同窗好友的父親。看見窗友的哀嚎哭泣時，我心裏非常難過……

根據淡水地方志大事記。1932 年 8 月 24 日，颱風來襲。傍晚時，由

臺北開往淡水的第 195 次列車，奔出隧道後，在土地公鼻附近，被一強烈的西北颱吹落草田後，又被洪水淹沒，造成 14 人當場死亡。

那年王昶雄 17 歲，他描述的大拐彎處即土地公鼻，位於竹圍車站與關渡大橋之間，乃關渡埔頂地區，一凸出的小山丘臺地，視野非常遼闊。該地因擺設有神址，山形如人鼻，因而稱為土地公鼻，海拔 51 公尺。今為基督書院所在，日後說不定可當作一歷史旅遊景點。

土地公鼻下方叫山仔後，早期有駐守軍隊，並開鑿隧道。現今附近仍有一許厝之紅瓦聚落。現今搭捷運情境類似，一出洞即望見淡水河。鐵道居間，一側緊鄰河岸一側緊貼崖邊。此段是昔日淡水線火車最易出狀況的地方，當日淡水線火車即在此翻覆。老一輩淡水人都記憶深刻，無怪乎，他也會提及。

30 年前，我在此觀察，尚無密集的紅樹林，只有稀疏的幾株水筆集聚成叢，或零星佇立。泥灘地甚是開闊，甚而有小船擱靠，多為蘆葦叢和菜畦果園的環境。火車翻覆在滿潮裡的蘆葦叢，難怪死傷嚴重。晚近環保團體反對的淡北快速道路，即將橫跨此山，勢必影響紅樹林生態。

一生跟北淡線交集，王昶雄如何導覽北淡線呢？我無法逐站而談，但早年幫市府撰述過《淡水捷運線自然導遊》（1997 年），隨手謹筆記個人認為重要的心得：

> 日據時代，台北、雙連間還有一站「大正街」，位於當今長安西路平交道右旁。當時這一帶都是日人聚居的地方，鄰近有日童就讀的建成小學（今之市政府）、市立簡易所兼職業介紹所（今之市衛生局），及號稱台北最大的御成町市場（今之中山市場），雖然距離台北僅○‧六公里，但為了讓日人方便，特別添設這一站。

這一站最接近之地乃現今的中山站，王昶雄在此開業，當然最為熟悉了。透過這段言簡意賅的描述，讀者對此一站周遭的歷史發展，應該會有

更加清楚的輪廓。

> 圓山站鄰近有一所市立棒球場，嘉義農校、嘉義中學、台北一中等校的
> 棒球健將們，都在此比賽，高潮迭起，好戲連台……

　　圓山站是導覽北淡線非常重要的一驛，過了此站就是臺北市邊界，士
林已屬鄉下之地。王昶雄會提到棒球，其實也反應了這一時代臺灣社會的
生活休閒風氣。1920 至 1940 年代是臺灣棒球運動蔚為風潮的第一波。臺
灣人就讀的中學，幾乎都有棒球運動，不再是日本人的專利。1979 年棒球
場被改為中山足球場，花博之後，再改為臺灣精品展示館。積弊不振的足
球，如今更是雪上加霜。

> 日據後，因籌建台灣神社，迫令遷移大直北勢湖附近。台灣神社為台灣
> 唯一的官幣大社，主祀北白川宮能久親王，日軍即將崩潰之前，受到盟
> 機燒夷彈的直接轟炸而全毀。架在基隆河上的鐵橋旁邊有宮下站，此一
> 小站是專為前往台灣神社參拜的人而設的。

　　過了橋的宮下站，在旅遊指南裡，其實比其他尋常生活之站，更常被
提到。此站並非今日劍潭站，而是靠近劍潭青年活動中心的位置。1930 年
代的地圖顯示當地名為「宮下」，1904 年的臺灣堡圖上，稱它為「山仔
腳」。走往昔時之神社（今圓山飯店），必須先經過山腳，一座臺北盆地最
早興建的土地公廟，迄今仍香火鼎盛。

> 為便於進香遊客，光復後另設有兩個站——王家廟、忠義。前者是臨時
> 站，但每天朝夕各一次停靠該站。忠義站雖然很簡陋，但香客絡繹不
> 絕。台灣許多恩主公廟當中，規模最大的當推台北市民權東路的行天
> 宮、忠義的行天宮和三峽的白雞行修宮……

　　王家廟在戰後才設立，因鄰近王爺廟而命名，但因某一民政官員的糊塗誤植，日後竟慣稱為王家廟車站。當年係為便利大同電子公司員工通勤而設立，兼及周遭學生和住民。此位置接近北投東華街和公館路，離今之唭哩岸站不遠。唯當年除上下班時間外，列車均直接通過本站。作家楊索曾告知，早年在此當女作業員時，都在王家廟搭車上下，當時上下班女工，約有近千人之譜。

　　忠義行天宮較少人知悉。它和臺北民權東路行天宮、三峽白雞廟均屬同一財團法人。廟寺堂皇，明淨而肅穆，氣勢若大陸北方廟宇。以前香火鼎盛，善男信女和觀光客絡繹不絕，現今當不如後兩者。

　　以上簡短敘述，多為個人主觀的旅遊見識，不及備載王昶雄的導覽內涵。我只以自己晚近的旅行，懷他最後一次搭乘北淡線的晚年心境，一起舊地重遊，揣想一些可能。

——選自《印刻文學生活誌》第 96 期，2011 年 8 月

少年大佮老小

《王昶雄全集》補遺

◎莊永明[*]

　　《王昶雄全集》11 冊終於問世了,「少年大」的生前願望總算實現了,被他叫為「老小」的我,面對「全集」,有話想欲講!

　　我首先挑出翻閱的是全集第 11 冊影像卷,當然是想從中再捕捉少年大和我往昔在一起的身影,果然沒錯,很快的就找到了幾幀逝去歲月我們在一起的留影。

　　翻到的第一幀照片是第 59 頁編號 77 的「與陳炳煌、呂泉生合照」,此照的快門是我按下的。「雞籠生」陳炳煌每年從僑居地美國返臺,必然會安排時間到天母東路呂泉生家敘舊,每次王昶雄和我一定是座上客,有一年,巫永福也趕來會面;「臺灣第一位漫畫家」陳炳煌也是一位旅行家,近九十高齡的他,每年必做長途旅行,再遠的旅程,必有「返鄉」之行,因此我們似乎是每年有一次的「例會」,直到呂泉生移民美國才中止。這幀照片的說明文字:「1950 年代開始,臺灣第一本漫畫集《雞籠生漫畫集》出版……」應予更正,雞籠生的第一本漫畫集是在日治時代的 1935 年即付梓,第二本才是 1954 年出版。王昶雄、陳炳煌先後仙逝,憶昔一起上下古今,無所不聊光景,不勝感歎!

　　第 117 幀照片「訪簡愛愛」,文字說我「寫過百本以上和臺灣有關的書籍」,這是溢美之詞,我的著作只向 50 本門檻邁進而已,此生是否會有「百本」的等身之作,實在不敢奢望;還有文末說:「《臺灣歌謠鄉土情》

---

[*]文史工作者、史料蒐藏家。

為莊永明和孫德銘合著之書籍」，實情是我主稿全書的文字。1993 年 9 月 21 日，我們之所以會有「三芝之行」，乃因為「少年大」計劃為他所喜好的 1930 年代臺語流行歌曲，立下文字，找我安排訪問當年歌曲歷史見證人，因此碩果僅存的第一代歌星愛愛簡月娥成了首位受訪人；後來他又造訪《白牡丹》、《雙雁影》、《農村曲》的作詞人陳達儒（照片第 119）即是第二波的「田野調查」。可惜後續未再有此類寫作。

「清水之行」的兩幀照片，分為第 135 的「於清水鎮作專題演講」和第 142 的「牛罵頭音樂節」，文字沒有點出王昶雄與清水的「地緣」關係，不無遺憾！「少年大」重返清水，是他一生多次的「鄉土之旅」，最具歷史意義的。

清水，對王昶雄來說曾經是一個傷心之地；1947 年二二八事件，「清鄉」的恐怖行動中，面臨國家機器的迫害，王昶雄不得不接受親朋相勸，選擇逃亡，躲避此劫。由於他的弟弟在臺中清水上班，清水成了藏身之處，風聲鶴唳的緊張氣氛下，他隱身鄉間，過著十來天自囚的日子，那種惶恐的生活，他說是以數秒計分來等待看到陽光的。國府軍警挨家挨戶搜捕行動結束後，他被告知平安無事了，但是白天他還是心有餘悸地不敢出門，天黑之後，他再也按捺不住了，不見陽光，看看夜色也好，他終於溜了出來，靠著空蕩蕩的街道側邊，躲躲閃閃地移動腳步，恂懼之心，仍在心頭，不料遠方一個熟悉的人影，逐漸逼近，他睜眼一望，原來是張文環，匆忙跨了箭步向上，四目接觸後，不發一語，兩人一起抱著痛哭，不只是「同是天涯淪落人」的相惜，而是無限的傷懷、悽惶湧上心頭，眼見蓬頭垢面、身衫褸襤的文友張文環，所謂「他鄉遇故知」的溫暖，根本不見於那種動亂、不安的年代！

陪著「少年大」兩次來到清水，王昶雄告訴我，當年劫後餘生的景象猶新，因為那是他四十幾年後再度重遊，「二二八事件」平息北返後，他一直沒有機會再到這傷心之地，牛罵頭文史工作者的邀約，給予他兩趟的歷史回憶之行。

　　舊名「牛罵頭」的清水，是臺灣難得的「文化小鎮」，鄉民的音樂欣賞造詣聞名全臺，一年一度的「牛罵頭音樂節」是小鎮盛事，第 142 那兩張照片即是 1996 年清水舉辦的「牛罵頭音樂節——春風歌聲四季情」，上為王昶雄解說其創作《阮若打開心內的門窗》的背景故事和他在「二二八事件」期間與清水的那段軼事，左邊的節目主持人就是我，右邊為演唱《阮若打開心內的門窗》的歌星李靜美。

　　第 171 的「訪呂泉生」之照，是王昶雄與呂泉生的最後一次見面，此後兩人天人永隔，實為當初所料想未及。1999 年 3 月，呂泉生教授應榮星合唱團邀請由美返臺，由於行程已由榮星做緊密安排，所以呂泉生不打算在臺灣再驚動好友，我接到呂教授的電話實情告知，甚覺惋惜，不過王昶雄知道老友竟然「過門而不入」，大為光火，要求呂泉生無論如何要勻出時間，否則以後「不要回臺灣了！」如此重話，讓呂教授不得不撥出空檔，在飯店跟我們小敘。當天，我先到長安西路巷內的照安齒科見「少年大」，原本是要叫計程車直驅飯店，但王昶雄一算時間還來得及，便對我說：「老小，咱行路來去，我亦足康健。」我們沿著臺北捷運站「中山站」經「雙連站」到「民權西路站」上的綠帶長廊走，而後再折向民權東路二段呂泉生下塌的「亞都麗緻大飯店」。這段路雖然不算長，但我們兩人是以「快走」的步伐前進，因為怕耽誤呂泉生留下的時間，對一位已經是 81 歲的老人，我不得不佩服「少年大」那「健步如飛」的體力。

　　我們到達時，呂泉生教授已在飯店房間門口等候，王昶雄第一句話便埋怨道：「好不容易才回一趟故鄉，那有不跟老友敘舊之理？最少也應安排一天，好讓大家好好的講天敘地！」呂教授只好一再表示歉意，畢竟行程是人家排定，身不由己。

　　從前，我們在呂泉生天母東路的家中，常常聊到不知時間將至，而此時因呂教授還有下個行程，我們只能相聚不到一個鐘頭。我們告辭時，與王昶雄同庚的呂泉生一再叮嚀「同年的」要保重身體，王昶雄除了以「互相」期許外，也不忘指著我對呂泉生說：「阮二個是行路來的，我亦常常去

爬山。我的身體足勇健,不信汝問老小。」「保重身體」這句話,於今還會在我耳邊環繞,因為沒有想到此行是我陪著「少年大」來向老朋友告別,此後這兩位以《阮若打開心內的門窗》撫慰臺灣人心靈的合作伙伴,從此不再在一起了。

與「少年大」相知二十餘年,我也有對他「不滿」的時候,而今想來,那一次對他發脾氣是有些不應該,畢竟他不省內情被人蒙蔽;事情的緣由大致是這樣子:

文建會在申學庸擔任主任委員時,曾委託民間人士製作《鄧雨賢專輯》,此項工作由謝艾潔取得,文建會除交付音樂製作外,也要求有文字專冊。由於經費不貲,而且是代表官方之作,所以要求品質也高,簽約時文建會的合同有須專家學者審核合核後始得發行之條款,文建會邀請鍾肇政與我擔任文稿審查,音樂部分因另有專人負責,也不在我職責之內,所以不做表述,當合約將期滿之前,謝艾潔送來文稿要鍾老和我表示意見,鍾肇政如何核稿,我不得而知,我所見到的那份稿錯誤不少,尤其是鄧雨賢的「時代」歷史,最荒謬的部分是將鄧雨賢描述成參與臺灣文化協會的「抗日人士」(我仍保有當時她的文稿影印本),鄧雨賢的音樂成就,可圈可點,硬要他說成「愛國分子」,實在匪夷所思,而且與他同時期的古倫美亞同事陳君玉的生平事蹟,更是臆測,我加注了意見且表示無法同意通過如此不負責任的文稿,而後謝艾潔不僅沒接受善意的指正,竟將《鄧雨賢專輯》的製作交由一家名為「中國龍」的唱片公司發行,這種拿了公家的公款製作的成品,私自販售,據她自稱「她是專輯製作人,而製作人等於是著作權人,因此有權處理專輯。」一稿兩賣的行為在道德上是絕對可議的,況且鄧雨賢的作品,她絕無處分權,難怪鄧雨賢的長子鄧仁輔曾拿出他自費買來的此專輯當面指責她說:「到底我是鄧雨賢的家屬,還是妳呢?」

文建會知道謝艾潔拿了公家的錢,竟將所製作的鄧雨賢專輯在政府機關未發行前,先予出售謀利,於是文建會通知解除委任合約取消她的製作

人身分，並扣下僅剩少部分的尾款，那知謝艾潔惡人先告狀，揚言文建會藉故拖延發行，她將專輯售出是「合法」的，委託律師要求文建會賠償解約損失，和名譽損失，並登報道歉，申學庸主委是時卸職，由鄭淑敏接任，這位新主委知道事情來龍去脈後，決定不讓官方「賠了夫人又折兵」，決定提出反訴，當然官司纏訟多時，一審謝艾潔敗訴，但她心有未甘，不僅提出上訴，且四處投書誣稱「文建會欺壓文化人」，最後還請出立法委員鄭寶清向文建會施壓；文建會主委後又改林澄枝接任，她以息事寧人為要，此事後事如何，我因覺謝艾潔這種「生意人打著文化人」的裝扮承包政府「文化工程」，當然自己必會「脫身」，也就不再注意此事發展，想不到謝艾潔以我沒有通過她的文稿審核，挾怨報復，撰文對我做不實攻擊，而「少年大」王昶雄不察，竟為她在一本書上寫序文，大加推崇她的「研究」，實在匪夷所思，我當然以「少年大」為矛頭，向他做嚴重抗議，當晚，王昶雄三度打電話向我致歉，表示他未讀畢謝艾潔之文，以致發生如此差錯，實在是被蒙騙了。「老小，息怒。」他不只對我說上十次，而且感歎臺灣社會不僅有「真小人」、「假君子」還有「偽淑女」！

「老小，息怒。」少年大不僅以如此斯文語詞向我一再表示歉意，而且為彌補我的「損失」，親筆繕寫了一份〈阮若打開心內的門窗〉的手稿贈予我，以為「精神損失」賠償，此份手稿我曾借予淡江大學於舉辦的「淡水學術討論會」時展出。翻閱全集的影像卷，不見他的「代表作」〈阮若打開心內的門窗〉親筆之稿，真是可惜！我以為他必有另份留存家中。

《影像卷》的「王昶雄畫傳」沒有收錄他在晚年李來富、我等一齊到臺北近郊訪友、散心的照片，有些遺憾，「先生娘」（醫師太太）李來富是標準的「哈王族」（崇拜王昶雄的文筆），她知道「少年大」有惡疾，而他本人卻在醫師、家屬對病情隱瞞下，毫不知情，那段時間，李來富希望「少年大」的晚年能再多走走、多看看，乃數次安排我們一起去郊遊，王昶雄總不忘帶照相機留影，他常說：「雖然回憶錄寫來，必得罪不少老朋友，但還是必須要做的。」「少年大」晚年較喜歡拍照，與他計劃寫回憶錄

有關，他與呂泉生都告訴我：陳逸松的回憶錄太虛假了，而且錯誤不少，他的回憶錄必然是「實人實事」！

王昶雄未能將回憶錄完稿，這是臺灣文壇歷史的一大損失，其實他還有諸多的計畫都成了「斷章」，例如對臺灣流行歌曲見證人的採訪錄、撰寫「臺灣女人 100 篇」等等。

公元 2000 年的凌晨，「少年大」仙逝，詩人路寒袖當天向我邀稿寫一篇哀悼文章，我未應命，因為一來彼時我焦慮著擔任總策劃的「臺灣世紀回味」是否能順利付梓，二來突然獲知忘年之交永別的事對我衝擊太大，根本無法靜心執筆。

每年的新春，我接到新歲月的第一通電話，必然是「少年大」新正的賀年聲，「老小！恭禧，新春恭禧！」而後是尋問年度有否新的寫作計畫？年復一年，年年如是。想不到「新世紀」的 2000 年，他那發自丹田的有力聲音，卻成了絕響。

出殯之前的某天，王昶雄夫人來電說總統候選人陳水扁將到家裡悼祭，希望我代表親朋致謝，我當然應囑前往。公祭儀式，家屬希望能演唱他的代表作品《阮若打開心內的門窗》，原先王昶雄夫人計劃請白鷺鷥基金會相助，但卻因故未果，我乃轉告李來富務必相助，她們的「溫馨合唱團」知道有此「任務」馬上答應，我乃另加安排了王昶雄作詞，也是呂泉生譜曲的《安魂曲》，「靜靜地閉上眼睛，長眠那一天，一片片落英，飄零在窗前；一陣陣驪歌，哀愁遍人間。芳魂縹緲，不知何日再相見，只得一顆虔心，謹向靈前呈獻。……英靈芳魂，但願活在我心田。今天直到明天，明天直到永遠。」這首《安魂曲》雖是二十幾年前為榮星兒童合唱團「保母」辜老太夫人所寫，但似乎也是「少年大」為自己「量身」而作。溫馨合唱團在告別式以《阮若打開心內的門窗》和《安魂曲》告慰「少年大」在天之靈，相信他「從此得進安息，立見永生光華」！

「少年大」王昶雄在 1991 年為我的著作《臺北老街》寫書評時，說我正在「中年崢嶸年代」，為「少年中的老年，又是老年中的少年」；「少年

大」大我 26 歲，而他所主導文壇耆老的「益壯會」，我確有資格被他延攬
為會員，然而他始終沒有跟我開口說要推薦我入會，僅只一次邀請我為
「賓客」，益壯會的 Guest，先後有林玉山、楊英風、呂泉生、李鴻禧……
諸人，我沒有成為益壯會的「主人」，而是「賓客」，乃因「少年大」知我
深也，他了解我的「個性」。

　　《臺灣文藝》在鍾肇政、陳永興擔任主編的年代，我曾稍盡綿力，「臺
灣筆會」在發起成立組織的時候，我每場籌備都參加；而今，我竟成了臺
灣文壇「逃兵」，其中原因，實不知從何訴起。

　　我一直很關心前輩作家的「全集」，畢竟他們都是我亦師亦友的人物，
記得張良澤主編的《王詩琅全集》由高雄德馨社付梓時，我曾撰文於《書
評書目》月刊討論其缺失，而且對王詩琅本人提出個人理想的全集意見，
王老頗同意我的看法，但表示「木已成舟」矣。此次《王昶雄全集》11
冊，並有光碟版，「編輯體例及分卷篇目」有：「全集之收錄，尊重作者生
前之取捨，以結集出版者為據，餘則以內容較豐富之增修版為據」；不過第
七冊詩歌卷，漏了二首歌詞，應該不是「少年大」生前的捨棄吧！

　　《秋愁曲》與《女人心曲》發表於 1966 年，此「臺灣新劇第一人」張
維賢主導的電影《一念之差》還是由羅仙作曲，羅仙者，呂泉生筆名也，
因「全集」未錄這兩首歌詞，我抄錄於下，做為全集的「補遺」：

（一）

長空萬里秋光普照，遠山近水靜悄悄；
田野草花放出芬芳，天高氣爽理應好消遙，
祇怕心上一片霧，不見伊人憧憬空渺渺，
花開花落總是一場夢，何必日夜歎淒寥。
（二）

中秋月夜多麼清涼，天上人間亮晶晶，
夜鶯在唱流螢在舞，天高氣爽應是好時光，

祇怕心上一片霧，不見伊人何處訴衷腸，
月缺月圓總是一場夢，何必日夜徒悲傷。

——《秋愁曲》

（一）

將我的一顆心靈，只能獻給你，
好容易困入情網，無限纏綿意；
殊不知郎心變卦，讓我長悲淒，
一幕幕不堪回首，飲泣眼迷離。

（二）

莫不是存心欺騙，何不騙到底，
往日的蜜意柔情，只落得無依；
濛濛夜一瓶濃酒，沖淡了苦憶，
一醒來愁腸萬轉，掀痛了創痍。

（三）

說什麼海枯石爛，好夢最易醒，
辜負我一片痴心，你是負情人；
說什麼酒後無德，遁辭最難聽，
把我當木偶玩弄，你是皮臉人。

（四）

不過是柔弱女人，我也有綺夢，
多少夢多少歲月，莫非是夢中；
體會到滿腹酸辛，不願重相逢，
看穿了男人裏外，恩愛已成空。

（五）

負心人溜了不回，往事本難追，
要不是追蹤越急，形影越憔悴；
當憶起良宵舊情，深愁鎖雙眉，

忍不住淚珠點點，總是為了誰？

（六）

收拾了破碎的夢，一一攢下來，

有一天迎接春光，不再空徘徊；

願給我無盡希望，心花朵朵開，

稱心的良辰美景，朝夕痴等待。

——《女人心曲》

——選自《文學臺灣》第 46 期，2003 年 4 月

1937 年〈回頭姑娘〉

◎姚蔓嬪*

　　王昶雄的 12 篇短篇小說，目前現存〈出戻り娘〉(〈回頭姑娘〉)一篇，字數約一千二百字左右，從遺稿中可知〈回頭姑娘〉完稿於昭和 12 年（1937 年）5 月 31 日，至於發表於何處就不得而知。〈出戻り娘〉的日文本義為「因離婚回娘家的婦人」，王昶雄本人則翻譯為〈回頭姑娘〉，內容以經營旅館「興安館」的女老闆之女琴花為主角，雖然篇幅不多，但相較於之前的〈梨園之秋〉進步許多，尤其在兩個主角的刻畫和凝聚戲劇張力兩方面，已顯現其日益成熟的小說技巧。本節將就文學技巧及女性愛情觀兩部分，探討王昶雄唯一可考的短篇小說。

一、真實細膩的情感描述

　　〈回頭姑娘〉雖然是短篇小說，但人物形象、情節安排並不馬虎，尤其是男女主角的形象塑造。女主角琴花雖離過婚，但溫柔孝順的性情讓她始終不乏追求者；男主角高啟川半生漂泊不定，可是藝術家氣質的他卻有一副老實的外貌，兩個角色的性格均處於某種相對的平衡。一個柔順的女子和一個老實的藝術家卻同樣擁有澎湃的情感，琴花「不是感情堅定不移的人，如果出現了一個她非常喜歡的人，她也有意再婚。」啟川在感受到彼此之間互有好感，也敢於向琴花示愛：「我喜歡你，跟我結婚好嗎？」看似羞澀的兩人，面對愛情時卻能勇於表達，這應該是最完美的結合，當讀者滿心以為王子與公主即將過著幸福快樂的日子，故事的高潮才正要展

---

*發表文章時為臺灣師範大學國文研究所碩士生，現為中學教師。

開。當琴花發現對方是前夫的弟弟，頓時像被一棒擊中似地全身發抖，羞憤地奔回家中。琴花的痛苦不是來自於旁人會對她的再婚有何謗議，而是自己竟和小叔談戀愛，別人會作何想像呢？琴花不敢繼續想下去，只能恨不相逢未嫁時：

> 她不禁自嘲自己的輕薄和糊塗，心裡湧起了希望失去後的黑暗消沉，和對命運的捉弄感到無奈。
> 她一直哭著哭著，眼睛都哭腫了，她像發瘋似的連呼：
> 「再婚的夢——糊塗，糊塗，糊塗，糊塗！」
> ——黃玉燕譯，〈回頭姑娘〉，《王昶雄全集第一冊・小說卷》，頁 21

又羞又慚的琴花為自己衝動後悔不已，不停地大叫以減輕自己的不堪，王昶雄對女性細膩的動作觀察入微，不因篇幅小而忽略這些畫龍點睛的效果。

二、徬徨於新舊愛情觀

　　王昶雄目前出現的小說作品中，僅有〈回頭姑娘〉是以女性為故事主角，〈梨園之秋〉的女性只有「金花」，而金花在小說中是一個美麗卻浪蕩的女子；〈淡水河的漣漪〉中雖有女主角「明珠」，但卻是附屬於男主角秋文而書寫的角色；〈奔流〉出現的女性則皆為配角；〈鏡〉的「哲子」儘管影響男主角秋文的價值觀，但故事主體仍是沿著男性發展。其餘不可考的短篇小說單就題目觀之，可以找出〈出戻り娘〉（〈回頭姑娘〉）、〈二人の女性〉（〈兩個女郎〉）、〈阿緞の嫁入〉（〈阿緞作新娘〉）三篇似乎是以女性為主角，其中已翻譯的〈回頭姑娘〉是唯一肯定以女性為主題的作品。戰前作品中所描繪的主要女性角色，包括〈回頭姑娘〉的琴花、〈淡水河的漣漪〉的明珠、〈鏡〉的江馬哲子，均脫離不了戀愛事件，且多半是堅強且擁有新思潮的正面形象。

王昶雄筆下的女性並非是矢志不渝、堅貞不二的愛情殉道者,〈淡水河的漣漪〉的明珠曾經一度和男主角熱戀,最後卻又移情別戀;〈鏡〉的哲子回臺灣之後,便拋棄身分不稱的愛人。琴花也並非一個從一而終的女子,她成熟聰明,勇於追求真愛,主動挑選合於己意的男子。風氣的開放使得「離婚」對女性而言,不再等於天絕人路,跳脫男性主導的婚姻生活,反而空間更形開闊。但有趣的是王昶雄在〈回頭姑娘〉的安排,當琴花發現自己被愛情沖昏了頭,和未曾謀面的小叔陷入情網,不禁讓她為自己的輕薄和糊塗感到羞愧,命運的惡意捉弄,是任你有多堅定的愛情都無法抵拒。因此王昶雄雖欣賞自主勇敢的女性,但悲觀的態度卻讓這些女性顯得不夠堅貞,容易見異思遷。

三、小結:從〈回頭姑娘〉論王昶雄的女性書寫

臺灣社會隨著新文化的傳入,重要刊物包括《臺灣青年》、《臺灣》、《臺灣民報》,陸續出現探討女性解放、婚姻問題的文章,小說作品也不乏以女性為主題者,初期作品雖揭發女性所受的悲慘遭遇,但猶停留在關懷同情的角度;到了巫永福的〈山茶花〉、翁鬧的〈殘雪〉等等作品的女性,[1]開始邁開主動追求幸福的步伐;在日治後期的王昶雄心目中,所謂的理想女性不應僅有積極先進的思想,最好也有和日本女子一樣的古典美。從〈回頭姑娘〉、〈淡水河的漣漪〉歸納出創作初期的王昶雄,審美標準和傳統相去不遠,主角也都以臺灣女性為主,他們雖有先進新潮的觀念,實際上仍脫離不了傳統束縛,例如〈回頭姑娘〉的琴花得知自己深愛的男人,竟是前夫的弟弟時,也不免怒斥自己糊塗、不該作不切實際的「再婚夢」;〈淡水河的漣漪〉的明珠雖然勇於追求真愛,但在父母親的壓力下,終究選擇多金浮華的相親對象。

反觀戰後散文中介紹的幾位女性,以其中五篇最具代表性,包括〈施

---

[1] 兩者分別發表於昭和 10 年(1935 年)4 月與 8 月的《臺灣文藝》。

與照拂的施照子〉、〈「淡掃娥眉」的女畫家林玉珠〉、〈又幸又舛的女詩人陳秀喜〉、〈民主戰士的媽媽——李來富〉、〈八風吹不動的葉菊蘭〉。[2]施照子是個日本女子，原名清水照子，與丈夫施乾共同經營「愛愛寮」照料無依老人，施乾死後，照子不但獨立撫養子女，更一肩挑起院務。林玉珠是王昶雄髮妻，婚後放下畫筆，全心相夫教子，兩人相互扶持走過二次大戰、二二八、白色恐怖，是標準的患難之妻。性格率直、明快又帶點豪氣的陳秀喜，是文壇的閨秀詩人，晚年婚姻卻因第三者介入而終告仳離，而再婚的歸宿仍不理想，經歷過婚姻波折後的她，人前強顏歡笑，所表現出的堅強反而令友人心疼。李來富是盡職的母親與妻子，在長子投入民主運動後，她仍能盡責地扮演好支援的角色。丈夫鄭南榕殉道式的自焚後，原本是一般主婦身分的葉菊蘭化悲憤為力量，毅然投入立法院前線。王昶雄在戰後寫女性，不再像戰前那般浪漫，〈回頭姑娘〉、〈淡水河的漣漪〉、〈鏡〉的女子是意識自主，她們追求所愛時熱情洋溢，覺得兩人不適合在一起時又能斷然分開，雖然之間仍有傳統價值觀的介入，但基本上她們是自由體，最後的決定仍是出於自願。但戰後王昶雄描繪的「雍容女子」卻清一色的堅貞形象，為家庭、為兒女犧牲奉獻，不多作分外之想。

王昶雄創作〈梨園之秋〉、〈回頭姑娘〉、〈淡水河的漣漪〉等等作品時，正值民風初開，女性的解放思想傳入，戀愛中的女子不論結局是慧劍斬情絲或是為愛走天涯，都是進步、現代的象徵，小說對於離異再婚、移情別戀都能自然看待，比戰後文章中的女性形象更為開放，或許經歷苦難之後的王昶雄，反真能體會「不變」的可貴。

——選自姚蔓嬪〈王昶雄小説研究〉
臺北：臺灣師範大學國文研究所碩士論文，2002 年 6 月

---

[2]均收錄於《阮若打開心內的門窗》一書，其他如〈西班牙舞與陳珠卿〉、〈香港白薔薇與張美瑤〉的內容多為介紹性質，故不列入評論。

反殖民的浪花

王昶雄及其代表作〈奔流〉

◎張恆豪*

一、被肯定於當時，也被認定於異族

　　當無情的歷史巨輪，將日據下的臺灣新文學推進冷酷的「戰爭期」時，這個生死存亡的關鍵對日本帝國主義鐵蹄下的臺灣人而言，誠然是個思想、信仰、尊嚴、意願完全被剝奪、被扼殺的時代，就像作家龍瑛宗先生所說的──那是「一切都無可如何」的時代，「感到所有東西都接近死亡的時代」，「進入地下長眠」的時代。然而，在此陰霾、沉鬱瀕臨於絕望的氛圍中，小說〈奔流〉恰如其名，宛似一道衝破冷寂蒼白的雪層的奔流一般，以良知催醒的力量，躍然地乍現於被封凍的臺灣文學的雪原上，將殖民地的冰霜，融化為反殖民的春溜。

　　〈奔流〉是王昶雄先生的代表作。這篇小說以日文寫於 1942 年仲秋，其時正值日本帝國主義當局如荼如火推行皇民化運動、迅雷飆風地發動太平洋戰爭，強徵臺灣志願兵遠赴南洋參戰的前夕。1943 年 7 月，在日帝保安課的多方刁難下，〈奔流〉終於慘遭修改地刊載在張文環主編的《臺灣文學》雜誌上。〈奔流〉是站在被殖民者的立場，冷智地揭露皇民化運動對於臺灣人心靈的摧殘與迫害的文學力作，在臺日 51 年的孽緣中，〈奔流〉不僅是篇彌足珍貴的歷史文獻，同時由於其犀利的人性剖析和嚴謹的藝術控制，作者以靜觀入微、抽絲剝繭的自然主義技巧，對於被壓迫者的意識情

*專事文學研究。

結，有冷澈逼人的解剖、呈露與檢驗，職是，它的意義已不只是歷史的見
證，在皇民化的夢魘飄逝四十載的今日，〈奔流〉已超越了時空的局限，成
為臺灣新文學史上具有永恆價值的經典之作。〈奔流〉在 1943 年 11 月，曾
被選入大木書房出版的《臺灣小說選》（選集中尚蒐有龍瑛宗的〈不知道的
幸福〉、楊逵的〈泥娃娃〉、呂赫若的〈風水〉、張文環的〈迷兒〉、〈媳
婦〉）；1944 年，又受日本文壇的知名評論家窪川鶴次郎的激賞，足見它的
文學價值，不僅被肯定於當時，也被認定於異族。在臺灣文學極求本土自
主化，進而邁向第三世界化的當今，先行代的〈奔流〉應是一篇值得我們
注目珍存的文學資產。

二、文學任務在於體現人生、啟發人生

王昶雄原名王榮生，生於 1915 年，該年正是江定等 37 人被騙投案、
判定死刑，由余清芳等人所領導的噍吧哖事件的結束，亦即臺灣以武裝為
抗日主力的告一段落；第三年（1918 年），美國威爾遜總統發表戰後十四
點和平宣言，鼓吹民族自決，倡導新自由主義，臺灣同胞深受鼓舞；第四
年秋，臺灣留日學生蔡惠如、林呈祿、蔡培火、吳三連、彭華英等人在東
京成立聲應會（啟發會的前身），點燃了臺灣近代史上以政治文化為抗日主
力的「黎明期」。換句話說，王昶雄的成長背景，一開始就與臺灣本土的民
族解放運動的發展歷程緊密相關。

王昶雄出生於淡水鎮九坎街（今之永吉里重建街）的海商人家，1922
年就讀淡水公學校（今之淡水國小），因雙親經常在泉州、廈門等地奔波，
所以他的童年便由祖母一手撫育長大。

他 18 歲離開臺灣，從此，海的回憶成了童年的回憶，也成了對故鄉淡
水的回憶，在王昶雄的詩〈海的回憶〉中，有充滿懷念的追述。海邊的幻
想，形成了他文學中的血緣，蘊藏著對故國山河的嚮往和呼喚，這在中篇
小說〈淡水河之漣漪〉裡有進一步的呈露。1933 年，他負笈東瀛，先入郁
文館中學，畢業後進入日本大學齒學系就讀，直至 1941 年齒學系畢業，才

返回臺灣，在淡水鎮開設牙科診所。

　　在日本的十年中，王昶雄一面求學，一面參加文學活動，前後兩次參加同人雜誌，一次是伊吹卓二主編的《青鳥》雙月刊（自 1935 年 1 月至同年 8 月，僅發行四期就停刊），另一次是《文藝草紙》月刊（自 1937 年 4 月至 1938 年 9 月，發行六期而停刊）。1942 年回國後，正式加入張文環的《臺灣文學》陣營，常有作品發表，他用日文所寫的小說、詩、評論，除了發表於《臺灣文學》外，尚刊載在《青鳥》、《文藝草紙》、《日本時事新報》、《興南新聞》、《臺灣日日新報》、《文藝臺灣》、《臺灣公論》、《臺灣藝術》等刊物。

　　在文學上，王昶雄坦言受到中國章回小說的影響，尤其他推崇法國自然主義大師左拉。他認為評論家的左拉比小說家的左拉還精采，左拉獨具慧眼，能窺探出當時寫實潮流的膚淺和技窮，於是另闢蹊徑，創出更深刻化、更平民化的自然主義。左拉認為文學的目的，在於研究人類的心靈，心理學應當附屬於生理學，是故他將創作賦予遺傳學和環境論的科學基礎，來描摹下層階級生活的真相，以凸顯出第二帝政時代的巴黎社會面貌。這種具有實驗精神的見解，對他有很大的啟示。王昶雄還心儀帝俄的杜斯妥也夫斯基與屠格涅夫，他認為杜氏的《卡拉馬助夫的兄弟們》是部在思想上博大精深，充滿救贖情操的鉅作，頗值得 20 世紀人再三細究，而托爾斯泰雖是人道主義的大師，但其思想觀與宗教觀都不夠深邃，而且流於說教，因此難以打動人心。在日本文學方面，他特別欣賞芥川龍之介、島崎籐村和橫光利一等人的作品，他們富於感覺性，對於人類纖細靈敏的心靈有感染力量；就當時而言，他頗私淑中國作家魯迅，魯迅不僅社會意識強烈，文筆也極為尖銳，對落後腐敗的封建制度有深刻的批判。要言之，他認為一位作家除了應具備道德意識外，思想境界的深淺和文學才華的高低，是決定其作品成敗的關鍵。

　　王昶雄說：

「文學的真正任務是體現人生，啟發人生，使人從文學的境界中獲致一個正確的觀念，這才是文學的最高準則。」

「我對於文學創作，一直保持著三個原則：一、文學是不該穿制服的，應該有與眾不同的個性，在任何環境下，總要有自己的個性。二、文學精神是自由的表現精神，文學的精神存在的地方，就是自由存在的處所。所以能自由表達的作品，必是新鮮的、虎虎有生氣的佳構，如果是公式化的作品，必是陳腐的、庸俗得不可耐的東西。三、雖然小說技巧原無定法，但可以預見的是傳統因襲的技巧將漸漸被突破性、創造性的技巧所取代。」

這種為人生、重個性、尚自由、貴創造的文學觀，都反映在他的文藝評論〈關於文學的世界觀和美的問題〉、〈文藝家的獨創力〉、〈文學的精神和使命〉、〈對文藝時評的感想〉、〈傳記文學論〉、〈《水滸傳》之人物論〉、〈《浮生六記》的女主角陳芸〉、〈金聖歎論〉、〈科學狂想曲〉、〈詩的曲線美和含蓄美〉、〈史詩管見〉、〈英國的中國韻文研究〉，同時由這些論題不難窺出他興趣的廣泛、關注的方向和著重的要點。

就實際創作而言，他的短篇小說〈回頭姑娘〉、〈流浪記〉、〈小丑的歡氣〉、〈流放荒島〉、〈兩個女郎〉、〈阿飛正傳〉、〈濱千島〉、〈某壯士之死〉、〈笨蛋〉、〈阿緞做新娘〉、〈心中歲時記〉、〈當緋櫻開的時候〉，和新詩〈人世〉、〈我的歌〉、〈陋巷札記〉、〈樹風問答〉、〈海的回憶〉、〈草山四季謠〉、〈自畫像〉、〈神木〉、〈喜鵲與烏鴉〉、〈照話學話〉、〈如果我〉、〈從北方來的修女〉、〈稻草晨禱〉、〈當心吧！老友〉都表現了此一文學觀；前已述及，王昶雄的成長與日據下的臺灣民族運動發展有關，因此它一貫的中心主題，都是在抗議異族的政治支配與經濟壓迫，關愛勞苦大眾的窮困生活，追求人類的自由、平等和獨立自主的精神。作者以文學的參與力量，特別從人權的觀點，譴責日帝殖民體制的種族歧視和差別待遇，期以喚醒

臺灣同胞的自覺，爭取被統治者的基本權益。

　　尤其，王昶雄的四部中篇小說，更為他嘔心力作，可說是他思想的註腳。除〈奔流〉外，〈淡水河之漣漪〉反映了作者的童年經驗，以淡水到八里的海域為背景，對於水上人家的生活有很生動的描繪，作者藉著小說人物面對來自漳州、泉州的戎克的遐思，含蓄地表達了對祖國風土人情的嚮往；〈梨園之秋〉則以戲班的悲歡聚散為經緯，傳達臺灣同胞在異族高壓下和衷共濟、患難相助的情懷；〈鏡〉一作，以鏡子為意象，影射兩種不同典型的日本人心態，以及暗示臺灣人的應付之道。

　　在日據時期的袞袞作家中，王昶雄與楊守愚、楊逵、呂赫若、龍瑛宗、張文環等人一樣，都是屬於創作力豐沛的作家，不但作品的量頗為可觀，質亦毫不遜色。

三、曲徑通幽的心路歷程

　　〈奔流〉一作，王昶雄以自然主義的風格、心理寫實的基調，通篇瀰漫著冷靜凝肅的氣氛，真確地反映出「皇民化運動」下臺灣人的心理衝突和精神煎熬，作者並透過朱春生受到「皇民化」之迫害後那種苦難憔悴、白髮逆立的形象，間接批判了「皇民化運動」的泯滅人性和罔顧人道，其沉痛的心聲，實已呼之欲出。

　　〈奔流〉通篇圍繞著「皇民化運動」這一時代背景而展開，那什麼是「皇民化運動」呢？1937 年，日本帝國主義假借盧溝橋事端，向中國發動全面性的軍事侵略。當時的臺灣總督小林躋造即提出三句口號，所謂的「皇民化」、「工業化」、「南進基地化」，而其目標無非是在於「高度國防國家之一環的臺灣之新建設」。所謂「皇民化」，便是一種毒辣的同化政策，就像戰前的日本殖民帝國一心一意要將朝鮮、琉球同化、當今非洲的白人要將黑人同化一般，其目的在於竭力抑制革命運動的發生，進而動員臺灣人力，直接參加侵略戰爭。「皇民化」的事象，可從下例諸事窺出端倪：1936 年，臺灣總督的「武官制」復活；1937 年，禁止使用漢文，廢止漢文

書房,減少寺廟,禁止中國劇上演;1938 年,特高警察的大幅增員;1940年,修正臺灣戶口規則,強迫臺灣人改用日本姓名;1941 年,「皇民奉公會」成立;1942 年,實施臺灣特別志願兵制度,徵調臺灣青年為軍伕,派往中國大陸與南洋各地,為日軍服務。

有良心的日本學者矢內原忠雄在《日本帝國主義下之臺灣》,就一針見血地指出:「日本統治臺灣五十一年,一切的政策無非是處心積慮地要割斷臺灣與中國血濃於水的臍帶,使臺灣與大陸完全隔離起來。」因此,皇民化運動可說是伴隨著帝國主義的侵略戰爭而來的,其本質上根本就是一種種族的隔離政策、一種文化的消滅主義。

在〈奔流〉中,作者塑造了「我」(主觀的,小說中的敘事者)及朱春生、林柏年(客觀的,現實裡的代表人物)等小說角色,運用「對比」和「剖析」的技巧,強化了小說中人物性格的對立,深刻化了其心靈的衝擊,使得題旨的寓義具有無比的張力。

朱春生,他的祖父是清朝的貢生,是個「純然社會的事與我完全無關的所謂讀書人」,可是,到了朱春生父親這一代,時勢變了,不得不轉向為商人,但經營並不順利,夫妻常因而發生爭端,這在幼小的朱春生心中伏下了陰影。不久,朱春生公學校畢業,立時要求到內地(日本)念書,雙親雖勉為其難答應,但唯一的條件是必須進入醫學校,五年的中學平安度過,豈知上大學時,朱春生卻背叛了父親的希望,選擇了 B 大的國文系。於是,父親發脾氣,母親歇斯底里的吵鬧,他們以不轉系,學費的供應就立刻中止來威脅,但朱春生的決心仍毫不動搖,無論父親匯款之有無,完全憑著工讀苦學到畢業。爾後,娶日本女子為妻,改姓名為伊東春生;返回臺灣後,更認丈母娘為媽,與原來的家庭決裂,全然忘了自己的親生父母,不顧他們的病痛死活。而且其言語舉止都已完全日本化了,穿日本服,住榻榻米,在中學裡教授日本文;遇到臺灣人,仍然使用日本語,認為「殖民地的劣根性經常低迷不散」、「他們的視野很窄,因為無法離開自我的世界去想東西,總是怯怯的,人都變小了。氣節、氣概,全都沒有」,

因此,「本島(臺灣)人學生常有的偏邪不正的心情,非從根柢重新改造不可」。

　　朱春生的心理成長與性格轉變,作者塑造得十分自然合理,這個人物是透過「我」的觀察而顯現出來的。作者在呈露時,首先讓他的形象浮現,然後再顯示他的心理,最後追索他的家庭背景,使其行為動機在解剖刀下無所遁形,非常合乎人性化,這是作者的高明之處。在「皇民化運動」中,朱春生的轉變,頗耐人尋味,他所代表的是一個為求安逸,一心夢想著做日本人,想澈底接受皇民化,而數典忘祖,不顧父母死活,要把鄉土的土臭完全去掉的臺灣人。

　　林柏年,則是朱春生的表弟,也是他的學生。一個外表乍看起來不開朗,其實內心剛毅倔強的臺灣青年,富有強烈的愛國心,流露出一股凜然不可侵犯的神情。是作者塑造出來與朱春生對比的角色,基於觀念的衝突,在小說中他們常有火爆對峙的場面。後來,林柏年公學校畢業後,也到日本求學,而且也違背親人們的期待,進入武道專門學校,然而,在他從日本寫回給「我」的信中,林柏年有這樣的話語:「但是,我若是平常的日本人,就更非是個堂堂的臺灣人不可。不必為了出生在南方,就鄙夷自己。沁入這裡的生活,並不一定要鄙夷故鄉的鄉間土臭。不論母親是怎樣不體面的土著人民,對我仍然無限的依戀。即使母親以那不好看的面目,到這裡來,我也不會有絲毫畏縮的表現。被母親擁抱,就像幼兒一般,任其自然。」

　　這真是與朱春生顯明而強烈的對比,此一角色也是透過「我」的觀察而顯現出來的,他代表的是新生代的、純真的、憤怒的、有正義感的、流著故鄉人血液的臺灣青年。

　　但,這裡有個值得討論的問題,便是在林柏年寫給「我」的回信中,尚有一句:「我感悟到,要和宏大的大和魂相連繫,非默默地用我們的血液去描繪不可。」

　　當我初次再三閱讀時,總想不通為何會突兀地冒出這麼一句不相干的

話來，這句話與作者前面林柏年的性格描寫有很大的矛盾，唯一能做解釋的，就是在柏年到東瀛求學後發生劇烈變化，一心一意想成為日本人，但這種解釋太牽強了，未免是筆者一廂情願地強作解人，在作品中根本缺乏有力的旁證支持。後來，直到我再讀了王昶雄的〈老兵過河記〉時，才恍然明白這原來是日本官憲的偷天換日，有些尖銳的地方被刪去，而有些地方被硬生生的補充，像上述這種不倫不類地強姦文義，就是他們的「傑作」，這充分說明了在殖民地的體制下思想自由與創作獨立，根本是異想天開，因此對於日帝下那些不畏強暴，屢仆屢繼去爭取自由的創作者，更是深感敬意。

至於「我」呢？在作品中則是一個貫穿全局的觀察者與敘述者。「我」也是個在日本求學的臺灣人，由於父親的突然去世，不得不立即整裝回鄉的內科醫生。起初對故鄉的風土總難適應，「難以排遣沒法子逃避的無聊」，「雖然有故舊，也不是能誠心安慰，或剖心相告的人，吊在半空中的慵懶，經常弄得心情憂鬱難解」，而經常會懷想起日本關東平原的冬晴之美，「冬陽和枯草，不可思議的暖和，冬天的空氣洗滌了五體，連心都會有被洗滌的感覺」。這直到認識了朱春生，「我」客愁的感傷才獲得了解脫，因為總算有了知音；但也直到了解了朱春生與林柏年，並且透過他們師生之間不同理念的衝突，「我」才以一個醫生的靈眼，正視了自己民族的認同，逼近自己的內心世界，檢省「我」的心靈鬱結，喚回了「我」身為一個臺灣人的良知：

> 我想起了在內地的時候，當被問到「府上是那兒啊」時，不知是什麼心理作用，大抵都回答四國或九州。為什麼我有顧忌，不敢直說是「臺灣」呢？因此，我不得不經常頂著木村文六的假名做事情，到浴堂去，到飲食店去喝酒，都使用這名字。自以為是個頗為道地的內地人，得意地聳著肩膀高談闊論。有時胡亂賣弄辯才，使對手感到眩惑。因此，跟鄉土腔很重的朋友在一起時，怕被認出是臺灣人，我曾提心吊膽。當假

面具就要被剝開時，我就會像松鼠一般地逃遁。十年來，不間斷的，我的神經都在緊張狀態之下。

作者於此揭露了一個被支配著的臺灣人，生存在支配者文化的苦悶、徬徨和掙扎，並進而展現了「我」由原夢想做一個大和子民而回歸到愛護鄉土、要縈根於邦家的覺醒歷程：

內地冬晴的驚人之美燒印在心裡的我，這才恍然大悟，忘掉了故鄉常夏的美好。因而使我感覺對鄉土的愛心不夠。我不是從伊東和柏年的身上，學習了純真與世俗兩種東西了嗎？今後，我非用這個腳跟穩重地踏著這塊土地不可。

至於「我」的心靈轉變，以及對朱春生觀點之演變，其間有幾個關鍵性的導因，值得注意：

1.朱春生首次參觀「我」的書房，對於略懂日本話的母親，仍堅持不肯說本島話（臺灣話），而以日本話來交際。（起疑，見第一章）

2.「我」首次拜訪朱春生的住居，見到他崇仰大和文化，生活也已完全日本化了，最主要的，他不認其生母，反而認他的丈母娘。（納悶，第二章）

3.當朱春生親父過世時，在葬禮中，「我」見到他冷漠、鄙夷、厭煩與不耐的神情，中國人的倫理觀念，喚醒了「我」的良知。（反感，見第三章）

4.「我」目睹了朱春生與林柏年的正面對立和衝突，林柏年反抗，朱春生動武。（批判，見第四章）

5.從林柏年之母，「我」初次了解到朱春生的家庭背景。（諒解，見第五章）

6.在山岡上，「我」俯瞰到朱春生在皇民化過程中的白髮雜生，憔悴不

堪。（憐憫，見第六章）

　　「我」的心路歷程是曲折的、曖昧的、有深度的，也是最易受人誤解的。雖然本篇有些語氣與文句，寫得極為閃爍模糊，但〈奔流〉作於 1942 年，我們要了解日帝在 1941 年「皇民化運動」的喧囂中，要臺胞改名換姓，把自己的祖宗牌位燒掉，要穿日本服或是所謂的「國民服」，學習日本風俗習慣，而一個有良知的臺灣人要傾訴這種反「皇民化」的心聲，實在不得不隱裝，採取正話反說的方式，才能「曲徑通幽」，直穿要害。南非的女作家娜汀・葛蒂瑪（Nadine Gordimer），在面對著白人的殘酷鎮壓時，她說：「一面忍受充滿惡意的官僚作風，一面設法逃避他們手中的條款，為了苟且偷生，黑人作家們不得不從明白的表現法，轉向比較含蓄而曖昧的語句來表達心中的感受。」正是同樣的道理。

四、由外在的觀察進入內在的觀照

　　〈奔流〉所採用的是第一人稱單一的、旁知的敘事觀點。由於是單一的，旁知的觀點，所以朱春生、林柏年的周遭及背景不可能被描寫得太過詳盡，只能透過「我」的旁觀側擊，有限地呈現出來。毫無疑問的，就外在寫實而言，朱春生、林柏年是主角，但就內在寫實而言，「我」才是真正的主角。

　　由於形式上是透過「我」的眼睛來看外象，也透過「我」這個真正的主角來敘事，以展示「我」心靈主體的變化歷程。而朱春生與林柏年反倒成為客體了，換言之，他們的心態與行為，是透過「我」的觀察才有意義的。作者對於朱春生的層層剝露，步步剖析，賦予生理影響心理、環境決定個人的基礎，我以為它一方面既是自然小說。同時又因「我」的心靈變化，已由外在的觀察進入內在的觀照，因此它另方面又是心理寫實。

　　由於具有心理寫實的特徵，所以在小說中的「我」，只不過是個敘事者，不見得就是作者的化身，其意念及情感未必就表示作者的意念與情感，這點是應該分清楚的。由上分析，可知「我」這個角色，在日據時期

的殖民地社會，尤其知識階層中，具有普遍性與代表性的，因此〈奔流〉雖具有濃厚的自傳色彩，但經過現代小說的變形與轉化後，我不以為它就如日本批評家窪川鶴次郎所認為的是篇不折不扣的私小說，因為將〈奔流〉視為私小說，無形中便窄化了小說的主題，只是將它當做個人經驗的傳真，反而局限了其背後所要傳達的深遠涵義。

　　同時，我也無法苟同窪川氏以為「作者因為不得不把這篇作品寫成私小說，故勢必帶來作品裡的濃濃感傷。而這感傷的遲遲步調，甚至令人感到節奏緩慢。」感傷並不是氾濫全篇的主調，它只是「我」在小說剛開始的一種情緒——一種夾在臺灣與日本之間擺盪的情緒，後來當「我」了解自己的心理鬱結，進而克服鬱結，認同本土之後，「我」的感傷乃消失了，內心則變得澄澈而落實，明智且堅強，除了退回來檢討當時臺灣父母與子女之間的代溝，認清了今後臺灣人在島內角色的多元化，此外，並由小我體悟到臺灣青年糾葛在雙重生活夾縫中的苦惱，於是破口大罵荒謬皇民化的「狗屁！狗屁！」，轉而以正義的憤怒，覺悟的勇氣，「像小孩子似地奔跑，跌了再爬起來跑，滑了爬起來再跑，撞上了風的稜角，就更用力地跑。」結尾這種愈挫愈奮、屢仆屢起的象徵，正是作者最積極的寓義，此豈是窪川氏所認為私小說的「傷納悶透」（Sentimental）呢？與其說感傷的遲滯步調，勿寧說〈奔流〉瀰漫著一股肅穆的、冷智的、凝靜的、理性的基調較為適宜。

　　當然，王昶雄是一個小說家，並不是一個歷史家或政治家。他除了隱貶皇民化的抹殺人性、倒行逆施外，並沒有進一步去提出被支配者應該怎麼辦？有何具體實際的自救辦法？雖然這是政治家的任務，但傑出的小說可能不會忽略這些訊息；而且也沒從歷史的動向去指出同化政策將自食惡果，以及日本帝國主義將自蹈覆轍，雖然這又是歷史家的職責，但偉大的小說總多少會在作品中寓示人間的政治思想或歷史哲學。

　　然而，再退回來說，王昶雄雖是個小說家，卻是個日據時期的小說家。在日帝金字塔式的層層監視與管制網下，一切的責全，何嘗不是痴人

說夢的奢求呢？

五、永遠是鮮活有力的課題

　　至於小說為什麼取名為「奔流」呢？作者王昶雄的解釋為「主要是含有在時代的奔流沖激下，但願臺胞的體魄能夠變得更堅強之意。」此外，我以為至少還可再增加一種看法：

　　當殖民者利用其絕對的政治統治權，與強勢的經濟支配權，迫使被殖民者屈從，以期向統治者認同，變成所謂的「次等國民」，扼殺自己的生存意願，無條件地供他們榨取，而以統治者的經濟利益為依歸時，事實上，「皇民化運動」本身就像是一道無情的奔流，汪洋浩蕩，急瀉直下，大多數人不免都望水披靡，隨波逐流；而只有少數人能「江流石不轉」，他們不盲從、不變節，歷史上記載的是這些人，也肯定了這些人。本篇寫的是皇民化，而骨子裡卻是反皇民化，所以〈奔流〉可說是一朵逆流而立的、反殖民的浪花。

　　日據時期的思想家賀川豐彥在〈兩個太陽輝耀的臺灣〉中，引述臺灣的生蕃有個神話，說臺灣島上曾出現過兩個太陽，一個照耀著臺灣，一個照耀著內地（日本）。顯然的，前者代表被壓迫者的願望，而後者則代表壓迫者的饕望。其實，何止有兩個誓不兩立的太陽，就被壓迫者而言，心中也有兩個針鋒相對的海洋，一個是喧囂得勢的日本海，像「公益會」的辜某、像〈道〉的陳某、像〈志願兵〉的周某……他們都執迷不悟地，奔流到海喚不回地想湧向日本海；另一個則是受辱飲泣的中國海，像支那地圖事件的林獻堂、像民眾黨的蔣渭水、像〈一桿秤仔〉的賴和、像〈鴨母〉的張深切……他們都擇善固執地，奔流到海喚不回地想湧向中國海。他們彼此對立，相互激盪，掀起了殖民地的驚濤駭浪，一波接一波，一棒轉一棒，劃亮了反殖民的電光石火。

　　總之，〈奔流〉一作，由於作品深刻獨到的自然風格及精緻細膩的心理寫實，使該作已成為日據時代臺灣新文學第三階段「戰爭期」中屈指可數

的傑作之一，與呂赫若的〈財子壽〉、〈清秋〉，龍瑛宗的〈植有木瓜樹的小鎮〉、〈一個女人的記錄〉，楊逵的〈無醫村〉、〈鵝媽媽出嫁〉，張文環的〈夜猿〉、〈閹雞〉，吳濁流的〈陳大人〉爭相輝映。在 40 年後的今天讀起來仍覺香醇有味，其小說的思想性與藝術性，反而由於歲月的洗練，益發顯得熠熠發光。雖然，日帝的鐵蹄已飄然遠去，氣燄已黯然失色，皇民化夢魘也成為過眼雲煙。然而，脫胎換骨的帝國主義，正以新的政治經濟的侵略姿態，死灰復燃地在第三世界裡愈演愈烈，只要強權吞沒公理，只要人支配人、人壓迫人的悲劇存在的一日，〈奔流〉裡那種人受到迫害後的掙扎、衝突及摧毀，將永遠是鮮活有力的課題，它所顯示的深刻意義和睿智啟示，勿寧是歷久彌新的。

——本篇原載於《暖流》第 2 卷第 2 期，1982 年 8 月出版。本文修訂之後，復收入《翁鬧、巫永福、王昶雄合集》，臺北：前衛出版社，1991 年 2 月 1 日

——選自許俊雅主編《王昶雄全集第十冊・評論卷》臺北：臺北縣文化局，2002 年 10 月

騷動的靈魂
決戰時期的臺灣作家與皇民文學

◎林瑞明*

一、時代與文學

　　臺灣新文學運動在日本殖民體制下展開，1920 年代做為臺灣新文化運動的重要內涵，在理論和實踐方面取得了一定的成就；1930 年 8 月黃石輝挑起「鄉土文學論爭」，1931 年 7、8 月間郭秋生挑起「臺灣話文論爭」之後，臺灣左翼文學昂然登場。在左翼政治運動遭到總督府當局的全面鎮壓，被迫轉入地下活動，左翼文學適時而具體的反映了臺灣人民抵抗的心聲。1934 年 5 月 6 日「臺灣文藝聯盟」成立，集結了全島進步的作家，表面標榜為文藝運動，實則是具有政治性的文學結社，其會誌《臺灣文藝》後因內外在條件的轉變，逐漸偏重文藝性；堅持社會主義思想並注重文藝之政治功能的楊逵，結合日本左翼作家，1935 年底另創《臺灣新文學》，直至 1937 年 6、7 月合刊號為止，共發行 15 期，左翼文學的抵抗性，仍然是臺灣文學的主流。1937 年七七事變之後，9 月 10 日臺灣總督府隨即設立國民精神總動員本部，皇民化運動於焉展開。臺灣作家只能依附在日本作家為主的團體，如 1939 年 8 月成立的「臺灣詩人協會」或 1940 年 1 月擴大改組的「臺灣文藝家協會」，皆以西川滿為核心，並發行會誌《文藝臺灣》，初期猶以西川滿主導的外地文學（Colonial Literature）之異國情趣，藝術至上主義為主，臺灣作家應邀入會的有富於文名的楊雲萍、張文環、

---

*發表文章時為成功大學歷史學系副教授，現為成功大學歷史學系與臺灣文學系合聘教授。

龍瑛宗、黃得時等人，在古典或藝術性的追求裡完成自我；隨著戰爭的擴
大，1940 年 10 月日本國內組織大政翼贊會，文壇開始推行「文藝家銃後
運動」，年底知名作家菊池寬、久米正雄、吉川英治、中野實、火野葦平等
人來臺演講，宣傳新體制的文藝政策；[1]1941 年 2 月 11 日臺灣文藝協會改
組，由臺北帝大的矢野峰人就任會長，強化了國策性色彩；[2]1941 年 5 月，
張文環、黃得時脫離了《文藝臺灣》，另外成立啟文社，刊行以寫實主義為
主調的《臺灣文學》，含有對抗《文藝臺灣》的意圖，亦得到主張以寫實主
義的表現描寫殖民地生活實態的臺北帝大中村哲、臺北商校竹村猛等學者
的支持。[3]

　　1941 年 12 月太平洋戰爭爆發，臺灣進入對英美宣戰的決戰體制。《文
藝臺灣》隨即採取協力的態度，《臺灣文學》雖不敢反戰，「作品的傾向也
考慮了時局，反殖民的主題銷聲匿跡，代之而起的是台灣人內部結構問題
的大家族主義、婚姻問題，透過養女制度的反封建和人權問題被採用，除
此而外被損害的農村現實也成為題材。」[4]延伸了新文學運動以來的傳統，
也因文學技藝的成熟，不管在形式或內容方面，都深化了文學表現的廣度
與深度。作家冷靜地注視著民族本身的缺點，也隱含著追求族群的自我更

---

[1]鹽分地帶文學家吳新榮、郭水潭於是年 12 月 21 日曾前往臺南公會堂聽演講。在《吳新榮日記
　（戰前）》（臺北：遠景出版公司，1981 年 10 月）記下了他的感想：「這一群通俗小說家及大眾文
　藝家或戰爭文學家的高級理論，沒有說動我心，說什麼『文藝家銃後運動』，名堂響亮，其實無理
　要求。」，頁 104。吳新榮在日記中的記載，可以反映出臺灣作家對於此一運動的真正看法。
[2]〈臺灣文藝家協會準備號〉，《文藝臺灣》第 2 卷第 2 號（1941 年 5 月）。
[3]中村哲在戰後的〈臺灣人作家の回想〉（上）、（下），原刊《新日本文學》，1962 年 8、9 月；張良
　澤中譯〈憶臺灣人作家〉，刊於《臺灣文藝》第 83 期。中村哲提及：「日本人所期待的異國情調，
　在臺灣文學的土壤裡是無法產生的。因此我特別強調張氏的作品是風俗性的，來自臺灣土壤的。
　評者若忘了當時的政治性作品是完全不可能存在的話，則容易評價錯誤。」頁 148；又云：「大學
　裡雖不像我們這樣在社會面與臺灣人交往，但在個人方面頗表示對臺灣人好感的有工藤好美，他
　具有進步的歷史觀。他和以英文學者矢野峰人為首的浪漫主義唯美派的立場，正成對比。諸如此
　類的在個人方面與臺灣知識分子保持深交，實際上也成為臺灣人的精神所寄之處。在表面的社會
　活動中，這些人的態度沒有被記錄下來，但是在殖民地而且成為準戰場的土地上，這些人的存在
　當不可遺忘。」頁 152。又，張文環遺稿〈雜誌《文學臺灣》の誕生〉，提及：「中村先生給雜誌
　寫卷頭評論，不斷給同仁激勵」，《臺灣近現代史研究》第 2 號，頁 182。
[4]池田敏雄之言，見於〈《文藝臺灣》のほろ苦さ──龍瑛宗のことなど〉，《臺灣近現代史研究》第
　3 號，頁 96。

新。

　　1942 年 10 月張文環、龍瑛宗與西川滿、濱田隼雄參加在東京舉行的第一回「大東亞文學者大會」，緣由此行的深談，張文環消弭了誤會，爭取龍瑛宗於《臺灣文學》發表作品：1943 年 7 月《臺灣文學》第 3 卷第 3 號同時刊出了龍瑛宗的詩作〈蟬〉、小說〈蓮霧的庭院〉，楊雲萍翻譯連雅堂〈餘墨抄〉亦在同一期發表，「意味著《台灣文學》的陣營裡台灣人全部到齊了」[5]。在這之前，4 月 10 日臺灣文學奉公會成立：在這之後，8 月楊雲萍、周金波與長崎浩、齋藤勇前往東京參加第二回「大東亞文學者大會」；11 月中旬在臺北公會堂舉行了「臺灣決戰文學會議」，展開所謂思想戰，確立決戰文學體制。西川滿建議「獻上文藝雜誌」。關於此，當代日本學者野間信幸從決戰文學會議的片斷紀錄，歸納出如此值得深思的一幕：

> 當西川滿提議文藝雜誌停刊時，楊逵和黃得時強烈反彈，正面抵抗，結果議場秩序大亂。會議記錄上並沒有記載這個糾紛場面，不過，可以想見日本籍議員（佔全部議員人數的八成以上）的強硬發言滿場飛。張文環察覺到事態嚴重，急忙出面收拾殘局：「台灣沒有非皇民文學。假如有任何人寫出非皇民文學，一律槍殺。」這段發言，氣勢懾人，總算穩住了場面。張文環臨危陳言，使作家同胞不致於被視為「非皇民」。[6]

這一幕的陳述有野間信幸的「歷史想像」（Historical Imagination），然而也提出了值得我們深思的問題。本土根性強烈的張文環，在決戰文學會議上的發言，與他創辦《臺灣文學》堅守臺灣新文學運動以來的臺灣本土文學

---

[5] 龍瑛宗，〈《文藝臺灣》と《臺灣文藝》〉，《臺灣近現代史研究》第 3 號，頁 88。龍瑛宗此言頗有身在曹營心在漢之深意。

[6] 野間信幸〈張文環の文學活動とその特色〉，原刊關西大學《中國文學記要》第 13 號（1992 年 4 月）；涂翠花中譯〈張文環的文學活動及其特色〉，《臺灣文藝》第 130 期（1992 年 5 月），頁 36；〈臺灣決戰文學會議〉之發言紀錄，原刊《文藝臺灣》第 7 卷第 2 號（終刊號）（1944 年 1 月），頁 35。

傳承，全然逆轉了。「臺灣沒有非皇民文學」，那麼該如何衡量皇民文學呢？戰時中成長的臺灣作家葉石濤在 1980 年代皇民文學的紛紛爭論中，以一篇短文，概略陳述 1937 年以後臺灣文壇的狀況，結論則以一語括之：

　　沒有「皇民文學」，全是「抗議文學」。[7]

從決戰時期「沒有非皇民文學」，到 1980 年代「沒有皇民文學」，我們如何思考臺灣與日本之間的一段孽緣呢？這是嚴肅的課題，雖然已經過了半世紀，當事人、背後的政治勢力以及後代的研究者皆無從閃避。

二、臺灣作家的苦悶與掙扎

　　《文藝臺灣》與《臺灣文學》儼然兩個對立的陣營，前者迎合官方的意識形態，後者在皇民文學的干擾扭曲之下，艱苦維繫本土文學精神。[8]

　　為了具體分析，直接取樣切入主題。

　　1943 年 7 月在決戰時期皇民化運動高潮聲中，《文藝臺灣》第 6 卷第 3 號刊出陳火泉的〈道〉。月初刊出的〈道〉，被西川滿、濱田隼雄標榜為皇民文學的代表作；月底，《臺灣文學》第 3 卷第 3 號發表王昶雄的〈奔流〉，大有一別苗頭之勢。兩篇同樣反映了臺灣知識分子內心之掙扎與苦悶的中篇小說，前者在月初發表，後者緊跟著在月底刊出，不會僅是巧合而已，而是《臺灣文學》陣營，有意凸顯皇民化運動階段臺灣人靈魂的騷動，以〈奔流〉來和〈道〉對比。[9]

---

[7]葉石濤，〈「抗議文學」乎？「皇民文學」乎？〉，收於《臺灣文學的悲情》（高雄：派色文化出版社，1990 年 1 月），頁 112。

[8]關於這兩份文學雜誌的詳細比較，請參閱王昭文〈臺灣戰時的文學社群——《文藝臺灣》與《臺灣文學》〉，《臺灣風物》第 40 卷第 4 期（1990 年 12 月）。

[9]《文藝臺灣》的版權頁註明「每月一回一日發行」；《文藝臺灣》是季刊，第 3 卷第 3 號，昭和 18 年 7 月 31 日發行。王昶雄〈奔流〉如果不是秋季號刊出，就要等到 12 月了。依王昶雄的回憶，〈奔流〉送審，不少地方慘遭修改。「這時，我不禁無明火起，即刻透過主編張文環提出抗議，並要求照原稿一字不動的排印，否則稿子就此拉倒。其實，張氏也有一本難唸的經，他為了這一篇，到保安課來回了好幾趟。他發牢騷說：『煩死了！如你所知，橫行霸道的保安當局是不好惹

　　〈道〉全文 400 字原稿紙 163 張，字數約略六萬五千字（日文），一次
刊出全文，共占 55 頁篇幅，是《文藝臺灣》前所未有的大手筆；〈奔流〉
近三萬字（日文），雖然未及〈道〉字數之半，亦有 75 張原稿紙之分量，
占《臺灣文學》26 頁篇幅。兩篇小說文學技法皆屬高明，撇開民族感情、
意識形態不談的話，純從文學角度欣賞，皆有可觀之處，是臺灣新文學運
動以來，成熟的文學作品；而從內容觀察，〈道〉與〈奔流〉兩文皆帶有半
自傳性，這只要從敘述者的身分，即可判明。〈道〉中的主角是改良提煉樟
腦產能「火旋臺」，因而獲頒產業戰士勛章的製腦試驗所從業人員；〈奔
流〉中的「我」，則是醫生，皆與兩位作者現實生活之身分相當。[10]就某一
角度而言，兩文皆是皇民化運動中，從心靈內面表現臺灣人在日本統治者
「一視同仁」的口號中，做為日本國民的一分子，經由日本教育，內心
「臺灣結」與「日本結」之葛藤。兩篇小說在處理這種精神狀態，呈現微
妙的對比。因為是糾紛纏結的複雜構造，無法僅抽出主旨逕下判斷，必要
將情節（plot）稍加陳述，也必需涉及文本（text），否則無法進行比較分
析。

　　陳火泉的〈道〉主要描寫一個傾心日本精神的臺灣人之追尋心靈的安
頓，以及在過程中的苦悶、挫折。

　　出場的主要人物：

的。與其做個小不忍的大傻瓜，還不如委曲求全來得妙！」他連嚇帶哄地把我說服了，我也只有
張口結舌，相對無言。」《臺灣文藝》第 76 期（1982 年 5 月），頁 326。筆者以為張文環不僅是提
拔後進而已，他不惜到保安課來回好幾趟，不惜委曲求全，就是要讓〈奔流〉及時刊出。再從編
排來看，《文藝臺灣》刊出〈道〉時，刻意全文加框，強調其重要性；《臺灣文學》第 3 卷第 3 號
（1943 年 7 月），是龍瑛宗所說《臺灣文學》陣營裡，臺灣人全到齊了的一期。創作欄計有坂
口襑子〈曙光〉、王昶雄〈奔流〉、張文環〈迷兒〉、簡國賢〈ひばり娘〉（戲曲）、呂赫若〈柘
榴〉、龍瑛宗〈蓮霧の庭〉等六篇，包括楊雲萍譯的〈餘墨抄〉也加框，這是在編輯作業裡的刻意
強調。〈奔流〉於這一期刊出，是針對〈道〉而來。
[10]陳火泉 1908 年生於鹿港，臺北工專出身，戰前服務於樟腦試驗所。依〈陳火泉年表〉中記載：
民國 29 年（1940 年）33 歲，3 月，發明蒸餾樟腦的火旋式灶成功。民國 30 年（1941 年）34
歲，11 月 22 日，因發明火旋式灶成功，獲「全日本產業技術戰士顯彰大會」的「顯彰狀」、「顯
功章」及獎金 100 日圓。附錄於陳火泉《我思我行》（臺北：九歌出版社，1987 年 10 月），頁
241。年表中的記述與〈道〉中主角陳君的身分若合符節，又火泉與火旋日語發音皆為かせん；
王昶雄 1915 年生於淡水，日本大學齒科出身，開業牙醫師。

主角：陳君，臺北工專出身，俳號青楠，33、34 歲。家住臺灣人聚落之大雜院，臺灣總督府專賣局雇員，渴望升為正式職員，以改善自身生活之環境。改良腦灶有成，受命撰寫《製腦讀本》，受總督頒獎的產業戰士。自己起草《步向皇民之道》。

宮崎武夫：備役陸軍工兵少尉，中年人，「聖戰」中出征。

廣田直憲：東大出身，俳號直拳，樟腦技術股長，陳君直屬上司。

武田：五十多歲，陳君升官的競爭者，後升任技手。

稚月女：雇員，稚月女係其俳號，不到二十歲，主角陳君眼中的「大日本之母」。

全文題旨所在的「道」，即是文中《步向皇民之道》的「道」，也是作者苦心焦慮思索之對象。

小說中的主人翁陳君是深受日本文化、日本精神薰陶的人物，雖是專賣局雇用的製腦技術人員（樟腦可以製造無煙火藥，是重要的戰略物資），喜愛日本特有的俳句之吟誦及創作，對日本文化之理解，絕不下於日本知識分子。身為臺灣人內心有著強烈的苦悶，包括對日本人行事作風之困惑，文中以相當的篇幅描寫宮崎武夫、同事武田及他人，呈現出臺灣人與日本人本質上之不同，因之努力思索自己的出身及日本靈魂的成長。陳君相信自己是個卓越的日本人，對於「內地人」、「本島人」之類的用語，感覺不快。小說一開頭就描寫主角在山區酒店喝酒與人衝突，因他引用俳聖松尾芭蕉的話語，宮崎武夫隨即質問他是本島人還是日本人？以不屑的語氣質問他懂得日本精神嗎？並且為日本精神下定義：日本精神就是為天皇而死。宮崎這個角色，此後即在情節中不見了，文中後半段，突然從戰場寫來一信，強調彼此精神飽滿地為了達成使命而堅持下去，頗令陳君有知心之感，爾後陳君為了解決自己心神的出路，亦報名參加志願兵。宮崎這影子般出現的人物，做為主角陳君亦如真正的日本人而加以表現。

直屬上司廣田直憲是東大應用化學科出身，文中描寫與陳君兩人之間，超越上司與部屬間的關係，而有著父母子女般的情分。作者以廣田為

傾訴內心的對象而加以表現，兩方面皆能講真話。在此部分展現了作者處理了臺灣人做為日本人的精神層面之辯證：

> 一、有些人把非天生的日本人——也就是本島人——徹底地認定他們是本島人，認為他們絕對不懂日本精神，而事事氣勢洶洶地擺出架勢，完全給人以日本精神專利者的感覺。

這是從事實層面拆穿「一視同仁」之批判，作者認為「在天生的日本人之中，的確也有把日本精神擱置在母胎中忘記帶來的。」雖然有所批評，實則潛在地反映了被支配民族之一員而心向日本的心態，由是強調：

> 二、不是光繼承日本人的血才是日本人，而是從小受日本精神傳統的訓練，因而不論何時都能表現日本精神的才是日本人。

從而斷定血緣雖然重要，但靠歷史的鍛鍊也很重要，苦心寫《步向皇民之道》即是要證明靠著對日本天皇的信仰，現實生活苦悶的臺灣人，亦可在「天皇陛下萬歲」的喊聲裡面，看出拯救之道。

　　然而陳君期望著升為正式職員，以改善家居生活環境，努力改良腦灶提高產能，升官畢竟輪不到臺灣人。廣田股長質疑陳君為什麼還未改姓？在聊天中坦言「本島人不是人」[11]的也是廣田。表現出臺灣人雖然一廂情願的願為日本人，但終究與天生的日本人，存在著一道不可跨越的鴻溝。

　　做為與主角陳君對比的人物，有特務機關歷練背景的武田，最後在升官的競爭中得勝。

　　〈道〉中有一段主角陳君獲知落敗之後的狂亂日記：

---

[11] 原刊文「本島人は〇〇ではない」，陳火泉自譯〈道〉為中文，連載於《民眾日報》副刊（1979年7月7日～8月16日），此處他忠實翻譯為「本島人不是〇〇」，（自註：此處〇〇原稿作「人間」，發表時被改為「〇〇」，按日本「人間」譯為中文即「人」或「人類」。）見連載27回。

> 菊是菊。
>
> 花是櫻。
>
> 牡丹終究不是花！
>
> 能大呼天皇陛下萬歲而死的只有皇軍，
>
> 貢獻一身殉國的只有皇國臣民，
>
> 我等島人畢竟不是皇民嗎？啊，終究不是人嗎？

這是非常沉痛的心聲！夢見吃菊花的一小段，因日本皇室以菊花為徽，也頗具象徵的意義。以此為分界點，作者如果不隨即將真正的感受加以否定，那麼〈道〉也可能扭向抗議性的作品，然而在否定之後，反而妄圖「一念通天」，強調可以用「精神的系圖」來和天賦的精神——大和魂交流。

　　情節推進，描寫陳君病中在陋劣的環境中遭到臭蟲咬，突然閃出「多蟲不癢，多債不想」的俗語，覺悟自己未用「國語」（日語）思考，證明自己努力還是不夠，對於未能升為正式職員也就坦然了，情節中所有的緊張、矛盾解除。

　　經由俳句會稚月女的鼓舞，陳君從「島人的我」，可以自負的稱「皇民我」，覺悟到「非朝著同一目標，對同一敵人，本島人與內地人一起流汗，一起流血，是不能成為皇民的」，以「皇民我」自居，抱著必死的決心，參加志願兵去「創造血的歷史」。交代稚月女如果戰死，請她在墓誌銘刻下：

> 「青楠居士生於台灣，長於台灣，以一個日本國民而歿」；或者「青楠居士為日本臣民；居士為輔弼天業而生，居士為輔弼天業而活，居士為輔弼天業而死。」

而二十歲不到的稚月女在他的心目中提升為「大日本之母」，提高到救贖之偶像地位。

　　相對而言，臺灣人心靈之扭曲達到了頂點。

　　〈道〉之發表是陳火泉親自攜帶原稿前往《文藝臺灣》交給西川滿，自言是以「瞎子不怕蛇」的心情所寫，雖有些日文助詞仍然用錯，但西川滿讀到後半部亦不由得臉熱發燙，受到感動；[12]濱田隼雄則三度讀〈道〉，修正了文法的錯誤並且強調云：

> 在台灣文學中，從來沒有受到如此強烈的感動。……確實有著台灣文學從來未曾有的內涵，我告訴他現在台灣有其獨特的皇民文學了。我從這篇作品能夠預見嶄新的台灣文學。[13]

　　〈道〉如是經由西川滿、濱田隼雄的賞識，以皇民文學的代表作在《文藝臺灣》大幅刊出，這是臺灣作家從來未曾有過的禮遇，作者陳火泉以此一作崛起文壇，緊接著於《文藝臺灣》第 6 卷第 5 號發表〈張先生〉，也不斷參加座談。不僅如此，為了達到皇民文學普及宣傳的效果，1943 年底由大澤貞吉為之寫序文，並改以高山凡石之名出版了《道》的單行本，列為「皇民叢書」之一冊；[14]並有一說，〈道〉入選當年（昭和 18 年下半期）日本最具盛名的「芥川賞」候選作品。[15]

　　〈奔流〉亦是決戰時期中，一篇走在懸空鋼索上的作品。透過三個知識分子的對比、衝突，處理了皇民化運動中臺灣人精神層面拉扯、撕裂的痛苦。

---

[12] 見〈小說〈道〉について〉，西川滿之記述，《文藝臺灣》第 6 卷第 3 號（1943 年 7 月），頁 142。

[13] 同前註，濱田隼雄之記述。

[14] 由西川主持的皇民文學塾監修，臺灣出版文化株式會社出版，A 六判美裝 200 頁。

[15] 見陳火泉〈走上人文與道德之路〉之作者簡介，《寶刀集——光復前臺灣作家作品集》（臺北：聯經出版公司，1981 年 10 月），頁 177；葉六仁（葉石濤）〈四〇年代的臺灣文學〉，亦云：後來這篇小說成為日本芥川獎的候補作品，《文學界》第 20 期（1986 年 11 月），頁 87。此說不確，昭和 18 年下半期，芥川賞得獎作是東野邊薰的〈和紙〉，候補作品尚有若杉慧〈淡墨〉、柳町健郎〈傳染病院〉、黑木清次〈棉花記〉，共計四篇，未見陳火泉的〈道〉。參見永井龍男《回想の芥川‧直木賞》（東京：文藝春秋出版社，1982 年 7 月），頁 270。

出場的主要人物：

伊東春生：出生於沒落家族，本名朱春生，靠著自己的努力當上中學國文教師，皇民化的典型人物。

林柏年：中學生，學習劍道，外表乍看並不開朗，然而內心剛毅的青年。與伊東既是師生，也是表兄弟。

洪醫師：文中敘述者，伊東與林柏年之間的冷靜觀察者。

伊東娶日人為妻，過著完全日本化的生活，企圖拋棄鄉土的俗臭，即使踐踏過生身的父母也在所不惜；林柏年則是具有反省思辨的新生代，熱愛鄉土絕不捨棄母親，是伊東的對比性人物；「我」由原亦具有皇民意識，經由徬徨、掙扎，處於伊東與林柏年之間的爭執，先是做為調人，而終於從現實生活的情境，洞穿了伊東的虛矯。

〈奔流〉第一章，從「我離開住了十年，已經習慣了的東京，是三年前的春天」起筆。北國與南方的自然景觀與人文生活之差異性，使得「我」起先不容易忍受做為一個一生埋沒於鄉間的醫生之境遇，直到認識植下有如古代武士精神的伊東，頗有相見恨晚之感。伊東所持的人生觀異常澈底，即使對不太懂國語（日語）的「我」的母親仍然堅持以國語交談（對自己親生父母也是一樣）；第二章，新年過節，進入描寫伊東的家居生活，伊東已澈底的日本化，也帶出了「我」對於十年在內地（日本）生活的回憶，以及對日本精神的憧憬：

> 自己不能甘於出生於南方的一個日本人，沒有成為純粹的日本人，心不能安。並不是自動地努力於內地化，而是在無意識中，內地人的血，移注入自己的血管，在不知不覺間，已靜靜地在流動那樣的心情。

也就在這一章裡，伊東的生母在玄關前被伊東打發走；同樣來拜年的林柏年忍不住中途離席，等在暗黑的路上，告知「我」伊東拋棄、踐躪生身父母，「我」開始對伊東的作為有所反省；第三章，伊東生父過世，在葬禮中

伊東夫婦穿著黑色禮服，站立於「穿麻衣的遺族們所包圍的棺柩右側」，伊東極端排斥臺灣傳統的葬儀，怒斥「不要再學那種不能看的做法啦」，對於生母伏棺慟哭也是無動於衷；引起「我」回想在日本生活十年間，頂著木村文六的假名，冒稱四國或九州人而隱藏自己是臺灣人出身，不敢面對現實的心態，以內心獨白的方式呈現了臺灣人複雜的心境：

> （你真是個卑劣的傢伙。那顯然是鄙夷台灣的佐證。台灣人決不是中國人，也不是愛斯基摩人。不僅如此，和內地出生的人，沒有任何不同。要有榮譽感！要有同是日本臣民的榮譽感啊。）

第四章，描寫練習劍道的臺灣青年，「我」強調「本島人要成為堂堂的日本人，躍上真正的舞台的時期，就要來臨了」，林柏年則在「打垮那些身為本島人，卻又鄙夷本島人的傢伙的意義上，我也要拼命」之信念下，努力練習國技──劍道，而終於在州比賽中獲勝。伊東欣喜之餘，擬為林柏年慶祝，反而產生了衝突，伊東掌摑柏年，柏年則反唇相譏，「我」則勸柏年「我說過，你的感情，大致是正確的，不過，伊東先生的人生觀，是大乘的，一般的常識是沒辦法理解的」；然而事後反省：「如果我被安放到伊東同樣的境遇，可能也會蹈其覆轍的心理弱點吧。我懷疑，恐怕連我自己的心理都有扭曲了。」第五章，林柏年前往日本留學，基於好奇心，「我」前往南投鄉間拜訪其家人，也探知了伊東的家族往事，對於伊東的心理背景有了進一步的理解：不久，林柏年從日本來信，其中表明：

> 我感悟到，要和宏大的大和魂相連繫，非默默地用我們的血潮去描繪不可。這，比什麼都重要的是決心。我們過去所缺少的，就是這決心。但是，我若是堂堂的日本人，就更非是個堂堂的台灣人不可。不必為了出生在南方，就鄙夷自己。沁入這裏的生活，並不一定要鄙夷故鄉的鄉間土臭。不論母親是怎樣不體面的土著人民，對我仍然無限的依戀。即使

母親以那不好看的面目，到這裏來，我也不會有絲毫畏縮的表現。被母
親擁抱，就像幼兒一般，任其自然。

由於年輕世代的成長與自信，也促使「我」再次反省「對鄉土的愛心
不夠」。走訪伊東未遇，從山崗上望見正好路過的伊東，發現了三十三、四
歲的伊東，白髮已占了三分之二以上了。「我」仍然試圖為伊東的皇民化做
善意的理解，「也許伊東是為了拋棄俗臭沖天的父母而贖罪，才會在感覺上
格外激烈，對不成熟的生活方式感到戰慄的本島青年，懷著粉身碎骨的獻
身精神，從事教育去吧」，然則「不知為什麼，墓地上的情景，仍不斷在我
腦海裡明明滅滅，想痛哭一場的心情，充塞著我的心胸」。

〈奔流〉全文結尾筆力萬鈞，留下了生動鮮明的一景：

我忍無可忍，連呼著狗屁！狗屁！而從岡上跑到岡下。然後像小孩子似
地疾跑。跌了爬起來跑，滑了爬起來再跑，撞上了風的稜角，更用力地
一直跑。

在 1943 年動輒得咎的年代，臺灣人的苦惱有理說不清的年代，〈奔
流〉的結尾，短短數行，實具神來之筆。「狗屁！狗屁」（日本原文クソ！
クソ！）迴盪於山崗，是何等震撼的聲音，也象徵著對伊東春生皇民生活
姿態的一種否定，而既像小孩子跌倒又爬起來再跑，就有無盡的希望。

林柏年是新生代形象化的表現。在林柏年身上，彷彿又看到 1932 年賴
和〈惹事〉中，那位年輕、魯莽、好打不平的青年之形象，而這樣的人
物，在日文系統的作品中已是鳳毛麟角了。

《臺灣文學》第 3 卷第 3 號特別推薦了王昶雄的小說〈奔流〉與簡國
賢的戲劇《ひばり娘》，認為「兩篇都是少見的力作」[16]，第 4 卷第 1 號發

---

[16]〈編輯後記〉，《臺灣文學》第 3 卷第 3 號（1943 年 7 月），頁 204。

表 1943 年度臺灣文學賞名單，呂赫若以〈財子壽〉得正獎，坂口䙥子以〈燈〉得第一候補獎：評審之際，王昶雄的〈奔流〉與林博秋的戲劇《高砂館》都曾列入候補，兩人皆以僅有一篇作品發表而被保留，不過仍然給予很大的期待。[17]這些都說明了〈奔流〉發表後所引起的重視。日本評論家窪川鶴次郎亦於隔年針對〈奔流〉一文，有所分析與評價：

> 作者靠這兩個人（伊東、林柏年）的組合，剔出本島青年的深刻的煩惱，「無論如何，伊東的白髮，若不是這不顧一切的戰鬥的一種表現的話，又會是什麼呢？」作者下了最後的判斷。……這位作者使我想像到本島知識人的一個顯著的典型。這位作家未來的發展，殊令人期待。[18]

決戰期中日本評論家的觀點，窪川認為王昶雄對伊東的描寫未見充分，然而以作為相對性的角色而言，比起林柏年這一角色，著墨已夠多了，事實上，王昶雄混雜著同情、批評的心情，多角度的形塑伊東這位皇民化的典型人物，在全文中占有最重的分量。王昶雄高明的地方，見之於一些隱喻性的描寫，比方伊東過年時排斥生母的態度，連岳母、太太都感到難受，作者僅以寥寥數筆，就凸顯出令人過眼難忘的一幕：

> 一直沉默著的、穿著和服的母親（岳母），閉著嘴咀嚼著。太太一直望著窗外，那好像專心在想什麼的表情，流動著一抹像是悲哀，又似淒涼的難於捉摸的東西。

而在生父喪禮中，提議要把伊東生母接回家的是伊東太太，捨棄不顧的卻是伊東，為了擺脫土臭的過去，皇民化生活過得如此澈底，非人子的姿

---

[17] 〈第一回臺灣文學賞發表〉，《臺灣文學》第 4 卷第 1 號（1943 年 12 月），頁 33。
[18] 〈臺灣文學半ケ年①——昭和十八年下半期小說總評〉，《臺灣公論》1944 年 2 月號（1944 年 2 月），頁 110。

影，在作者筆下的日本人也難以認同的吧！更具象徵意義的，還得從作者未著墨的一面來思考，〈奔流〉中，缺乏對伊東夫婦愛情的描寫，而且未有子女，也隱約暗示著伊東的皇民生活是孤單的、落寞的、沒有希望的。王昶雄沒有寫出的留白，反而留下了令人省思的最大空間。

　　再與陳火泉的〈道〉加以對比，同樣的處理做為日本國民的臺灣人的複雜心態，陳火泉筆下的陳君亦有其苦悶、掙扎，甚且也曾拆穿「一視同仁」的假象，然而反省的結果，是將做為文化根本的母語，完全否定，澈底的走向皇民之道，最後決定參加志願兵，立志為天皇而死；王昶雄筆下的角色，則呈現了多重的視野。在強力推行皇民化的決戰時代，在臺灣公開發表的文學作品，不可能否定掉臺灣人是日本國民，〈奔流〉有伊東那樣的皇民，也有林柏年「我若是堂堂的日本人，就更非是個堂堂的臺灣人不可」的聲音，畢竟維護了臺灣人的尊嚴！

　　〈道〉與〈奔流〉在不同的文學陣營發表，亦各自得到不同的掌聲。〈道〉被譽為皇民文學的代表作，未見當時有人評〈奔流〉為皇民文學。《文藝臺灣》與《臺灣文學》有其不同的文學理念與使命，重視的作品也是不同。

　　當年活躍的作家吳新榮留下了幾則日記，反映了一些看法，留下決戰時期臺灣文學界的一些場景。

　　一、一九四一年八月十五日。大阪《朝日新聞》記者與藤野雄士聊天。藤野評西川滿：「他們是文學的暴力集團。」評張文環：「他的健康文學，將來必獲得台灣文學的領導地位。」[19]
　　二、一九四三年十一月十一日。王井泉君帶我往訪《台灣文學》同仁王昶雄，他是齒科醫生，頗有骨氣，在我的簽題簿上，寫了「士為知己者

---

[19]此處僅引藤野雄士之看法。《吳新榮全集 6・吳新榮日記（戰前）》（臺北：遠景出版公司，1981年10月），頁113。

死」。[20]

三、一九四三年十一月十三日。今天為「台灣文學決戰會議」的第一
　　天。……會議上，突然西川一派的陰謀，提議合併文學雜誌，滿場沸
　　騰，形成《台灣文學》與《文藝台灣》兩陣營。張文環、黃得時、楊逵
　　諸君極力奮鬥。瀧田貞治、田中保男諸氏亦大力支援。我不禁義憤，提
　　出新提案，結果不了了之。……懇親會後，《台灣文學》同仁皆到張文環
　　家，商議今後方針。散會各自回家，我亦搭夜車南下。車中疲勞未眠，
　　反省自己！文學之路值得走下去嗎？[21]

在臺灣文學決戰會議之後，吳新榮的感歎，是極為沉重的；而在會議之
際，張文環發言：「臺灣沒有非皇民文學。假如有任何人寫出非皇民文學，
一律槍殺。」更顯示出臺灣作家艱困的處境！吳新榮眼中「頗有骨氣」的
王昶雄，比投入西川滿陣營的陳火泉，顯然來得清醒！
　　發表於決戰時期的〈奔流〉與〈道〉當然也呈現不同的意義。

三、關於皇民文學的檢討

　　決戰時期日本官方意識指導下的文學，戰後的評價，眾說紛紜。臺灣
文學的發展，曲曲折折，其斷裂面相當鮮明。1970 年代鄉土文學論戰尾聲
中，日據時代以來的臺灣新文學傳承，重新全面性的整理。李南衡主編明
潭版「日據下臺灣新文學」五冊；葉石濤、鍾肇政主編遠景版「光復前臺
灣文學全集」小說卷八冊，分別於 1979 年 3 月、7 月出版，意義之一，在
於呈現臺灣新文學 1920 年代開展以來的各種面貌。唯獨缺少皇民文學一
環，「光復前臺灣文學全集」，小說卷八《閹雞》收存王昶雄〈奔流〉之譯
文，[22]但陳火泉〈道〉則被排除，〈出版宗旨及編輯體例〉第七項云：

---

[20]同前註，頁 147。
[21]同註 19，頁 148。
[22]林鍾隆譯文。「光復前臺灣文學全集」執行編輯之一的張恆豪，曾在〈超越民族情結重回文學本
　　位──楊逵何時卸下「首陽農園」？〉提出了〈奔流〉給魏廷朝先生迻譯，他看後將原稿退回

寓褒貶於編選之中，凡是皇民化意味甚濃的御用作品，以不選錄來隱示
我們無言的、寬容的批判。[23]

早在這之前，鍾肇政已邀陳火泉自譯其作品〈道〉，因「光復前臺灣文學全
集」未收存，單獨發表於《民眾日報》副刊，發表之初，鍾肇政特地寫了
一篇〈問題小說〈道〉及作者陳火泉〉一文，強調該譯文之忠實性；[24]譯文
全刊之後，陳火泉亦附了〈關於〈道〉這篇小說〉的說明：

本篇是作者的處女作，發表當時，有人指它是「皇民文學」，有人則稱它
為「反皇民文學」，莫衷一是。現在，由作者自譯為中文。今天，我要鄭
重而悄悄說一句話：當我在翻譯期間，一顆心一直都在淌著血。……故
事中的那些言論和作為，完全是時代和環境逼出來的。[25]

又在同年雙十節前夕完稿〈八十歲學吹鼓手——從日文到中文，寫到地老
天荒〉，再一次強調：

〈道〉發表之後，我常受到日本高等特務疲勞式的轟炸盤問：你到底贊
成皇民化，還是反對皇民化？[26]

<hr>

來，理由是他不譯這種呼應「皇民化」的御用作品，這是實情嗎？為此我還寫了一篇討論〈奔
流〉的文章，發表於第 8 期《暖流》；後來，我又寄了呂赫若〈鄰居〉給鄭清文先生，他看後不
置可否，他以為這種鼓吹日臺親善的小說，譯出來並不妥當；後來，我協助出版了龍瑛宗《午前
的懸崖》，不料遭到一些友人的指責——怎麼將「皇民文學」給介紹出來呢？你居心何在？後
來，在楊逵過世後，又寄了〈增產之背後——老丑角的故事〉給鍾肇政先生，他看後趕緊打電話
給我，說人剛死，便將這種作品譯出來，怕不太好，別人會怎樣說呢？他們的敏感、遲疑和顧
慮，在時此地，都不是沒有道理的，但我忍不住要問：這是蒐集、整理、研究一部作品、一位作
家，乃至整個文學史的信實態度嗎？見《文星》第 99 期，頁 124。
[23]執行編輯張恆豪、林梵、羊子喬三人。「光復前臺灣文學全集」小說卷（臺北：遠景出版公司，
1979 年 7 月），頁 4。
[24]《民眾日報》副刊，1979 年 7 月 1 日。鍾肇政云：「筆者已經將原文與譯文逐字對照過，譯筆謹
慎而忠誠，完全可以信賴。」本文執筆者亦查對，其中祭祀天照大神之情節，就缺了「祖神」這
一敏感性字眼。
[25]同前註。
[26]原刊《時報周刊》國外版，第 102 期，收於《悠悠人生路》（臺北：九歌出版社，1980 年 1 月），

一再顯示出陳火泉在時局轉變之後，對於戰爭時代發表〈道〉一文，贏得當年西川滿、濱田隼雄等人的喝采，戰後一直耿耿於懷，反覆申辯〈道〉並非僅是迎合日本國策的皇民文學。

　　另一方，王昶雄〈奔流〉從譯文發表後，雖有張恆豪一再為文申論，強調〈奔流〉是一篇「反殖民小說」[27]，但〈奔流〉字裡行間一些有關「大和魂」的字眼，亦令王昶雄一直心存芥蒂。在其後來的回憶文字中曾云：

> 當時，這篇稿子（〈奔流〉）經過一波三折，總算產生了。送審一個星期之後，好不容易才批准「刊出 ok」了。起初我不禁心喜，是一種高山流水獲知音的欣悅，繼而重讀自己的苦心之作，才發現有不少地方莫名其妙的慘遭修改。修改是指有個地方被刪去，有個地方被補充之意。[28]

在當年稿件需送保安課審查之後，始能刊出的情況下，王昶雄的說法，有其真實性，尤其刊出的雜誌是被西川滿《文藝臺灣》視之為「敵性部隊」的《臺灣文學》[29]，其審查的嚴格，可以想見，但問題是刪去了哪些？補充了哪些？這是不易究明的，除非當年送審的原稿，有朝一日出土，否則〈奔流〉原刊文，恐怕仍是批評的一個基準，這也增加了問題的複雜性。1991 年 2 月前衛版「臺灣作家全集」，《翁鬧、巫永福、王昶雄合集》，重刊經王昶雄校訂的〈奔流〉，已和林鍾隆之譯文有些差距，也有點破壞了結構的完整性。[30]

頁 216。

[27] 張恆豪，〈反殖民的浪花──王昶雄及其代表作〈奔流〉〉，原刊《暖流》第 2 卷第 2 期（1982 年 8 月），收於「臺灣作家全集」《翁鬧、巫永福、王昶雄合集》（臺北：前衛出版社，1991 年 2 月），此文強調：一個有良知的臺灣人要傾訴這種反「皇民化」的心聲，實在不得不隱裝，採取正話反說的方式，才能「曲徑通幽」，直穿要害。見頁 377；王昶雄引為知音，見〈老兵過河記〉，《臺灣文藝》第 76 期（1982 年 5 月），頁 324。

[28] 王昶雄，〈老兵過河記〉，《臺灣文藝》第 76 期，頁 326。

[29] 《文藝臺灣》第 2 卷第 2 號，附錄社報。

[30] 參見呂興昌〈評王昶雄〈奔流〉的校訂本〉，《國文天地》第 7 卷第 5 期（1991 年 10 月），頁 17～22。本文精闢的分析，有助於理解〈奔流〉之原貌。

　　陳火泉〈道〉之自譯文,為了忠實原貌,未作修改,但文中加入一些
說明,或聲明某些文字被刪,皆以括弧標示;王昶雄〈奔流〉則將不合時
空或容易引起誤解的文字,逕行刪除。凡此皆反映這兩篇決戰時期發表的
小說,戰後原作者皆有難言之隱,但事關重大,兩人皆已七、八十歲高
齡,兩人都有話要說!臺灣文學家處境之困難,遠比美術家、音樂家……
來得深刻,這牽涉到每個人都是時代的產物,都有時代的烙痕,然而作家
靠文字表達其對人生、社會、人性、族群……看法,發表之後的文章「白
紙黑字」再也抹殺不掉,處身劇烈變化的時代,有時難免會有幾許尷尬。

　　在臺灣,大體而言從日據時代生活過來的人,體會人生之艱難,率皆
心存厚道;戰後成長的一代,背景各異,有臺灣人,有隨著父母從中國大
陸流亡來臺的人,對於皇民文學也有各種歧異的看法,同中有異,異中有
同;戰後日本,對於舊殖民時代的皇民文學,也是眾說紛紜,沒有一致的
看法;共產黨統治下的中國,不用說了,凡是反映皇民時代文學就是「奴
化文學」的同義詞,而不細加辨別。

　　以本文討論的〈道〉而言,還是得先回到歷史的舞臺。

　　〈道〉被西川滿、濱田隼雄等人,標舉為皇民文學代表作,已如上節
所述。陳火泉趁勢而崛起文壇,1943 年底發表〈關於皇民文學〉亦強調:

> 本島六百萬島民,現在位於皇民鍊成的途中,有關於皇民鍊成,描寫本
> 島人的心理乃至於言行動作,由是促進皇民鍊成的步伐,我想這是文學
> 者的使命。[31]

也是這種使命感,他發表小說〈張先生〉(《文藝臺灣》第 6 卷第 6 號)、
〈峰太郎の戰果〉(《臺灣文藝》第 1 卷第 6 號)、隨筆〈臺灣開眼〉(《臺灣
文藝》第 1 卷第 2 號)……,尤其〈道〉的單行本列入「皇民叢書」,在日

---

[31]《文藝臺灣》第 7 卷第 2 號(終刊號),頁 48～49。

本官方意識形態主導下，起了推波助瀾的作用，這是無法否定的；陳火泉戰後說詞，高等特務盤問：「你到底是贊成皇民化，還是反對皇民化？」完稿日期特別標明「民國 68 年雙十節前夕脫稿於景美知足樓」[32]，除了為自己開脫，也是對國民政府的表態。（天可憐見！）不錯，〈道〉也寫了皇民化運動階段，臺灣人被歧視的一面，也表現了心靈的苦悶與挫折，但問題在於：一、有關這一部分描寫，在〈道〉全文中所占的比例，分量不足。二、更重要的是主題走向的問題，完全「歪斜」了，只有「日本精神」，只有「為天皇而死」，臺灣人的苦悶完全看不見了，矛盾也完全解除了。

　　在這一點上，尾崎秀樹戰後的評論提供了省思的觀點：

> 但是陳火泉迫切呼喊到底是向誰發出的呢？皇民化，做為一個日本臣民的生活，做為聖戰的先鋒，這些所帶來的可不是把槍口指向自己的同胞民眾，出賣亞洲的民眾的作為，我讀了陳火泉的這傑作，受到作者在字裡行間流露出來的苦澀所激動，而心裡感到無法自制的不安。[33]

同樣一篇決戰時期讓西川滿、濱田隼雄讀過而激動的小說，戰後尾崎秀樹也激動不安，原作者也應有所不安吧！

　　陳火泉在〈關於〈道〉這篇小說〉，做這樣的辯解：

> 告訴你：當時當地，在日帝高壓統治下，身處在那種「無地可容人痛苦，有時須忍淚歡呼」的環境下，你既不能面對面地作正面文章，就只好將悲哀與苦澀隱藏於字裏行間。……如果有的讀者因面對故事中的主角表示欣賞，我勸你倒不必；相反地，如果有的讀者對故事的主角有所譴責，我勸你那也不必；因為上面說過的，故事中的那些言論和作為，

---

[32]同註 26，頁 222。
[33]尾崎秀樹，〈決戰下の臺灣文學〉，《舊植民地文學の研究》（東京：勁草書局，1971 年 6 月），頁186。

　　完全是時代和環境逼出來的。我相信：如果賢明的讀者讀完全篇，你們
　　也必會為當時「被虐待的被損害的」台灣同胞，不吝一掬同情之淚吧。[34]

這樣的說詞等於堵住攸攸之口，然而〈道〉發表當時，是得到西川滿、濱
田隼雄……等人「欣賞」而不是得到《臺灣文學》張文環等「敵性部隊」
的欣賞；也曾享受日據時代臺灣作家未曾有的榮耀。當時出版一本個人的
文集，是何等困難？1937 年就以〈植有木瓜樹的小鎮〉崛起文壇的龍瑛
宗，其文學作品之藝術性是臺灣作家數一數二的，也列名《文藝臺灣》多
年，1943 年出版小說集，還遭查禁呢；[35]戰後猶不免被尾崎秀樹認為到
〈植有木瓜樹的小鎮〉發表時，作家對於殖民地統治的抵抗意識已呈現
「屈從與傾斜」[36]，臺灣作家處境之艱難，由此可見一斑。

　　因之，日本學者塚本照和在 1980 年代，將〈道〉做為「抗議文學」而
加以再評價，[37]某一意義之下，是做為加害者民族之一員，反省之後，為原
作者的開脫。心存厚道，這樣的感情因素，也影響了臺灣老一輩的作家、
評論家，誠如本文前言所揭，葉石濤所言：

　　沒有「皇民文學」，全是「抗議文學」。

即是情緒干擾之下的一個例子。[38]在這一點上，作家鍾肇政未及參與日據時
代的文學活動，反而因為有距離而看得清楚，在〈日據時代臺灣文學的盲

---

[34]同註 24。陳火泉引用葉榮鐘的名句「無地可容人痛哭，有時須忍淚歡呼」，痛哭誤為痛苦。
[35]龍瑛宗《午前的懸崖》（臺北：蘭亭書店，1985 年 5 月）出版時，贈送文友們的附函云：「1943
　年，日文小說集《蓮霧的庭院》遭臺灣總督府查禁。爾來被遺棄於歷史的垃圾堆裡達四十載。這
　次，承蒙文友鍾肇政、張恆豪、呂昱諸先生的盡力和幫忙，終於了穿了中文新裝《午前的懸崖》出
　現。日本有一首俳句：夏草啊！古兵們的夢痕」云云。函中充滿無限感慨。出版一本書，竟前後
　歷經 42 年。
[36]同註 33，頁 242。
[37]見塚本照和，〈紹介：陳火泉の〈道〉〉，《臺灣文學研究會會報》第 2 號。
[38]葉石濤〈皇民文學〉一文中提及周金波的〈志願兵〉，也不能不說「的確皇民文學的傾向很濃
　厚」，見《臺灣文學的悲情》，頁 127。

點——對「皇民文學」的一個考察〉云：

> 是的，我們都是受害者——殖民地的受害者，我們是，屈從型作家也
> 是，即使是盲目型作家，又何嘗不是！一部台灣淪日五十年史，原就是
> 迫害者與受害者的歷史啊。……事實上，把它迻譯過來，就已經是嚴屬
> 的檢討與譴責了，而我個人寧願把它們當做可憐的受害者的血淋淋的記
> 錄，或者血淋淋的一個時代的歷史證言。[39]

日本年輕一代的學者星名宏修則以「『一視同仁』的雙重結構」來解讀
〈道〉：

> 〈道〉超越作者的意圖，暴露出被「一視同仁」的美名所掩蓋的歧視，
> 成為一部反映不得不選擇「皇民化」的台灣人的苦澀心情的作品。作者
> 意圖和作品效果的分歧，使本來的「皇民文學」，也可作為「抗議文學」
> 來談，給〈道〉賦予了具有雙重意義的性格。[40]

就此「『一視同仁』的雙重結構」之觀點，不僅是民族的問題，也不只牽涉
到思想或意識形態而已，還有著更為抽象的「道德的」層面，做為被加害
民族的後代，在「道德的」層面上，是無法游移於皇民文學／抗議文學之
兩極，這將使得焦點模糊。[41]
　　〈奔流〉在「道德的」層面，提供了值得反思的地方。小說取名〈奔
流〉，依王昶雄戰後的說法：

---

[39]鍾肇政，〈日據時代臺灣文學的盲點——對「皇民文學」的一個考察〉，《聯合報》，1979 年 6 月 1
　日，12 版。
[40]星名宏修，〈日據時代的臺灣小說——關於皇民文學〉，1991 年 8 月中國古典文學會舉辦「20 世
　紀中國文學研討會」論文，頁 64。
[41]筆者擔任星名宏修上述論文評論人，即從這個觀點切入討論，列舉〈道〉與〈奔流〉兩文做比較
　說明。

主要是含有在時代的奔流沖激下，但願台胞們的體魄能夠變得更堅強之
意。[42]

在武裝軍事殖民統治加上右翼法西斯軍閥當權的戰爭時代下，反抗唯有走
入地下一途，公開發表的文字必需經過審查，王昶雄的〈奔流〉，送審之後
被保安課增添、刪除，毋寧是常態。王昶雄耿耿於懷，著意指出的地方，
都有可以成立的可能。王氏云：

例如：林柏年每每脫口而出的「日人『六成加俸』的特惠條例，真真豈
有此理！」、「二腳（人，指台人）窮，四腳（狗，指日人）闊！」等的
口頭語，毫不姑息的通通被刪掉。或者在小說已近尾聲的一段，柏年曾
從東瀛寫給「我」的一封信件裡，發現有好多的補充文字，如「我感悟
到，要和宏大的大和魂相連繫，非默默地用我們的血潮去描繪不可！」
等語。[43]

更重要的是林柏年並沒有背棄臺灣，「我若是個堂堂的日本人，就更非是個
堂堂的台灣人不可」云云，已守住殖民地民眾起碼的尊嚴，有尊嚴存在的
族群，不會永遠沒有希望的。在這一點上，王昶雄自負的指出：「能夠讓林
柏年那種不肯屈辱的硬漢粉墨登場，已稱得上『勇冠三軍』了。」[44]確實如
此。更何況〈奔流〉的結尾有力，給全文打上一個完滿的句點。時年 28 歲
的王昶雄稱得上是初生之犢不怕虎。

在納入決戰體制，在成立皇民奉公會的時代，以文壇而言，中堅作家
張文環、黃得時、楊雲萍、龍瑛宗等四人都被納入「戰時思想文化委員
會」擔任委員；[45]呂赫若、張文環、龍瑛宗、楊雲萍、楊逵以及高山凡石

---

[42]王昶雄，〈老兵過河記〉，《臺灣文藝》第 76 期，頁 322。
[43]同前註，頁 326。
[44]王昶雄，〈老兵過河記〉，《臺灣文藝》第 76 期，頁 326。
[45]名單見於皇民奉公會會誌《新建設》第 19 號，頁 52。

（陳火泉）、周金波被總督府情報課派遣到各地從事報導文學的寫作，編輯成《決戰小說集》乾、坤兩卷，[46]誰是假意，誰是真心，仍有待檢驗，起碼張文環的委曲求全，已如本文所述，張文環促成〈奔流〉的發表，完全是從大處著眼。

回觀第一節所述決戰文學會議的那一幕，張文環的發言：

台灣沒有非皇民文學。假如有任何人寫出非皇民文學，一律槍殺。

這是獅子吼！殖民地人民的悲哀，盡在此一聲中。

今天，可以確信王昶雄的〈奔流〉，或許不能符合「抵抗文學」的定義，但戰後一度被誤為「皇民文學」的〈奔流〉，絕對是「非皇民文學」，決戰時期是要「槍殺」的，現在則應給予肯定；而陳火泉的〈道〉，決戰時期是皇民文學的代表作，戰後依然是皇民文學，可以同情，但殖民地臺灣的作家有無可推諉的責任！

時代轉折之後，陳火泉對於決戰時期發表的〈道〉，強調是具有抗議色彩之作品，他曾有這樣的申辯：

這篇小說如此引起大家的爭議，也許是我把台灣同胞的悲憤與苦澀隱藏在字裏行間，而未能將抗日意識表達得淋漓盡致，也可能是我的反面寫實不成功，沒達到反面諷刺的效果。現在想來，沒多大出息也是真的。[47]

這樣的說法其實是戰後政權轉變為了保護自己的推託之辭。〈道〉之所以是皇民文學，已如上文分析、陳述。陳火泉在戰爭期間迎向皇民化，為皇民化搖旗吶喊，是有其脈絡可尋的。尤其 1944 年 6 月發表的隨筆〈臺灣開

---

[46] 其作品先發表於各雜誌，後交由臺灣出版文化株式會社，於 1944 年 10 月 30 日出版，版權頁註明初版發行一萬部。是決戰時期的精神食糧，影響力相當大。

[47] 陳火泉〈被壓靈魂的昇華——我在臺灣淪陷時期的文學經驗〉，《文訊》第 7、8 期合刊本（1984年 2 月），頁 127。

眼〉，文中的說詞，今天看來，實在不忍卒讀：

> 內地人徹底地擁抱本島人，而本島人喜悅地投入內地人的懷裡，這種親
> 和性不是一時的現象，可能在永久性的意義上有著要創造一個民族的骨
> 格之性質吧！現在，台灣非打開眼睛不可。正是時候了，台灣不單只是
> 日本國籍，而且從內心深處完全變成日本。如果失去這次時機，以後我
> 們不能再遇到這種機會了。[48]

捨棄臺灣的本性而去「創造一個民族的骨格」，不正是強烈地呼應皇民化
嗎？不正是充分反應了成名作〈道〉的主要題旨，解消心理內面的矛盾之
後必然的出路嗎？不正是殖民地作家喪失臺灣認同的失格之言嗎？

　　這樣的眼睛其實不打開也罷，然而發表了〈道〉響應皇民化之後，陳
火泉呼籲臺灣這樣開眼，的確有其一貫的理路。戰後可以推得乾淨嗎？說
這些都是言不由衷的作品嗎？處在劇烈變化的時代夾縫中，彼一時，此一
時，這是陳火泉個人的不幸！

　　日本殖民政權，做為加害者民族，當然要承受更大的譴責！「非皇民
文學」意義的逆轉，恰恰還給臺灣一些尊嚴；而皇民文學的存在，則留給
臺灣做為警惕！

　　　　　　——本文宣讀於 1992 年 7 月 16 日臺灣大學歷史系與夏威夷
　　　　　大學歷史系合辦的「日據時期臺灣史國際學術研討會」
　　　　　 ——《臺灣文藝》創新 16 號（第 136 期），1993 年 5 月

　　　　　　　　——選自許俊雅主編《王昶雄全集第十冊‧評論卷》
　　　　　　　　臺北：臺北縣文化局，2002 年 10 月

---

[48] 〈臺灣開眼〉是「臺灣文學者總蹶起」專欄中的一篇，《臺灣文藝》第 1 卷第 2 號（1944 年 6
月），頁 9～10。

夢境與現實
重探〈奔流〉

◎陳萬益[*]

一、

　　1943 年 7 月 31 日《臺灣文學》雜誌上，王昶雄以下列的文字開始他的〈奔流〉：

> 我離開住慣了十年那麼久的東京，是三年前的春天的事。到如今把眼睛閉上，那天晚上的情景，還可以清清楚楚地浮上腦際。九點正，像巨蟒一般的開往下關的夜車離開了東京站。當車子經過有樂町、新橋、品川、大森，串串街燈次第從視野消失時，我怎麼也止不住熱熱的東西湧上心頭。與其說離情的淒苦，倒毋寧是想到自己一旦回到鄉里，何時才能再踏上這帝都土地呢？這樣的思緒使我感到難忍的寂寞。這也不僅僅是年輕人的感傷而已。我在 S 醫大讀完了課程，在附屬醫院從事臨牀的工作，另一方面還以解剖學教室研究生的身份留下來。但是，這也是極短暫的事情。才不過一年工夫吧，在故鄉開設內科醫院的父親突然逝世，不得不立即束裝返鄉。想研究到有個名堂出來的心情，還有對日本內地生活的摯愛，終究在現實之前，那麼輕易地就瓦解了。繼承父親的衣缽，一生埋沒於鄉間醫生的境遇，對我來說委實是難以忍受的。
> 睽違多年的故鄉風物，使我打從心底裏感到優美，心情總算開朗了些。

---

[*]發表文章時為清華大學中國語文學系教授，現為清華大學臺灣文學研究所兼任教授。

但這也沒有能維持多久。當一個平凡的鄉下醫生，工作並不算煩瑣，可就沒有辦法全心投入，只是茫然的過日子。沒法子逃避的無聊，使我拿它一點辦法也沒有，簡直想把身心都豁出去。追憶著在內地時的那種氣魄，想到在如此單調的生活中，今後如何求得刺激，這種不著邊際的思想，經常像燻炙似地在胸口翻湧、盪漾，把頹喪的心，帶向無限的遠方。雖然有故舊，也不是能誠心安慰，或剖心相告的人，吊在半空中的慵懶，經常弄得心情憂鬱難解。很想乾脆拋棄一切，再一次到東京去，想到孤單的老母親，也就下不了決心。[1]

　　這是日據末期，一位臺灣留學生從東京返臺，以及回臺三年執醫的情景：十年留學生涯，對日本內地生活的摯愛及就業的前景，使「我」面對逐漸消失的東京街燈夜景，充滿離情的淒苦；被迫返臺以後三年的鄉村醫生的生活，則是單調、無聊、慵懶、憂鬱、客愁般的狂暴的感傷，心緒一直帶向遠方的東京。

　　這個 1940 年代留學生的感傷情緒顯然與 1920、1930 年代「榮歸」的留學生有絕然不同的感受；楊逵的〈送報伕〉在東京火車站的月臺，與許多已知未知的朋友握別，只有振奮，沒有惜別的氣氛，「我滿懷著確信，從巨船蓬萊丸底甲板上凝視著臺灣底春天，那兒表面上雖然美麗肥滿，但只要插進一針，就會看到惡臭逼人的血膿底迸出。」[2]這是志士的返鄉，充滿昂揚的鬥志。

　　再看陳虛谷在 1930 年所刻劃的留學生返鄉的樣子：

---

[1]〈奔流〉原載《臺灣文學》第 3 卷第 3 號，中文譯本有三種：林鍾隆譯本，收錄於遠景叢刊《光復前臺灣文學全集‧8 閹雞》；後有作者修訂本（「臺灣作家全集」的《翁鬧、巫永福、王昶雄合集》，臺北：前衛出版社，1991 年 2 月）及鍾肇政修訂本（《日據時代臺灣小說選》，臺北：前衛出版社，1992 年 12 月）。譯文的問題可參考呂興昌〈評王昶雄的〈奔流〉的校訂本〉，刊於《國文天地》第 7 卷第 5 期（1991 年 10 月）。本文譯本選擇鍾肇政修訂本。
[2]楊逵〈送報伕〉原載日文，刊於東京《文學評論》（1934 年 10 月），有多種中文譯本，此處根據胡風譯文，原刊《山靈──朝鮮臺灣短篇集》（上海：文化生活出版社，1936 年 4 月），又收錄於《楊逵集》（臺北：前衛出版社，1991 年 2 月）。

二等車裏，坐著一位廿五六歲的少年，他身上穿著一件很時式的洋服，結著一條色彩艷麗的領帶，他手常拉着領帶，眼常注視着磨得很光亮的黃皮靴，一隻手又常插入褲袋裏，拿出一條白巾拂着落在褲子上的烟煤，又有好幾次走到洗面室，對着鏡梳理他那光滑油膩的頭髮，撫摸他稍微斜歪的領帶，最後還要仔細端詳他的全身是否齊整，容貌是否莊重威嚴，由這些舉動，特別引起人們一種的興趣注意着他，似乎了解他是個高等文官的新及第者。他有時斜靠着車窗，眺望着路上的風光，他看見山是多麼蒼翠好玩，水又多麼活潑可愛，好像江山也知道他是衣錦還鄉，特為他表示着歡迎的意思的。

「啊！山水人物，如我才對得起故鄉這麼偉大的大自然。」

他玩賞了一番，讚嘆了一番，他有時偷眼看見座中的日本人，視線都一齊集在他的身上，他愈覺驕傲得意，他想對他們說，我是高文的合格者，是臺灣的代表人物，是日本國的秀才，斷不是依你們想的尋常一樣的土人，劣等民族。

他又幻想這一番回來，父母親是多麼歡躍，親朋是多麼欣羨，青春美麗的少女是多麼渴仰，那一班頑固而又傲慢的父老是多麼禮貌拘拘，他現出得意的微笑。[3]

這是衣錦還鄉的留學生：孤芳自賞、志得意滿、充滿幻想、從自卑變而為自大的欣喜。

一樣的還鄉，不一樣的心情。因為〈榮歸〉的王再福、〈送報伕〉的楊君和〈奔流〉的洪醫生，雖然都是突破孤島的閉鎖教育，「上京」[4]留學的

---

[3]陳虛谷〈榮歸〉原載《臺灣新民報》第 322、323 號，1930 年 7 月 16、26 日。收錄於陳逸雄編《陳虛谷選集》（臺北：鴻蒙文學出版公司，1985 年 10 月），頁 114～115。

[4]蔡秋桐用語，他的小說〈興兒〉原載《臺灣文藝》第 2 卷第 4 號（1935 年 4 月）。收錄於《楊雲萍、張我軍、蔡秋桐合集》（臺北：前衛出版社，1991 年 2 月）。描述臺灣子弟到東京留學的背景說：「風兒公學校畢業了，也準備著入學試驗了，在這教育閉鎖的孤島，雖是優秀的風兒也考不能夠中！後來承友人之勸：在臺灣不能入學不如上京去好。……決定上京了。」

知識分子，返臺以後，成為學者所謂的「社會領導階層的主體」[5]的菁英分子，但是，王、楊兩人返鄉的自我定位很清楚，生活的目標很明確，或者以高等考試及格的身分成為殖民統治體系的一個公務員，或者與無產階級站在同一陣線，成為反殖民統治、反資本家剝削的戰鬥英雄；而洪醫生對於承繼父親衣缽的鄉村醫生的角色與定位，無法完全認同，對生活的目標感到茫然，「到東京去」的焦慮使他的心靈吊在半空中，無法落實在故鄉的土地上。

　　當然，洪醫生的問題在返鄉的時刻就已經產生，三年之後，情況更嚴重；而王再福與楊君還鄉時沒有洪醫生的焦慮，並不表示數年後，在面對被殖民的酷烈的現實，不會改變他們的心緒。我們可以設想王再福做為公務員，仍然免不了日本人的歧視與差別待遇；楊君從事社會運動，不僅要面對日本官憲的彈壓桎梏，來自家庭、社會，甚至社運團體內部的鬥爭，更是打擊心靈的鉅創，楊守愚的小說〈決裂〉[6]中的朱榮正是血淋淋的一個留學生個案。雖然如此，從〈榮歸〉和〈送報伕〉兩篇留學生還鄉的故事所呈現的是：從 1920 年代到 1930 年代中葉，臺灣社會運動蓬勃的時期，臺灣菁英分子，尤其是留學生，站在民族立場批判殖民統治，反抗不公不義的決心和信仰，是如此的堅定，屹立不搖。相對而言，〈奔流〉則面對1931 年「九一八事變」、1937 年「盧溝橋事變」，以至 1941 年的太平洋戰爭爆發，臺灣被納入日本帝國主義侵略戰爭的決戰體制，以及加強日語的強迫使用和風俗習慣的日本化的所謂「皇民化運動」之中，洪醫生顯然喪失了榮歸的欣喜，更不可能有投入社會運動的決心，他面對的是東京留學十年，浸淫在日語和日本文化之中，產生論者所謂的從封建社會到現代社

---

[5]吳文星《日據時期臺灣社會領導階層之研究》（臺北：正中書局，1992 年 3 月）研究結論：「日據時期，以留日為主流，留學教育塑造了為數相當可觀的高級知識分子，其人數竟超過臺灣島內殖民精英教育機關所培養的六倍以上。影響所及，日據後期，留學返臺的社會精英漸取代只接受臺灣殖民教育的社會精英，而成為社會領導階層的主體。」
[6]楊守愚小說〈決裂〉原載《臺灣新民報》第 396～399 號，1932 年 1 月 1、9、16、23 日出版。收錄於《楊守愚集》（臺北：前衛出版社，1991 年 2 月）。

會的臺灣人的質變的苦悶和焦慮，[7]〈奔流〉的頭兩段，正是此種焦慮的具體而微的呈現，而貫穿全篇的則是 1940 年代臺灣知識分子徬徨求索，尋找出路的心靈的掙扎的紀錄。

二、

　　正因為〈奔流〉是「我」（洪醫生）徬徨求索的紀錄，他的心靈依違於日本—臺灣、東京—故鄉的兩端，小說的場景是臺灣故鄉的風物與人事，而心靈背景則是日本東京的揮之不去，籠罩全局的記憶。貫穿全篇的主線是：我在住慣與摯愛日本內地生活情況下，因為父喪，不得不返臺，使心靈無法安頓，卻又不能在臺灣故鄉尋求安身立命之道。因為這樣的背景與現實，「我」才會在他所面對的眾多病患中，讓朱春生和林柏年兩人登堂入室，進入他的心靈世界；而朱、林兩人，一前一後都是留日學生，他們的日臺情結，交叉撞擊，層層疊影，加深加厚了「我」的現實的焦慮，「似乎所有臺灣知識份子都被關進一所齷齪不堪，沒有窗戶的狹隘房間裏，前途一片黑暗。知識在此地失去了作用，徒然招來了更多的哀傷和憤懣！」[8]

　　〈奔流〉這一心靈鬱結、掙扎與感傷的情緒，最早的讀者，被作者引為知音的日本文評家窪川鶴次郎首先指出來，他說：

　　　　本篇抓住了一個娶內地人（日人）為妻，過著完全日化的生活的中學國
　　　　文教師，將其為人和真象，運用質樸而柔軟的筆觸，鮮活地浮雕出來。
　　　　私小說式的手法是好是壞，這裡且不提，祇因手法是私小說的，故並無
　　　　把人物的真相赤裸裸地描繪出來的冷靜的客觀性，自始至終採不即不
　　　　離，在作者的個人接觸經過之中，使讀者自自然然地了解這人物的真面
　　　　面貌。這種平穩的處理方法，更使作者對作品人物的考察與判斷具有了

---

[7]王育德，《苦悶的臺灣》（原作日文，1964 年在東京出版，中文版由鄭南榕發行，列入「自由時代
　系列叢書第 9 號」，未標明出版年月。）
[8]葉石濤〈從〈送報伕〉、〈牛車〉到〈植有木瓜樹的小鎮〉〉，收錄於《作家的條件》（臺北：遠景出
　版公司，1981 年 6 月），頁 69。

妥當性。

……作者靠這兩個人（伊東春生與林柏年）的組合，剔抉出本島青年深刻的苦惱。「不管如何，伊東的白髮，豈不就是這一場泥濘中的交戰的顯露嗎？」作者如此下了最後的判斷。

然而，這些苦惱與判斷，全被託附在私小說式的感慨之中。並且作者因為不得不把這篇作品寫成私小說，故勢必帶來作品裡的濃濃感傷。而這感傷的遲滯步調，甚至令人感到節奏緩慢。再者，可能是由於採私小說形式的緣故，伊東這個角色與其周遭的描寫，未見充分。這位作者使我想像到本島知識人的一個極顯著的典型。這位作家的未來發展，殊令人期待。[9]

　　窪川能認識到〈奔流〉小說人物的典型性，體會出作者不得不用私小說寫作的苦心，都是獨具慧眼，令人心服的，可是，他把解讀的焦點放在伊東身上以及他與林柏年的衝突，似乎受限於其日本人的感知，尚無法完全掌握作者的設計，及其以「我」連結伊東和林柏年的意義，因此，他領略到小說通篇濃濃的感傷，卻不敢苟同「遲滯步調」、「緩慢節奏」，其實感傷的遲滯低迴，正是作者要傳達的知識分子的苦悶，有如幽情單緒，漫天蓋地的纏結，沒有撥雲見日的可能。

　　其次，再從窪川所謂的「私小說」的觀點來看，由於「私小說」的義界，日本學者本就有分歧的看法，我們無法確知：除了以第一人稱敘述，描寫個人身邊瑣事和心理活動之外，窪川是否有明確的旨意；[10]如果用

---

[9]窪川鶴次郎〈臺灣文學半ケ年①──昭和十八年下半期小說總評〉，《臺灣公論》，1944 年 2 月號。此文論及多篇小說，包括〈道〉、〈春怨〉、〈奔流〉、〈迷兒〉、〈柘榴〉、〈蓮霧の庭〉等，論〈奔流〉的部分有鍾肇政譯文，附於王昶雄〈老兵過河記〉文中，文見《臺灣文藝》第 76 期（1982 年 5 月）。

[10]張恆豪不贊成窪川「私小說」的觀點，因為此一說法會窄化小說的主題，將它當作個人經驗的傳真，局限了其背後所要傳達的深義。其說見於〈反殖民的浪花──王昶雄及其代表作〈奔流〉〉，原載《暖流》第 2 卷第 2 期（1982 年 8 月），收錄於《翁鬧、巫永福、王昶雄合集》（臺北：前衛出版社，1991 年 2 月）。

1945 年伊藤整和平野謙的說法，私小說就是心境小說，把人從「生活的不安和生存的危機」中拯救出來是私小說的特徵。表達「生存的危機感」的是破滅型；相反，要克服「生存的危機和破滅」，以調和自我作為努力的目標的，是調和型。[11]那麼，這個被作者接受的「私小說」的觀點是值得重視的。

　　前面已經述及，「我」還鄉之後，仍然長期鬱結，不能自拔，這固然可以單純的說是從帝都到島鄉，城鄉生活差距所致，如龍瑛宗在 1944 年發表的小說〈歌〉中的一個人物所說的：

> ……你該常常到東京來才是。不是有四五年了嗎？躲在鄉下，腦筋都會枯乾了。懂吧，一年裏總得有一次，吸吸東京的空氣……[12]

　　即使 1940 年代的日本「被永井荷風罵得狗血淋頭，而在高村光太郎眼中則是個墜子之風」的國家，[13]可是，在仍處於封建陋習未完全解放，知識分子精神出路完全被扼殺的臺灣子民，東京生活仍然具有遠方的魅惑，尤其對於曾經生息彼地十年的「我」，它更成為記憶深刻的美好的夢境，這種夢境般的優閒的心情和生活，一旦被勾起，就不禁令「我」低迷徘徊，「我」這樣述說他的心情：

> 我發現了真正的日本美，觸到了像稻草包著一般的溫暖的人情味，體驗到把我那接觸到比憧憬更高更高的理想的精神，從根柢搖撼的事情，就是在這期間。自己不能甘於出生於南方的一個日本人，而非成為純粹的

---

[11]此說轉引唐月梅〈私小說〉，《中國大百科全書・外國文學 II》（1982 年）。

[12]龍瑛宗〈歌〉原載《臺灣文藝》（臺灣文學奉公會）第 2 卷第 1 號（1945 年 1 月），鍾肇政譯文收錄於龍瑛宗《午前的懸崖》，（臺北：蘭亭書店，1985 年 5 月）。

[13]垂水千惠〈戰前「日本語」作家——王昶雄與陳火泉、周金波之比較〉，原作日文，收錄於《越境する世界文學》（東京：河出書房新社，1992 年 12 月）。涂翠花中譯，刊於《臺灣文藝》第 136 期（1993 年 5 月）。

日本人，心便不能安。並不是自動地努力於內地化，而是在無意識中，
內地人的血，移注於自己的血管內，在不知不覺間，已靜靜地在流動般
的那樣的心情。[14]

這樣的心情和感知，尤其是透過一個對「我」是亦師亦友，又是戀人
的日本女性的溫柔的啟發，而培養起來的對代表日本文化的插花、茶道、
和服、「能」和歌舞伎等日常生活的美的認同，尤其讓「我」感激涕零。

可是，「我」對日本美的憧憬、渴求，是付出極大代價的。「我」必須
死勁地隱藏本性，頂著假名，時時提心吊膽，怕被認出是臺灣人，刻刻在
神經緊繃的狀態下，自責自鄙。到頭來，面對他的日本戀人，仍然懷疑
「做為一個人」自己是否有資格與她結婚，是否可能把她帶回臺灣偏僻的
地方，仍保持以前的幸福感。

所以，還鄉以後，「我」對於現實的鄉村醫生的生活，除了開篇所謂的
吊在半空中的感覺以外，幾乎看不到具體的生活細節的描寫。伊東和林柏
年的出現，始喚起了他的夢境，卻同時觸及了他的隱痛和缺憾，還有，把
他從半空中拉回到地上，劇烈翻攪他「生活的不安和生存的危機」，逼得他
不得不在心靈內作出抉擇和安頓。

三、

伊東春生是「我」返臺三年，夢境無法落實，陷溺於狂暴感傷中，無
意間發現，而強烈要攀援、依附的對象，效法的榜樣，因為「我」認識到
在鄉里竟然可以有這樣的本島人：沒有半點土氣，教授「國文」、眼睛放著
光輝，大談古典和日本精神，還有人生觀異常激底不凡，遠非「我」所
及。從後文得知，伊東也是留日學生，返臺以後在中學任教，外表看來，
已經在鄉里紮根，他的生活與作為，令「我」仰望：

---

[14] 〈奔流〉中譯文，同註 1。

一個本島人，娶了一個日本人為妻，言語、舉動，根本上，完全變成日本人了。而他站在中學校的教壇，堂堂地教授國文。過去的人，不敢祈望的，接觸到真正的某種東西的、深遠的知性的芬芳，變成了挖掘對方心臟一般的熱情的話，在感受性最強的時代的本島人中學生們心中，植下崇高的精神，喚起對正確學問憧憬的心，描繪能誘發對氣節無法遏止的思慕之念，扮演重大任務……[15]

可是，這個理想的典型，在多次交往以及林柏年的揭發、批判之後，「我」發現他的現實生活的外表與內在心靈的扭曲有相當大的裂痕，包括在不太懂日語的長輩面前，堅持用日語交際，對於生母的求見，表現得刻薄無情，對於父親的葬禮，冷漠、厭煩……這些在臺灣人來說，不僅缺乏人情，甚至可說違逆人性的舉止，顯然與其完全日本化的令「我」羨慕的家庭生活與教育臺灣人後代的理想無法相容，因此「我」對伊東的仰望，依靠的心情，逐漸崩潰，可是，為什麼如此？在嘗試更深入探尋伊東的精神世界的過程，實際上也是「我」好不容易從生存的危機中找到支柱，卻又面臨崩塌的情況下，為伊東，也為自己重新拾回立基現實的礎石，重新找回信心的過程。

相對來說，「我」的病人之一的青年林柏年，與「我」的生命交錯的主要原因是：他剛好是伊東的表弟和學生，他的言行與伊東形成強烈的對比，他的剛毅倔強與強烈的愛鄉愛土的精神，正面衝擊了伊東以及「我」所要追求的日本化的生活的典型，他對伊東的批判、揭發，讓「我」懷疑、反省、發現臺灣人的「日本化」，不是表面的完美無缺，而是充滿了矯情、虛假和扭曲。

論者述及〈奔流〉總是勾提伊東春生、林柏年、洪醫生三人的行徑，以伊東為皇民化的典型人物，林柏年為皇民化的對立的批判者，洪醫師為

---

[15] 〈奔流〉中譯文，同註 1。

冷靜觀察者，對於三人的認知與好惡很分明，譬如林瑞明如是說：

> 伊東娶日人為妻，過著完全日本化的生活，企圖拋棄鄉土的俗臭，即使
> 踐踏過生身的父母也在所不惜；林柏年則是具有反省思辨的新生代，熱
> 愛鄉土絕不捨棄母親，是伊東的對比性人物；「我」由原亦具有皇民意
> 識，經由彷徨、掙扎，處於伊東與林柏年之間的爭執，先是做為調人，
> 而終於從現實生活的情境，洞穿了伊東的虛矯。[16]

這是從讀者觀點的評價，大致都可以被接受。問題是〈奔流〉是從
「我」的觀點來敘述，雖然就全局而言，他是冷靜觀察者，可是，一開
始，他就有個人的主觀的傾向和認同，即使「我」能夠肯定接受林柏年堅
貞不移的擲地有聲的要做為「堂堂正正的日本人，就更非是堂堂的臺灣人
不可」的對土地和母親的擁抱，[17]「我」也樂於見到林柏年能突破現實的困
境赴日留學，可是，姑且不說柏年留日時期可能重複伊東和「我」所遭遇
到的殖民地子民的種種壓力，一旦還鄉，步上伊東、和「我」的路，又能
夠如何在苛酷的現實中，找到其安身立命的出路呢？顯然，「我」在三人生
命交會的時節，在其個人精神探索的主線中，在觀照了彼此的不同之後，
所要把握的卻是彼此相同的，可以交集的部分。也就是說，〈奔流〉除了塑
造三個典型人物，凸顯他們在決戰時期言行的善惡真假之外，這三個前後
留日，成為臺灣知識菁英、領導階層的小說人物，到底傳達了怎樣的臺灣
人精神呢？

---

[16] 林瑞明，〈騷動的靈魂──決戰時期的臺灣作家與皇民文學〉，《臺灣文藝》第 136 期（1993 年 5 月）。

[17] 林柏年的人物形象在日據末期，被稱為「勇冠三軍」，他的這一席話尤其突出，引錄如下：「我愈是堂堂的日本人，就愈非是個堂堂的臺灣人不可。不必為了出生在南方，就鄙夷自己。沁入這裏的生活，並不一定要鄙夷故鄉的鄉間土臭。不論母親是怎樣不體面的土著人民，對我仍然有著無限的依戀。即使母親以那難看的外表到這裏來，我也不會有絲毫的畏縮。只要被母親擁在懷裏，是喜是悲，就像幼兒一般，一切任其自然。」

四、

我們不得不談到題目「奔流」的主題意識。

首先，我們看到「我」面對昂揚著剛強生命的林柏年所說的一席話：

> 請盡力而為。柏年啊！歷史的腳步，不論喜歡不喜歡，都一天一天地向
> 激流奔過去，本島人要成為堂堂的日本人，躍上真正的舞台的時期，就
> 要來臨了。所以，這一回，你們的優勝，是有很深的意義的。[18]

臺灣被割讓成為日本的殖民地，這是歷史的悲劇，「我」不甘永遠被踐
踏，而想藉著日本化提升、超越，躍上舞臺，主宰舞臺，這是顫慄的靈魂
奮進的心聲，「我」鼓勵林柏年不必避忌歷史的激流，勇於挑戰。

其實，這種心聲為三人所共有，只是「我」明白說出了，林柏年立即
作了回應，他說：

> 是的，無論怎樣艱辛我都會努力下去。本島人也是堂堂的日本人。每天
> 像三頓飯一般地被罵成怯懦蟲，真是受不了。還有，在打垮那些身為本
> 島人，卻又鄙夷本島人的傢伙的意義上，我也要拼命。[19]

林柏年透露了不甘被日本人欺壓、歧視的心理，同時也批判了忘本的臺灣
人，他的超越意志也非常明顯。

伊東春生沒有類似明白的言語，他說得比較隱微：

> 問題本不在比賽的勝負，要緊的是，要讓日本人的血液在體內萌生出

---

[18] 〈奔流〉中譯文，同註 1。
[19] 〈奔流〉中譯文，同註 1。

　　來，使它不斷生長。[20]

　　他更以實際行動關注學生的劍擊賽，為比賽的勝利大加慶賀，再加上他後
來的暗助林柏年的留學，都是對於臺灣青年未來發展的積極的期望。
　　所以，本島學生在紀元節（2 月 11 日，日本開國紀念日）劍道優勝的
事件，對「我」來說，特別有意義：

　　被狗畜生欺侮，而不知如何對付的事，現在已成古老的故事了。古來的
　　武士道的花，是不是就要有意識地在本島人青年心中發芽了呢？現在就
　　要吹滅卑屈的感情，本島的青春，正要開始飛躍了。我欣喜之餘，氣都
　　喘不過來了。胸部無端地膨脹起來，感到無法抑制活活的血奔躍的疼痛
　　感。我很想看田尻教務主任的臉。[21]

　　此處文中所謂「狗畜生」，以臺灣人在日據時期對日本人厭惡的稱呼
「四腳仔」對照，再加上文末指涉的對象是日本人，那麼「我」的血液奔
騰的極端興奮，甚至產生疼痛的感覺，很清楚表達了所謂「師夷長技以制
夷」之後的悲欣交慨的內涵。
　　不管是伊東，或者林柏年，都是被壓迫的、被扭曲的受殖民統治踐踏
的子民，他們外表的剛愎、執拗、剛強，掩藏不了內心的脆弱、焦慮、受
傷的靈魂。可是，歷史的激流狂奔，又有幾人能免於衝擊？「我」從心中
喊出這樣的話來：

　　我們現在非隨著歷史的成長，來學習自身的成長，並得到成長的結果不
　　可。讓我們向山實實在在地一步步攀登吧。有時說不定會從山路退下
　　來，也要忍耐下去。對於我們茫茫然的前途，一步的怠惰、頹廢都不許

---

[20]〈奔流〉中譯文，同註 1。
[21]〈奔流〉中譯文，同註 1。

可。始終要以不屈的精神，把一切加以新的創造。[22]

這就是「我」還鄉求索的最後結論。對於自己鄉村醫生的角色，在整個事件中，逐漸提升到不只為臺灣人醫病，還要醫其精神的境界；至於同樣被本島人對醫生盲目憧憬，而留學習醫的世俗要求之下的伊東和林柏年，改習日文和劍道，「我」看到其多元發展的希望，都是值得肯定的。只是，從伊東三十才過三、四就滿頭白髮的不為人知的憂勞，所具體呈現的臺灣人被殖民的苦悶，使「我」在經過一番心靈的煎熬之後，禁不住要痛哭一場。

〈奔流〉以「我」的狂奔終結，一方面表示生活環境的艱困，歷史悲劇之強大，但是，從上述的討論，我們也才能明白「我」之不顧一切的奔跑，正是其內在力量和方向把握之後的執著。

最後，我們再從〈奔流〉兩段具有關鍵性的寫景文字，來看「我」還鄉以後夢境與現實對比的心靈安頓的問題。這兩段文字分別出現在第二章和最後一章，第二章的景是一個神社，色調是凌晨的薄暗、蒼黑、冷凝，由景引起的「我」的心情是：

> 每當感到冷氣透身的時候，我就懷念地憶起內地的冬天。就是這時節吧，關東平原的冬晴的美，是無可比擬的。冬陽和枯草，不可思議地暖和，冬天的空氣洗滌了五體，連心都會有被洗濯的感覺。這在臺灣是無法想像的。想到灼人的季節很長的臺灣，就禁不住憂鬱。簡直要懷疑，自己的頭腦，逐漸地變傻了。[23]

第二個景點應即淡水港，但是作者以「廢港」稱之，這是在陽光底下的山巒、河流、樹林、房屋、海峽、藍天……充滿晚春色彩的大自然，

---

[22] 〈奔流〉中譯文，同註 1。
[23] 〈奔流〉中譯文，同註 1。

「我」面對此一情景：

> 奇異地使我感覺到，我的心靈被連繫上某種悠久的東西，以及人智不可
> 及的偉大事物。接觸經常聳立著的山川草木，以及幾乎目眩的藍空的光
> 輝，清清楚楚地感覺到有生命的強勁力量。只因內地冬晴的驚人美妙烙
> 印在心裏，這才恍然大悟，原來我竟然忘掉了故鄉常夏的好。使我痛感
> 對鄉土的愛心不夠。……今後，我非用這個腳跟穩重地踏著這塊土地不
> 可。邦家所體驗的陣痛，個人所嘗到的苦惱，全看做是最後的東西，好
> 幾次，但願是最後的，現在應該再來忍耐一次吧。[24]

神社是人為，刻意營造的，神聖不可侵犯的地點，它建構在臺灣的土地
上，變成一種象徵，當「我」對日本化還是夢境一般的迷戀的時候，它使
我引發對關東平原冬晴之美的聯想，相對地貶抑了臺灣的風土。可是，作
為臺灣文化發祥地的淡水，即使盛名不再，港灣已廢，但是周圍的山水，
仍然那麼自然的散發生命的氣息。「我」所要回歸、擁抱、落實的就是這樣
的鄉土，以及在這塊土地上，即使心靈被扭曲，仍然努力奮進的人民。

五、

　　以上是我個人重探〈奔流〉的一點意見，不敢說已經完全掌握其底
蘊，也不敢說沒有個人的偏見。只是有感於張恆豪先生對〈奔流〉一探再
探以至四探的苦心，以及他要求對〈奔流〉此一傑作就文學論文學的呼
籲，嘗試作一種回應，並沒有要解決所有的爭端，只是希望大家能繼續從
不同的觀點來對話，避免陷在「皇民文學」的絕對的、僵化的道德審判的
泥淖中，是乃至願。

---

[24]〈奔流〉中譯文，同註 1。

　　——「賴和及其同時代的作家：日據時期臺灣文學國際術會議」論文
　　1994 年 11 月 25～27 日。
　　　　——本文復收入氏著《于無聲處聽驚雷——臺灣文學論集》
　　臺南市立文化中心，1996 年 5 月

　　　　　　　　　　　　——選自許俊雅主編《王昶雄全集第十冊・評論卷》
　　　　　　　　　　　臺北：臺北縣文化局，2002 年 10 月

皇民化與現代化的糾葛

王昶雄〈奔流〉的另一種讀法

◎呂正惠*

　　王昶雄的〈奔流〉是日據時代皇民化時期的重要小說，由於它和陳火泉的〈道〉幾乎同時發表，[1]但在處理「皇民化」問題上卻有不同的視角，因而引起廣泛的注意，並且很自然的常常被人拿來和〈道〉做比較。[2]

　　在做這種比較時，一般較容易採取的觀點是：王昶雄和陳火泉對「皇民化」的態度。也就是說，王昶雄是否如陳火泉一樣，在小說中表現出對「皇民化」的完全認同，還是技巧性的暗示了某種批判。再說得更簡單，就是：〈奔流〉是否如〈道〉一般是一篇「皇民文學」作品。就這個問題而言，其實答案應該不難找到：我們很難把〈奔流〉視為「皇民小說」，因為王昶雄很明顯的在小說中對「皇民化」的某些偏差提出了批判。

　　但是，如果比較這兩篇小說時不把焦點局限在這個問題上，我們對於〈奔流〉的理解也許可以更寬闊一點。在細讀這兩篇小說時，我個人即感覺到，王昶雄對「皇民化」問題的處理和了解上，「視角」（不只是態度）和陳火泉也有所不同。如果從這個「視角」來看〈奔流〉就可以發現，王昶雄所謂的「皇民化」，其實包含了更複雜的現象。我相信，和王昶雄同時

---

*發表文章時為清華大學中國語文學系教授，現已退休。
[1]陳火泉的〈道〉發表於 1943 年 7 月 1 日發行的《文藝臺灣》第 6 卷第 3 號，隨後，7 月 31 日發行的《臺灣文學》第 3 卷第 3 號刊出王昶雄的〈奔流〉。
[2]最近發表的〈道〉和〈奔流〉的比較的論文有林瑞明〈騷動的靈魂——決戰時期的臺灣作家與皇民文學〉，見《日據時期臺灣史國際學術研討會論文集》（臺北：臺灣大學歷史學系編，1993 年 6月）。又，近日發表的分析〈奔流〉的論文有陳萬益〈夢境與現實——重探〈奔流〉〉一文，「賴和及其同時代的作家——日據時期臺灣文學國際學術會議」論文，（行政院文建會主辦、清華大學中文系合辦，1994 年 11 月）。

的一些知識分子，可能也如王昶雄一般，沒有更細膩的分析，所謂「皇民化」的表象下，其實還暗含了「現代化」的問題。也許正因為對「皇民化」和「現代化」的糾纏不清一時產生混淆，才讓王昶雄一類的知識分子表現出一種奇特的焦慮與不安，不知道要以何種「明智」的態度去面對「皇民化」問題。

一、

　　〈奔流〉對「皇民化」的態度和視角，是以三個人物的關係去加以呈現的。伊東春生（本名朱春生）以最「勇猛」的方式來進去「皇民化」：他不僅要娶日本太太、把名字改成日本姓名、絕對不用「本島話」交談，甚至還厭棄生身父母。而他的學生林柏年（按中國親屬關係來講，還是姨表兄弟）則是伊東的對立面，他無法忍受伊東對待父母的方式，他對伊東的評論是：「他是拋棄自己的父母，過著那樣的生活。只認為自己過得快樂就好……。」（《王昶雄集》，頁 340）[3]他認為伊東的「皇民化」純粹是自私自利。

　　站在這兩人中間，一面觀察，一面尋找「皇民化」的「正確途徑」的是敘述者「我」（或許可視為王昶雄的代言人）。「我」是留學東京的醫生，為了繼承父親的診所不得不回臺灣開業。但他內心眷戀東京的生活，無法忍受臺灣小鎮的單調與無聊，精神感到非常空虛。認識了伊東春生以後，從他的純日本式生活中，「我」好像找到了在東京所熟悉的東西，因此很容易的就和伊東變成可以談話的朋友。但從林柏年對伊東的厭惡和揭露上，「我」又逐漸看到伊東的澈底厭棄臺灣事物也許有問題。不過，林柏年在畢業後，不顧家境的困窘，還是勇敢的決定到日本讀書。林柏年最後所以能成行，其實還是因為伊東承諾柏年的父母他願意在經濟上加以資助。這是林柏年自己不知道，「我」從柏年母親口中得知的。所以最後「我」所得

---

[3]本文所引述的〈奔流〉譯文為林鍾隆所譯，經王昶雄本人校訂，見《翁鬧、巫永福、王昶雄合集》（臺北：前衛出版社，1991 年 2 月）。以下所引均按此書頁數。

到的結論似乎是：伊東的「皇民化」並不出自利己之心（要不然他就不會資助柏年到日本進修），他也真心希望臺灣更好，只是他的方式過度極端，應該不宜效法。而林柏年從日本寫給「我」的信中的幾句話，也許就是「我」也願意接受的關於「皇民化」的看法。話是這樣說的：

> 不錯，我今後非做個堂堂正正的臺灣人不可。不必為了出生在南方（指臺灣），就鄙夷自己。沁入這裏的生活（指日本生活），並不一定要鄙夷故鄉的鄉間土臭。
>
> ——頁360

看到林柏年的這些話，又無意中發現三十三、四歲的伊東已有三分之二以上的白髮，「我」是懷著「同情之心」這樣評論伊東的：

> 也許伊東是為了拋棄俗臭冲天的父母而贖罪，才會在感覺上格外激烈，對不成熟的生活方式感到戰慄的本島青年，懷著粉身碎骨的獻身精神從事教育去吧。
>
> ——頁363

從以上的評述可以看到，〈奔流〉所企圖呈現的「皇民化」的難題似乎可以化約為：如何同時去尋求「進步文明」的日本式生活，而同時又「擁抱」「落後」的臺灣鄉土（鄉間的土臭、俗臭冲天的父母、本島人卑瑣、懦弱的性格等等）。

二、

王昶雄的〈奔流〉寫作於所謂的「決戰時期」，那個時候的臺灣知識分子，即使對「皇民化」運動有什麼不同意見，恐怕也不能暢所欲言。因此，我們無法判斷，王昶雄對「皇民化」的看法是否有所保留。不過，從

小說的情節發展和人物關係來看，小說中這種對「皇民化」的認識，應該是一個基本性的問題，值得加以分析。

　　正如前面的小結所提到的，〈奔流〉所呈現的臺灣人面對「皇民化」的困境，在於：進步的日本和落後的臺灣的對立。如果真是這樣，又如何可以「對抗」皇民化呢？而這也正是敘述者「我」苦思不得其解的矛盾所在。但是，「皇民化」的本質真是這麼「簡單」嗎？

　　在小說一開始，「我」回憶起他離開了十年的東京，剛回到臺灣來時的沮喪心境。按「我」的本意，想留在東京行醫，並繼續作研究，如果不是父親突然逝世，他根本不想回臺灣開業。他已習慣了東京的生活。他說：

> 像長蛇一般開往下關的夜車，九點離開了東京站，經過有樂町、新橋、品川、大森，街燈逐漸從視野消失時，簡直無法抑制，熱熱的東西湧上心頭。不全是離情的淒苦，而是自己一旦回到鄉里，不知何時再能踏到這首善之區的心思，使我感到難以忍受的寂寞。
>
> ——頁325

從這裡可以清楚看到，真正使「我」眷戀不捨的，是東京的鬧區，及其繁華、進步的現代都市生活。相對來講，他所回到的臺灣的鄉間，則是「難以逃脫的無聊」、「如此單調的生活」。這樣的心理矛盾，從另一個角度來看，正是農業的鄉村和現代大都市之間的生活差距所造成的。但是，在這篇小說中，這卻是「我」開始思考皇民化問題的起點。城、鄉生活的截然對比，被作者擴大為一個臺灣人是否該「日本化」的問題。

　　對出身鄉鄙的臺灣知識分子來說，東京這個現代大都會之成為現代進步文明的象徵，可以說是很自然的。另一個在臺灣及日本受過完整日本教育的臺灣青年知識分子葉盛吉，在回憶17歲時一次遊覽日本的經歷時，這樣說：

> 第一次目睹日本的美麗與繁華，在我的心中栽種了對於日本極為強烈的
> 嚮往之情⋯⋯京都、奈良的名勝古蹟，東京、大阪的繁華，還有那閃爍
> 炫目的霓虹燈⋯⋯，時時都在我腦海中燃燒，在歸途的航船上，每一回
> 想，流連之情，油然而生。[4]

葉盛吉也把這種強烈的嚮往之情，結合他所受的日本教育，形成堅強的
「皇民思想」。後來長期在日本讀書的所見所聞，以及戰爭末期的閱歷，才
讓葉盛吉開始反省「皇民化」的問題，從而加以克服、加以超越。

　　從回憶中「反省」首次日本經驗的葉盛吉還談到，這次經驗的強烈印
象，可能來自於錦繡年華的青年所具有的好奇心，第一次獲得強烈的滿足
的緣故。相對而言，他二十幾歲到亞洲另一個現代文明的大都會上海旅行
時，印象就相對的淡薄得多。[5]從這個角度來講，日本是日據時代臺灣知識
分子對現代生活的初戀對象，其地位是無可取代的。這種心理，也就成為
日本統治者對臺灣進行「皇民化」的基礎之一。

　　從殖民統治的立場來看，日本，特別是東京，成為臺灣知識分子最重
要的「留學」場所，也是非常自然的事。在這種統治架構下，這些知識分
子難得有人到更先進的英、美、德、法各國留學，而唯一可以做為不同選
擇的中國大陸，現代化的程度當然還不及日本。於是，日本就「壟斷」了
臺灣知識分子的「現代化」視野，使他們在無法比較的情形下，不知不覺
地就把日本當成最現代化的國家，從而把「現代化」與「日本化」相混而
論。呂赫若在〈清秋〉中的處理方式就要清醒而細膩得多。〈清秋〉的主角
耀勳也和〈奔流〉的「我」一樣，在日本留學，但在家庭的要求下回臺灣
開業。同樣的，耀勳也眷戀東京，對回臺灣有所抗拒。但是，在〈清秋〉
裡，呂赫若卻讓耀勳對祖父的漢文學素養存著相當的敬意，也讓耀勳去思
考戰爭時期臺灣人的處境。由於這兩種因素，耀勳終於在長期遲疑之後，

---

[4]楊威理著；陳映真譯《雙鄉記》（臺北：人間出版社，1995 年 3 月），頁 35～36。
[5]同前註，頁 35。

克服了「現代化東京」的誘惑，下定決心在臺灣小鎮開業。呂赫若的思想模式顯然較複雜，不像王昶雄「進步日本」和「落後臺灣」那種單純化的對立。[6]

呂赫若在〈清秋〉中刻意的讓耀勳尊敬祖父所具有的深厚的漢文學素養，如果拿來跟〈奔流〉「我」和伊東春生對日本事物的愛好相比較，就更顯出〈奔流〉對「皇民化」的認識中的問題。

「我」和伊東春生對日本的推崇，由於對日本現代文明的懾服而產生全盤的信仰，進而，擴及到所有日本事物，例如，伊東稱讚《古事記》「具備著絲毫沒有歪曲的真率風格」，可以讓人「像幼兒依偎在祖父母的膝下，亮著好奇的眼睛，傾耳於那古老的故事那樣」（頁 330）。而「我」在一次拜訪伊東日本式的家中見到伊東的日本太太，也有一段讚美日本女性以及與她們有關的日本花道的聯想。在小說的中段，為了表示臺灣人也可以與日本人一樣具有勇猛精進的精神，王昶雄描寫了林柏年及其他臺灣學生如何苦練劍道，並在比賽中打敗日本學生，獲得優勝。更有甚者，「我」在回臺灣之初，還會「憶起內地（指日本）的冬天，關東平原的冬晴之美」，而「想到灼人的季節很長的臺灣，真令人沉悶」（頁 332）；連在「氣候」上，臺灣都是落伍者！[7]

對於臺灣的事物，他們的感覺又完全不同了。當「我」用傳統方式向伊東拜年時，伊東說「那樣太舊了，我們用新體制吧！」（頁 332）；在參加自己父親的葬事時，伊東對女人們的號哭，忍無可忍的怒斥：「不要再學那種不能看的做法啦！」（頁 343）；伊東所以拋棄父母，彷彿只是因為父母「俗臭沖天」；即使極力反對伊東，而想擁抱臺灣鄉土的林柏年，也不得

---

[6]日本學者垂水千惠站在日本人的立場，無法體會呂赫若委婉「拒日」的複雜情緒，認為呂赫若是「經常表示厭惡近代的作家」，這種詮釋很難令人接受。參見垂水千惠，〈論〈清秋〉之遲延結構〉，「賴和及其同時代的作家——日據時期臺灣文學國際學術會議」論文（行政院文建會主辦、清華大學中文系合辦，1994 年 11 月），頁 2～3。

[7]「我」在接到林柏年從日本寄回來的信，深受感動，有一次在港口眺望，「不可思議地在我的心靈中，聯繫上某種悠久的東西，以及人智不可及的偉大的事物」，對於臺灣的山川草木，也「清清楚楚地感覺到有生命的東西存在的力量」（頁 362）。顯然，「我」的心境前後是有所調整的。

不痛苦說出「故鄉的鄉間土臭」、「母親是怎樣不體面的土著人民」（頁360）這樣的評語。

這種毫無保留的崇拜日本、毫無限制的貶抑臺灣的態度，連一向注重日本對臺灣現代化的貢獻的垂水千惠，也忍不住批評：

> 落後國家的日本，曾經被永井荷風罵得狗血淋頭……如今以輝煌的「近代」之姿欲腐蝕臺灣人的認同意識，這是否也是一種歷史的諷刺呢？或者臺灣人學習日本人的思考方式，連貶抑鄉土、壓制母語，把自己奉獻給「近代」的姿態都照單全收了呢？還是應該說：「近代」的本質就是忘本呢？[8]

不過，現代化的本質，特別是在日本殖民統治下進行現代化的臺灣的問題，恐怕也不能只按垂水千惠的方式來回答、或表示疑惑。

落後國家在現代化的「勇猛」時期，不免都會有全盤否定傳統，全力進行西化的傾向，如永井荷風的批評舊日本，如五四初期中國知識分子的反傳統。但是，任何有深厚文化傳統的國家，即使有意如此，也不可能「清洗」掉具有千年以上歷史的文化特質，更何況會有一批知識分子隨後產生反省，進行調整。以日本為例，誰也不能否認已經完全現代化的日本，還是鮮明的保留日本文化的特質。歷史更為悠久的中國文明或阿拉伯文明，雖然他們還正掙扎於「現代」與「傳統」的長期拔河中，但可以肯定的說，現代化成功以後，他們仍會保留自己文化的特質。

那麼，臺灣現代化的過程卻產生了自願「皇民化」這樣特殊的例子，問題到底出在那裡呢？首先，在漢文化的區域內，由於臺灣發展較晚，早期移民來臺灣的漢人又以犯人及「羅漢腳」為主，無可否認的，文化的體質較為薄弱。在日本進行殖民後，除了有深厚家學淵源的家族外，一般的

---

[8] 垂水千惠，〈戰前「日本語」作家——王昶雄與陳火泉、周金波之比較〉，見黃英哲編；涂翠花譯《臺灣文學研究在日本》（臺北：前衛出版社，1994年12月），頁98。

臺灣人其實對漢文化或中國文化的認識逐漸趨於淡漠。而由於見聞的限制，他們又很容易把進步、強大的日本當作國家的楷模來崇拜，從而對日本的現代化及整個日本文明產生獨特的仰慕情緒。再加上統治者在宣傳上推波助瀾，當然就會有伊東春生及「我」一類型的人出現了。

　　即使像林柏年，以及逐漸覺醒以後的「我」，想要抗拒全盤「皇民化」，保留一點臺灣「自我」，他們也只能悲苦的說出：

　　不論母親是怎樣不體面的土著人民，對我仍然無限的依戀。

或者：

　　沁入這裏的生活（指日本），並不一定要鄙故鄉的鄉間土臭。

這純然是一種感情式的解決，無法抗拒理性認識的誘惑。所以林柏年仍然要奔赴日本，繼續學習，「非做個堂堂正正的臺灣人不可」。問題是，臺灣做為漢文化的一個區域，雖然發展較晚，文化根基較為薄弱，難道真的只有「鄉間土臭」，難道只是「不體面的土著人民」，一無憑藉嗎？這恐怕就呈現了〈奔流〉作者及其同一類的臺灣知識分子在歷史認識上的不足。

　　　　　　　　　　——1996 年 5 月淡江中文系主辦「第七屆中國
　　　　　　　　　　　　社會與文化國際學術研討會」論文發表

　　　——選自李瑞騰主編《中華現代文學大系（貳）——臺灣 1989～2003 評論卷（一）》
　　　臺北：九歌出版社，2003 年 10 月

評王昶雄〈奔流〉的校訂本

◎呂興昌[*]

> 對於〈奔流〉，有人認為是一篇阿附皇民文學的御用之作，
> 有人認為是站在臺灣人的立場對皇民化運動的嘲諷與批判，
> 到底這篇小說的內容如何？真相又如何？值得好好研究研究——

1943 年，正當日本殖民統治者對臺灣進行垂死之前的肆虐，加緊推動皇民化運動之際，時年 28 歲的王昶雄卻在張文環主編的《臺灣文學》，發表了反皇民化運動的日文中篇小說〈奔流〉；由於作品表現傑出，四個月後便被收入大木書房出版的《臺灣小說選》中。1944 年更得到日本論者窪川鶴次郎的激賞，撰文評介。

不過，由於詮釋觀念的歧異，對於〈奔流〉的主題思想，卻有迥然相反的兩極看法：有的認為這是一篇阿附皇民文學的御用之作；有的則認為這是站在臺灣人立場對皇民化運動的嘲諷與批判。

這是篇阿附皇民文學的作品嗎？

王昶雄這篇具有時代證言的力作（正如其他臺灣先賢的心血結晶一樣），由於執政者錯誤的思想控制，對於大多數戰後的新生代而言，可以說完全不知他的存在。一直到 1979 年遠景版的「光復前臺灣文學全集」出現，我們才看到林鍾隆的中譯與張恆豪的解說。林譯相當忠實地重現原文的精神風貌，張解則肯定這是一篇有深度的反皇民化的作品。

---

[*]發表文章時為清華大學中國語文學系教授，現為成功大學臺灣文學系兼任教授。

　　1980 年代的王昶雄，有感於日據時期臺灣新文學的日受重視以及身為當時的作家，有必要現身說法，為歷史做見證，乃於 1982 年 5 月在《臺灣文藝》發表〈老兵過河記〉（此文略加增訂後又於 1985 年 5 月 14 日登於《臺灣時報》副刊，題目則易為〈過去是一個新的起點——舊作〈奔流〉箚記〉），指出〈奔流〉原作有些部分慘遭日人增刪的實情，如指責日人「六成加俸」的特惠條例與譏罵日人為「四腳仔」的口頭禪，悉被刪去，而頌揚「大和魂」的字句，則被無端的補入。三個月後，張恆豪在《暖流》發表〈反殖民的浪花——王昶雄及其代表作〈奔流〉〉一文，其中特別提到，這些硬生生補入的字句，常與小說的敘述脈絡格格不入，原先令人頗為迷惑，經王昶雄道出真相後才恍然大悟，根本是日本官憲不倫不類的「強姦文義」。

　　然而，王昶雄的自白與張恆豪的評論，似乎沒有獲得應有的重視，1988 年 3 月，中國學者包恒新在《臺灣現代文學簡述》一書論及王氏時，仍然根據這些硬生生補入的文句，判定〈奔流〉是對皇民化妥協的媚日之作。於是 1989 年 2 月，張恆豪乃在《文訊》發表〈三讀奔流〉，從文學或文學史的角度出發，反駁包恒新的觀點。

兩種〈奔流〉版本述評

　　學者的論辯似乎相當影響作者本人，因為 1991 年前衛版的《臺灣作家全集》收入〈奔流〉時，採用的雖然仍是林鍾隆原先的中譯，但已經過王昶雄的「校訂」，對照之下，赫然發現，大部分容易引起爭議的字句、段落，已被作者「改寫」了。例如小說一開始，「我」從日本初返臺灣，由於尚無法忍受鄉下醫生的枯寂生活，遂念念不忘留日的十年經驗，遠景版的文句是：

　　　對內地生活的摯愛……

而前衛版則被王昶雄「校訂」為：

> 對北國生活的留戀……

此句的原文是：

> 內地の生活に對する愛著心も……

把「內地」改為「北國」，在情感上有沖淡對日本本土之認同與傾慕的作用。再如「我」目睹伊東春生在墓地對死去的父親與悲苦的母親冷漠無情的態度，不免油然生起欲嘔的感覺，從而反省自己留日十年的心靈掙扎，遠景版在此有一長段敘述：

> 我想起了在內地的時候。被問到「府上是那兒啊」的時候，不知是什麼心理作用，大抵回答四國或九州。為什麼我有顧忌，不敢說是「臺灣」呢？因此我不得不經常頂着木村文六的假名做事情。到浴堂去，到飲食店去喝酒，都使用這名字。自以為是個頗為道地的內地人，得意地聳着肩膀高談闊論。有時胡亂賣弄辯才，使對手感到眩惑。因此，跟鄉土腔很重的友人在一道時，怕被認出是臺灣人，我會提心吊膽。當假面皮就要被剝去時，我就會像松鼠一般逃遁。十年間，不間斷的，我的神經都在緊張狀態之下。
> （你真是個卑劣的傢伙。那顯然是鄙夷臺灣的佐證。臺灣人決不是中國人，也不是愛斯基摩人。不僅如此，和內地出生的人，沒有任何不同。要有榮譽感！同是日本臣民的榮譽感。）
> 我日漸對自己個人的醜戲感到疲乏時，必定這樣曉喻自己：
> （聽我說。我決不是變得卑鄙。我死勁地隱藏自己的本性，不是對那常給溫床的母鳥慈愛的翅膀的一種渴求嗎？那種心情，換句話說，並不是

> 被強迫才這樣努力的，不是憧憬的心，在不知不覺間，受到那種生活，
> 精神浸染了的嗎？我是在渴求，是對宏大的慈愛跡近貪婪的渴求。）
> 另一個我也曾這樣抗言。……

然而前衛版卻將這一長段悉數刪除。

　　很明顯的，這一長段充分表現出「我」的精神取向原是與伊東春生一樣，把身為日本臣民視為一種榮譽，甚至藉雛鳥孺慕母禽卵翼的意象，表達了渴望成為日本皇民的初衷。這對於粗心的讀者當然很容易造成一種錯誤的印象，以為「我」可能就是作者的化身（他們都是醫生），而認定作者居然懷有如此強烈的皇民意識，站在民族的立場，自然會產生「是可忍孰不可忍」的義憤，從而把王昶雄視為皇民文學的作家。

　　然而事實絕非如此。推想王昶雄在〈奔流〉發表近半世紀之後，會作如此大幅度的修訂改寫，原因不外兩種：一、這些被作者刪除的段落，正如〈老兵過河記〉所云，就是當年被日本官憲蛇足補入的部分；二、作者有感於這些文句段落既然容易產生歧解誤會，乾脆去之以杜後患。第一種理由必須分別觀察；筆者以為，小說中的「林柏年」誠然有被無理增刪的現象，但「我」的部分，細讀其文句段落的上下文脈絡，結構嚴謹，並無橫生枝節的痕跡，而且，如果刪掉這些段落，「我」的心理轉變此一全文的關鍵命意反而失去著落。因此，就小說的完整性而言，這些段落應該是作者原稿本有的部分。第二種理由是比較合理的解釋，但卻令人有一種心疼的不忍；身處日本帝國主義鐵蹄下的知識分子，在動輒得咎的思想箝制下，不得不閃爍其辭的正言反說，這是智慧與勇氣結合而成的「人格者」的表現方式，值得後來者景仰讚歎。然而處在 1990 年代的王昶雄，為了不讓當代心懷偏見的讀者有誤會的藉口，不惜把原先精心塑造的小說人物加以重新修訂改寫，其內心之委屈與惶惑是不難想見的。這種委屈與惶惑，從一些無關緊要的語辭修訂中更可以明顯的看出來，例如「我」一眼便能分辨的與「本島人」不同的「中國人」，改成了「大陸人」。

　　事實上，王昶雄完全不必惶惑，除了「林柏年」部分顯被無理摻入的字句外，有關「我」的敘述部分是不需全部委屈地刪改的，因為原文本就企圖透過心存皇民意識的「我」，當他面對皇民化典型人物伊東春生時，如何先是認同，繼而質疑，最後全盤否定的醒覺過程。

果真流得是「內地人的血液」？

　　〈奔流〉中的主要人物，除「我」之外，尚有既是師生又是表兄弟的伊東春生與林柏年。伊東原姓朱，是個唾棄鄉土、不顧父母、醉心日本文化、夢想成為十足皇民的臺灣人；林柏年則是反抗伊東、熱愛土地與母親的新生代典型。至於「我」，是位內科醫生，由於父親逝世，不得不離開摯愛的內地，返回臺灣的鄉間。因此，小說一開始，憂鬱難解的「我」，如果不是為了寡母的孤單，早已拋棄一切，重回東京。「我」初識身為患者的伊東春生，知道他是本島人，居然能在中學教授國文（日文），而且具有和內地人毫無分別的氣質，絲毫沒有半點臺灣的土氣，心中滋生的是有所依藉的歡喜。進一步交往後，彼此討論文學、教育，「我」非常同意伊東對本島人子弟的批評，認為他們具有殖民地的劣根性、視野狹窄、缺少雄心壯志。可以說，伊東對「我」而言，簡直就是內心深處所嚮往的皇民形象的具體化身，所以相見恨晚的認同之感也就特別強烈。也因此當伊東對不太懂日語的「我」的母親堅持以日語交談時，「我」雖略感意外，但馬上把它合理化成一種澈底的人生觀之表現，而繼續高談《古事記》等「古典」所流露的「日本精神」，於是「我」被完全變成日本人的伊東的丰采震住了，有如遇到十年知己般地感動得眼角發熱。

　　「我」對伊東開始產生不安與懷疑，是在首次登府拜訪時發生。時間是新年，「我」拜訪之前，竟忽然想到神社參拜，透過對晨景的描繪，先是隱喻著「我」內心的茫然若失，但參拜過後，心境頓時開朗解脫，竟回憶起日本無可比擬的、可以洗滌心胸的冬晴之美，同時宣稱臺灣灼人的季節足以讓人變傻、令人憂鬱。透過儀式動作與風土情緒的描寫，王昶雄更成

功地把「我」塑造成鄙視鄉土、充滿皇民意識的人物。等到登門拜訪後，看到伊東優雅清純的日本妻子，「我」馬上回憶起從前的日本戀人，以及從她身上反省到十年的日本生活，已使自己深覺血管裡循流著的根本是「內地人的血液」，以如此澈底的態度來面對伊東，可謂水乳交融莫逆於心了，然而當發現伊東對於新年來訪的生母，竟厭煩地加以排斥使她黯然離去時，「我」先是不解與納悶。接著，對於同來拜年的林柏年忍受不住而中途離去，伊東又以教育的名義，批判那是本島學生常有的偏邪不正，「我」不禁開始有些反感。等到「我」告辭回家，遇到特別守在路上的林柏年，告知伊東拋棄、蹂躪生身父母的真相後，「我」的「失望相當大」，「站著的腰部有點不爭氣似的」，遂有崩潰的感覺，但仍然掙扎著設想伊東有其偉大的人生觀，光憑單純的正義感有無法加以批判的地方。

這種失望、掙扎的心情，在獲知伊東生父去世之前，他只回鄉探視一次後，遂從過去的傾慕轉變成強烈的質疑，對伊東的一舉一動開始以審視的眼光相對。於是，在葬禮上，「我」眼看著伊東怒叱傷心女人的號哭，認為那是不能看的做法；對於生母伏棺而哭也無動於衷，毫無攙扶安慰的表示；對於死者做最後告別，也冷漠地站而不跪；葬禮結束後更不耐地拒絕迎接寡母前往臺北同住，而匆匆掉頭下山而去。這時，自認具皇民意識，對伊東最能了解的「我」，再也無法忍受而有欲嘔的感覺，同時也首次反省十多年來深信不疑的皇民思想的妥當性，從而淚水不停滾落，思慮碎成千片了。

這樣的思考，使「我」一方面宣判伊東的生活方式是無謂的淺薄，另方面也意識到身為醫生的角色，不僅要診察人的肉體，更要顧及人的精神。小說以「我」診察伊東的肉體疾病拉開序幕，現在卻進一步強調伊東需要治療的是精神，這不啻暗示著，由皇民意識所衍生的荒謬言行正是一種病症。

從皇民化的狂潮中醒悟

　　此後的「我」，在態度上更有大幅度的發展，在一次應邀參觀中學劍道比賽的練習時，面對日本教務主任與伊東譏笑本島學生懦弱得見狗就逃的侮辱，「我」不再隨聲附和，內心開始吶喊「本島人青年啊」，「要以不屈的精神把一切加以重新的創造」；從選手之一的林柏年身上感覺到剛強生命的狂揚，認為是本島人要躍上歷史舞臺的象徵，等到本島青年真的獲得比賽優勝時，「我欣喜之餘，氣都喘不過來了，胸部無端的膨脹起來，無法抑制活活的血奔躍的疼痛感」；而當目睹伊東與林柏年正式衝突，伊東掌摑柏年，責其又臭又硬的精神毫無用處，柏年反唇相譏，批判伊東拋棄親生父母，沒有教育別人的資格，「我」表面雖然勸柏年向其師道歉，內心卻極想究明伊東的心理，但又怯於付諸行動，從而心裡充滿焦慮、煩惱，甚至深刻地反省到，易地而處，說不定自己也會重蹈伊東的覆轍。由此可見，「我」從伊東身上看到的已不只是某一特定的個人，而是頗具代表性的象徵，他象徵著包括「我」在內，迷失於皇民化狂潮，被扭曲的一群臺灣人。

　　這種深刻的反省，使「我」在柏年畢業回鄉後，迫切地趕赴南投探望他，這表示「我」頑強地企圖從伊東（事實上也是自己）的陰影中解脫出來，奔向柏年所代表的另一種人生方向。雖然柏年已赴日本深造而未遇，但從柏年母親，也就是伊東姨母的口中，卻知道伊東複雜的家庭背景與不愉快的童年經驗，遂對他乖謬的思想行為之心理基礎有了初步的理解。這種處理方式，一方面使伊東的性格特色有了著落，另方面也呼應前文提到的，「我」身為醫生，既要診察人身，更要探究人心的醒悟。

　　小說最後描寫「我」接到柏年從日本寄來的信，信中敘述違背親人望其學醫的心願，改習武道，充滿活力，顯示他堅持自己理想的一貫作風。同時還聲言要藉此做堂堂的臺灣人，絕不鄙夷的土臭、對母親絕對無限的依戀。在此，柏年把臺灣、土地、母親的意念巧妙地結合起來，與伊東的

鄙視臺灣、疏離土地、拋棄母親形成尖銳的對比。而「我」也強烈地受到震撼，在一次獨坐高崗的眺望中，第一次從牢不可破的內地冬晴之美的烙印之中解脫出來；「我」像是第一次懂得用自己的眼睛似的，俯視著陽光下臺灣的山巒、河流、藍天、海峽、村落、市街，清清楚楚地感覺其中有生命的東西存在的力量，從而悔悟自己一向不知斯土之美，根本就是由於缺少對鄉土真正摯愛的緣故。就在這悔悟中，伊東從崗下路過，「我」以俯瞰的視角，發現伊東三十三、四歲卻早已白髮叢生，鮮明地顯示出臺灣青年屈從於皇民化迫害的苦難形象，胸中遂不覺充塞著想痛哭一場的心情。這便意味著，「我」固然不恥伊東的所作所為而予全盤否定，但內心深處憐憫的痛楚仍是甚於激切的憤懣，因為歸根究柢，一切的苦難畢竟肇自統治者的迫害。因此小說結束時，「我」連聲破口大罵「狗屁」，應已超越對伊東或自我的譴責，而指向殖民統治者的控訴了。

文章千古事，得失寸心知

經由以上的分析，可以看出王昶雄藉著敘述原具皇民思想的「我」的心路歷程，委婉而巧妙地批判皇民化運動的策略是相當成功的。可是前衛版的〈奔流〉，卻將「我」修訂成一個並不明顯心存皇民意識的角色，就小說的藝術效果而言是得不償失的。筆者以為，某些論者不能細心而誠懇地精讀〈奔流〉本文，而有誤導視聽的結論，其錯原不在作者，作者根本可以一笑置之，不必操心。文章千古事，得失寸心知，不知作者以為然否？

〔編按：此文刊於《國文天地》第 77 期時，有標題「文章千古事，得失寸心知」。作者於下期說明標題為編者所加，非作者原意，故於此版刪去，特此說明。〕

——選自《國文天地》第 77 期，1991 年 10 月

曲折的鏡像
小論王昶雄的〈鏡〉

◎陳建忠[*]

一、被殖民者自我認識的歷程

1944 年 6 月，《臺灣文藝》第 2 號刊出了王昶雄小說集《鏡》即將出版的廣告。然而，這本擬由清水書店出版，名列「臺灣文學叢書第三號」（第一號是坂口䙓子《鄭一家》、第二號是呂赫若《清秋》）的小說集《鏡》，究竟有無出版，時至今日因未見原本而成為一椿難解的懸案。如今在王昶雄先生遺稿中的〈鏡〉之手稿，或許正有可能是該小說集中的一篇，這樣看來，這篇作品應該早在戰爭末期即已寫成，也有公開發行的出版計畫。不過，戰後一直未見王昶雄提起此作，相較於〈奔流〉而言，王昶雄對此作始終緘默以對的表現，毋寧是我們思考這篇作品的起點。

近來，適值許俊雅教授整編之《王昶雄全集》（臺北縣文化局）出版，當中便收錄了由陳藻香教授翻譯的〈鏡〉這篇小說。本文便是想藉此機會就這篇與〈奔流〉約莫同時創作的小說，再探臺灣作家於皇民化運動時期的思想狀態，以及評價這種與皇民化或戰爭主題有關的作品時的基本立場。

王昶雄的成名作〈奔流〉，係發表於 1943 年之《臺灣文學》第 3 卷第 3 號，如今王氏為人所熟知而多所討論的允為此作。〈奔流〉裡以反思的角度，對追求「同化」而鄙棄臺灣鄉土的伊東春生提出了批判，但也該看

---

[*]發表文章時為靜宜大學臺灣文學系助理教授，現為清華大學臺灣文學研究所教授兼所長。

到，臺灣人在日本殖民時期為追求平等性與現代性，所要付出的代價或竟是一種自我否定、自我殖民的歷程，我們無法不從這裡再思索臺灣人在面對殖民文化入侵時的苦悶、徬徨，以及殖民統治真正的歷史責任。時間似乎稍晚的〈鏡〉雖不確定是否曾經公刊，但依然觸及到臺灣人如何面對殖民文化影響的問題，王昶雄出於對臺灣人身分的敏感，不斷地透過小說陳述著他的焦慮。

二、與「內地人」無異的臺灣人

〈鏡〉的主軸為洪秋文與江馬哲子的愛情故事，最後的結局則是洪秋文因對愛情絕意後，偕同母親要到滿洲工作。這個帶有「時局色彩」的結尾，或許正是王昶雄日後寧願此作藏諸名山也不願公諸於世的重要原因之一罷！1933 年負笈日本，1942 年回臺，王昶雄的日本留學經驗是他筆下諸多小說所以橫跨臺日兩地時空的原因；同時，他做為臺灣作家的最年輕世代之一，在戰爭末期初出文壇時就已經注定要被捲進臺灣文學史上極其複雜的歷史脈絡中。

小說中的主角洪秋文是東京帝大法律系畢業的高材生。他通過了高等文官行政科的考試，算得上是人中之龍。值得注意的是，他透過鏡子看到的自己已渾然是一個「與內地人分不出來」的臺灣人。然而這個初次出現的「鏡像」卻未能為他帶來日本人一般的榮耀：

> 寬闊的額頭，烏黑鮮明的眉毛，雕了出來似的大眼睛，緊閉的嘴唇——。與白野辨十郎所不同的地方是，鏡中的自己遠比戲台上的白野帥得多。不，在日本內地被薰陶的這副臉龐，已與內地人分辨不出來了。而且從他的口角所流滑出來的語聲，也是字正腔圓的江戶口音了。說一聲「山」，即刻能以「河」來相呼應。並且也能欣賞日本傳統的能和歌舞伎，與其說喜歡五花十色所裝飾的廟宇，更喜歡以素色的原木所建造的簡樸而明快的神社造形之美。若具備這樣的條件來跟哲子結婚，應該沒

有問題的。

　　洪秋文的生活中充滿著小布爾喬亞的生活品味與文化氣息，當他經過日比谷公園，看著大都會令人沉醉的華麗夜景，到有樂座看日本傳統戲劇。當他心有所感時，吟詠的是室生犀星的詩句：「故鄉，遠在彼方，令人思念，且，令人悲歌」，或者是村上鬼域、松尾芭蕉的文字。甚至，在回鄉的火車上，看的是阿部次郎的《三太郎日記》。

　　這樣的與內地人無異，或者是對「內地」生活充滿眷戀的留學生形象，我們不難在 1930 年代小說中找到他的同類。巫永福的〈首與體〉（1933 年）、〈山茶花〉（1935 年），吳天賞的〈蕾〉（1933 年）、〈龍〉（1933 年），翁鬧的〈殘雪〉（1935 年）、〈天亮前的戀愛故事〉（1937 年），及張文環的〈早凋的蓓蕾〉（1933 年），幾乎自成其為一種文學類型。

　　對這些同時代的許多留學生而言，他們的日本（東京）生活是值得留戀的，他們對「空間」的感受，表現在他們悠遊漫步於東京的街道所表現出來的無隔閡感，甚至於是一種相對於故鄉臺灣的自由自在；此外，東京這國際性都市可以提供給他們的世界級文學與音樂，這樣的文化空間對嚮往新知的留學生是有著無可抗拒的魅惑。以上的文化背景，正是〈鏡〉中主角秋文與其他同類共用的時代語境。

　　這樣的洪秋文，大抵可視為日本殖民教育的成功「版本」，身為殖民地子民雖然仍對受難的鄉土有些眷戀，如小說中所說的「在那田地之青翠裡，蘊藏著祖先的血與淚，他們是承受著生於土，死於土的宿命，現在仍默默地耕耘著。對於這般敬虔生之態度，使秋文的眼眶紅了起來」。但無法改變的事實是，他的腦中幾乎不免要時時將日本與臺灣並舉，而日本在文化上的進步性，彷彿成為一種根本無須說明，而是藉他的舉措與思考已然訴說無疑了。

　　這樣的臺灣知識菁英，理應受到女性的青睞。小說一開始，便是秋文

與哲子兩人在東京時相約去看狂言《白野辨十郎》，這齣戲其實是改編自法國劇作家愛德蒙‧羅斯丹（Edmond Rostand）的作品《西哈諾》（*Cyrano*）（中譯作《大鼻子情聖》，1897 年），劇中的軍官西哈諾雖愛慕其表妹羅珊妮，但因自覺鼻子碩大、面貌醜陋，故而不敢表白。反倒是幫助其友人克里斯廷寫情書給羅珊妮，後來羅珊妮發現自己喜愛的乃是信中的靈魂，只是結尾時，兩個男人都已死去，西哈諾也一直到死前才透露心跡。透過小說中人物對這齣戲的闡釋，恰巧也帶領出秋文受友人谷口茂之託，代筆寫情書給哲子的情節。同時，兩人欲言又止的情愫，透過這段藉戲劇影射兩人心意的巧妙構思，可以看到王昶雄對於戲劇的喜愛，而這種文化素養似乎也很自然地反映在文本中。

三、「種族主義」與殖民地的身分等級劃分

雖然秋文在日本時得到哲子的承諾，並且也高文錄取，但當他返臺拜訪哲子家人時，即刻便面臨了他身為「臺灣人」的敏感身分問題。他自己也有所預感地說：

> 想到今日在日本內地燦爛、穩定的生活，與回故鄉台灣的暗中摸索的生活相較，秋文覺得自己好像是被吊在半空中一般無依偎。一想到如果追求，自己的腳邊就會更加坍塌下去似的，便喪失心中的爽朗，即使考上高文的考試，內心卻暗淡無光。

事實上，哲子的家庭是一個日本移民家庭，因而哲子不是純然的日本人，而是在臺灣生長的日本女性，即便如此，透過其家人與秋文的對話，殖民地的身分等級現象依然殘酷地橫亙在秋文的眼前。哲子父親江馬幸平是澳底（今福隆）地方的漁會名譽會長，秋文自東大畢業回臺灣依約拜望哲子家庭。這位東大的高材生，顯然有著如同內地人一般的日語能力，如同他與哲子父親談話時提到的，原先後藤新平為了統治需要，曾有編纂

《土語辭典》之舉，不過如今卻已不需要這樣費事了，因為臺灣新一代的知識菁英已然說得一口流利的日語，就像哲子父親不無帶有得意之情的話語：「但是那是以前的事，現在已經不需要了。因為有你這樣，橫看豎看，都跟正牌內地人沒兩樣的人啊」。

然而即便如此，具有「類日本人」所有特質的臺灣人，卻依然不是日本人，這種「種族主義」似乎是我們在日據小說中時常可見的（可見諸龍瑛宗、陳火泉的作品）。透過哲子家人與秋文的對話，殖民地的身分等級現象依然殘酷地橫亙在秋文的眼前。

哲子的父母很自然地就想到要將女兒許配給谷口茂，卻同樣自然地將秋文的婚姻與本島女性連結起來，這種「自然」的表現，無非是其「種族主義」的毫不矯情地「自然流露」：「對洪先生來說，還是故里的小姐比較好。若不嫌棄，讓我來介紹一個怎樣？是出租土地業者富豪的獨生女」。

就在秋文失意無助之時，收到昔日東大的賴姓學長寄自滿洲的信件，他以「男子到處有青山」鼓舞秋文到滿洲發展：「要不要到滿洲來？現在大陸正在徵求優秀的人材呢。這是攸關日本外地政策成功與否極重要的關鍵。甘願只侷促於斗大的小地方的話，那見鬼去吧！中日已開戰了，今後日本要做的事，實在太多了」。這是日後秋文前往滿洲的重要信件，但真正促使他覺悟的仍然有待哲子那封顯得異常理智的訣別信。

哲子這位理智的女性，其鼓勵男性投入時代的洪流中建設日本的偉大事業，無疑是「移愛作忠」的最佳表現，從而，所謂種族等級差異的問題也在一種相形之下更遠大的目標下被掩飾了，哲子說：

有人高喊：「亞洲只有一個」，「大東亞秩序的建設」等的口號。這些工作豈不是賦予從日輝月光一般的精神文化所鍛鍊出來的青年雙肩嗎？日本將由這些年青人，建設得更大、更強的嗎？我認為：此際，每個青年，應該把茫然的熱情，轉變為更切實的地熱，透過每個人的血管，與歷史的脈動共同活下去不可。

　　而所謂愛情的障礙，那種族等級差異的問題，透過哲子的話也可看到，作者已經預見其因為種族可能的結局，因而早早為他們設計了投入大時代這樣的解脫結局：

　　　為了把悲劇防犯於未然，我們不妨暫時默默地隨波逐流於我們無法左右的那外界無情的水流吧。

　　所謂「無法左右」、「無情水流」，不正是如同哲子父母一般的日本人的想法嗎？於此，似乎可看到王昶雄對橫亙於臺灣人與日本人之間那條種族界線的敏感程度。哲子早在還未回臺灣前就已經臆想到：「自己是否只在日本內地所限制的範圍內親近這位男生的呢？有朝一日，離開這塊土地，碰上煩厭的現實時，或許跟他之間已橫隔了一道圍牆，必須要斷念也說不定」。

　　哲子意識到秋文是「離開生長的環境遙遠的白馬王子」，而戀情發生的地點是在東京如「夢境中」的都市裡，這種「漂浮在半空中的東西」，一遇到故鄉的現實就萎然凋落了，哲子所謂「憧憬雖然美麗使人陶醉，然而現實是多麼的嚴肅而冷靜」的話語，其實所要說的「現實」正是兩人在種族位階上的鴻溝，「歷史所展示的絕對意志」。也因此她要說，透過與秋文的相處，讓自己看到鏡中的自己，原本就不可能與臺灣人相戀的事實：

　　　我曾經幾乎快要沉溺於廉價的、感傷的、浪漫的深淵之中。我相信我之所以能完全得救，甚至能具有可能挖空眼底的嚴酷的見解，那是透過我們那場相遇，一切從根底徹悟的小小工夫所賜的結果。換言之：與你的相處，對我而言是一面尊貴的鏡子。……由於這面鏡子，使一女子變成一塊濕木一般不燃燒。由於這面鏡子，使一女子閉目咬緊牙關，吞下迸滅的思慕的滾開的熱水。由於這面鏡子，使一女子，雖然嚐著無限的痛苦，卻在充實的自虐當中，得到了戰勝自己的凱歌。

　　橫遭打擊的秋文，當然也是透過哲子這面鏡子看到了屬於被殖民者的
命運，所以他才會說：

　　　哲子說：她由於鏡子而成為凜然勇敢的女性，秋文想自己不也是正因鏡
　　　子之故，才跨進成人的鐵門之內。

　　最後，秋文就以覺悟的心情與母親商定同赴滿洲，「若是年邁的母親肯
同行，對故鄉還會有什麼眷戀？」他以室生犀星的詩句作結：「即使潦倒、
流浪，淪為異鄉的乞丐，故鄉，豈是我回去之處呢？」
　　這個結尾，當然有呼應時局之處，但似乎沒有為皇民化運動、大東亞
共榮圈張目的開朗、積極精神，反倒有一種「道不行，乘桴浮於海」的放
逐意圖（呂赫若〈清秋〉中主角到南洋去也有此意）。

四、閱讀鏡像，閱讀自我

　　王昶雄的臺灣人主角徘徊在現代日本與傳統臺灣之間，一方面不能忘
情於北國殖民都會的文明開化，一方面也為南國故鄉（包括自己的身分）
被鄙棄而神傷，臺灣知識菁英「流離失所」的心靈狀態，在這篇小說中似
乎同時被呈現著。
　　所謂的「鏡」，在小說中屢次出現，讓主角透過對方這面鏡子認識了自
己的「本分」。只是，我們要更加深入的指出，王昶雄的意圖固屬巧妙，但
如今我們對於戰爭期知識菁英的「鏡像」之思考，顯然可以站在更「超然」
（當然也可能因此難於體會）的立場來加以解析。
　　在日本殖民者所設立的「殖民文化優越論」這面鏡子前，見到自己身
著帝大校服英姿煥發的鏡像，充滿著濃厚的日本文化氣息，這該是已經經
過幾代人的掙扎抗拒後最終呈現出來的新臺灣人形象。
　　換個角度，在「種族主義等級論」這面鏡子前，照見自己「猥瑣」的
被殖民血統，因而自認無論如何努力力求平等也無計可施（無論是愛情或

求職），遂覺悟到只有更進一步以滿洲開拓做為自己生命的出路，這又是
「皇民化運動」下臺灣人扭曲的心靈顯影。

　　只不過，透過這些曲折的鏡像，臺灣知識菁英終究是認識到自己是有
文化的文明人，抑或是認識到殖民主義對於臺灣人形塑文化觀與世界觀的
霸權地位？換言之，這鏡像究竟是自我的實像？抑或是為殖民主義所形
塑？是獨立的近代自我人格的確立？或是一種認同錯亂下的誤識？近代臺
灣知識菁英所認識的自我形象，毋寧是相當曲折而複雜的。

　　然而，做為被殖民者後代的讀者同時也必須面對文本中所映照出來的
自己的閱讀傾向。面對小說這面鏡子所呈現出來的日據下知識菁英的鏡
像，我們又該用何種立場與態度來解讀呢？民族主義乎（辨別忠奸）？多
元文化乎（無差別地承認臺灣本來便「自然」受到多種外來文化影響）？
去殖民的本土主義乎（對於殖民現代性予以具主體性的評價）？這恐怕是
隨這篇剛出土的小說必然會一同出土的問題罷！

——選自《自由時報》，2003 年 6 月 8 日，43 版

鏡像滿洲

王昶雄〈鏡〉中的多重結構

◎林沛潔[*]

一、前言

　　1944 年 6 月發行的《臺灣文藝》，曾刊登王昶雄小說集《鏡》即將發行的廣告，[1]發表時間晚於 1943 年發表的〈奔流〉。此篇小說雖然在結構、寫作風格上都比〈奔流〉成熟，但在戰後卻幾乎沒有被作者本人論及。[2]短篇小說〈鏡〉中巧妙安排的「戲中戲」構成故事主軸，也形成耐人尋味的敘事結構。

　　綜觀作者寫作手法，不只在〈鏡〉中安排「戲中戲」，其他作品也有類似此技巧穿插在小說之中。例如小說〈梨園之秋〉（1936 年），身為小說主角的演員們除了在臺上演戲，臺下也上演著人與人之間的愛恨情仇。[3]小說〈淡水河的漣漪〉（1939 年）裡，因為村祭典而安排戲班表演的《祝英台》，正暗示小說男女主角將因父母親世仇無法結合。〈鏡〉更繁複地設計小說敘事結構，讓男女主角關係對應於《白野辨十郎》。從王昶雄小說的寫

[*]清華大學臺灣文學研究所碩士生。

[1]1944 年 6 月《臺灣文藝》曾刊登王昶雄小說集《かがみ》（鏡）的廣告，不過此本小說集並未正式出版。參見許俊雅主編，《王昶雄全集第九冊・隨筆、翻譯卷》（臺北：臺北縣文化局，2002年 10 月），頁 266。

[2]陳建忠指出，王昶雄在戰後幾乎未提及這篇小說。參見陳建忠，〈曲折的鏡像──小論王昶雄的〈鏡〉〉，《日據時期臺灣作家論──現代性・本土性・殖民性》（臺北：五南圖書出版公司，2004 年 8 月），頁 285。

[3]姚蔓嬪指出，王昶雄在這篇小說將戲劇表演、演員生活的觀察融入小說，是對戲劇研究的另外一種表現。參見姚蔓嬪，〈王昶雄小說研究〉（臺灣師範大學國文研究所碩士論文，2002 年 6月），頁 48。

作模式可以理解，小說中的「戲中戲」有脈絡可循，而非單純的小說情節。

另外，王昶雄的〈鏡〉是否能當作單純的「時局」小說？小說以「鏡」為題緊扣結構，藉此在〈鏡〉敘事結構中暗藏無所不在的「鏡子」。第一面「鏡」是小說的「戲中戲」《白野辨十郎》，實際上為改編於法國演劇的 *Cyrano de Bergerace*；第二面「鏡」為《白野辨十郎》對應的小說人物關係與命運；第三面「鏡」則是男女主角由於這齣戲劇，從彼此身分映照出本島人與內地人不得結合的現實。第四，男主角受到友人邀請後決定前往滿洲，民族身分與越境發展成為小說最後一面「鏡」。

在日俄戰爭後，隨著滿洲、朝鮮受到日本「大陸政策」經營下，影響臺灣不像剛領有時受矚目。[4]1930 年代末由於感受日本內地對滿洲、朝鮮的熱潮，使得本島知識分子、在臺日人反思如何建設臺灣文壇。[5]可見當時滿洲、朝鮮在日本國內掀起熱潮極力影響臺灣文壇，這也可能是〈鏡〉中選擇「前往滿洲」結局的原因。

由於〈鏡〉的寫作時間（1944 年）正處於戰爭體制下的臺灣，小說必須表面配合時局。從此角度分析，小說多重敘事結構與突兀的「前往滿洲」結局，可能具有深刻寓意。因此在〈鏡〉繁複的小說結構底下，可能有著戰爭體制下無法直言的深意，這正是重新分析〈鏡〉的重要原因。

因此，筆者將以三方面討論此篇小說結構。第一，小說中做為「戲中戲」的《白野辨十郎》，作者選擇此戲劇的動機與歷史意義為何？第二，本島人洪秋文與內地人江馬哲子之間的戀情，如何回扣戲劇《白野辨十郎》以及戰時背景？第三，看似突兀的「前往滿洲」結局，是否暗藏著作者小說中不言而喻的深意？

---

[4] 尾崎秀樹，《舊殖民地文學的研究》（臺北：人間出版社，2004 年 11 月），頁 158。

[5] 滿洲事變之後，朝鮮、滿洲地區的文壇即已有官方介入的跡象。在新體制運動後，朝、滿地區等地的日本政權以建立「文化新體制」為名，對文壇的干涉尤為積極。在官方的贊助和支援之下，朝、滿文壇表面呈現一片活絡的景象。參見柳書琴，〈戰爭與文壇——日據末期臺灣的文學活動（1937 年 7 月～1945 年 8 月）〉（臺灣大學歷史研究所碩士論文，1994 年），頁 153。

二、小說中的「戲中戲」：從 *Cyrano de Bergerace*、《白野辨十郎》 到〈鏡〉

本節將首先分析小說中《白野辨十郎》背後的歷史原因，以及如何被安排在〈鏡〉中對應主角命運。〈鏡〉中的男主角——洪秋文，為一位前往日本東京帝大就讀法律系的本島人。女主角江馬哲子則是在臺內地人，秋文的友人谷口茂，為哲子日本內地遠親。谷口對哲子有好感，兩家之間也看好他們的婚事。可是哲子卻心儀身為本島人的洪秋文，掙扎於本島人與內地人無法結合的現實。

某天，哲子邀請秋文前往觀看戲劇《白野辨十郎》，以慶祝洪秋文通過高等文官行政科考試。兩位年輕男女懷抱著不同的心思前往看戲，這齣戲劇的內容意外地相似於主角洪秋文、江馬哲子與谷口茂三人的關係，引起兩人內心波瀾。

洪秋文與江馬哲子一同觀看的劇本，是愛德蒙・羅斯丹（Edmond Rostand，1868～1918）撰寫有關 17 世紀劍客西拉諾（Cyrano de Bergerace，法國劍客，1619～1655）的情史。當王昶雄使用這齣改編劇作做為小說「戲中戲」時，是否只是單純做為小說材料，或者背後有更深入的意義？主角兩人觀看改編為日本狂言的《白野辨十郎》，是否正形成小說中人物命運主軸？以下將介紹改編自法國演劇的《白野辨十郎》，並討論成為〈鏡〉中「戲劇」的原因。

（一） *Cyrano de Bergerace* 與改編的《白野辨十郎》

《白野辨十郎》改編自法國演劇 *Cyrano de Bergerace*[6]，此齣法國演劇最早由森鷗外在 1908 年（明治 40 年）於雜誌《歌舞伎》（2 月號～7 月號）刊載戲劇概要。此戲劇受到森鷗外強烈推崇，爾後 1923 年（大正 12 年）由辰野隆與鈴木信太郎共同翻譯為日文版。[7]

---

[6]原名為 *Cyrano de Bergerace*，臺灣翻譯為《大鼻子情聖》或「西哈諾」，以下將簡稱為 *Cyrano*。
[7]正式翻譯本為森鷗外寫序，由辰野隆與鈴木信太郎共同翻譯。參見渡邊守章，〈大いなる欠落——

　　早在明治到大正時期，日本演劇界以「近代化等於西洋化」的概念推行演劇改良運動。[8]從明治時期就有許多改編自法國演劇的戲劇，[9]接著昭和初年大量法國「古典劇」與「近代劇」被翻譯、出版。這是由於當時日本研究法文科的大學生，以及使用嶄新近代劇筆法的作家們逐漸成熟，因而出版許多貼近法國演劇原著的翻譯作品。[10]

　　爾後額田六福（日本法國演劇派劇作家）為了新國劇的澤田正二郎（歌舞伎演員），將原作 *Cyrano* 改編為日本演劇《白野辨十郎》[11]，於1926年（大正15年）10月於「邦樂座」上演。[12]此劇獲得空前成功，可以說是從明治以來最有名的改編劇。連帶促使《臺灣日日新報》於1939年3月3日介紹辰野隆、鈴木信太郎翻譯的 *Cyrano*，並被譽為最出色的翻譯版本。[13]然而這齣演劇，不只是日本翻譯法國演劇劇本的里程碑，原作更有著歷史特殊性。[14]

　　如前所述，*Cyrano de Bergerace* 為愛德蒙·羅斯丹描寫17世紀劍客西拉諾情史。此戲劇在法國自由劇場[15]制度中，雖然未脫離前衛的表演方式，不過符合大眾要求「明朗與感動」、「只要求快樂」的演劇主流仍獲得好

<hr/>

日本におけるフランス演劇の受容〉，《演劇とは何か？》（東京：株式會社講談社，1990年5月），頁329。

[8]此時的演劇受到法國演劇影響分為四個時期，如以下：1.明治到大正時期，日本演劇觀念保持著近代化等於西洋化的關係，著手進行「演劇改良」運動。2.昭和初年（1925年）古典劇與近代劇翻譯出版的時期，當時日本大學生法文科研究者們，以新的近代劇筆法忠實翻譯原典的時期。3.第二次世界大戰後到1960年代，法國演劇極為興盛，並形成寫實主義演劇。4.1960年代以後，小劇場運動與新劇美學等逐漸興盛。參見同註7，頁319～327。

[9]最早被改編的日本演劇是《椿姬》，是由長田秋濤受到莎拉·伯恩哈特（Sarah Bernhardt）演出大仲馬的《茶花女》感動，因此改編為日本演劇《椿姬》（1852年初演）。同註7，頁328。

[10]出版、翻譯法國演劇的主要活動中心為：（一）辰野隆、鈴木信太郎為主的東京帝國大學法文科、（二）吉江喬松為主的早稻田大學法文科、以及（三）新劇劇作家岸田國士、岩田豐雄等人。參見同註7，頁323。

[11]日文翻譯又為《白野弁十郎》，論文中主要以《王昶雄全集》的中譯文「白野辨十郎」為主。

[12]同註7，頁329。

[13]〈シラノ・ド・ベルジュラック 辰野、鈴木兩氏の決定版〉，《臺灣日日新報》，1939年3月3日，3版。

[14]同註7，頁320。

[15]這裡的自由劇場指的是 Ander Antoine（安都華）在1887年於法國創始「自由劇場」，主要進行自然主義的演劇運動劇點，也是創始演劇運動的濫觴。參見岩瀬孝、佐藤實枝、伊藤洋等，《フランス演劇史概說（增補版）》（東京：早稻田大學出版社，1999年7月），頁194。

評。*Cyrano* 受歡迎的緣由在於，當時大眾厭煩於完美的韻文、過度犧牲式
與自然主義風格的戲劇；因此當潛在的浪漫派試圖解決大眾所需求「抒情
演劇」時，令觀眾感到興奮、滿足，並讓知識階級狂熱不已。[16]

　　Cyrano 不只是演劇風格受歡迎，最大的成功來自於 1897 年的歷史背
景。在法國 1894 年，此年 Alfred Dreyfus 大尉被國家高層懷疑為間諜，爾
後形成冤獄事件。此冤獄爭議來自於普法戰爭後續效應，被逮捕的法國
Alfred Dreyfus 由於猶太身分受到法國官方質疑。關鍵的 1897 年，正是此
冤獄被民眾要求重新再審的年分。直到 1898 年著名作家左拉抗議此事件發
表〈我抗議〉（"J'accuse"），延伸的抗議運動甚至讓法國分裂為兩個陣營並
相互爭論。即使在 1899 年特赦 Alfred Dreyfus 後，此論爭依然延伸到 20 世
紀。[17]

　　在 1897 年演出的 *Cyrano*，戲劇落幕後所有觀眾一同站起來合唱國
歌，反映法國人當時的精神狀態。1897 年成為法國越過普法戰爭以來黑暗
時期的關鍵年代，更是迎向優良時代的門檻；以此來看，民族力量透過此
冤獄事件逐漸凝聚，也連帶使理想主義式演劇得到碩果。[18]*Cyrano* 具有浪
漫主義演劇的風格，「為愛情犧牲」與「壯烈的抒情風格」成為凝聚法國國
民意識與社會的經典演劇。

（二）《白野辨十郎》做為〈鏡〉戲中戲的可能性

　　王昶雄選擇以《白野辨十郎》做為〈鏡〉的戲中戲，很可能來自原劇
Cyrano 的特殊歷史背景，以及左拉曾經為大尉 Alfred Dreyfus 請命及抗
議。《白野辨十郎》上演於日本的時代為 1926 年，[19]王昶雄前往日本留學時
則是 1933 年 3 月。[20]綜上所述，尚無直接證據證明王昶雄看過《白野辨十

---

[16]同前註，頁 217。
[17]岩瀨孝、佐藤實枝、伊藤洋等，《フランス演劇史概說（增補版）》，頁 219。
[18]*Cyrano* 戲劇落幕之時，所有觀眾一同合唱法國國歌。同前註，頁 218～219。
[19]最早為 1926 年上演於邦樂座（其他時間並無詳細記載）。參見註 7，頁 329。
[20]隨筆並無記載年分，因此暫定為可能是看完西拉諾戲劇或翻譯書後的感想，也可能在〈鏡〉創作
　之前。參見許俊雅編，〈附錄（一）王昶雄生平著作年表初編〉，《王昶雄全集第九冊・隨筆、
　翻譯卷》，頁 258。

郎》公演；但依王昶雄推崇左拉以及熟知此劇歷史背景，很可能是選擇此
齣戲劇做為「戲中戲」的關鍵。

　　王昶雄曾在隨筆中評論 *Cyrano*：「希拉諾以基督徒的口吻，對著在二
樓陽台的羅克沙努敘說戀情的三幕最高潮的地方，觀眾席 high 到最高
點。」[21]以及下列隨筆：

> 往年，法國在普法戰爭的失敗以及發生多雷斐斯（Alfred Dreyfus）事件
> 時，國民士氣非常低落的時候，「希拉諾」的上演，簡直就像把暗闇撕
> 裂，給與突然出現似的衝動，其所擔負的文化愛國主義的訊息，同時是
> 把近代的「英雄」只能以「滑稽」的假面才能表現出來的浪漫派演劇人
> 物的集約。那的確是恰好裝飾黑暗世紀結束的壯麗的煙火，語言以及心
> 情的豪奢祝宴。是一種戲劇性的煽動。這齣戲是在法國是每演必中的作
> 品，也就是被當做如歌舞伎裡所謂的「獨參湯」。[22]

　　王昶雄把 *Cyrano* 做為法國黑暗時代結束的關鍵，結論此劇具有莫大的
歷史意義。此外，概括過去先行研究可知，王昶雄相當推崇法國自然主義
大師左拉。[23]因此王昶雄注意到左拉為 Alfred Dreyfus 抗議，注意到 *Cyrano*
如何成為法國經典演劇。

　　從王昶雄熟知左拉以及對 *Cyrano* 戲劇的隨筆，可知他相當重視此戲劇
的歷史背景與社會文化意義。因此在小說〈鏡〉採用《白野辨十郎》這齣
改編劇時，也形成從 *Cyrano* 到《白野辨十郎》最後構成〈鏡〉多重互文結
構，更利用此劇闡述小說中主人公抉擇命運、前往滿洲的「言外之意」。

　　究竟小說〈鏡〉如何運用《白野辨十郎》，對應出主角洪秋文與江馬

---

[21]同前註，頁 163。
[22]同註 20，頁 163。在日文中「獨參湯」意思為「在戲劇中經常叫座的戲」。
[23]在文學上，王昶雄坦言受到中國章回小說的影響，尤其推崇法國自然主義大師左拉。王昶雄認為
　　評論家的左拉比小說家的左拉還要精采。參見張恆豪，〈反殖民的浪花──王昶雄及其代表作
　　〈奔流〉〉，《王昶雄全集第十冊‧評論卷》，頁 5。

哲子的命運。以下將分析《白野辨十郎》與〈鏡〉的文本互涉（intertextuality），釐清小說敘事結構與其他意涵。

三、虛實鏡像：戲中戲《白野辨十郎》與〈鏡〉的敘事結構

　　王昶雄曾在隨筆中寫下對「鏡子」的觀感，對此指出：「『鏡子』鏡子不管它的形態與用途為何，經常是接連現實與錯覺使之混而合一的一個奇蹟。它使人發現認識自己的存在。」[24]另外，他也曾指出「鏡子」表現出個人的虛構形象與真實形象：

> 不管是相片或鏡子，看到的都很像，但都不是真正的臉，從生到死，人無法和他自己的臉見面。映像藝術的基本在人的描寫，人最有興趣的，經常是別人，如此，說不定人是從別人的顏臉中想窺見一下自己從來無法看到的自己的臉吧！——儘管那麼說不定只是瞬間而且是一部分，但，有時或許不僅是臉，而且包含全人格。不管如何，一輩子都無法看到自己的顏，這就是人。[25]

　　「鏡」雖然能夠反射出被映照的實體，投射出來的卻是虛體影像，也是藉由「鏡子」連結「現實」與「錯覺」。小說〈鏡〉不只出現實體「鏡子」，也有許多「鏡面」意象的小說結構。例如改編自法國演劇 *Cyrano* 的《白野辨十郎》，在小說中暗示著男女主角戀情的命運。

　　《白野辨十郎》中主要人物為白野辨十郎、表妹娟代，以及娟代的心上人栗山秀人。劇情主要為：由於主角白野辨十郎自卑大鼻子的面貌，知道暗戀表妹娟代不可能回應他的心意，因此答應娟代暗中保護她的心上人栗山秀人。栗山也暗戀著娟代，卻苦於自己文才不佳，拜託白野幫忙念詩、寫書信給娟代。

---

[24]同註 20，頁 165。
[25]同註 20，頁 166。

　　後來栗山察覺娟代喜歡的是書信背後白野的真情,決定自願投入槍林彈雨之中而斃命。娟代在心上人斃命後決定剃髮為尼,此後只有白野每周末前往探望娟代。娟代在某次白野來訪時,偶然發現過去寫信給自己的人正是白野。當娟代打破沉默向白野詢問此事,白野卻已無法坦誠過去對娟代的感情,只能說謊自己從來不曾愛慕過娟代。白野在離開娟代之後,最後因為被暗殺而悲劇收場。

　　戲劇中三人的關係正對應〈鏡〉的人物圖,此三角關係如下(表1):

表1:

〈鏡〉	關係	《白野辨十郎》	關係
洪秋文(本島人)	暗戀哲子,幫谷口代寫情書	白野辨十郎	暗戀娟代,幫栗山表達心意
江馬哲子(在臺內地人)	暗戀洪秋文	表妹娟代	喜歡栗山
谷口茂(在臺內地人)	暗戀哲子	栗山秀人	喜歡娟代

　　在知道《白野辨十郎》與〈鏡〉對應的人物關係後,接著進一步分析小說中人物心理與動機。

　　〈鏡〉首先由江馬哲子的視角開頭,煩惱是否要邀請洪秋文看著名的改編劇《白野辨十郎》。此時哲子的內心獨白,透露她的煩惱來自「身分差異」:

　　哲子之所以上了女子大學攻讀,並非為了那一張文憑,而是希望從學習當中,能獲得日本婦女之嫻淑與文雅,至少能在日本內地渡過她的青春。而在她心中所憧憬的對象竟是生於南方的有為青年呢。雙親若知此事不知會有何感想?就哲子個人而言,若這樣地繼續走下去,有一天破滅的話,她將會在雙肩上負荷著回憶沉重的壓力的。

　　　　　　　　　　　　　　　　　　　　　　　——〈鏡〉[26],頁334

[26] 小說引文皆出於此,僅在引文後標記頁數。參見王昶雄,〈鏡〉,《王昶雄全集第一冊‧小說卷》,頁333~367。

在哲子煩惱不已後，還是決定將票寄給洪秋文。接著小說第二節以此連結到洪秋文收到票後，同樣煩惱自己與哲子的關係。

從小說中洪秋文的內心獨白可知，他無法為哲子動搖彼此建立起來的人際背景：

> 秋文想：即使自己將哲子的心做為自己的後盾，去搖動那龐大的人際背景，不免黯然不已。想到今日在日本內地燦爛、穩定的生活，與回故鄉台灣的暗中摸索的生活相較，秋文覺得自己好像是被吊在半空中一般無依偎。一想到如果追求，自己的腳邊就會更加坍塌下去似的，便喪失心中的朗爽，即使考上高文的考試，內心卻暗淡無光。
>
> ——〈鏡〉，頁 336

秋文左思右想後，最後結論如果自己不脫離概念、或者對立的世界，無法體會這樣的美。於是對於這段戀情下決心：「無論如何再去見哲子一次，把一切歸還於白紙，重新出發吧，他這樣告訴自己，祈禱著哲子的幸福，力求靜靜地保持自我內心的統一。」（〈鏡〉，頁 337）

小說第三節正演到《白野辨十郎》第二場戲，舞臺上演著主角白野假扮成栗山唸詩給娟代，藉此熱烈地吐露自己的真心。此時的劇情令洪秋文動搖不已，因為這正吻合他昨晚為谷口代筆，卻不由自主地在信中吐露真情的情景：

> 平日自己對哲子的熱烈的情懷，字字被編織在信中。今夜的那個白野辨十郎，不就是自己嗎？所不同的是女的哲子對谷口並沒有愛意這一點。自己在信上所展現的那股熱情，若以谷口的名義能打動哲子，那不是很好嗎？不是這樣希望的嗎？
>
> ——〈鏡〉，頁 343

秋文為谷口代筆正如同舞臺劇情，這件事強烈地動搖著他的內心，於是藉口離開並前往化妝室。

在化妝室洗臉後，秋文不經意地看見「鏡子」中的自己。當「鏡子」映照出自己的樣貌時，他判斷自身臉龐在日本內地薰陶下，已經與內地人分辨不出來；甚至更進一步舉例自己與內地人無異，肯定留學日本所塑造的文化素養：

> 而且從他的口角所流滑出來的語聲，也是字正腔圓的江戶口音了。說一聲「山」，即刻能以「河」來相呼應。並且也能欣賞日本傳統的能和歌舞伎，與其說喜歡五花十色所裝飾的廟宇，更喜歡以素色的原木所建造的簡樸而明快的神社造形之美。若具備這樣的條件來跟哲子結婚，應該沒有問題的。不論前途有何橫逆，我是擁有這種不可動搖的信念的。雖對不起谷口，我應該放棄過去那份彆扭的感情。他更進一步想從此刻，或許能逃脫那空虛無依的感覺，走入充實而有意義的生活也說不定。如此一想，鏡中的自己，也好像新添上一股氣魄。

——〈鏡〉，頁 343

秋文從「鏡子」判斷自己的臉龐已無法與內地人區分，最後認為若以此條件與哲子結婚毫無問題。秋文首先從劇情看見自己與白野相同行動後，內心受到動搖而前往化妝室。在化妝室藉由「鏡子」，觀看自己與內地人無異的形貌。最後添上與「內地人無法分辨」的自信心後，再次回到看戲的哲子身邊。

秋文回到劇場時，劇幕進行到娟代因為戰爭失去愛人栗山，決定削髮為尼。即使娟代身處在寺廟中，白野卻每周末都會來告訴娟代外面俗事。戲劇進行到此，哲子突然告訴秋文自己今晚將回到臺灣。秋文認為這是因為哲子雙親有意讓她結婚，哲子卻回答自己並無結婚意願。

藉由娟代入尼姑庵的情節，令哲子反覆思考自己即將回臺灣，兩人回

到臺灣更不可能有結果。哲子想到這段戀情時,想法悲觀而充滿哀愁:

> 自己是否只在日本內地所限制的範圍內親近這位男性的呢?有朝一日,
> 離開這塊土地,碰上煩厭的現實時,或許跟他之間已橫隔了一道圍牆,
> 必須要斷念也說不定。
>
> ──〈鏡〉,頁 349

最後哲子留下了淚水,並決定「不管今後自己在哪兒生活,一定要保持正當,優越感之外,不該有其他。」(〈鏡〉,頁 349)哲子藉由觀看臺上的戲劇,逐漸從中割裂自己與洪秋文的關係,進而選擇成為「正當的內地人」。

秋文在觀看此段戲劇前,在鏡子反射中看見自己相似內地人的形象,於是此時懷抱著與哲子不同的心思決定:「今後,即使被枯舊乏味的生活之殼所包圍,也必定要衝破其殼,大膽地賭著年輕的生命,踏出生活之途。秋文心中不斷地如此念著。」(〈鏡〉,頁 349)此時,秋文與哲子都朦朧地產生「成為內地人」的「民族心」。

戲劇迎來尾聲,白野斬釘截鐵地否定對娟代的感情。秋文此時忍不住這麼想:「他們倆的幸福,若被某種力量破壞了,自己是否能抱著如白野一般的始終不渝之情嗎?」(〈鏡〉,頁 350)這個疑問看似從哲子的要求中,得到圓滿解答。在戲劇結束後,哲子問秋文明年回臺灣是否能見家父一面,使他決定勇敢懷抱這段感情。在此《白野辨十郎》看似達到與 Cyrano 相似效果,從浪漫情懷的演劇內容凝聚「民族心」。此齣改編成「日本演劇」的戲劇,激勵洪秋文與哲子成為「內地人」,展現戰時體制下內地與本島複雜的關係。戲劇《白野辨十郎》在小說中映照著男女主角的命運,成為凝聚「民族心」的重要「鏡子」。只是在此所凝聚「成為內地人」的民族心,並非自然狀態下結合的民族觀。這也體現戰時體制下,皇民化運動與文化統制要求本島人成為「內地人」的詭譎現象。

原劇 Cyrano 不只是復興浪漫主義式的演劇,也是影響法國形成民族意

識的戲劇。[27]可是改編的《白野辨十郎》所讚頌「自我犧牲的美學」，則是一步步引導非內地人成為「內地人」。王昶雄在〈奔流〉裡闡發過「皇民化運動」的荒謬性，很可能依然延續到〈鏡〉的小說情節。〈奔流〉中無解的「成為內地人」與「本島人」問題，再次呈現於〈鏡〉的敘事結構裡。從小說的「戲劇」安排可知作者不單純順應時局，而是將〈奔流〉無解的疑問嘗試在〈鏡〉中獲得解答。

除了改編劇《白野辨十郎》為小說關鍵之外，「前往滿洲」結局也是重新分析的重點。男女主角雙方抉擇導致突兀結局，可能與 1940 年代的時局有關，更深藏著作者用意。

從戰時臺灣本島的文學活動來看，1938 年開始由於大陸政策受到矚目的滿洲、朝鮮激盪臺灣文壇，迫使臺灣文壇急於與朝鮮、滿洲文壇並駕齊驅。[28]可見早在 1938 年，臺灣文壇就已注意到滿洲、朝鮮的狀況。甚至自 1930 年代起，由於臺灣人在「滿洲國」不需要隱瞞真正身分，也使滿洲成為臺灣人發展新天地。[29]因此，在〈鏡〉中「前往滿洲」結局，很可能存在著本島作家的滿洲想像，以及隱晦地諷刺當時戰時體制。接下來小說最後兩節，《白野辨十郎》的劇情將成為小說關鍵，更促使形成主人翁洪秋文「前往滿洲」結局。

四、故鄉在他方：大東亞共榮圈下的殖民鏡像

在小說第五節中秋文回到故鄉臺灣，懷著惴惴不安的心拜訪哲子家鄉。秋文被江馬先生迎入家中，秋文看到他與故里漁民交談後說：「這不是

---

[27]岩瀨孝、佐藤實枝、伊藤洋等，《フランス演劇史概說（增補版）》，頁 219。

[28]當時臺灣不少的文學者，似乎沒有洞悉朝、滿文壇的危機，反而一味地欲以之一爭雌雄。與轉向中的文壇相競的結果，只是徒然為官方提供了干涉文學活動的藉口，以致讓臺灣文壇一步步被納入官方統制的牢籠之中。參見柳書琴，〈戰爭與文壇──日據末期臺灣的文學活動（1937 年 7 月～1945 年 8 月）〉，頁 154～157。

[29]日治時期的臺灣人，在發展上受到限制，因在日本大帝國（Great Empire）之中的「滿洲國」就成為臺人前往發展的新天地。參見許雪姬，〈日治時期臺灣人的海外活動──在「滿洲」的臺灣醫生〉，《臺灣史研究》第 11 卷第 2 期（2004 年 12 月），頁 1。

客套，剛才聽江馬先生講本島語，真是字正腔圓啊。剛才那些漁民們，興
高彩烈地回去了。我對後藤新平伯爵曾經調查民俗，想要編製一本完整的
土語辭典的心意，今天我好像能體會到他的心意呢。」(〈鏡〉，頁 356)

　　對此江馬先生回應秋文：「說得對。但是那是以前的事，現在已經不需
要了。因為有你這樣，橫看豎看，都跟正牌內地人沒兩樣的人啊。」
(〈鏡〉，頁 356) 江馬先生認為秋文已經與一般的內地人沒兩樣。即便江馬
先生稱讚秋文「已經與一般內地人沒兩樣」，接下來他與妻子對秋文說的
話，卻顯示出秋文在他們眼中並非「真正」內地人：

> 「那太遺憾了。……哲子在蘇澳的某女校教書，現在正帶著學生去台中
> 畢業旅行呢。我們在想是不是把哲子許配給你的那位好友谷口君呢。」
> 幸平這樣說明著。
> 「話說回來，洪先生，你有沒有帶一位漂亮的東京小姐回來呢？」
> 阿民順口開了玩笑，緊接著卻以嚴肅的口吻說：
> 「對洪先生來說，還是故里的小姐比較好。若不嫌棄，讓我來介紹一個
> 怎樣？是出租土地業者富豪的獨生女。」
>
> ──〈鏡〉，頁 357

此時秋文面對哲子雙親，顯現出並非「內地人」而是本島人的形象，導致
他已無力再說出對哲子的情感。他在江馬家的形象依舊是「本島青年」，而
非一開始江馬夫婦所說「與內地人無分別」。

　　秋文為了壓抑慌張，前往哲子帶領畢業旅行的臺中旅館，卻因為旅行
團已離開而無功而返。秋文只能告訴自己：「只有相信哲子，是絕境中一絲
希望。這一絲希望，也是所有的希望。」(〈鏡〉，頁 358) 秋文藉由與哲子
交往與觀看《白野辨十郎》，確立自我「內地人」形象；只有相信哲子及自
我「內地人」形貌，才能讓秋文找回身為「本島人等於內地人」的自我價
值。

在小說結尾的第六節，秋文先收到賴姓學長來信，詢問秋文是否要前往滿洲工作。面對這封信，秋文仍然決心等待哲子答案。最後秋文卻只等到厚重的信件，信中委婉地拒絕秋文的感情：

> 無論是人民的程度也好，青春的活力也好，這兩件事能在本島青年生活當中生根茁壯，形成支柱，不知要等待何時？有人高喊：「亞洲只有一個」，「大東亞秩序的建設」等的口號。這些工作豈不是賦予從日輝月光一般的精神文化所鍛鍊出來的青年雙肩嗎？日本將由這些年青人，建設得更大、更強的嗎？我認為：此際，每個青年，應該把茫然的熱情，轉變為更切實地熱，透過每個人的血管，與歷史的脈動共同活下去不可。您以為呢？我認為：在雙方辛勞所獲得的愛的土壤上所建立的愛，才是最真實，最幸福的愛情。為了把悲劇防犯於未然，我們不妨暫時默默地隨波逐流於我們無法左右的那外界無情的水流吧。
>
> ——〈鏡〉，頁 362

哲子認為他對秋文的感情，不過是內地的「旅愁」使然。當兩人都回到本島時，一切看似真實的「愛」都只是幻影。接著哲子在信中告訴秋文，與他相處的時光終於讓哲子痛下決定：

> 秋文先生，我曾經幾乎快要沉溺於廉價、感傷的、浪漫的深淵之中。我相信我之所以能完全得救，甚至能具有可能挖空眼底的嚴酷的見解，那是透過我們那場相遇，一起從根底徹悟的小小工夫所賜的結果。換言之：與你的相處，對我而言是一面尊貴的鏡子。是的，剛在我所引用的作品中，那男人的例子。他豈不是靠著名叫旅愁的鏡子，戰勝了喪失自我的假寐嗎？自古以來被頌為太陽神的象徵，在其中亦可以暝思所有的神的，那面鏡子，——鏡子，無疑的是一面人類靈魂的反射鏡，可把自己的所做所為一五一十反映出來的自警的神鏡。由於這面鏡子，使一女

子變成一塊濕木一般不燃燒。由於這面鏡子，使一女子閉目咬緊牙關，吞下逆滅的思慕的滾開的熱水。由於這面鏡子，使一女子，雖然嚐著無限的痛苦，卻在充實的自虐當中，得到了戰勝自己的凱歌。

——〈鏡〉，頁 363

哲子從虛幻的戲劇中，看見主角兩人在現實中不得成全的愛。最後哲子為了與秋文站平等的「內地人」地位，於是結論「以後只為保持正當、優越感而活」，並且從今以後為建設現實而活。

秋文在看完信後，對於驚慌失措的自己感到可憐。此時秋文再次地想到在內地觀看的戲劇《白野辨十郎》：

白野辨十郎再度湧上秋文的心頭。栗山死後，在白野有生之年，長年深藏內心的那顆愛心，才算真正的愛吧，他承載愛的全部重量，留下無限的餘韻。哲子說：她由於鏡子而成為凜然勇敢的女性，秋文想自己不也正是因鏡子之故，才跨進成人的鐵門之內。

——〈鏡〉，頁 364～365

收到哲子的來信後，秋文省思白野那深藏於內心的愛才是真實的愛。秋文意識到，在內地藉由戲劇與哲子眼中看見的「內地人形象」只是幻影。為了實現「自我」形象與對哲子的感情，秋文在第二天徵求母親同意，決定帶母親一同前往滿洲。

小說中秋文前往滿洲的結局究竟為單純配合時局，或者是諷刺大東亞共榮圈下「殖民鏡像」幻影？先行研究大多將〈鏡〉分析為配合時局，或者是受國家政策壓迫下不得不的選擇。例如陳建忠將此篇小說結局分析為「呼應時局之處」，因此「前往滿洲」成為臺灣人不得不自我實現的方式。[30]

---

[30] 在「種族主義等級論」這面鏡子前，照現自己「猥瑣」的被殖民血統，因而自認無論如何努力力求平等也無計可施（無論是愛情或求職），遂覺悟到只有更進一步以滿洲開拓作為自己生命的出

羊子喬將此〈鏡〉分析為臺日種族做為小說中的「鏡像」，[31]姚蔓嬪分析
〈鏡〉以「幽微閃爍的男女心態變化掩蓋宣傳口號的冷硬」，成為替政府宣
傳的作品。[32]

　　只是回扣到〈鏡〉中的劇情，哲子與秋文都是觀看《白野辨十郎》後
決定成為內地人並「犧牲自我」。哲子決定不與秋文結合，秋文則根據哲子
的決心，決意前往滿洲「實現內地人形象」。從 Cyrano 到〈鏡〉的戲中戲
《白野辨十郎》可知，這齣做為「鏡」的改編劇試圖凝聚「成為內地人」
的民族心。可是做為被殖民者的本島人，「成為內地人」是矛盾且無力實現
的事實。哲子與秋文看似配合時局的行為，實際背後隱藏著大東亞共榮圈
下的「虛像」。

　　仔細分析「前往滿洲」結局，從 1938 年開始，滿洲、朝鮮文學在日本
內地引發的熱潮受到臺灣文壇注目。[33]綜合小說「前往滿洲」結局，可能與
當時臺灣文壇關注到的滿洲熱潮有關。此外，日本將 1941 年的太平洋戰爭
稱為「大東亞戰爭」，以「大東亞共榮圈」為此戰目標。[34]1942 年東條英機
發表「大東亞共榮圈」建設的方針，大東亞新秩序的位階主要是以天皇、
日本，最後形成以日本為盟主的中日滿協同體制。在此體制下，其他國家
又次於中國與滿洲。[35]雖然臺灣在戰爭末期，由於南進政策占有重要的戰略

　　路，這又是「皇民化運動」下臺灣人扭曲的心靈顯影。參見陳建忠，〈曲折的鏡像——小論王昶
　　雄的〈鏡〉〉，《日據時期臺灣作家論：現代性・本土性・殖民性》，頁286～290。
[31]羊子喬指出，〈鏡〉小說雖然描寫一段沒有結局的愛情故事，但是作者刻劃的是臺日種族的問
　　題，而種族這面鏡子的「鏡像」一再呈現，意味著身為臺灣人的自卑與無奈。參見羊子喬，〈清
　　晰又模糊的鏡像——試析王昶雄的小說〈鏡〉〉，《鹽分地帶文學》第 5 期（2006 年 10 月），
　　頁 196。
[32]姚蔓嬪，〈王昶雄小說研究〉，頁 131～132。
[33]從 1938 年由於近衛內閣決議將「日支滿三國」（日本、中國、滿洲）聯繫的建設東亞新秩序之聲
　　明以來，整個日本關心重點都放在大陸。而這樣的臺灣島內與島外的落差，在無形之中也給臺灣
　　的文壇帶來微妙的陰影。參見橋本恭子，〈轉變期在臺內地人之文藝意識的改變〉，「臺日研究
　　生臺灣文學學術研討會」論文，（中山大學中國文學系主辦，2003 年 10 月 4～5 日），頁 188。
[34]柳書琴，〈戰爭與文壇——日據末期臺灣的文學活動（1937 年 7 月～1945 年 8 月）〉，頁 157。
[35]大東亞新秩序的位階，乃是以天皇為中心，對內形成國防國家的國民自主協同體制，再以日本為
　　中心，形成以日本為盟主的中日滿協同體制。在八紘一宇的架構下，大東亞新秩序中的中國與
　　「偽滿洲國」的地位，僅次於日本，其他各國又次於中國與「滿洲」。參見林明德，《日本近代
　　史》（臺北：三民書局，1996 年 4 月），頁 273。

地位。比起日漸重要的滿洲，本島人的地位卻位居下位。

　　從歷史背景看來，小說中「前往滿洲」的結局看似配合時局。實際上更是諷刺戰爭末期，為了戰爭資源使本島人被當作「內地人」，卻必須在非日本內地的「滿洲」才能得到的「內地人身分」。關鍵的「前往滿洲」結局，正是嘲諷在共榮共存的「大東亞共榮圈」中，被殖民者在日本內地永不可得的「內地人」身分。從小說最開頭《白野辨十郎》所凝聚的「內地人」民族心，反映在內地無法實現的「虛像」；「前往滿洲」成為小說最後一面「鏡子」，映照只有在大東亞共榮圈下的外地「滿洲」，才能成為「內地人」的弔詭現實。

　　秋文決定前往滿洲後，忍不住吟唱〈故鄉在彼方〉的詩詞，更能夠反映上述現象：

　　庭院好像支撐不了從地層下湧上來的那股激烈的生命的氣息，不斷地在喘著氣似的。秋文深深的覺察到：要活在抗衡歷史的激流的人們，若不具備不斷思索的精神，旺盛的氣魄，往下扎根的生活韌性，則不足於生存下去的，若能遇著……。一根鵝毛放在鼻尖上，仍無動於衷，泰山崩於前仍不動生色的生活該多好？雖然不是賴說的話，人生何處無芳草？不是嗎？若是年邁的母親肯同行，對故鄉還會有什麼眷戀？我再吟詠室生犀星的詩句：

　　即使潦倒、流浪，

　　淪為異鄉的乞丐，

　　故鄉，豈是我回去之處呢？

　　　　　　　　　　　　　　　　　　　　　　　　——〈鏡〉，頁 367

在此引用的室生犀星〈小景異情〉詩詞，為室生早年詩集《抒情小曲集》

中的代表作，[36]詩詞中飽含著年輕的室生犀星懷念故鄉的情感。[37]

王昶雄曾在隨筆中討論過故鄉定義，內容也提到室生犀星的詩詞。王昶雄將故鄉歸類為三種概念：一、尋求烏有的烏托邦，明知道是沒有的，卻不得不探求他的靈魂解放區的東西。二、把現在社會的不平、不滿攔向故鄉。回顧誕生的、長大的歷史是像故鄉探索原點。最後以「故鄉是要在遠方思念的，而要悲傷地歌唱的」詩有名的室生犀星，無疑地早已著眼於別人看不見的地方。三、隨「喪失故鄉」而來的悲哀、不安、曲折、變化也是現代文學的一個主題。在一定地域共同體的生活，那是才能和自負。[38]可見在隨筆中指出「故鄉」是在戰時體制下，本島人反觀自我形象時必須一再回顧的「原鄉」。

秋文在觀看《白野辨十郎》戲劇中途離席時，曾第一次吟詠室生犀星的詩詞：「故鄉，遠在彼方，令人思念，且令人悲歌！」（〈鏡〉，頁 344）原本相對於本島的生活，秋文依舊較依戀在日本內地燦爛、穩定的生活。秋文得到「內地人形象」後離開化妝室時，連帶想起哲子的故居與自己故鄉「本島」，有感而發而吟詩。

第二次是在秋文決定前往滿洲後吟詩，此時室生犀星的詩詞對秋文來說，從本島的鄉愁轉變為「故鄉在他方」。此時必須在帝國空間下「滿洲」才能求得的「內地人身分」，迫使秋文身心都無法再回歸到本島原鄉。這正顯示本島人面對自我故鄉時，在殖民者的置換下成為必須面對雙重「故鄉」的矛盾。不僅被迫追求永不可能的內地人身分，也喪失身為本島人的原鄉。在小說中看似配合時局「前往滿洲」，卻也指出這成為大東亞共榮圈下尋回原鄉的唯一方式。

---

[36] 槇皓志，〈鑑賞ノート〉，室生犀星著；淺野晃編，《室生犀星詩集》（東京：白鳳社，1984 年 12 月），頁 194。

[37] 室生犀星出生於 1889 年，受到以白樺派為中心的人道主義時代影響，作品中充滿愛與自我體驗。由於也受到詩壇民眾詩派的影響，注意到詩作為社會性的自覺，多使用口語體。神保光太郎，〈人間愛にまみれて——室生犀星の人と作品——〉，《室生犀星詩集》，頁 185。

[38] 許俊雅主編，《王昶雄全集第九冊‧隨筆、翻譯卷》，頁 17。

最後秋文經歷探索原鄉、被迫拋棄故鄉、最後在殖民空間下追求「烏托邦」以完成自我。秋文必須回到大東亞共榮圈下虛構的理想鄉，才能真正地回歸到不可得的原鄉。秋文在面對這個被置換、永遠不可能真正實現的東亞理想鄉時，只能吟出「**故鄉，遠在彼方**」，以至於「**即使潦倒、流浪，淪為異鄉的乞丐，故鄉，豈是我回去之處呢？**」的諷刺。

重新剖析〈鏡〉虛實交疊的小說結構，看似配合時局的結局與男女愛情；背後卻是一再警示小說中的「自我實現」、「烏托邦」，只是殖民者給予被殖民者的「鏡像」。藉由戲劇、鏡子、滿洲等意象交替諷刺永無實現的「理想鄉」，從中省思本島人處境並重新考慮真正出路，才是〈鏡〉曲折結構背後真正寓意。

五、結論

〈鏡〉看似為 1940 年代配合戰時體制的作品，其實利用繁複的小說結構包裹背後真意。〈鏡〉中擁有多重鏡像關係，如小說中男女主角身分、戲劇從原劇 Cyrano 到改編劇《白野辨十郎》，《白野辨十郎》營造出的民族心以及最後「前往滿洲」結局，都一體兩面地譏諷——大東亞共榮圈的荒謬性與刺激本島人反思自我。

從 1938 年由於臺灣知識分子注意到滿洲、朝鮮熱潮，為了爭奪臺灣文壇的位置而引起大量臺灣知識分子的焦慮。[39]接連 1941 年太平洋戰爭爆發，1942 年東條英機發表大東亞共榮圈宣言；甚至同年建設大東亞省強調內臺一體與臺灣南方基地位置，看似都是在將臺灣本島納入日本一體的現象。[40]種種行動雖然讓臺灣知識分子對東亞新秩序產生冀望，可是誠如滿洲、朝鮮熱潮所顯示：外地文壇在受到內地矚目而被收編後，也不由得喪失了自主權。[41]

---

[39]柳書琴，〈戰爭與文壇——日據末期臺灣的文學活動（1937 年 7 月～1945 年 8 月）〉，頁 157。
[40]同前註，頁 161。
[41]當時的滿洲、朝鮮文壇熱潮本身有強烈的政治因素，換言之，朝鮮、滿洲文壇的蓬勃是日本政府在動員文學者協力戰爭的考量下，對文學活動進行獎勵與支柱的成果。從此現象顯示，在外地文

　　回扣到〈鏡〉敘事結構來看，秋文從最開始從戲劇《白野辨十郎》，映照出兩人必須實現的「內地人」虛像。最後因為哲子的決定，毅然決然前往滿洲。從戲劇所凝聚的內地民族心，相似於 1940 年代「大東亞共榮圈」精神。前往滿洲的結局，則相似於當時臺灣文壇受到朝鮮、滿洲文壇熱潮影響。〈鏡〉中秋文的決定看似配合時局，卻暗藏作者關注到本島文壇將因為配合中央失去原鄉與自主權。因此從歷史脈絡與小說結構重新分析〈鏡〉，便能明白從環環相扣的劇情中，作者如何反映時局並警醒讀者。

　　〈鏡〉中男女主角的身分，反映本島人與內地人本質差異；小說敘事結構則展現 1940 年代日本內地急遽收攏權力，試圖營造出「大東亞共榮圈」下各民族「共榮共存」的虛像。此外，小說結局指出「大東亞共榮圈」給予更寬廣的「被殖民者空間」。雖然得以讓被殖民者自由來去各被殖民地，卻無法消解殖民者與被殖民者的權力位置。因此當本島知識分子被迫追求「理想鄉」時，也意味著失去本島原鄉。看似前往滿洲能夠成為內地人，事實上卻永不可能得到真正的內地人身分。

　　王昶雄試圖在〈鏡〉虛實的敘事結構中，重新思考當時本島知識分子在日本官方的置換下，過度樂觀於「大東亞共榮圈」給予被殖民者的希望；以及指出此現象將帶給本島人失去「自我身分」的危機。綜上所述，只有重新觀看〈鏡〉所處的歷史背景、以及重新解讀複雜的敘事層次，才能看出小說背後暗示著本島知識分子必須重新思考自我、不失去自我身分的真意。

壇逐漸受矚目的同時，其實也是外地文壇逐漸喪失自主性的時候。見柳書琴，〈戰爭與文壇——日據末期臺灣的文學活動（1937 年 7 月～1945 年 8 月）〉，頁 157。

參考書目：

一、專書
（一）中文文獻

- 李文卿，《共榮的想像——帝國殖民地與大東亞文學圈（1937～1945）》（臺北：稻鄉出版社，2010 年 6 月）。
- 吳密察等著；楊永彬、林巾力、溫浩邦譯，《帝國裡的「地方文化」：皇民化時期的臺灣文化狀況》（臺北：播種者，2008 年 12 月）。
- 尾崎秀樹，《舊殖民地文學的研究》（臺北：人間出版社，2004 年 11 月）
- 陳建忠，〈曲折的鏡像——小論王昶雄的〈鏡〉〉，《日據時期臺灣作家論——現代性・本土性・殖民性》（臺北：五南圖書出版公司，2004 年 8 月）。
- 許俊雅主編，《王昶雄全集第一冊・小說卷》（臺北：臺北縣文化局，2002 年 10 月）。
- 許俊雅主編，《王昶雄全集第九冊・隨筆、翻譯卷》（臺北：臺北縣文化局，2002 年 10 月）。
- 許俊雅主編，《王昶雄全集第十冊・評論卷》（臺北：臺北縣文化局，2002 年 10 月）。
- 井手勇，《決戰時期臺灣的日人作家與「皇民文學」》（臺南：臺南市立圖書館，2001 年 12 月）。
- 林明德，《日本近代史》（臺北：三民書局，1996 年 4 月）。
- 林繼文，《日本據臺末期（1930～1945）戰爭動員體係之研究》（臺北：稻鄉出版社，1996 年 3 月）。

（二）日文文獻

- 岩瀨孝、佐藤實枝、伊藤洋等，《フランス演劇史概說（增補版）》（東京：早稻田大學出版社，1999 年 7 月）。
- 渡邊守章，《演劇とは何か？》（東京：株式會社講談社，1990 年 5 月）。
- 室生犀星著；淺野晃編，《室生犀星詩集》（東京：白凰社，1984 年 12 月）。

二、論文

（一）期刊論文

・羊子喬，〈清晰又模糊的鏡像——試析王昶雄的小說〈鏡〉〉，《鹽分地帶文學》第 5（2006 年 10 月），頁 196～199。

・許雪姬，〈日治時期臺灣人的海外活動——在「滿洲」的臺灣醫生〉，《臺灣史研究》第 11 卷第 2 期（2004 年 12 月）。

（二）學位論文

・姚蔓嬪，〈王昶雄小說研究〉（臺灣師範大學國文研究所碩士論文，2002 年 6 月）。

・柳書琴，〈戰爭與文壇——日據末期臺灣的文學活動（1937 年 7 月～1945 年 8 月）〉（臺灣大學歷史研究所碩士論文，1994 年）。

（三）研討會論文

・橋本恭子，〈轉變期在臺內地人之文藝意識的改變〉，「臺日研究生臺灣文學學術研討會」，中山大學中國文學系主辦，2003 年 10 月 4～5 日。

三、報紙文章

・〈シラノ・ド・ベルジュラック 辰野、鈴木兩氏的決定版〉，《臺灣日日新報》，1939 年 3 月 3 日，3 版。

——選自許素蘭主編《臺灣文學的內在世界——第十屆全國臺灣文學研究生學術研討會論文集》
臺南：國立臺灣文學館，2013 年 12 月
——2014 年 4 月修訂

激起臺灣心靈的漣漪
王昶雄

◎羊子喬*

王昶雄說:「文學的真正任務是體現人生,啟發人生,使人從文學的境界中獲致一個正確的觀念,這才是文學的最高準則。」

日據時期重要作家王昶雄,於 1943 年 7 月在《臺灣文學》發表小說〈奔流〉,引起文壇人士的重視,如今,歷經近五十年,一再被人論及,可見已超越了時空的制限,成為臺灣文學史上的經典之作。

王昶雄原名王榮生,1915 年生於淡水鎮九坎街(今之永吉里重建街)的海商人家,1922 年就讀淡水公學校,因雙親經常往返於泉州、廈門等地,因此,他由祖母撫養長大。1933 年,他離開臺灣赴日本讀書,先入郁文館中學,畢業後進入日本大學齒科,1942 年畢業後返臺,在淡水鎮開設牙科診所,後又在臺北市中山北路一段開設牙科診所,目前已退休。

在日本十年中,王昶雄一面求學,一面參加文學活動,前後兩次參加同人雜誌,一次是伊吹卓二主編的《青島》雙月刊,另一次是《文藝草紙》月刊。1942 年回國後,正式加入張文環的《臺灣文學》陣容,常有作品發表,除了小說之外,還有詩、評論。而在他 16 歲離開臺灣之後,故鄉的情景、童年的記憶,形成了他文學中的素材,於是在日本留學時,以對故鄉的懷念,寫下了〈淡水河的漣漪〉,流露出他對臺灣土地的嚮往和呼喚。1942 年,返臺之後,他發表〈淡水河的漣漪〉於《興南新聞》,開始步上文學之旅。

---

*本名楊順明。發表文章時為自立報系資深編輯,現為國立臺灣文學館助理研究員。

　　〈淡水河的漣漪〉以淡水至八里的海域為背景，對於水上人家的生活有很生動的描繪，藉著小說人物對來自漳、泉的戒克船產生遐思，含蓄地表達了對父祖之國的風土人情有所嚮往。

　　另外，1943 年 7 月所發表的〈奔流〉一作，曾被選入 1943 年的《臺灣小說選》，在這選集中，〈奔流〉可說備受爭議。有人說這是一篇皇民意味甚濃的御用作品，也有人說是一篇站在臺灣人的立場，傾訴皇民化苦悶心聲的寫實小說。這兩種褒貶互見的論點，都可能影響到這篇小說的評價。

　　其實，當我們仔細讀完此篇小說，將會發現這是一篇不可多得的小說。作者以自然主義的風俗，心理寫實的基調，真確地反映了皇民化運動下臺灣人的心理衝突和精神煎熬，作者透過小說人物朱春生受到皇民化的迫害後那種苦難憔悴，白髮逆生的形象，而大罵皇民化運動為「狗屁！狗屁！」，其沉痛的心聲，實已呼之欲出。

　　作者充分地揭露了一個被支配的臺灣人，生存在支配者文化下的苦悶、徬徨和掙扎，並進而展現了「我」由原來夢想做一個大和子民而回歸到愛護鄉土，要紮根於故家的覺醒歷程。

　　如今，日帝的鐵蹄已遠去，皇民化夢魘也成為過眼雲煙，然而，脫胎換骨的帝國主義，正以新的政治經濟的侵略姿態，死灰復燃地在第三世界裡愈演愈烈，而〈奔流〉裡那種受到迫害後的掙扎、衝突及摧殘，將永遠是鮮活有力的課題，值得我們來深思的。

　　王昶雄的文學創作，除了小說〈奔流〉、〈淡水河的漣漪〉之外，還有短篇小說〈回頭姑娘〉、〈流浪記〉、〈小丑的歎息〉、〈流放荒島〉、〈兩個女郎〉、〈阿飛正傳〉、〈濱千島〉、〈某壯士之死〉、〈笨蛋〉等十餘篇，以及新詩〈海的回憶〉、〈如果我〉、〈當心吧！老友〉十餘首，這些作品皆發表於《臺灣文學》、《臺灣藝術》、《興南新聞》、《文藝臺灣》、《臺灣日日新報》等刊物。

　　光復初期，王昶雄雖然中斷小說、新詩創作，但是寫就一首膾炙人口

的歌詞：〈阮若打開心內的門窗〉，由呂泉生譜曲，為目前再度流行的歌謠。

　　1977 年臺灣鄉土文學論戰之後，日據時期的臺灣文學作品經人整理出版，備受觀注。王昶雄深受鼓舞，再度拾起舊日神來之筆，寫下幾首新詩和雜文，散見《聯合報》副刊、《自立晚報》副刊，中文素養來自自修，跨越語言的障礙，實在不容易。

　　就王昶雄的文學成就而言，在於他的小說〈奔流〉、〈淡水河的漣漪〉以及新詩〈我的歌〉、〈陋巷札記〉、〈當心吧！老友〉等幾首。這些作品都一貫地表達：異族支配與經濟壓迫，關愛勞苦大眾的窮困生活，追求人類自由、平等和獨立自主的精神。

　　王昶雄以文學參與動員，譴責日本帝國主義體制下的種族歧視和差別待遇，以期喚醒臺人的自覺，爭取被統治者的基本權益。

　　在日據時期的作家群中，王昶雄與賴和、楊守愚、楊逵、呂赫若、龍瑛宗、張文環一樣，都是創作力豐沛的作家，而他們作品中所流露出民胞物與的精神，和對抗異族的情操是一樣，不同的是：有人以激進、強烈的抗爭文字來表達；有人以隱含內斂的手法來傳達。從王昶雄的作品中，讓我覓尋一線臺灣人追求自尊的希望和永不妥協的精神。

　　　　　　　　　　　——原載《自立早報》副刊，1988 年 8 月 13 日

　　　　　　　　　　——選自羊子喬《神祕的觸鬚——羊子喬文學評論集》
　　　　　　　　　　臺南：臺南縣立文化中心，1995 年 6 月

生命出口的擺渡者
王昶雄的〈奔流〉與〈病牀日記〉

◎王幸華[*]

> 在皇民化的奔流中　您昂然的迎風屹立　在現代化的渡口上
>
> 您是不舍晝夜的淡水河漣漪　多少的驛站風情
>
> 只要打開心內的門窗　都匯入 Formosa 共同的記憶[1]

本名王榮生的王昶雄，出生於臺北縣淡水鎮海商之家，1933 年赴日求學，考取郁文館中學，至 1941 年於日本大學齒學系畢業，留日達 8 年之久。其間曾面臨文學與醫學的痛苦抉擇，1935 年 20 歲的王昶雄考進日本大學文學系，原想實現文學家的美夢，但慘遭父親的反對，認為「硬要搞文學，簡直是不切實際。」[2]於是隔年他重考進入齒學系，表面雖棄文從醫，但對文藝的熱情卻從未澆息，先後參加《青鳥》、《文藝草紙》等同人刊物，自此感性的文學與理性的醫學這兩種既截然又融合的角色，一直豐富著他生命的色彩。他自言：

> 進入醫校後，他們（醫生作家）因體質內那股創作慾念，不但沒有被繁重的課業所抑阻，反而找到出口，慢慢宣洩出來。兩種身分，兩種生涯，既衝突又相輔相濟。[3]

---

[*]發表文章時為中臺科技大學通識中心助理教授，現為中臺科技大學通識中心副教授。
[1]林政華，〈誤解一生終獲平──寫在「福爾摩莎的心窗──王昶雄文學會議」之前〉，《福爾摩莎的心窗──王昶雄文學會議論文集》（臺北：真理大學臺灣文學系主辦，2000 年 11 月 4 日）。
[2]王昶雄，〈自序〉，《驛站風情》（臺北：臺北縣立文化中心，1993 年 6 月）。
[3]王昶雄，〈打頭陣的賴和──哲人「走得其時」〉，《阮若打開心內的門窗》（臺北：前衛出版

　　他自嘲不務正業──「以文學為本妻，醫學為情婦」為其奉守之準則，因此廣涉世界群著，以自然主義作家左拉（法國，Émile Zola, 1840～1902）、現代派作家杜斯妥也夫斯基（俄國，Feodor M. Dostoevsky, 1821～1881）及寫實主義作家屠格涅夫（俄國，Ivan Turgenev, 1818～1883）、與日本理性主義文學健將芥川龍之介（1892～1927）、現代文學主義者橫光利一（1898～1947）等多位文學大師為其心儀仰慕之對象，故其創作風格深受西方文學之濡染；但他同時又私淑於棄醫從文的中國現代文學之父──魯迅（1881～1936），[4]使其文學之涵融與表現充滿生命的寬厚度。王昶雄認為：

　　　　文學的真正任務是體現人生，啟發人生，使人從文學的境界中獲致一個
　　　　正確的觀念，這才是文學的最高準則。[5]

　　文學的積極功能在於提供社群一個正確的思想觀念，是啟迪與體現人世生活的基石，據此他在〈我為什麼要寫作〉一文裡，更清晰地闡述其文學觀：

　　　　時光在流逝，世界在變故，只有生活才是無窮的，你越開採，生活的寶
　　　　藏便越豐富。……文學是人世的鏡子，文學的可貴在於反映人世的生
　　　　活。……靈敏的作家，才會在平凡的生活中觀察出新穎的地方來，體認
　　　　出新穎的意義來。[6]

社，1998 年 4 月），頁 124。
[4]參閱張恆豪，〈反殖民的浪花──王昶雄及其代表作〈奔流〉〉，原載於《暖流》第 2 卷第 2 期（1982 年 8 月），後經修訂，收錄於張恆豪主編，《翁鬧、巫永福、王昶雄合集》（臺北：前衛出版社，1991 年 2 月），頁 368～369。
[5]同前註，頁 369。
[6]王昶雄，〈我為什麼要寫作〉，《驛站風情》，頁 298。

　　王昶雄提點出一個作家文學養分的來源，即是紮根於平凡生活的覺察與體悟，方能「體認出新穎的意義來」，如此的理念也反映在他對文學創作的堅持上，他認為文學作品必須要有個別性、自由性、創造性與突破性，反對一切公式化、陳腐化、庸俗化的制式作品。[7]基於此，他以文學的實際參與力量，於日帝統治階段特別關注臺灣民眾的人權，譴責殖民體制的種族歧視和差別待遇，期以喚醒同胞的民族自覺，爭取被統治者的基本權益。因此他一貫的中心主題，都是在抗議異族的政治支配與經濟壓迫，關愛勞苦大眾的窮困生活，追求人類的自由、平等和獨立自主的精神。[8]因此，日治時期王昶雄除中篇小說〈奔流〉之外，尚有〈淡水河的漣漪〉描述作者童年故鄉淡水海域的記憶，充分展現出對家鄉風土人情的眷戀；〈梨園之秋〉則以戲班的悲歡聚散為小說的經緯，表達本土傳統藝術面臨異族統治的無奈沖激，與臺灣人民在日帝高壓下和衷共濟、患難與共的同胞情；〈鏡子〉一作，以物為意象，透過「鏡子」的特性原理，影射兩種不同典型的日本人心態，並暗指臺灣人的應付之道。[9]以上四篇小說堪稱作者戰前的嘔心力作，亦是作者落實其文學立場與思想情感的最佳註腳。此外，又有多篇短篇小說、散文、新詩、評論與戲劇等，[10]其作品之豐、涉獵之廣，足見其才華橫溢。

　　迄至戰後王昶雄親歷跨語階段與政治黑暗時期，沉潛蟄伏近二十個年頭，再次以精鍊流暢的漢文駕馭能力，證明文學不死的戰鬥意志，對此王昶雄嘗於〈還我當初美少年——樂天豁達的「益壯」一群人〉一文中，引述黃武忠對戰後跨語作家念茲在茲的文藝熱情，感慨地說：

---

[7]張恆豪，〈反殖民的浪花——王昶雄及其代表作〈奔流〉〉，《翁鬧、巫永福、王昶雄合集》，頁369。

[8]同前註，頁370。

[9]張恆豪，〈反殖民的浪花——王昶雄及其代表作〈奔流〉〉，《翁鬧、巫永福、王昶雄合集》，頁370～371。

[10]參閱許俊雅主編，《王昶雄全集》1～11卷（臺北：臺北縣文化局，2002年10月）。

在戰後，由日文改以中文寫作，這個歷程相當艱辛，因而使作家們停筆一段時間。然而，他們從一堆將熄滅的灰燼中，化作一股爛火，重拾不鏽的「寶刀」，在文學的園地裡再耕耘，形成在文藝旅程上，辛苦趕路的人。[11]

而他亦曾在〈過去是一個新的起點〉一文中，憶及殖民統治時期對寫作的決心與毅力，說到：

> 無論在任何年代，年輕人的活力是充沛的，氣象是蓬勃的，當年，我們為了爭取民族的自由與藝術的尊嚴，既不為名，又不為利，只想從鄉土的素材中，創作出像樣的作品來。我覺得自己的作品應該寫、值得寫，於是心手相應，不論寫得好或不好，下筆千言，一揮而就。頓時令我憶起昔日那種「初生之犢不畏虎」的勇氣。[12]

「只想從鄉土的素材中，創作出像樣的作品來」，這就是王昶雄一向堅持文學與地土的臍帶關聯，他更進一步陳述堅守鄉土文學的積極意涵，乃在維護民族主體性，是深具批判意識的抗議文學，他論道：

> 我對鄉土文學的看法很簡單，我想鄉土文學大致可分二類，其一是只描述民風土俗，有些含有啟蒙性的成份。其二是對現實不滿，或是生活在某一制度下，對該制度不滿所產生的文學，所以它也可說是抗議文學的一部份。我們有一班文藝家自以為在追求一種超越鄉土性、民族性的，稱為現代的、國際性的文藝，他們以文藝中講民族性是狹隘，是保守落伍，是過時的老口號。我以為這是一種民族自卑心理的表現。試看古今

---

[11] 王昶雄，〈還我當初美少年——樂天豁達的「益壯」一群人〉，《阮若打開心內的門窗》，頁260。
[12] 王昶雄，〈過去是一個新的起點〉，《驛站風情》，頁9。

中外的大作家，那些已成為國際性的大作家，那一個不是充份表現了他
的民族風格、民族色彩呢？近代聞名於世的許多作家，那一個是拋棄民
族文化精神而獲得世界性地位的？日本大作家川端康成就是最好的例
子，他獲得諾貝爾文學獎的原因是：「以洗練的文筆和敏銳的感情，表現
日本人的精髓。」他的作品讀來，令人體味出那份專屬於日本的纖柔、
細緻美意。在他的筆下，描寫的都是平實的風土和平凡的人物。但這些
風土和人物，卻洋溢著東方傳統道德孕育的特性。鄉土文學的真諦，即
在於此。[13]

因此，他對於發揚臺灣本土化之立場亦未曾隨時空境遇變遷而有所易
弦，他嘗言：

歷史是由戰勝者所寫的神話——這句話在今天快要走進歷史，我們需要
的不是外來統治者的史觀，而是忠實於我們共同經驗的記錄。台灣的本
土化是必然的路程，台灣不再是中原王朝的邊陲省份，應在文化思想方
面努力而建立主體意識，其前提則是透過藝文交流來塑造、追求文化與
世界觀。[14]

王昶雄堅定的相信唯由落實臺灣文化思想，才能從根建立本土的主體
意識進而與世界接軌，根植鄉土、體現生活即是其文學理念的核心價值，
他曾在〈一九九五年「北臺文學綠映紅」〉闡述：

文化是立國的根源，也是社會建設的基石，一個現代化國家，無不竭力
維揚其本土文化。台灣本土文化是面對台灣未來的蛻變中，首要思索的

---

[13]〈王昶雄自訂日治時期著作目錄〉，收錄於許俊雅主編《王昶雄全集第四冊・散文卷三》，頁111
～112。
[14]王昶雄，〈自序〉，《阮若打開心內的門窗》，頁4～5。

第一要務，今天台灣道德墮落，公害橫流，如果本土文化沒有加以關
愛，將無法激發出真摯的鄉土情與同胞愛。[15]

基於對鄉土的尊崇與文學參與的實際行動，於搦管騁辭之際，每每將
心中美麗的家鄉景緻，深深歌詠一番，其孺慕之情溢於言表。他曾在〈病
牀日記〉中有一段病癒返鄉對故里淡水心靈依歸所在的描繪，猶如再次遁
逃入母親懷抱般的安穩，他說：

無論如何我抱著心身的創傷，回到久別的故鄉。百看不厭的故國的山
河、風物。我深深地重溫故鄉的美景。
記得以那鹿兒島小調而聞名的喜代三即中山多彌子，有一次回到故鄉鹿
兒島時，曾經說了如下的話：「無論是高興時，或悲傷時，名叫櫻島的那
島嶼，對鹿兒島人而言，真像母親的乳房一般，令人永遠懷念，在鹿兒
島，若沒有如畫般美麗的櫻島的存在，那麼鹿兒島，恐怕會給人只是像
沙漠一般落寞的感覺吧。」對我而言，可以說同樣的話。實際上，那秀
峰——觀音山，對淡水人而言，是多麼令人懷念的存在，從一個歸鄉遊
子的胸懷，更明白地反映出來。啊，美哉！江山、綠水！啊，這是我的
故鄉歟！[16]

淡水故鄉山海的溫情召喚，一直是王昶雄文思不竭的泉源所在，亦是
滋養他生命的底蘊，因此回歸鄉土、尋找故鄉以及在心靈上去認同的歸屬
感，即成為他一貫思想底層結構，準此視域進路剖析他在日治戰爭期所發
表的代表鉅著〈奔流〉，似乎可暫離皇民化／非皇民化之言說，而回歸作家
真實的自我感知過程。

[15]王昶雄，〈一九九五年「北臺文學綠映紅」〉，《阮若打開心內的門窗》，頁106。
[16]王昶雄，〈病牀日記〉，收錄於許俊雅主編，《王昶雄全集第四冊·散文卷三》，頁30。

一、幽微的皇民浪花——〈奔流〉的反殖民底蘊

　　有關〈奔流〉這篇經典小說之評論與解析，業已經多位文壇前輩學者鞭闢入裡的解構過，[17]故此不再專美贅述，謹就未竟之處提出一二之觀察。

　　〈奔流〉這篇發表於新文學戰爭期尾聲的小說，其時正值日帝當局如火如荼地推行皇民化運動、及因應迅雷飆風地太平洋戰爭而對臺強徵志願兵遠赴南洋作戰之際。於是在殖民當局保安課的多方刁難與慘遭修改下，此篇小說才得以在張文環主編的《臺灣文學》雜誌上刊載。王昶雄曾於〈鹽分帶來恩惠〉一文中，回顧那段與日帝當局虛與委蛇，躲避文檢的歲月，說到：

　　日據下的文學創作，極其特殊，作家們帶著文學的理想與民族感情，在
　　政治壓力的刀鋒上打滾，時時都有犧牲的可能。因此，創作有許多禁
　　忌，種種問題不能深入去探討。有人只好運用以日人之矛攻日人之盾的
　　手法，揭露日人在「羊頭」招牌下的狗肉。黃得時曾經寫過：「我先把
　　《神皇正統記》的開頭一句『大日本是神國』，加以發揮，而日憲只看題
　　目，就連連點頭叫好。哪知在字裡行間，都含有一種反日意識，其用意
　　之良苦，絕非局外人所能想像得到的。」再看陳少廷的〈歷史不容誤

---

[17]如窪川鶴次郎著；邱若山譯，〈這半年來的臺灣文學（1）昭和十八年下半期小說總評〉，原載於《臺灣公論》二月號（1944 年 2 月）；張恆豪，〈反殖民的浪花——王昶雄及其代表作〈奔流〉〉，原載於《暖流》第 2 卷第 2 期（1982 年 8 月）；呂興昌，〈評王昶雄〈奔流〉的校訂本〉，原載於《國文天地》第 7 卷第 5 期（1991 年 10 月）；張恆豪，〈〈奔流〉與〈道〉的比較〉，原載於《文學臺灣》第 4 期（1992 年 9 月）；林瑞明，〈騷動的靈魂——決戰時期的臺灣作家與皇民文學〉，原載於《臺灣文藝》第 136 期（1993 年 5 月）；垂水千惠著；涂翠花譯，〈戰前「日本語」作家——王昶雄與陳火泉、周金波之比較〉，原載於《臺灣文藝》第 136 期（1993 年 5 月）；陳萬益，〈夢境與現實——重探〈奔流〉〉，原發表於「賴和及其同時代的作家：日據時期臺灣文學國際學術會議」論文（1994 年 11 月 25～27 日）；垂水千惠著；涂翠花譯，〈多文化主義的萌芽——王昶雄的例子〉，原錄於氏著《臺灣的日本語文學》（臺北：前衛出版社，1998 年 2 月）；林鎮山，〈土地、「國民」、尊嚴——論〈奔流〉與《偶然生於亞裔人》的身分建構與認同〉，原發表於「世華文學專題討論會」世華文學研究中心，美國加州聖塔芭芭拉校區，2000 年 8 月 26～27 日；彭瑞金，〈從小說〈奔流〉看戰爭時期臺灣作家的邊緣戰鬥〉，「王昶雄文學會議——資料彙集」（真理大學臺灣文學系彙編，2000 年 11 月 4 日）。以上諸作均收入許俊雅主編，《王昶雄全集第十冊・評論卷》。

解〉裡的一段文章:「有些在光復後始譯成中文發表的作品,跟其在光復前發表的原始文獻,不盡相同。凡稍了解日治政策的讀者,都知道那篇小說中的用語如『日本軍閥』,是日人絕不可能容忍的。」由此可知,在日帝淫威下的抵抗,真是談何容易![18]

　　故此,對於〈奔流〉有人以為是一篇皇民化作品,或說是一篇站在臺灣人的立場,傾訴皇民化苦悶心聲的寫實小說。但作者本身則清楚指陳:如有人誤認為是一篇皇民化作品,那是「見樹不見林」的見解。更援引張良澤對該篇之評述說:這篇該是洞若觀火般的皇民化時代寫的「當時唯一的一篇站在被殖民者的立場,冷靜地去揭露皇民化運動對於臺灣人心靈的摧殘與迫害」的文學作品。[19]張恆豪亦言:「本篇寫的是皇民化,而骨子裡卻是反皇民化,所以〈奔流〉可說是一朵逆流而立的、反殖民的浪花。」[20]

　　如是觀之,〈奔流〉小說中塑造的幾位主要人物,除有以第一人稱「我」(洪醫師)為其貫穿全局的觀察者與敘述者外,尚有既是師生又是表兄弟的伊東春生(朱春生)與林柏年等三個重要角色。他們三者所呈顯的是日治時期殖民現代化教育下的知識分子心靈的掙扎與鬱屈,如「朱春生」是城郊東大中學的國文(日文)教師,娶日女為妻改姓伊東,他代表的是為求生活安逸、一味夢想著做日人,而數典忘祖,六親不認,要把鄉土的俗臭去掉的臺灣人,是皇民化的典型人物。「林柏年」是伊東的學生(也是親姪),他代表的是新一代,一個憤怒、有正義感、內熱外冷、流著原鄉人血液的臺灣青年。而「我」(洪醫師)為留日內科醫師,透過他倆之間不同性格、不同理念的衝突,以一個醫師的眼光,檢省了「我」的心靈鬱結,而揭露了被統治者在皇民化過程中的苦悶、徬徨與掙扎的一面。[21]因

---

[18]王昶雄,〈鹽分帶來恩惠〉,《王昶雄全集第四冊・散文卷三》,頁51～52。
[19]同前註,頁64。
[20]張恆豪,〈反殖民的浪花──王昶雄及其代表作〈奔流〉〉,《翁鬧、巫永福、王昶雄合集》,頁381。
[21]王昶雄,〈鹽分帶來恩惠〉,《王昶雄全集第四冊・散文卷三》,頁52。

而林瑞明即嘗評點：「〈奔流〉是決戰時期中，一篇走在懸空鋼索上的作品。透過三個知識分子的對比、衝突，處理了皇民化運動中臺灣人的精神層面拉扯、撕裂的痛苦。」[22]

（一）鄉土的呼召，認同的基石

〈奔流〉故事一開始即以「我」的自述揭開序幕。「我」是一位負笈日本學醫的臺灣青年，原本在 S 醫大讀完課程即以附屬醫院臨床醫師、及解剖學教室研究生的身分留在日本醫界發展，但由於在臺灣鄉里當開業醫的父親突然去世，又在不忍拋下老母的景況下，不得不即刻束裝回鄉承接衣缽，成為一位樸實的鄉村內科醫生，但在其心中對於故鄉風土總難以適應——

> 做一個樸實的鄉下醫生，工作並不算煩瑣，却沉不住去，每天都糊裏糊塗地渡過。對難以逃脫的無聊感，實在毫無辦法，簡直想把身心都豁出去。追憶著遊學時的那種霸氣，想到在如此單調的生活中，今後如何求得刺激，這種不著邊際的思量，經常像燻灸似地在胸口冒湧、盪漾，把頹喪的心，帶向無限的遠方。故舊有是有，但並不是能誠心安慰，或剖心相告的人，吊在半空中的慵懶，經常弄得心情憂鬱難解。[23]

於是「我」經常懷想起日本關東平原的冬晴之美——「冬陽和枯草，不可思議的暖和，冬天的空氣洗滌了五體，連心都會有被洗滌的感覺的，就是這時候。這在臺灣是無法想像的，想到灼人的季節很長的臺灣，真令人沉悶。」[24]就連臺灣的氣候都令「我」難以接受，這種客愁的感傷，直到認識了伊東春生，似乎才讓「我」有了心靈的歸屬；但也在他深入地了解春生和柏年他們師生之間，因價值觀的扞格而產生了理念的衝突之後，

---

[22] 林瑞明，〈騷動的靈魂——決戰時期的臺灣作家與皇民文學〉，《臺灣文學的歷史考察》（臺北：允晨文化公司，1996 年 7 月），頁 304。

[23] 王昶雄著；林鍾隆譯，〈奔流〉，《翁鬧、巫永福、王昶雄合集》，頁 326。

[24] 同前註，頁 332。

「我」才以一個醫者的靈眼，正視自己的民族認同與回歸鄉土的根植感。

　　王昶雄企圖將皇民意識飽滿的「我」，與皇民化典型人物伊東春生在生命偶然交會時，讓「我」能將內心深處對皇民日化的嚮往有了認同的具體依藉，透過這全然的認同，繼之質疑，最後全盤否定的醒覺過程，除深化「我」對於皇民形象前恭後倨的轉變張力外，更在某個象徵意義上，凸顯出迷失於皇民化狂潮，被扭曲的一群臺灣人民。王昶雄嘗言及〈奔流〉小說人物的書寫用心，說到：

> 故事中的「我」，理應痛恨像伊東這種人，但「我」卻把忿恨交給林柏年去洗刷。柏年對伊東的卑鄙作為，痛心疾首，而對每件事都存心加以責難。我為什麼特意令「我」這個角色，採取恭謹而委曲求全的態度呢？其用意有二：其一是就這樣用以反襯林柏年的純情與強烈的民族正義感。換句話說，有醜女在旁襯托，美女顯得更美。其二是，一個有良知的臺灣人要傾訴反「皇民化」的心聲，非但不得不作隱身草兒，而且非採「正話反說」的方式不可。不然小說就無法過關，注定「胎死腹中」了。[25]

　　明乎此，故事安排「我」對伊東開始產生不安與懷疑的情節，是在首次登府拜訪時發生的。時間是新年，「我」拜訪之前，竟忽然想到瞻仰既莊嚴又清爽的元旦日出，使「我」不知不覺地合起掌來，好像從日常的煩瑣中解脫出來，心境也頓時開朗，作者刻意書寫「我」在拜訪伊東之前，去瞻仰象徵大和精神的「日出」，以近乎參拜的儀式洗禮，隱喻著「我」心靈歸向的投射處，仍是大和民族。等到登門拜訪後，看到伊東優雅清純的日本妻子、進退有度的岳母，屬於日式流派的花道與樂器尺八，澈底移植內地風情的日本氛圍，觸發了「我」對過去十年日本生活的懷想，尤其那段

[25]王昶雄，〈鹽分帶來恩惠〉，《王昶雄全集第四冊‧散文卷三》，頁52。

未竟的異國戀曲，卻在伊東身上看見他所不能實現的勇氣，此時的「我」
對伊東真有莫逆於心之感。但作者欲使「我」在皇民意識中節節退敗、步
步醒悟，展演了一幕伊東全家與「我」、柏年五人共度新春晚宴的歡樂場
景，去映襯遠道而來的伊東生母，竟遭伊東厭煩、鄙夷地斥回，這引發
「我」的不解與納悶。接著，對於柏年忍受不住而中途離去，伊東則放在
教育的名義下來辯解，更激發「我」想了解真相的好奇心。於是，就在
「我」告辭回家的路上，柏年攔路告知伊東拋棄、蹂躪生身父母的實情
後，「我」向來崇敬的對象、認同的價值，都在一瞬間完全幻滅──「一種
不知名的東西，湧上胸口，站著的腰部有點靠不住似的。」[26]

　　就在「我」處於失望與惶惑的時刻，得知伊東在生父去世前，僅回鄉
探視一次而已，使得「我」遂從過去的傾慕轉變成強烈的質疑，於是基於
對自我理念的維護，決定要在伊東父親喪禮當天暗中檢視他的一舉一動，
「這種對他不信至極的心情，如同用粗糙的手觸摸自己的神經。」[27]當
「我」親眼目睹伊東怒斥號哭的女人、對亡父法事進行的不耐、對伏棺哀
嚎的生母無動於衷，甚至絕情的拒迎生母回家等非人的表現，簡直使
「我」不敢置信，甚至懷疑起自己的眼睛和耳朵。這時，自認同具皇民意
識，對伊東最能了解的「我」，再也無法忍受而有欲嘔的感覺，「伊東回到
臺灣以後，還能把曾住在內地當時的，完全打扮成內地人的心態一直維持
到現在。伊東這種作風與觀點，真不敢領教。」[28]同時也首次反省十多年來
深信不疑的皇民思想的妥當性，從而淚水不停滾落，思慮碎成千片了。

　　之後「我」在重建自我價值體系的時日裡，一方面體認如伊東的生活
方式僅是無謂的淺薄，而另一方面更有身為醫者的深層省思，醫師不僅要
診察人的肉體，更要顧及人的精神。小說以「我」診察伊東的肉體疾病做
為相識的起點，卻在徹頭徹尾了解伊東之後，強調治療精神層面的需要

[26]王昶雄著；林鍾隆譯，〈奔流〉，《翁鬧、巫永福、王昶雄合集》，頁340～341。
[27]同前註，頁342。
[28]王昶雄著；林鍾隆譯，〈奔流〉，《翁鬧、巫永福、王昶雄合集》，頁345。

性，這不啻暗示著，由皇民意識所衍生的荒謬言行正是一種病症。[29]

　　小說以一位象徵殖民現代性的醫師角色，做為第一人稱「我」對皇民情結的堅信到懷疑與動搖，最後全面崩潰與瓦解的進程，作者有意藉著伊東和柏年的父母親，以赴日習醫為栽培條件，批判當時社會上所瀰漫一股對醫師的盲目憧憬，以致扼殺了個別天賦的差異與限制了臺灣青年發展的前途，然而同樣面臨棄文從醫痛苦抉擇的「我」，應是最能體會無法忠於自我、實現理想的無奈，因此王昶雄企圖透過「我」的澈底覺醒，不僅要棄絕違反人性的皇民教化，同時更要解放殖民教育對臺灣人民的思想牢結，尤其是表徵殖民現代性的醫學專業人士，幾乎成為臺灣人成功形象的唯一典範。故此，「我」最後語重心長對柏年的母親說出他的肺腑之言，就是今後本島青年可以依循個人所具有的天賦能力，去選擇做官吏，也可以開拓藝術之道，而不只限於醫業這唯一的出路，更不要盲目的以統治者的價準去抹殺、扭曲身為一個臺灣人的真實存在。

　　文末，作者在「我」（洪醫師）歷經這場心靈主體的折衝與徹悟之後，有如下一段場景的展演：

> 我坐在草坪上，眺望港口。⋯⋯山巒、河流、對岸的村落、眼下市街的屋子重重疊疊，一切都在陽光下，籠罩在煙霧中，這樣反而叫人想到這廢港的風情之美。可以望見遙遠而荒涼地展開著的臺灣海峽，海的藍，溶入了天空的藍，連吐出的氣息都會染上顏色似的。曾是臺灣長期間文化的發祥地、貿易港，盛名曾受謳歌的這個廢港，現在這樣靜靜地睡眠在充滿片片晚春色彩的大自然上的情狀，使我感覺，不可思議地在我的心靈中，聯繫上某種悠久的東西，以及人智不可及的偉大的事物。接觸經常聳立著的山川草木，以及幾乎目眩的藍空的光輝，清清楚楚地感覺

---

[29] 呂興昌，〈評王昶雄〈奔流〉的校訂本〉，原載於《國文天地》第 7 卷第 5 期（1991 年 10 月）；收錄於許俊雅主編，《王昶雄全集第十冊・評論卷》，頁 26。

到有生命的東西存在的力量。[30]

過往虛空無根的幸福，對照如今腳踏實地的自由，「我」像是第一次懂
得用自己的眼睛似的，俯視著陽光下臺灣的山巒、河流、藍天、海峽、村
落、市街，清清楚楚地感覺其中有生命的東西存在的力量，這是斯土之美
所帶來的震撼與感動，王昶雄再次以其回歸鄉土、紮根家邦的覺醒歷程，
讓小說中的「我」克服族群認同（日本人或臺灣人）的矛盾情結，而從牢
不可破的內地冬晴之美的烙印中解脫出來：

> 內地冬晴燒印在心裏的我，這才恍然大悟，因而忘掉了故鄉常夏的好。
> 使我感覺對鄉土的愛心不夠。今後，我非用這個腳跟穩重地踏著這塊土
> 地不可。鄉土所體驗的陣痛，個人所嚐到的苦惱，看做是最後的東西，
> 好幾次希望是最後的，現在不是應再忍耐一次嗎？[31]

「我」深刻體認出身為臺灣知識分子竟寧受皇民思想的毒化，追根究
柢就在於自身缺乏對鄉土真摯的愛，小說體現了王昶雄一貫的鄉土意識，
誠如他對鄉土文學的內涵所說的，是「對現實不滿，或是生活在某一制度
下，對該制度不滿所產生的文學，所以它也可說是抗議文學的一部分。」[32]

（二）主體的覺醒，異化的抵抗

再論「伊東」和「柏年」這兩位在小說中最具鮮明對比的人物，乍看
之下，一個崇日鄙己、薄情寡義、缺乏民族氣節；另一位愛家愛土、熱情
勇敢、充滿正義尊嚴，兩者一反一正的形象，似乎很難有交集重疊的可能
性，但細思之下，無論是活力奔騰的熱血青年「柏年」，抑或是任性剛愎的
日化教師「伊東」，兩者都在一定的意義下通過自我的實現，展現臺灣人的

---

[30] 王昶雄著；林鍾隆譯，〈奔流〉，《翁鬧、巫永福、王昶雄合集》，頁361～362。
[31] 同前註，頁362。
[32] 王昶雄，〈王昶雄自訂日治時期著作目錄〉，《王昶雄全集第四冊・散文卷三》，頁111。

民族尊嚴，只是「伊東」誤將皇民化作為他個人逃避親子鴻溝的照牆，而
終甘自陷於心靈磨耗之境。

　　朱春生，來自小資產階層的書香世家，祖父是清朝貢生，父親因時勢
所迫轉為從商，但經營成績並不理想，夫妻因而爭吵不睦，對「春生」造
成莫大的成長陰影，於是公學校畢業的「春生」，立即要求赴日求學，但父
母唯一允諾的條件，即是入醫學校，「春生」經過五年的中學校，在父母親
引頸企盼進入醫學校時，卻背叛了父親的要求，考上 B 大的國文系，父母
親以中止學費供應為要脅，但一任血氣的「春生」毫不所動，一路工讀苦
撐過來，使他通過苦學的實踐，把他鍛鍊成剛愎的性格。儘管日後「春
生」以一逕的日化生活，極力撇棄鄉土的關聯，學會以統治者的眼光、態
度鄙夷本島青年——「他們並沒有懷抱太大的夢，直截了當地說，殖民地
的劣根性經常低迷不散，很傷腦筋。」[33]但以身為本島人而能在充滿種族歧
視的日本教育殿堂執教，「春生」的才華、能力自不在話下，「他站在中學
校的教壇，堂堂地教授國文。過去的人不敢祈望的」[34]，再加上他一路忠於
自我，努力實現理想的精神，在一定的層面上展現本島人的強烈意志與決
心。雖然之後他對於父母的絕棄、本土的輕賤、媚日的行徑等實令人不
齒，但小說以「我」之觀察視角得見伊東「面孔雖然看來很大方，笑裏卻
隱伏著複雜的陰影或線條」。[35]又在最後形塑伊東白髮逆立內隱的苦痛形
象——

　　　　一直不曾覺得，從岡上俯瞰，伊東的頭髮，一根根彷彿數得出來似地映
　　　　在眼中。我的心情彷彿看到了不該看的東西那樣，做了無法挽回的事情
　　　　似的。三十才過了三、四的伊東頭髮，白髮不是佔了三分之二以上了
　　　　嗎？我頓時不能不想到伊東不為人知的心勞。……在伊東認為，要成為

---

[33]王昶雄著；林鍾隆譯，〈奔流〉，《翁鬧、巫永福、王昶雄合集》，頁 329。
[34]同前註，頁 331。
[35]王昶雄著；林鍾隆譯，〈奔流〉，《翁鬧、巫永福、王昶雄合集》，頁 327。

　　一個道地的內地人，是要鄉土的土臭完全去掉，為了這個，連親生的親
　　人也非踩越過去不可。在學校，或者在社會接受純日本化青年教育的年
　　輕人，回到家門一步，就會被放到完全不同的環境裏。這裏有本島青年
　　雙重生活的深刻的苦惱。……無論如何，伊東的白髮，若不是這不顧一
　　切的戰鬥的一種表現的話，又會是什麼呢？[36]

　　當伊東從崗下路過，「我」以俯瞰的角度，沉靜地審視伊東，才年過
33、34 歲卻早已白髮叢生，鮮明地洩露出臺灣青年屈從於皇民化強壓的苦
惱形象，頓時的「我」似乎對於伊東的「心勞」隱痛，了然於心。尤其文
中暗憐於像伊東這類臺灣青年，生活在雙重文化壓擠下，內心深層的不安
與惶惑的同情——「經常都不知道是做了什麼惡夢似地揣揣不安的人（如
伊東）所擁抱的日本精神，究竟是治不了病也要不了命的東西。」[37]作者以
伊東這個反面角色，塑成皇民化典型人物的同時，也進一步解剖伊東這位
日治下臺灣知識青年心理的扭曲與無奈，而歸根究柢，這一切的苦難畢竟
肇自統治者的迫害。因此小說結束時，「我」連聲破口大罵「狗屁」，此時
的「我」已厭倦再對伊東或自我譴責，而這一句不屑的「狗屁」，應是對殖
民統治者的最佳控訴。

　　林柏年，朱春生的表弟，也是他的學生。一個熱衷劍道、體格結實、
內心剛毅倔強的臺灣青年。是作者在小說中塑造出來與朱春生對比的角
色，他代表的是純真的、憤怒的、有正義感的、熱愛土地與母親的、流著
故鄉血液的新生代典型。垂水千惠說：「林柏年的形象，恐怕是王昶雄處在
1943 年的階段時，勉強還可以描述的理想形象吧！」[38]這位富有強烈愛國
心與民族尊嚴的臺灣青年，自然是皇民化對立面的批判者，其思想底蘊始

[36]同前註，頁 362～363。
[37]王昶雄著；林鍾隆譯，〈奔流〉，《翁鬧、巫永福、王昶雄合集》，頁 361。
[38]垂水千惠著；涂翠花譯，〈戰前「日本語」作家——王昶雄與陳火泉、周金波之比較〉，原載於
　　《臺灣文藝》第 136 期（1993 年 5 月）；收錄於許俊雅主編，《王昶雄全集第十冊‧評論
　　卷》，頁 94。

終充滿著抵抗意識,從反抗伊東到為全島人贏得自尊的劍道比賽,柏年始終展現昂揚的戰鬥意志與不可侵犯的凜然姿態:

> 無論怎樣艱苦,一定堅持下去。本島人每天像三頓飯一般地被罵成怯懦蟲,實在受不了。還有,在打垮那些身為本島人,却又鄙夷本島人的傢伙的意義上,我也要拼命。[39]

這場為自己、為姨母、為鄉土、為全臺灣人民主體意識而贏得的戰役,柏年終於為所有被欺壓的弱者,一吐鬱積已久的怨氣:

> 那並不是做夢,本島人終於把劍道,變成自己的東西了。多半是心和技一致了,所謂能虛心坦懷地應戰的結果吧,或是激烈如噴火的鬥志,壓倒一切了吧。無論如何,優勝了。州下的稱霸,和全島的稱霸是一樣的。被欺侮為膽小如鼠的事,現在已成古老的故事了。現在就要吹滅卑屈的感情,本島年輕人正要開始飛躍了。[40]

是的,過去「被欺侮為膽小如鼠的事,現在已成古老的故事了。現在就要吹滅卑屈的感情,本島年輕人正要開始飛躍了。」此時柏年昂然的形象已與全島人民複合在一起,臺灣青年今後將不再卑屈怯懦,而是要真正躍上屬於自己的歷史舞臺。陳師萬益曾寫道:

> 他(王昶雄)特別滔滔,談到日據時期和日本人競爭:因為被歧視、被壓迫,臺灣人更不能認輸,連日本語都還要比他們說得好,寫得更漂亮!這一段話,王先生說得特別氣壯,讓我一下子監聽到王先生在 1943 年寫作〈奔流〉時候心底的吶喊。在小說裡他讓臺灣人學生擺脫被壓迫

---

[39] 王昶雄著;林鍾隆譯,〈奔流〉,《翁鬧、巫永福、王昶雄合集》,頁 350。
[40] 同前註,頁 351。

的卑屈抑鬱的心靈，以勤練苦訓，在劍道比賽中打敗日本人，提升飛躍臺灣人的志氣，以此優勝來象徵臺灣人要躍上真正歷史的舞臺。[41]

　　柏年身為臺灣人竟能以象徵日本國粹的劍道技藝，壓倒群雄，贏得勝利，這奮進的靈魂正是堂堂臺灣人挺直腰桿，傲骨精神之展現。

　　之後，柏年還是在中學校畢業後，步上赴日求學之路，也同樣違背親人們的期待，進入武道專門學校，柏年在寫給「我」的信函中有一段忠於自我與民族尊嚴的話語，他說：

　　我終於進了武道專門學校，違背了親人們的期待——。經常在揮動著竹刀，要迸裂一般充滿活力。在這個學校本島人是我第一個。用盡力量，踩著大地，揮舞竹刀時，如同無我的愉快，會把我一向鬱屈的心，一下子解放開來。請想像我悠悠的心情吧。事實上，我所生活的氣氛，不知為什麼，會有引起胸口激動的不可思議的力量。……不錯，我今後非做個堂堂正正的臺灣人不可。不必為了出生在南方，就鄙夷自己。沁入這裏的生活，並不一定要鄙夷故鄉的鄉間土臭。不論母親是怎樣不體面的土著人民，對我仍然無限的依戀。即使母親以那不好看的面目到這裏來，我也不會有絲毫畏縮的表現。被母親擁抱，就像幼兒一般，任其自然。[42]

　　柏年違背親人望其學醫的夙願，改習武道，盡情揮舞生命的熱力，呈顯出他一貫堅持自己理想的作風。同時還聲言要藉此做堂堂的臺灣人，絕不鄙夷故鄉的土臭、對母親絕對無限的依戀。在此，柏年把臺灣、土地、母親的意念巧妙地結合起來，與伊東的鄙夷臺灣、疏離土地、拋棄母親形

<hr>

[41]陳萬益，〈心奧底鄉愁〉，《臺灣日報》副刊「吹不散的心頭人影——追悼王昶雄先生 3」專題，2000 年 1 月 29 日，31 版。
[42]王昶雄著；林鍾隆譯，〈奔流〉，《翁鬧、巫永福、王昶雄合集》，頁 359～360。

成尖銳的對比。[43]

　　但值得關注的是，文中作者似乎有意將柏年赴日之後，步上伊東後塵而與他命運交疊做一可能性的伏筆，其線索諸如當伊東來祝賀柏年的優勝時，卻遭柏年的反唇相譏，因而引發伊東失控對他連掌摑打，伊東一句：「傻瓜！你怎會知道我的心情，不過，總有一天你會知道的。」[44]這話道盡過來人無法言說的體會。又在「我」面見柏年母親時，從柏年母親也就是伊東的姨母口中得知，伊東在柏年畢業典禮的兩天前特別來訪，對她說：「柏年一定會要求到內地去，不論要進那個學校，都請讓他去吧。學費的問題，雖然他的力量有限，但他也會想辦法。」[45]

　　故事至此，伊東那些全然負面的形貌似乎變得模糊，甚至被稍稍扭轉往正向的座標，於是「我」對柏年的母親說出：「伊東先生所做的事，雖然不值得讚賞，不過，他的動機是正確的，很可惜。對柏年君，當然現在已沒什麼可說的了，也是不用擔心的。依我看，那個孩子頭腦好，又是有意志的人，不會單方面地使知性造成偏頗的發達的。一定會養成血肉化的教養回來的。」[46]這是他對伊東、柏年與自己心靈糾葛的情結，全盤釐清後的真實感言。最後，「我」在覽信釋卷後，仍難掩內心激越澎湃的情緒，尤其是對柏年那堅定愛鄉愛土的心根，標舉出臺灣未來的希望。他說：

　　　我讀完了之後，還不忍釋手。在腦中描繪，兩頰泛出異樣的紅潮，皮膚稍稍冒汗似地光潤，烏黑的眼睛雖然小些，卻炯炯有神的柏年的英姿。也想像把洋溢的熱血，集於方寸之間的，手臂筋肉隆起的怒脹。即使如此，比這些更使我愉快的，是柏年的心根。他渡海去雖日子尚淺，一點也沒有卑屈感。這樣有為青年的出現，本島青年的成長，可以說已經達到了某一階段。信裏並沒有提及伊東，他對伊東要負責匯寄學費的事，

[43]呂興昌，〈評王昶雄〈奔流〉的校訂本〉，《王昶雄全集第十冊・評論卷》，頁28。
[44]王昶雄著；林鍾隆譯，〈奔流〉，《翁鬧、巫永福、王昶雄合集》，頁352。
[45]同前註，頁356。
[46]王昶雄著；林鍾隆譯，〈奔流〉，《翁鬧、巫永福、王昶雄合集》，頁359。

好像一點也不知道，這使我放下了胸中的一塊石頭。也許伊東的心理，
柏年逐漸得到了了解吧。[47]

　　同樣走上留學日本的路，也同樣選擇背離父母「望子成醫」的期待，
伊東和柏年在實現自我的道路上，幾乎如出一轍，而小說中的「我」（洪醫
師）雖然順從了親人心願「棄文從醫」繼承衣缽，但這三人之所以情牽意
絆，既相知又相惜，主要是小說澈底揭露了殖民地臺灣知識分子，在大和
文化與漢族文化的激盪、苦悶、矛盾與抉擇；王昶雄曾於〈創作的原始形
態〉一文中，有段對於往返於異文化摩擦過程的客觀解析，他說：

　　我一直反駁拘泥於「故鄉」、「出生」，而將個人溶入共同體，自陷於殖民
　　地生活方式的台灣。這不是文壇曾經出現過的與前近代的鄉土主義密結
　　的想法，重要的是經由個人自由所形成的國家主義。但是，這並不是要
　　躍進日本社會，而是在摸索統合身為台灣人的自我意識及身為日本人的
　　自我意識而生存的可能性。文化本來就不應該是封閉式的。沒有和異文
　　化交流，想像力就會枯竭而衰退。所謂的國際化，就是在和異文化之間
　　的摩擦過程中，往返於同化和拒絕之間，繼而培養健全的平衡感覺。文
　　化規格化，從甲文明切換為乙文明的時代，我想這是一種戰略。我們應
　　該不要流於一般論，而要加強以本國思想為主的獨自思想。[48]

　　強化本土意識，是王昶雄自始至終思想網絡中的核心意蘊，不明此
理，則不啻伊東、就連「我」，甚或未來的柏年都難逃這悲劇的宿命，因此
他說「也許伊東的心理，柏年逐漸得到了解吧」，但又情願相信以柏年的戰
鬥力絕對能抵擋這股皇民化狂潮，「不，絕對不會，對於伊東背拒有土臭味

---

[47]同前註，頁 361。
[48]王昶雄，〈創作的原始形態〉，收錄於許俊雅主編，《王昶雄全集第四冊・散文卷三》，頁
　334。

的母親的態度，這個青年始終堅定著痛責的態勢。」[49]

　　〈奔流〉自 1943 年 11 月曾被選入《臺灣小說選》，直至皇民化夢魘飄逝近半個多世紀的今日，它依然超越時空的囿限，以經典作品之姿，獲得文壇高度的關注與探析，[50]而王昶雄卻自謙地說：「〈奔流〉是被視為我的代表作，本來並非『藏諸名山，傳之其人』之物，所幸接獲了許多好友和讀者的來函，殷殷關切，並承謬獎，令我感激萬分。」[51]這篇誕生於日治戰鼓笳聲中的反皇民毒化的小說，其普遍性及代表性，實呈現了文學的深度與廣度。

二、彌縫身心裂痕的病誌──〈病牀日記〉

　　王昶雄曾於〈妄想片斷〉一文中透露，喜愛在靜夜挑燈閱讀的他，卻深受胃病折磨之苦，他說「猛烈地加油幾個鐘頭，就會像常例似地為胃痛之魔所襲，所以真受不了。」[52]而他的〈病牀日記〉就是書寫為此宿疾住院開刀的歷病心情。日記一開始便把住院生活以一句「灰色的生活」來概括，這是他住院第三天的心情寫照：

> 躺在白淨的牀上，只有天天跟天花板在瞪眼。這是無可忍耐的苦事。說是病人以保持安靜為要，而把人押在牀上，但究竟要費多少天才能解除，如何打發這寂寞，想到此，令人不知所措。……往日為工作、學業忙得不可開交之時，常想：若有寧靜沉思的機會該多好。一旦得到了它，卻無法從容應對，只感到焦躁不知所措，暗忖道，這是多麼悲慘的自己。[53]

---

[49]王昶雄著；林鍾隆譯，〈奔流〉，《翁鬧、巫永福、王昶雄合集》，頁 361。
[50]譯本有經王昶雄校訂之林鍾隆譯版、鍾肇政譯版、張良澤譯版、賴錦雀譯版等，及為數可觀的研究論文與評析補述。
[51]王昶雄，〈過去是一個新的起點〉，《王昶雄全集第四冊‧散文卷三》，頁 61。
[52]王昶雄著；葉笛譯，〈妄想片斷〉，《開南》臺灣商工學校創立二拾周年紀念號（1937 年 9月），收錄在許俊雅主編，《王昶雄全集第四冊‧散文卷三》，頁 3。
[53]王昶雄著；陳藻香譯，〈病牀日記〉，《王昶雄全集‧散文卷三》第四冊，頁 13。

　　王昶雄在日記中反映了人們在住院中共同的寂寥心境，因為「疾病」
使我們不得不脫離常人的生活軌徑，而專一地處理這「事件」，因此生病的
另一層生命的面向，便是一種機會與省思，讓我們透過「只有為這件事」
的沉思，回溯過往的生活慣態。他說：「胃病不知侵蝕去了多少我的胃，使
我失去血色。原來我是一個老饕，為了胃病，不知犧牲了多少美食。人生
還有比不能吃愛吃的東西更傷感的事嗎？」[54]又道：

> 這種生活，說起來也是一種很好的反省生活。
> 但是，我卻驚訝著在人生旅途上，不曾受過挫折，竟然對人生的步伐感
> 到疲憊的自己。我想是疾病使然的吧。在少年時代建立的抱負，美夢也
> 好像隨著歲月一層層剝落。若要談活下去的痛苦，這在年齡上似乎太早
> 了些吧。然而，我好像已喪失了用那少年時代所抱的那股純正無垢的感
> 傷與正義感，來抗衡充滿譏諷的俗世的力氣。[55]

　　疾病不僅對肉體造成侵害，同時也容易銷蝕心靈的躍度，這是病／人
的連動干係，也是在醫病關係上，最常被呼籲醫生眼裡不能只看見「病」
症，而不關照病「人」的理由。尤其當患者正在未明的醫學國度，忐忑於
醫師的偵測、尋索符合的病名時，到被宣告定讞的心理折衝，更是病誌書
寫最易著墨之處，王昶雄也提到：

> 下午，主治醫生來了，與我談了很久。對病情綜合各種檢查與診察的結
> 果，宣告病名為胃潰瘍。我心想：該到的已經來了。但，青天霹靂，我
> 只以為大概是胃酸過多，再惡化一點的程度而已。然而——卻做夢也沒
> 想到病況竟發展到這個地步。[56]

---

[54]（一）三月 xx 日〈病牀日記〉，頁 14。
[55]（二）三月 xx 日〈病牀日記〉，頁 17~18。
[56]同前註，頁 18。

　　而面對病灶的處置，病患和家屬又在未知的關卡上歷經挑戰，王昶雄就在日記裡寫到，決定開刀前他內心喜憂參半的曖昧心理，也特別感受到家人承受的精神壓力。他說：

　　終於決定明天將要開刀。好似高興，又忐忑不安，一種不可名狀的感覺充滿心中。……母親為我匆匆趕來。表情有些凝重，互相沒有談起有關明天開刀之事。對於我的開刀，她內心的壓力，似乎比我本人更沉重。啊！這就是「人母之心」吧！我甚至不敢正視母親的眼睛。[57]

　　在醫師能夠「對症下藥」的當口，即意味著病得醫治，一切將又回到常人的生活式樣，於是人們又開始重燃「有所為」的欲念（或說希望）：

　　我想，我的病一痊癒，一定要隨心所欲，好好工作一番。若能寫出一篇上乘的作品該多好。雖不敢說受上述一番話才奮發，即使咬緊牙根，也要好好完成它。我思索著一面與胃病格鬥，卻寫下：《聖‧利撒多斯》、《英雄崇拜論》、《法國革命史》而逝世的英國大文豪，柯爾萊爾的一生。[58]

　　而在歷病的過程中，病人通過書寫讓受病痛摧折的實存感覺，獲得心靈的緩解：

　　為了今晚要洗胃，中飯與晚飯都沒有吃。好不容易喝下護士送來的蓖麻油，不到半小時，肚子絞痛得死去活來。好不容易過去了，接下來又要灌腸。馬上開始下瀉，兩次、三次，真要命！八點半，洗胃。其苦無可言喻！

---

[57] （三）四月 x 日〈病牀日記〉，頁 19。
[58] （三）四月 x 日〈病牀日記〉，頁 20。

如此折騰，終於把肚子弄空了。身體虛弱得幾乎無法站立。疲倦不堪。
只有橫臥著。隨著時間的流逝，好像神經愈來愈尖銳，無法合眼，當我
感到睏意時，時鐘早已過三點了。[59]

　　王昶雄努力地維繫開刀前的殘存記憶，直至陷入無意識狀態，到手術
完成後在恢復室，等待逐漸甦醒的身體感官，對自我生命存在的欣喜與感
謝。他描述：

當七點半時，在左臂打了一針，八點半在右臂又打一針。之後，我的意
識逐漸朦朧起來。當被車送到開刀房時，精神完全在恍惚的狀態之中。
接下來從開刀到送到病房的時間竟已經過了兩小時又十五分鐘之久。這
期間我完全在睡眠當中，我什麼事都想不起來。……
回到病房，不知經過多久，當我睜開眼睛，首先看到的是自己的病房的
天花板。然後看見母親與堂兄在旁拼命地在為我準備冰袋的模樣。咦？
怎麼回事？這時候，我才恍然大悟，原來手術已經完了。我太高興了。
我大大地鬆了一口氣。
無論如何，我是活下來了。我給自己祝福。我自我觀察自己這段時間：
當獲知手術完成時的那股高興的心情，給活著的自己祝福……。這可說
是我對生命執著的一種印證。這心情，想起來雖為難為情，但亦值得自
豪吧。[60]

　　但隨著術後的醫囑與適應症的出現，病患同時也預備要再親臨另一個
磨難的高峰，如：

啊！水、想喝水！能痛快喝一杯多好！但，那是不可能的。口被蒙上口

---

[59]同前註，頁22。
[60]（四）四月 x 日〈病牀日記〉，頁22～23。

罩，想要出聲也沒力氣。我真想詛咒渴，為什麼這樣渴呢？羨煞北極——
——。渴，竟然使我幻想：北極是樂園呢。[61]

「疾病」隔絕了一般人習以為常的事物，連喝水都成了病人最奢侈的
幻想，王昶雄一句「真想詛咒渴」，道盡罹病者內心的無奈。又在：

> 夜，十點多，感到噁心。終於吐了出來。因為是開刀後的嘔吐，母親緊
> 張不已。趕快把醫生給請來。「這是開刀後，留在腹內的汙穢物，吐出來
> 較好呢。」醫生微笑而輕鬆地說明。母親不知是否也放下了心，在她的
> 眼角，我看到一絲發亮的淚水。
> 果然，吐完之後，舒服了許多。污物——讓我痛苦萬分的所有的汙物，
> 趕快消失吧。永遠地消失吧。我好像把過去所有的惡夢、憎惡、鄙俗的
> 想法，全部一股腦兒吐出來了似的。[62]

將具象的穢物，透過病體的排除，轉化對過往心靈汙物（惡夢、憎
惡、鄙俗）的傾倒，亦表病人重現嶄新的生命。這是病患己身對恢復生活
常境的渴求，也是執著生命的勇敢印記，他說：

> 開刀後，今日剛好一星期——。
> 這期間，那難熬的痛苦，若非親身經驗過的人，是難於想像的。頭三天
> 那種喉嚨的乾渴，若說：簡直殺人般要人命，也不會過份。我想像：在
> 晴空萬里，豔陽高照，毫無雲翳的沙漠中行走的情況，可相比擬。
> 茶水、米湯、果汁——這是全部的糧食！
> 甚至要平躺，不可翻身，要看報章雜誌，那門兒都沒有。是無名正言順
> 的「絕對安靜」！全身軟得像棉花，脊椎骨末端陣陣作痛。一日復一

---

[61]（四）四月 x 日〈病牀日記〉，頁 24。
[62] 同前註，頁 25。

日，每天與渴、空腹、骨痛，三者相格鬥。怎能被打倒呢？咬緊牙關，拼命忍耐。回想起來，自己真是個好鬥士。只要回想那些曾經被胃痛折磨的日子，這些忍耐，亦能以小事一椿嗤之。

今天，拆線的日子終於來了。

高興！緊要難關，平安過去！我壓抑不住心中湧出來的高興。[63]

當「疾病、病人與醫師」共同構織出一個醫療場域時，他們曾經如此緊密地合力作戰過，如今病癒日近，卻是「戰友」分別時刻的來臨，於是王昶雄竟在萬籟俱寂的深夜裡，興起文人騷客的感傷情懷：

枕邊的百合花，不斷放出陣陣清香。

夜幕，逐漸下垂。

萬籟俱寂，我瞪著天花井的眼簾，不知何時，也漸漸下垂……。

隨著微風，從陽台上送來了若斷若續的歌聲，清新透明。……多麼感傷的夜晚呢！好像會勾起往日之夢的哀愁，從窗口望天，無數的星星好像下雨般在眨著眼。

少女的感傷？——不！這或許總說是病人的感傷吧。[64]

經過病痛的淬鍊，生命再次呈顯偉大的韌度與展性，一場疾病旅程的終於結束～可以出院啦。於是一個常人專政的世界，再次敞開雙臂，歡迎你的回歸：

晨間，量了體重，重了兩公斤。臉色也紅潤起來。步伐也如往常一般，伸縮自如。

回診的醫生說：「年輕人，恢復也快，順便娶個媳婦怎樣？哈哈哈」我也

---

[63] （五）四月 xx 日〈病牀日記〉，頁 25～26。
[64] （五）四月 xx 日〈病牀日記〉，頁 28。

被笑聲所引誘，大聲地哈哈笑了起來。

醫生，後來又加了一句：

「明天，可以讓你出院了。」

明天，終於明天可以出院啦。心中高興不已。屈指一算，到今天，在醫院，我整整住滿一個月了。母親也顯得很高興，臉上不斷泛起微微的笑容。[65]

　　個人病誌的書寫使得產出的作家與消費的讀者，都共同經歷了一場生命之旅，所不同的是一個透過敘述，彌縫身心了的裂痕；而另一個則在閱讀情境中尋索可資體悟的人生資材。

——選自王幸華〈日治時期臺灣新文學之醫病書寫研究〉

臺中：東海大學中國文學研究所博士論文，2008 年 1 月

---

[65] （六）四月 xx 日〈病牀日記〉，頁 29。

留下熱愛生命的足跡
談王昶雄的散文成就

◎歐宗智*

一、前言

　　以《阮若打開心內的門窗》這首歌謠享譽海內外的王昶雄先生（1915～2000），日據時期即懸壺濟世，活躍於文壇，更以表現殖民下臺灣人不屈性格的、膾炙人口的中篇小說〈奔流〉奠定其文學地位。[1]

　　臺灣光復後，由於書寫文字的改變，帶來莫大衝擊，許多日據時代意氣非凡的前輩作家，一時無法克服語言障礙，作品因而銳減，甚至完全從文壇退了下來，每每令人興起滄海桑田之歎。出身淡水的王昶雄，原本以日文寫作，戰後雖一度銷聲匿跡，但他創作生命並未枯竭，有時或許頹喪，卻並不氣餒而扔棄手中的筆，多年之後，不言老的他重拾筆桿，痛下苦功，克服困難，改用中文寫作，復出文壇，而且樂在其中，成績斐然，誠為臺灣文壇的長青樹，人稱「少年大仔」[2]。

　　復出後，其作品在文壇上多為散文。一般而言，散文之堂廡本就闊大，無事不可言，無意不可入，王昶雄散文亦包括了小品、遊記、隨筆、

---

*發表文章時為清傳高級商業學校副校長，現為清傳高級商業學校校長。

[1] 〈奔流〉原載《臺灣文學》第 3 卷第 3 號（1943 年 7 月），同年 11 月又被選入《臺灣小說選》（日本：大木書房，1943 年 11 月）。原作日文，後由林鍾隆中譯，收錄於日據時期作家合集《海鳴集》（臺北：臺北縣立文化中心，1995 年 6 月），作者視之為代表作。而該作所表現的臺灣民眾抵抗皇民化之意志，王昶雄自謂在當時算是「勇冠三軍」了。語見〈過去是一個新的起點〉，《驛站風情》（臺北：臺北縣立文化中心，1993 年 6 月），頁 15。

[2] 作家蔡文章曾於專欄撰文〈文壇少年大仔——向前輩作家王昶雄問安、學習〉，介紹王昶雄不服老、不認老、不肯老、不能老的「少年」讜論，是以文友相聚乃逕稱王昶雄為「少年大仔」。其後王昶雄自我介紹時亦每以「少年大仔」稱之。以上參閱杜文靖，〈思想起「少年大仔」王昶雄——「益壯會」的一些故事〉，《文訊》第 172 期（2000 年 2 月），頁 105～108。

評論等，結集問世的有《驛站風情》[3]和《阮若打開心內的門窗》[4]，二冊皆厚達三百餘頁。《驛站風情》分成「藝文」、「時令」、「鄉情」、「遊踪」、「人物」、「談叢」、「小品」、「評論」八輯；《阮若打開心內的門窗》則分成「人文」、「人物」、「人生」、「人地」四輯，透露著生命裡彌足珍貴的點點滴滴，又猶如老幹新芽，令人兩眼為之一亮。就像著者所言，無論抒情說理，都平心而寫，推愛相與，不喊口號，不玩詭辭，「*一切隨心自在，信筆拈來，所以無所不拈，無所不談*」[5]。尤其讀者當能真切感受到，著者功力深厚，於字裡行間所流露的感性與熱情，很自然地也把我們久閉的「心門」與「心窗」打開了，著者手中彩筆之魔力，由此可見一斑。

二、展現文學觀、藝術觀與人生觀

王昶雄的散文，不含日據時期之作品，[6]茲以問世的《驛站風情》和《阮若打開心內的門窗》二書觀之，內容稍嫌繁雜，且體例不純，各篇有長達 3000 字以上者，也有不到 500 字者。經統計，扣除重複者 1 篇，加上自序 2 篇，共得 90 篇；從內容分析之，其中談文學者 14 篇、談藝術者 13 篇、談人生者 9 篇，充分顯現著者的博學多聞及思想之深刻，而我們從中也了解到著者的文學觀、藝術觀與人生觀。

他認為，「文以載道」的「文」是指文學與藝術，「道」則指的是人生觀或宇宙觀；文藝作品不具載道的內涵，其成就將極為有限，充其量只能成為「藝匠」而不能成為藝術家。[7]他主張，要寫就寫富有現代意識的「文以載道」的文章，且身體力行，非常反對「載」那些落伍的、充滿封建意

[3] 王昶雄，《驛站風情》（臺北：臺北縣立文化中心，1993 年 6 月）。
[4] 王昶雄，《阮若打開心內的門窗》（臺北：草根出版公司，1996 年 3 月）。
[5] 王昶雄，〈我珍惜我的足跡——自序〉，《阮若打開心內的門窗》，頁 3。
[6] 《驛站風情》所附〈王昶雄年表〉列載，王昶雄日據時代之主要作品尚有散文〈病牀日記〉等十篇、評論〈金聖歎論〉等 12 篇，唯均未收錄於復出後出版的散文集。
[7] 王昶雄，〈另一種格式的「渴死者」——人間無明正，心中有明正〉，《阮若打開心內的門窗》，頁 190。

識的「道」。[8]王昶雄在文章中經常提到較他年輕許多的當代作家及作品，如莊永明、楊小雲、林雙不、黃武忠、林文義、李昂等，甚至還談及現代雕塑、舞蹈及電影，的確是走在時代的前端，殊為不易。他指出，文學反映「時」與「地」，有其歷史意義和時代精神，也是人世的鏡子，文學之可貴在於反映人世的生活，任何有抱負的作家都應「寫你所知」，從生活中汲取靈感，體認到這個苦難年代本身即是一部偉大的創作，所以要把握住這部偉大創作的題材。[9]

關於詩，他說，世界沒有一種藝術品是孤立的，因為每一首詩，無不以文化背景和時代精神為其心智的基礎。[10]關於小說，他指出，平實而新穎的小說，內容不能離開「真善美」，因為真善美才是一篇創作最高的指標。[11]對於傳記，他認為，傳記之可貴，貴在它具有客觀性和正確性兩種瑰寶，具備這些要素，也才能增加密度和深度，而產生新境界。[12]由上可知，王昶雄的文學觀明顯屬於「為人生而藝術」，難得的是著者兼而講究文字表現的美感，反對陳詞濫調、拘守不變，務須力求創新，也難怪他支持張我軍批判舊詩的立場，[13]認為張我軍對臺灣舊詩的猛烈抨擊，每每都搔到了死對頭的癢處。[14]他強調，所謂「變」，正是生命在發揮活力。[15]著者的高見令人衷心佩服，畢竟，薑還是老的辣。

藝術方面，王昶雄主要的見解有：

（一）作品的風格從求精和勤奮中得來，而個人的風格，則多受制於先天的性向和後天的習性，作品的風格加上人品的風格，自然形成了藝術

---

[8]王昶雄，〈自序〉，《驛站風情》。

[9]王昶雄，〈過去是一個新的起點〉，《驛站風情》，頁13。

[10]王昶雄，〈梅花天地心——讀《賴和漢詩初編》〉，《阮若打開心內的門窗》，頁134。

[11]王昶雄，〈冷眼看繽紛世界〉，《阮若打開心內的門窗》，頁292。

[12]王昶雄，〈朦朧而曠達的地平線——序《陳逸松回憶錄》〉，《阮若打開心內的門窗》，頁166。

[13]張我軍，〈糟糕的臺灣文學界〉，《臺灣民報》第2卷第24號（1924年11月21日）、〈絕無僅有的擊缽吟的意義〉，《臺灣民報》第3卷第2號（1925年1月11日）。後均收錄於《張我軍文集》（臺北：純文學出版社，1975年8月）。

[14]王昶雄，〈新浪推舊浪——臺灣新舊詩論爭的啟示〉，《驛站風情》，頁25。

[15]同前註，頁27。

的風格。[16]

（二）藝術家要取材或尋覓靈感於生活時，自己該有一套能判別「高超低劣」的審美眼力，這可以說是一種從藝術創造中陶冶出來的美學觀；而眼力也告訴我們，「只要功夫深，鐵杵磨成針」，然後才會產生上乘之作。[17]

（三）藝事能有運斤成風之妙，全在於「熟」，所以有「熟能生巧」的諺語；學不可以不熟，但熟不可以不化，「化」而後才有自己的面目。[18]

（四）偏重臨摹的結果，很容易陷於文人畫的末流；寫生才是作畫的根基。[19]

（五）藝術生命依傍的是夢，沒有夢，就沒有人生、沒有藝術，持續的夢是文明開拓的尖兵、創造力的來源。[20]

歸納言之，王昶雄最重藝術的風格，要求超越技術的層面，進而建立個人的特色。尤其著者兼顧傳統與現代，頗能接受新事物，故對於楊英風現代感十足的雕塑作品或是陳珠卿的西班牙舞亦津津樂道，可見其藝術方面接觸之廣及修養之深。

由於已達從心所欲的境界，人生閱歷十分豐富，歲月的累積更證實其世事洞明的功力，著者自有一套安身立命的人生觀。即使眼見老友逐漸凋零，內心不免懷舊、感傷，寫了不少的悼念文章，但他又能「樂天知命，故不知憂」地沖淡悲戚之情，認真地生活。他認為，平坦的人生，是人人所嚮往的；但崎嶇的生命之旅與激昂的生命之歌，卻也一樣博得喝采。[21]又說，人們應於平淡中求至味，從咀嚼中取回味，追求「淡而不薄、厚而不

---

[16] 王昶雄，〈獨守孤燈一完人──陳慧坤其人其事〉，《阮若打開心內的門窗》，頁45。
[17] 王昶雄，〈擁抱「天人合一」的世界──景雕一代宗師楊英風〉，《阮若打開心內的門窗》，頁59。
[18] 同前註，頁64。
[19] 王昶雄，〈秀氣骨氣鍾於一身──淺論郭雪湖「浸淫丹青七十年作品展」〉，《阮若打開心內的門窗》，頁38。
[20] 王昶雄，〈「淡掃娥眉」的女畫家林玉珠〉，《阮若打開心內的門窗》，頁216。
[21] 王昶雄，〈民主戰士的媽媽──李來富〉，《阮若打開心內的門窗》，頁229。

滯、繼而不澀、醇而不黏」的境界。[22]面對歲月的無情,他主張,既然無法
阻遏歲月的狂流,便應緊握住每一個轉瞬即逝的時刻,發揮出明智的愛
心,為這塊園地,播下一些開花結果的種子。[23]他也強調「平常心」,謂天
地自然的風光,像四季的運行,不改其性,不誤其時,無不顯現平常心即
是「道」的本來面目。[24]這些都是人生睿智的結晶,值得一再咀嚼細品。特
別是著者有著「敞開我們心靈的門窗,去迎接更多的挑戰」的積極向上的
人生觀,讀來令人大為振奮;且著者又能欣然面對人生不可避免的不如
意,或酒或茶或歌以待之,不愧為「樂天知命的少年大仔」;而由於此種積
極向上的人生觀,是以將其視為另一形式之「勵志」散文亦未嘗不可也。

三、流露濃郁的鄉土情懷

故鄉永遠令人緬懷,王昶雄妙喻鄉土精神有著鹽和糖的「鹹甜味」,讓
人一再回味。[25]一般來說,流露濃郁的鄉土情懷,也是王昶雄散文的一大特
色。著者有一股對鄉土的眷戀與信心,本身即從事歌謠創作,極力推廣臺
灣歌謠,說臺灣歌孤島味十足,技術雖是西方的,但風格和精神卻是「源
於傳統,根於鄉土」,不啻好聽,就是表現土俗的意境,也特別高妙。他稱
讚臺灣歌謠是排悶解愁的「精神食糧」,它之所以具有這麼大的功力,主要
即在於歌謠本身的自主性與鄉土寫實性——自主、寫實所以貼切,貼切所
以引起共鳴。[26]

他談時令、民俗、古蹟、媽祖廟、童年往事,無不與本土經驗融合在
一起,娓娓道來,鄉情洋溢,頗為引人入勝。而其本土遊記,慣於抓住當
地凸出的點和線,像白描般的替它畫出一個淺明的輪廓,且每每於行文之

---

[22]王昶雄,〈還我當初美少年——樂天豁達的「益壯」一群人〉,《阮若打開心內的門窗》,頁239。
[23]同前註,頁264~265。
[24]王昶雄,〈平常心〉,《阮若打開心內的門窗》,頁270。
[25]王昶雄,〈文學傳統的延續〉,《驛站風情》,頁5。
[26]王昶雄,〈《阮若打開心內的門窗》情懷〉,《阮若打開心內的門窗》,頁18~19。

中夾憶往昔或細說掌故，十分耐人尋味。此外，有不少篇章提到，時代的
巨輪不斷把古老的東西壓碎，包括早時人際間的人情味、親切感，他憂心
純樸的鄉土、渾然天成的自然景觀一再遭到現代文明所破壞。[27]對於有關單
位從事文化遺產之重建維護工作，每每流於庸俗化，不重古雅情調，因此
破壞了原有的文化精神，王昶雄痛心疾首之餘，更加關注鄉土文物的保
存，眼見祖先遺留下來的許多傳統藝術，已瀕臨失傳的邊緣，乃為文指
陳、批判官民對民間文化的輕忽，冀能引起社會大眾的重視。[28]而他除了欣
賞京戲，為突破性的公正劇評喝采外，更樂於接觸代表鄉土的歌仔戲及掌
中戲，並且大聲疾呼，為挽救日益式微的民間技藝，必須以國家的力量加
以保存與維繫；愛惜土地、重視鄉土的歷史與文化，則是今後我們所應共
同努力的方向。其熱愛鄉土的「古道熱腸」，怎不令人深深感動！願所有年
輕人一起來參與傳統文化活動，冒出生命的火花，做到「你來、我往」，發
揚鄉土文化真正的哲學精神。

四、深具史料研究價值

對傳記文學素有鑽研的王昶雄，[29]其《驛站風情》與《阮若打開心內的
門窗》極具價值的，應是夾敘夾議了許多位臺灣前輩畫家、音樂家、雕塑
家及作家，有如人物誌，多達三十篇以上，雖然所言見仁見智，卻對後學
的研究工作，提供了豐富而新穎的史料，此應是王昶雄散文最大的成就。
這得歸功於作者雖從無寫日記的習慣，卻有保存友好手札、紀念冊、備忘
錄之類的癖好，[30]因此即使時隔數十年，他仍可由相當完整的舊物中整理出
點點滴滴的溫暖回憶。

王昶雄長於一針見血的評論，在他的筆下，郭雪湖 70 年的繪畫滄桑歲
月，其藝術由繁而簡，風格也從婉約秀麗轉而為豁達豪放，內容與風格都

---

[27]王昶雄，〈自序〉，《驛站風情》。
[28]王昶雄，〈滄桑話臺南〉、〈重建後的赤崁樓〉，見《驛站風情》，頁 173～182，183～192。
[29]《驛站風情》附錄王昶雄年表所載，其早在日據時代即曾發表〈傳記文學論〉。
[30]王昶雄，〈無論來與往，俱是夢中人〉，《驛站風情》，頁 202。

很腴潤清新，充實和諧。陳慧坤投身自然，師法自然，自然是天，藝術是人，他可以說得到了「天人合一」的大道理。鄭世璠的畫作富有「言有盡、意無窮」的一種韻味，而畫面流露出抒情詩意，確能撩人綺思。顏雲連善笑善飲，感覺靈敏，看透一切世態，曠遠豁達，高興中顯見天真的童心。富有「鬥勁」、樂於嘗試的楊英風，其雕塑作品能發揮出流動感和前衛性步調，處於任何時點，都走在時代的最前面。

　　人稱「新臺灣文學之父」的賴和，其詩詞有敘述景物的，也有抒發情感的，偶有憂念時艱的；能融舊詩的音節入白話，又能利用舊詩裡的情景表現新意；既有擔當憂天憫人的情懷，又有享受人生開朗的心地。信奉五四精神的張我軍，是兼具「中國結」與「臺灣結」的先覺，由此可以猜出他的苦悶與歡悅。臺灣文化運動的鬥士王白淵，內剛的性格，常披著一件優柔的外衣，是屬於「外柔內剛」型，隨時可見他書生的本色。張文環則有正負二面，正面者，一為妙語解頤的能手，二為威武不屈的傲骨硬漢；負面者，一為膽小如鼠，除患有懼高症之外，又膽怯於過鐵索吊橋，二為滴酒不沾，不知「對酒當歌」的滋味。鄉土文史家王詩琅，治學不按牌理出牌，性情耿直，淡於名利，重行誼，尚氣節，從不發出違心之論，想說的也從不隱瞞，他尤其是嫉惡如仇，有時會情不自禁地連喊著口語的「三字經」；其文章樸實無華，但言之有物，有時稍欠精密，卻簡潔有趣。他指出，郭水潭的詩不事斧鑿雕琢，詩材又有普遍性，用簡單易懂的字彙書寫，詩句樸實、自然，但時有寓意不深、分量不重之評。至於女詩人陳秀喜，在她詩的領域中，處處充滿了對愛心的歌頌；傷感卻不濫情，而是自成一種境界，把它收斂得風格、格調均高。

　　醉心鄉土史與民俗研究的廖漢臣，外表冷靜，內心卻是熱辣辣的像一盆火，正是古諺所謂「靜如處女，動如脫兔」的外柔內剛型。鼓吹臺灣新文化運動的郭秋生，主張用臺灣話文來表現臺灣話，凡事堅持己見，全力以赴。專修易經、語言學的吳本立，淡泊名利，渾身沒有一絲傲氣，最可愛的是他的書生風格，直來直往，笑罵由人，是傳統知識分子的最後餘

韻。林芳年英氣奮發之中，帶有幾分憨厚，由於對人毫無所求，才表現出他的和諧與「無欲則剛」的精神。而音樂家呂泉生滿頭銀髮，是個具有威信的人，當他站穩在指揮臺時，意氣風發，忽靜忽動，他莊重地站在那兒，就是一尊不倒翁的硬漢形象；其作品雖沒有玫瑰花的嬌豔，卻有野菊的清新和自在。

以上這些藝文人物及作品的評述，[31]均得自著者與人物之間數十年的實際交往，彼此還是經常聚首的詩酒之友，是以提高其可信度與可讀性，彌足珍貴。

五、三點商榷

王昶雄曾於〈文評談何容易〉一文自言，文評最容易與「人事」結合，成為一種工具，「**過與不及，捧與罵，同為文藝進步的絆腳石**」[32]。但事實上，作者對前述這些藝文人物，評論時每多讚美之語，或因彼此熟識的緣故，是以難得見到更深入的批評，且不免流於以「印象批評」為主調，讀者乃未能從多重面向來進一步了解藝文人物及其作品，不能不說是美中不足之處。

此外，這些藝文人物及作品的評述，以單篇觀之，並無不宜，然全面來看，則難免部分篇章主題互有重複，如談「益壯會」的〈還我當初美少年〉[33]，提到的陳秀喜、王詩琅、郭水潭、鄭世璠、呂泉生、楊英風等人，內容與其他篇這些人物的專文雷同，或多或少減低了新鮮感。同樣的，評介同一人物的篇章前後重疊，題目有所不同，篇幅亦有長有短，內容或增添或刪減，然兩相對照之下，重複的段落、文句仍多，一眼便可發現，如

---

[31]以上各家評述文字摘自《驛站風情》、《阮若打開心內的門窗》二書有關人物之專文，不另詳註。
[32]王昶雄，〈文評談何容易〉，《驛站風情》，頁31。
[33]王昶雄，〈還我當初美少年——樂天豁達的「益壯」一群人〉，《阮若打開心內的門窗》，頁237～266。

介紹楊英風的〈妙契自然‧發掘天趣〉[34]與〈擁抱「天人合一」的世界〉[35]
即是。

　　當然，更值得引以為戒的是，寫作者最忌「重複」，不斷重複「製造」
相同的複製品，則乖離了文學乃是「創造」的本義，每一寫作者都應有此
自覺。然以上所述之外，王昶雄尚有某些相同的內容、文句先後出現在不
同篇章之中的情形，如談張我軍指陳舊詩拘守不變的缺失為「**每每都搔到
了死對頭的癢處**」，此語既見於〈新浪推舊浪〉[36]，在〈兩地情結的人——
悲歡交融的張我軍〉[37]，同樣的話又說了一遍。王昶雄於〈過去是一個新的
起點〉[38]談到其代表作〈奔流〉時，謂在高壓統治的日據時代，「**讓像林柏
年那種不肯屈辱的硬漢粉墨登場，已稱得上『勇冠三軍』了。**」雷同的敘
述再度出現在〈一九九五年「北臺文學綠映紅」〉[39]一文。又如，〈朦朧而曠
達的地平線——序《陳逸松回憶錄》〉[40]有一小段形容文字：「**敘述又不落入
俗套，在構思時顧慮周詳，……既沒有冗長的徵引，也沒有繁瑣的考證，
但卻能輕描淡寫，探驪得珠，使人耳目一新。**」這一段文字又整個套用於
「北臺灣文學」第四輯導言〈縱橫文筆見高情〉[41]。作者於〈《阮若打開心
內的門窗》的情懷〉一文指出，歌謠之所以成為排悶解愁的「精神食糧」，
乃因歌謠本身的自主性與寫實性，認為「**自主、寫實所以貼切，貼切所以
引起共鳴**」[42]，一模一樣的形容詞在下一篇〈迎接五彩春光——序《臺灣歌
謠鄉土情》〉[43]，原封不動地移植過來。〈平常心〉與〈平心論平常心〉[44]二

---

[34] 王昶雄，〈妙契自然‧發掘天趣〉，《驛站風情》，頁43～46。
[35] 王昶雄，〈擁抱「天人合一」的世界——景雕一代宗師楊英風〉《阮若打開心內的門窗》，頁 53
～66。
[36] 王昶雄，〈新浪推舊浪——臺灣新舊詩論爭的啟示〉，《驛站風情》，頁25。
[37] 王昶雄，〈兩地情結的人——悲歡交融的張我軍〉，《阮若打開心內的門窗》，頁138。
[38] 王昶雄，〈過去是一個新的起點〉，《驛站風情》，頁15。
[39] 王昶雄，〈一九九五年「北臺文學綠映紅」〉，《阮若打開心內的門窗》，頁110。
[40] 王昶雄，〈朦朧而曠達的地平線——序《陳逸松回憶錄》〉，《阮若打開心內的門窗》，頁164。
[41] 「北臺灣文學第四輯」，臺北：臺北縣立文化中心出版，1996年7月。
[42] 王昶雄，〈《阮若打開心內的門窗》情懷〉，《阮若打開心內的門窗》，頁19。
[43] 王昶雄，〈迎接五彩春光——序《臺灣歌謠鄉土情》〉，《阮若打開心內的門窗》，頁30。
[44] 分別見於《阮若打開心內的門窗》，頁269～271，272～274。

文亦重複出現以下的段落:「天地自然的風光,像四季的運行,不改其性,不誤其時,無不顯現平常心是道的真面目。心不迷於知不知,虛心坦懷,放捨諸緣,那便是人間好時節,也就是『日日是好日』的真諦。」僅僅改動一二字而已。

　　不斷在求新求變的老作家,卻發生上述主題重複與思維套板的缺失,豈不可憾!此是否正透露出,作者因年高體衰,而導致創作力轉弱的警訊?

六、結語

　　《驛站風情》與《阮若打開心內的門窗》散文集,是文壇長青樹王昶雄復出筆耕所結的美好果實,從字裡行間,我們感受到興趣廣泛的八十老翁,內心充塞著美少年的熱情及飽滿的生命活力,不禁覺得年輕有勁。其散文以博學多聞、洞明人情世故的練達、廣闊的交遊為創作的骨架,運用洗鍊的文字,融入了生活情趣,使作品呈現平實的風格,又能力求新穎,避免了一般散文最常見的、「平庸乏味」的缺點,且富有現代意識,實乃臺灣前輩作家之中所罕見,具有舉足輕重的地位。綜觀之,其散文作品應介乎余光中所謂「學者的散文」和「現代散文」之間,[45]其成就不容忽視。

　　值得一提的是,不服老的王昶雄全力消化素材,務求言之有物,見解擲地有聲,他那「為人生而藝術」的文學觀、講求建立個人特色風格的藝術觀及樂天知命的人生觀,在在發揮著指引的作用。而他積極參與傳統民間文化活動的鄉土情懷,讓人深深感動。此外,他對於臺灣前輩畫家、音樂家、雕塑家和作家的評述,更為臺灣藝術史、文學史研究,提供了寶貴

---

[45]詳見余光中,〈剪掉散文的辮子〉,《逍遙遊》(臺北:大林書局,1969 年 7 月),文中將散文分成下列四型:「學者的散文」、「花花公子的散文」、「浣衣婦的散文」、「現代散文」。所謂「學者的散文」包括抒情小品、幽默小品、遊記、傳記、序文、書評、論文等等,尤以融合情趣、智慧和學問的文章為主。「現代散文」則講究彈性、密度、質料,亦即以現代人的口語為節奏的基礎,不避方言或俚語,酌用歐化句法使句法活潑、新穎,也不妨容納文言句法,使句法簡潔些。講求奇句、新意、美感,還如同衣服是定做而非現成的,須有自己專用的字彙。

的史料，評述時雖未能在讚美之餘，更進一步深入批評，且內容有前後重複的情形，但不可否認，其確仍具有高度之價值。

　　「少年大仔」王昶雄先生藉由這些散文作品，留下他生命的足跡，而我們也看見一位熱愛生命的前輩作家，堅持信念，認真地生活，用心地執筆希望，「將一顆顆的有神采、有力氣的樹，都種在台灣這片土地上，種在土地上每個人的心窩裏。」[46]因為熱愛生命，所以其散文有著生命的重量，值得我們去細品、感受。關心臺灣本土文化發展的人，自當向摯愛鄉土、不斷散發生命熱力的王昶雄先生致上永恆的敬意。

參考書文目錄：

・張恆豪主編，《翁鬧、巫永福、王昶雄合集》，臺北：前衛出版社，1991 年 2 月。

・何寄澎主編，《散文批評》（當代臺灣文學評論大系之五），臺北：正中書局，1993 年 5 月。

・歐宗智，〈老幹新芽──評王昶雄散文集《阮若打開心內的門窗》〉，《臺灣新聞報》「西子灣副刊」，1997 年 5 月 25 日，13 版。

──歐宗智《橫看成嶺側看成峰──臺灣文學析論》

臺北：臺北縣文化局，2004 年 12 月

---

[46] 王昶雄，〈我珍惜我的足跡──自序〉，《阮若打開心內的門窗》，頁 4。

歷史、現實、憧憬
王昶雄詩歌中的故鄉情結

◎李魁賢*

一、前言

俄羅斯農民詩人葉賽寧（Sergey Aleksandrovich Yesenin, 1895～1925）
說過：沒有故鄉，就沒有詩。尋找故鄉吧，找得到就是勝利。

本來，故鄉應指一個人的出生地或是長期居住過的地方，在地理上自
在，是不待尋找的，但對於離開故鄉的人，「尋找故鄉」的意義，應該是在
心靈上尋找認同的歸屬吧。因此，「故鄉」理應有一番不同的延伸。

法蘭西評論家斯塔爾夫人（Madame de Stael, 1766～1817）說過：詩人
都有兩個故鄉，一個是現住的場所，一個是憧憬的地方。這便是著眼在心
靈的歸屬感。現住的場所之所以也會成為故鄉，是因為受到認同而願意居
住下去。所以，也有人認為讓您喜歡居住下去的國家，就是您的祖國。

人有追求理想的天性，最大的幸福就是居住在自由自在全心融入，獲
得心靈上滿足的地方。現住的場所如果不能滿足，勢必會遷移，而現實上
不許可時，便產生憧憬。於是，詩人便會往詩創作上塑造他心目中的香格
里拉。

因此，故鄉便有了三個層次：歷史的故鄉、現實的故鄉、憧憬的故
鄉，分別代表著過去式、現在式、未來式的存在場所。

然而，人往往在幼年或青少年時留下美好的回憶，而憧憬著重過回憶

*詩人，發表文章時為專利代辦，現已退休，為名流書房坊主。

中的生活。因此，憧憬的故鄉和歷史的故鄉往往會產生重疊。

淡水是王昶雄出生地和童年成長的地方，是他歷史的故鄉。青少年負笈日本十三載，[1]學成回歸故里，作育英才和行醫。1950年移居臺北市，直到棄世，臺北市成為他現實的故鄉。由於臺北市和淡水兩地近在咫尺，淡水只不過是臺北大都會的郊區，來往交通方便。因此，半世紀來，王昶雄仍不時回到淡水行走，而在詩文歌詞不時描寫淡水，其孺慕之情常溢於言表。所以，淡水又是他憧憬的故鄉。

本文將僅就王昶雄在他創作的詩和歌詞中，所表現的故鄉情結，加以歸納和分析。

二、歷史的故鄉

> 九坎街（今之重建街）是生我育我的地方，我感到它的一磚一瓦，都充滿著歷盡滄桑的時代痕跡。我家斜對面的鄰居門前有一塊巨石，經常有我和鄰近小朋友嬉笑玩耍的午後時光。在這條古樸的小街裏，回映多少深遠的笑聲，那是從曾祖父的年輕時代一直到我們的童年，跟這兒的一石一木所結的醇厚深情。[2]

人隨著年齡的成長，活動範圍擴大，生息領域的概念也會有所變化，嚴格說來，少年時的王昶雄，當他的足跡只限於淡水區內時，生長地方的九坎街算是他的故居，等到他踏上淡水界外，或遷居外地時，淡水是他的故鄉，而當他負笈東瀛或出國旅遊時，臺灣便成為他的故鄉。因此臺灣是他的大故鄉，淡水是小故鄉。

---

[1] 王昶雄在〈過去是一個新的起點〉，發表於《臺灣時報》，1985年5月14日，8版；收入《驛站風情》（臺北：臺北縣立文化中心，1993年6月），頁10。自述：「我負笈東瀛十一年」，但根據其自撰年表：1929年赴日，考入郁文館中學，1942年自日本返回臺灣，故旅日時間應有13年。後來發現王昶雄負笈東瀛期間，其實曾經返臺就學多年。
[2] 摘自〈尋回失落的童年〉，發表於《新生報》，1991年1月24日，22版；收入《驛站風情》，見頁95。王昶雄先生出生地為九坎街42番地，今重建街30號。

　　「歷史的故鄉」是指作者下筆寫作之前的情境，意即一種追憶式的描述。王昶雄膾炙人口的小說〈奔流〉、〈淡水河的漣漪〉等以淡水為背景，這是一種故鄉情結。在《驛站風情》的「鄉情」輯內，收錄五篇文章，描寫淡水的歷史、人文、風景、民俗等，而在「遊蹤」輯內有八篇文章，分別描寫九份、烏來、苗栗、日月潭、玉山、臺南的風光，可見王昶雄對淡水和臺灣的情深意切。而在他的詩歌中，也經常情不自禁歌詠童年和鄉景。

　　王昶雄在一首〈童年〉[3]中，以散文詩的形式寫著：

　　童年是碧綠的湖水和打水仗的聲音交織而成的。
　　童年是一只彈弓、滿口袋石子的樹上的鳥巢銜接而成的。
　　童年是爬過鄰居的圍牆摘蕃石榴被追打的逃奔所串成的。
　　當中年汲汲營營的為生活奔波時，童年記憶的清晰，絞動著心室掙扎。
　　當步入老年只能靠回憶生活時，一種欣然的滿足滋生——另一個童年的
　　到來已是不遠！我期待，我切盼。

　　童年值得回味，因為大多無憂無慮，或者說不受到社會性的干擾，有許多歡笑的樂趣。而這種樂趣也因時代而出現很大的變化。譬如在此詩中描述到打水仗、彈弓、偷摘蕃石榴，就不是城市裡的小孩，或現代遠離自然的孩童所能享有或體會。當作者在中年回憶童年生活時，自然而然形成一種牢不可破的情結，甚至到老年時，猶期待能重溫童年的歡樂，一種返老還童的熱切油然而生。

　　王昶雄早年有一首〈陋巷札記〉[4]的日文詩，後來他自己譯成中文如下：

---

[3]未刊稿。
[4]刊於《笠》第 173 期（1993 年 2 月 15 日），頁 21～22。

孤陋的小巷

好像一座不設防的空城

又窄又長的巷子

多冷冷清清啊！

沉寂的牆，沉寂的路

透不出一聲鳥啼

日暮時分

兩三個小孩天真地

口裡含著糖果，一步又一跳

一對年輕戀侶手挽手

彷彿擁有一個宇宙

偶爾有個攤販，挑擔吆喝

深夜的一些夜歸人

有的馱著無形的疲倦

有的拖著淒涼的身影

星星似在眨著眼睛

小巷有如衣服的裡子

猶如人家的後門

不必講面子，不用裝模樣

一切都原形畢露

孤陋的小巷

夜夜在星光的慈撫中安然睡去

這首詩應該同樣是對故居的描寫，可以看出童年的情境是素樸的。雖然小巷不免孤陋，而冷冷清清；但偶爾有天真的小孩、熱戀的情人、深夜的夜

歸人走過，有著快樂、溫暖、撫慰的情誼在飄盪，給人「安然」的感動。

正如王昶雄在另一首〈不信童年喚不回〉[5]中提到：

　　……曾經也有過綺麗的童年

　　它雖然只給生命以短暫的滋潤

　　在回憶裏却有享不盡的甜蜜

顯示童年的回憶永遠是甜蜜的。

淡水是一個港口小鎮，山和海是淡水的二大自然資源。〈海邊的回憶〉[6]也是王昶雄早年的一首日文詩，自譯為中文：

　　我的老家是海邊

　　我在那裡長大

　　赤著雙腳，奔馳在海灘上

　　萬頃碧濤翻出閃閃白浪

　　數著粒粒細沙

　　耀著晶晶貝殼

　　天地間好像只賸了我一個

　　……

　　……

淡水海景成為王昶雄對故鄉最鮮明的記憶。又因寫作時正寄旅日本，所以故鄉的情結到最後一段：「我早已遠離了海／海邊的幻想／只能從記憶裡翻出來」，便躍然紙上。

---

[5]刊於《笠》第 176 期（1993 年 8 月 15 日），頁 4〜5。
[6]刊於《笠》第 173 期，頁 22〜23。而於 1990 年 8 月 9 日重刊於《聯合報》副刊時，首行改為「海的一邊是我的老家」。

王昶雄在另一首〈思鄉情懷〉[7]裡，把鄉愁和青春歲月逝去的惆悵加以
重疊：

　　我常常打開心靈的窗
　　曾坐在故鄉丘陵上的我
　　就會看見溫熙的河山
　　昔日蒼翠的青山和銀帶般的河流
　　都隱進那奧祕的深處
　　如今金黃的歲月失落了
　　像一顆燦爛的流星掠過茫茫的天際
　　在記憶裡依稀還殘留著青春的痕跡
　　我依然如故的思念我的故鄉
　　以及屬於它的一切
　　故鄉的景物將不朽
　　在通往永恆的驛站中

這是一種典型的「歷史的故鄉」情結，在歲月流失的歷史座標與遠離故鄉
的地理座標交錯，而賦予故鄉景物的永恆性。這種永恆性其實帶有很大的
虛擬性，因為是存在於思念中才成為永恆。實際上景物早已變遷，連王昶
雄在重建街的故宅也不復舊貌。

　　在王昶雄創作的歌詞裡，常歌頌大故鄉的臺灣，例如〈我愛臺灣的老
家〉[8]，茲舉第一節如下：

　　遠山含笑　稻香隨風飄
　　白雲如抹　清水溪畔好逍遙

[7]刊於《笠》第 171 期（1992 年 10 月 15 日），頁 17。
[8]由呂泉生作曲。

> 捉迷藏　騎竹馬　三五嬉戲樂陶陶
>
> 雖然童年喚不回　人情依舊濃如膠
>
> 四季特產數不清　這也妙來那也好
>
> 台灣我的老家　我愛台灣我的老家

同樣的風景，有童年生活的回憶。又如臺語歌詞〈臺灣風光好〉[9]，共六節，描寫臺灣由北到南的各地景觀和特色。其中第一節描寫的是淡水：

> 觀音山影人人愛　淡水河流透大海
>
> 有山有水好景致　紅毛古城添光彩

在「歷史的故鄉」情結裡，可以看出王昶雄抱著美好的回憶和肯定，一方面顯示王昶雄童年家庭生活的優裕，不必有耕作或勞動，而童年對自然的和諧，使他能與自然美景合拍，而存續於記憶中，在詩歌裡重現；另方面可以看出他對臺灣的愛，在詩歌中不時加以詠歎。

三、現實的故鄉

> 曾是臺灣長期間文化的發祥地、貿易港，盛名曾受謳歌的這個廢港，現在這樣靜靜地睡眠在充滿片片晚春色彩的大自然上的情狀，使我感覺，不可思議地在我的心靈中，聯繫上某種悠久的東西，以及人智不可及的偉大的事物。接觸經常聳立著的山川草木，以及幾乎目眩的藍空的光輝，清清楚楚地感覺到有生命的東西存在的力量。……使我感覺對鄉土的愛心不夠。今後，我非用這個腳跟穩重地踏著這塊土地不可。[10]

---

[9] 同前註。

[10] 摘自王昶雄小說〈奔流〉，《翁鬧、巫永福、王昶雄合集》（臺北：前衛出版社，1991 年 2 月），頁 362。

　　「現實的故鄉」是指作者寫作當時的現實情境，是一種現狀的觀察、描述和感受；王昶雄在日治時代太平洋戰爭的陰影中執寫〈奔流〉時，淡水雖然已失去貿易港的經濟價值，形同廢港，但風景依然壯麗，在青年王昶雄的心目中，依然有強烈的生命力蠢蠢欲動，引起他要更加愛鄉土的誓言。可見王昶雄對現實的故鄉保持一往情深，故鄉仍充滿了無盡的魅力。

　　可是，戰後情況改變了，50 年的生聚教訓，經濟發達了，可是生活品質卻退步了。王昶雄對現實的故鄉表示不滿，在詩中表露無遺。對現實不滿意似乎是人情常理，詩人更往往把對現實的失望形之於筆墨，王昶雄也不例外，他在〈嘶啞的淡水河〉[11]詩中，有兩節提到：

> 四十年前水勢滔滔，水色藍澄澄
> 四十年後變成一條死寂的河流
> 滿目瘡痍而臭味沖鼻
> 也許是藉口「科技化」的後遺症
> 河面上形形式式的漂流物
> 讓人看了膽戰心驚，掩鼻而過
>
> 看河的遊客走了
> 垃圾卻亂七八糟地留下來
> 污染了詩情畫意的海岸線
> 隨著潮起潮落
> 紅樹林的垃圾也漂來漂去
> 河岸的國寶級水筆仔
> 承擔了淡水河流域的所有污垢
> 螃蟹懶得出頭
> 水鳥也不斷減少

---

[11]刊於《笠》第 164 期（1991 年 8 月 15 日），頁 56～58。

描寫怵目驚心的河流污染，淡水河在 40 年間的變化中，從清水變成濁流，
而這就是臺灣北部水流命脈的淡水河，流到河口附近的生態。王昶雄在這
一首詩裡，還不忘提到 40 年前的風光：

> 這裡有出奇的夕照
> 斜陽到了港區的一邊時
> 絢麗的雲霞在天際舒展
> 那霞彩吻著水面
> 隨著水波蕩成無數細鱗
> 在悠悠蠕動得好美啊！
> 極盛期的河港夜景又像夢一般
> 遊船畫舫都穿梭其間

從極盛時期的風光旖旎，40 年後變成滿目瘡痍，王昶雄現實的故鄉淡水承
載了如此汙染的重大負擔，對比於追憶童年的「歷史的故鄉」情結的溫
馨、快樂，這種「現實的故鄉」情結，是沉重而且難以忍受的。

王昶雄在旅行澳洲所寫一首〈大自然的化身〉[12]中描寫到：

> 我們來到澳洲正值春天
> 斜陽把花紅草綠的大地染成一片金黃
> 自然景觀尚能避免現代人的公害
> 到底保持著歸真返璞的原始基調——

極言澳洲大自然之美。可是最後筆鋒一轉：

---

[12]刊於《臺灣時報》，1997 年 11 月 4 日，之前曾發表於《自由時報》，1993 年 12 月 8 日和
《笠》194 期（1996 年 8 月 15 日），頁 45。其中「浪得虛名」均作「空頭」。

> 一回到浪得虛名的「寶島」
> 天空煙霧茫茫，地上噪音嚚嚚
> 令人有昏天黑地之感！

在對比中感歎臺灣的烏煙瘴氣，顯示王昶雄對現實的故鄉環境汙染極大失望。

王昶雄〈在地球上的一角落裡〉[13]一開頭就提到：

> 在地球上的一角落裡
> 看見對綠油油的山林資源搜刮殘害
> 就等於是斬斷了鄉土依存的根本命脈

強力抨擊騰山林被濫伐濫墾的現象，並表達了鄉土命脈將被斲喪的隱憂。接著幾節描寫了地球上其他角落的亂象和暴力與揮霍後，明顯又回首關心臺灣的社會生態：

> 在地球上的一角落裡
> 看見生民被在「革命尚未成功」的口號下彈壓
> 卻也在其抗暴的血泊中摸索著黎明的方向

從這裡，可以看出王昶雄對臺灣人民在追求民主運動中所做努力的關切，以及持正面肯定和鼓勵的態度。這種精神立場，在其他詩中迭有明確的宣示與表白，例如〈你與我〉[14]的末段：

> 半個世紀的歲月

---

[13]刊於《笠》第 170 期（1992 年 8 月 15 日），頁 34〜35。
[14]於《笠》第 171 期（1992 年 10 月 15 日），頁 18〜19。

　　使我飽受了

　　鄉土運命的淒苦

　　如今火炬已經燃燒起來了

　　邁向康莊大道的

　　燦爛的火光！

經過半個世紀的「淒苦」，他欣然看見「燦爛的火光」（可惜他來不及看到
3 月 18 日燃燒起來的火炬）。而在〈烈士碑前〉[15]，他對鄭南榕烈士的捨身
取義則忘情地歌詠著：

　　自焚是頑磁性的抗議

　　自焚是光與熱的開始

　　自焚是火　點燃爭取自由的火把

　　自焚是水　先起洶湧民主的浪濤

　　自焚是風　颳跑邁向自由的阻力

　　自焚是雷　轟走欺壓民主的陰影

　　在這鄉人望穿雲霓的季節

　　如果淌過的淚水可以灌溉乾涸之地

　　如果流過的熱血可以換來民主自由

足見王昶雄對追求民主自由的熱血男子漢，不吝於最高的讚美。

　　王昶雄對「現實的故鄉」情結有兩個極端的層面：一方面對自然景
觀，終戰前是全心的熔入；戰後則幾乎抱著絕望的心情，對環境生態的殘
敗不留餘地的揭發。另方面對困鬥中的臺灣政治曙光，卻有極為樂觀的期
待，常常表達出情不自禁的願景。

---

[15]於《笠》第 157 期（1990 年 6 月 15 日），頁 71。

四、憧憬的故鄉

> 我相信，每個熱愛淡水和它一切的人，他們的心都像是一個鏡子般的水
> 面，映照無數記憶的顯影。此刻面對著明媚的風光，那顆煩瑣的心，又
> 尋回了古典的浪漫。風來風去，總拂不去心頭的鄉景和鄉情。[16]

　　詩人對現實的不滿，會轉而憧憬一種理想的領域，故「憧憬的故鄉」
是指尚未實現的場所。這種憧憬有時是虛擬情境，有時卻會嚮往歷史的故
鄉，欲重返童年的香格里拉。在上舉〈童年〉中，王昶雄就明白表達出
「當步入老年只能靠回憶生活時……，另一個童年的到來已是不遠！」。
　　這種歷史、現實、憧憬的糾葛，以王昶雄膾炙人口的歌詞〈阮若打開
心內的門窗〉[17]最為典型。歌詞全文如下：

　　1.
　　阮若打開心內的門
　　就會看見五彩的春光
　　雖然春天無久長
　　總會暫時消阮滿腹心酸
　　春光春光今何在
　　望你永遠在阮心內
　　阮若打開心內的門
　　就會看見五彩的春光

---

[16]摘自〈畫淡水〉的結語，見《驛站風情》，頁109。
[17]此歌詞的創作年代，坊間都報導是1957年。1992年間王昶雄對筆者澄清是1955年，但他在
　〈《阮若打開心內的門窗》情懷〉文中自述創作於1956年（《阮若打開心內的門窗》，臺北：前
　衛出版社，1998年8月），頁19。而根據作曲者呂泉生在〈懷念王昶雄〉（《自立晚報》，2000
　年2月17日）文內，則說是1953年。

2.

阮若打開心內的窗

就會看見心愛彼的人

雖然人去樓也空

總會暫時給阮心頭輕鬆

所愛的人今何在

望你永遠在阮心內

阮若打開心內的窗

就會看見心愛彼的人

3.

阮若打開心內的門

就會看見故鄉的田園

雖然路途千里遠

總會暫時給阮思念想要返

故鄉故鄉今何在

望你永遠在阮心內

阮若打開心內的門

就會看見故鄉的田園

4.

阮若打開心內的窗

就會看見青春的美夢

雖然失落了願望

總會暫時消阮滿腹怨嘆

青春美夢今何在

望你永遠在阮心內

阮若打開心內的窗

就會看見青春的美夢

　　歌詞中兩種對比情境夾揉並陳，一方面現實的狀況是：春天無久長、
人去樓也空、路途千里遠，失落了願望；另方面相對憧憬的是：五彩的春
光、心愛彼的人、故鄉的田園、青春的美夢。這樣的憧憬其實是回應了歷
史的情結，無論是情人、故鄉、青春，都屬於已逝去的歷史情結，而這樣
憧憬根本也是虛擬情境；因此主題中的「若」是假設語氣，而「望」又是
期待心願。

　　王昶雄的虛擬情境是他的理想國度，兼容真、善、美、愛。在上引的
〈在地球上的一角落裡〉，最後也描寫到：

　　　在地球上愛心是充實寶貴的生命
　　　有如花叢裡的翩翩小鳥
　　　愛心就在無邊無礙的園地裡
　　　四時開遍了真理正義的花朵
　　　真理、正義的花朵未曾枯萎
　　　挺著健而美的體魄一直吐露芬芳

　　然而，王昶雄卻認為地球上不會有這樣角落，「因為一切都只是自己內
心的變故而已」。所以，他的憧憬只不過在心中醞釀罷了。

　　王昶雄「憧憬的故鄉」和「歷史的故鄉」有明確的疊影，在牧歌調的
〈歌聲、友情、智慧〉[18]歌詞中，可以感受他對自然風物的投入與回應：

　　1.
　　黎明來臨太陽東昇　萬里長空多明淨
　　清風吹送吹送　送來一陣陣歌聲
　　歌聲快樂悠揚　從原野響到山林

---

[18] 呂泉生作曲。

一切無拘無束　明朗就是天使的化身
明朗之歌縱情地唱　唱出心裡的歡欣
2.
明媚春光萬花怒放　地上掀起大合唱
麻雀輕輕跳躍　黃鶯拉長了喉嚨
羚羊跳來傾聽　連小蟲也在蠕動
萬物心心相連　友情好比七彩的長虹
友情之歌放懷地唱　唱出滿腔的熱腸
3.
挺起胸腔引吭高歌　混聲一片夠堂皇
歌聲展翅高飛　飛臨山崗和海洋
一曲接連一曲　再沒有悲嘆憂傷
但願青春常在　智慧帶來美麗的幻想
智慧之歌盡興唱　唱出滿腹的希望

　　王昶雄一直念念不忘著無憂無慮的、快樂舒暢的大自然生活，這只有在鄉村的、田園的、童年的故鄉，才能找得到，因為如今的淡水也已變貌。

五、結語

　　王昶雄在創作的詩和歌詞中，常常浮現故鄉的慕情，淡水的山海景觀、臺灣的美麗印象，常在他的筆下自然流露。他用詩歌吟頌故鄉情結，大抵保留著童年美好的回憶。而在現實中最不滿意環境受到汙染，在他急切期盼「俟河之清」時，所隱喻的政治清明的願景，他也會更急切地直接宣示出來。

　　在現實上不滿意的遭遇下，他所憧憬的故鄉情結，竟然還是回到童年的山明水秀的自然美景，淡水給他的美好回憶，他所憧憬的故鄉也就是他

　　的出生地，是他永恆的故鄉。

　　王昶雄雖然以小說和歌詞享有盛譽，但他到晚年執著的仍然是詩，所
以他是詩人，因為他擁有著永恆的故鄉。

　　　　　　　　　——真理大學「王昶雄文學會議」發表論文，2000 年 11 月 4 日

　　　　　　　　　　　　——《北縣文化》第 67 期，2000 年 12 月 31 日

　　　　　　　　　　　——選自李魁賢《李魁賢文集・第九冊》
　　　　　　　　　　　　臺北：行政院文建會，2002 年 10 月

多文化主義的萌芽
王昶雄的例子

◎垂水千惠*
◎涂翠花譯**

一、登上《臺灣文學》

　　〈道〉發表一個月之後的 7 月 31 日，《臺灣文學》第 3 卷第 3 號刊登了王昶雄的〈奔流〉。

　　〈奔流〉也是描寫皇民化運動下的臺灣人心理的小說。不過，有趣的是，〈道〉受到日本人士狂熱的擁抱，而〈奔流〉在當時卻沒有引起任何話題。這或許是因為〈奔流〉發表在《臺灣文學》上吧。

　　前面也說過，《臺灣文學》是臺灣作家脫離《文藝臺灣》之後創辦的雜誌。核心人物是編輯兼發行人張文環，其他活躍在此的實力派作家還有呂赫若、坂口褙子等。

　　一如第一章所介紹的〔編按：指《臺灣的日本語文學》一書〕，張文環等人不滿西川滿的獨斷獨行，才會決心獨立。那麼，對他們這樣的獨立行動，西川滿會說「去者勿追」而靜觀其變嗎？

　　關於其中的前因後果，張文環說了下面這段話：[1]

　　　　朋友們（包括日本人）之中，是廣播電台的文藝部長中山侑最先開口

*發表文章時為日本橫濱大學留學生中心副教授，現為日本橫濱大學留學生中心教授。
**發表文章時為筑波大學國際學碩士，現從事翻譯工作。
[1]〈雜誌《臺灣文學》之誕生〉，《臺灣近代史研究》（1978 年 8 月）。

說：「我們一起做文藝雜誌吧！」經他這麼一說，陳逸松和王井泉等人也開口閉口催我做雜誌。（中略）大家開會決定雜誌社叫「啟文社」，雜誌名稱叫《台灣文學》。封面拜託畫家李石樵設計，再請當時常到電影公司來的印刷商，用美術紙印刷了一千張封面。可能是看到報紙的雜文，或者聽到什麼小道消息，西川滿跑到我家來。

他極力反對我做雜誌，說《文藝台灣》的同仁做別的雜誌，會被誤解內部鬧分裂。太沒面子了，要我打消念頭。還說封面的印刷費用等，他願意全數負擔，希望我千萬不要做。我告訴西川滿，我和朋友約好了，毀約也很沒面子；再說我又不能擅自決定不出版，等我和大家商量之後再答覆。西川滿就回去了。

就這樣擺脫西川滿的糾纏，1941 年 5 月創辦了《臺灣文學》。據說1000 份創刊號一個星期就賣完了。創刊號上除了刊登張文環的代表作〈藝旦之家〉以外，還有中山侑的創作、曹石火和陳遜仁的遺稿等。

兩年以後，王昶雄的作品才出現在《臺灣文學》上。《臺灣文學》刊出〈奔流〉後的下一號就是停刊號，結果王昶雄在《臺灣文學》上只發表了〈奔流〉一篇。但是，作品的高完成度出類拔萃，所以他的少產令人惋惜。

1915 年王昶雄生於臺北郊外的港都淡水，本名榮生。據說家裡從事貿易。公學校畢業後，12 歲去日本留學，就讀郁文館中學。

中學畢業後，一度進日本大學文學系就讀，一年後轉到牙醫系。當時，周金波正好也在日大牙醫系。周金波證實，王昶雄曾經投稿電影評論到他主辦的雜誌《晚鐘》。

轉到牙醫系之後，對文學的興趣還是絲毫未減。根據年譜，他後來又加入《青鳥》、《文藝草紙》等同人雜誌。而在《臺灣新民報》也先後發表了詩作〈陋巷札記〉（1938 年 9 月）、中篇小說〈淡水河的漣漪〉（1939年）、詩作〈樹風問答〉（1941 年 4 月）。不過，因為中央圖書分館和臺灣

大學都沒有這段時期的《臺灣新民報》，所以沒看到作品。

　　1942 年，王昶雄回到臺灣，在淡水開業做牙醫時，也以同人的身分加入《臺灣文學》。王昶雄和張文環從日據時代就是好朋友，據說〈奔流〉也是在張文環催促下寫出來的。

　　下面引用一段文章，文中敘述他自己執筆寫〈奔流〉的經緯：[2]

　　　我對文環老哥，雖然從前有過戲弄之事，但一向是我的畏友之一。我自東京返鄉那一年起，就正式參與《台灣文學》的陣營，盡力而為地幫他編輯的忙。我是個疏懶的人，常常個人許多事情都僅止於思索、策劃。當時他每次都鼓勵我多寫作品，「立刻做啊！」、「馬上寫啊！」而今他的聲音猶在我耳鼓裡。後來，我便不揣譾陋的交給他一部中篇小說，那就是〈奔流〉。

二、〈奔流〉

　　那麼，如此寫出來的〈奔流〉內容如何呢？〈奔流〉的主要人物是個敘述者醫生＝「我」、中學國語教師伊東＝朱春生、以及伊東的表弟林柏年等三個人。

　　因為擔任內科醫生的父親過世，醫生「我」離開十年來住慣了的東京，在三年前回到故鄉來。拋棄了在大學附屬醫院的解剖教室繼續研究的夢想，也難怪會對內地（日本）的生活，一直懷著「彷彿旅愁似的狂暴的感傷」。

　　就在這時，「我」認識了來診所看病的中學教師伊東。「我」認為日本話說得很流暢的伊東其實是本島人（臺灣人），而對他很有興趣。後來從另一位病人柏年口中，知道自己的直覺沒錯，覺得很高興。

_____

[2] 王昶雄，〈一陰一陽——與張文環的對話（一）〉，《臺灣文藝》第 130 期（1992 年 5 月），頁 42 ～59。

這位「我」對伊討論所產生的同感耐人尋味。茲引用這一節如下：

「果然沒錯。」。我露出了會心的微笑。並不是高興自己的直覺還很靈
敏，而是覺得這個人的存在好像和我有緣，我追逐着某種懸疑卻明朗的
思念，感受到一股莫名的喜悅。他教授國語（日本語）。和內地人沒有兩
樣的膽識，使我覺得鄉里有這樣的本島人，實在是很大的慰藉，衷心感
到歡喜。

儘管伊東是本島人，卻完完全全像個日本人，這一點可以說是「我」
之所以對伊東產生共鳴的原因吧。換句話說，「我」本身的存在也和伊東一
樣很像日本人。「我」敘述對日本的感覺如下：

我在內地十年的生活，決不是只有愉快的回憶。不過，也就是在那段時
期。我找到了真正的日本美，接觸到像包在稻草裡的溫暖的人情味；體
驗了一些事情，從根本動搖了我那遠在憧憬之上、接近崇高理想的精
神。我不甘心做一個生於南方的日本人，要成為純正的內地人才肯罷
休。並不是積極努力學習內地的一切事物，而是在無意間內地人的血液
跑進自己的血管裡來，不知不覺中靜靜地流貫全身的感覺。

然而，「我」成為日本人的過程中，總是伴隨著某種緊張。

我想起在內地時，人家問我「您是哪裡人？」時，不知道是什麼心理作
家，我通常都回答「四國」或「九州」。為什麼我不敢直接說是「台灣」
呢？所以我只好一直頂著假名「木村文六」掩人耳目。去澡堂，去小吃
店喝酒。都用這個名字。自以為是有模有樣的內地人，得意忘形地抬頭
挺胸高談闊論。有時還胡說八道，把對方唬得一愣一愣的。所以和滿口
鄉音的朋友在一起時，總是提心吊膽，怕別人會認出我是台灣人。當假

面具快被拆穿時，我就像松鼠般四處逃竄。這十年來，我時時刻刻都心驚膽跳。

「我」的這種心理，正是文化人類學上所謂的"Passing"（「變身」或「越境潛入」之意）。

根據江淵一公的解釋，"Passing"是「在多數人集團之文化經由少數人集團的人們廣為傳播的社會上，而且少數民族的成員再怎麼努力想同化於多數民族的文化，也得不到平等地位的情況下常見的現象，是一種用來逃避記號（stigma）的非常手段」。具體地說，就是個人離開了自己所屬的民族集團，潛入多數民族的集團之中，隱姓埋名，完全成為他們的一員：[3]

「我」被設定為想在日本社會中做道地的日本人，而「時時刻刻都心驚膽跳」的人物，實在很有意思。「我」必須經常檢查自己的日本人程度，眼光當然總是看著其他「日本人」。其結果，「我」甚至學會用直覺看人：「也許是生長在殖民地而產生的神經過敏般尖銳的直覺吧？我住在內地時，內地人自不在話下。誰是半島人，誰是中國人，只要看一眼就猜得出來，毫無例外。」

伊東頂著日本名、娶日本妻子、在臺灣人面前也講日本話，看起來像完美的日本人。「我」靠著自己的「直覺」，識破了伊東的真面目，同時也覺得伊東的日本人樣子令人「感動」。對「我」特別有吸引力的是伊東的婚姻生活。

「我」住在日本時有位日本女朋友，但是「獨生子的我，必須把她帶回偏僻的台灣才行。到那時，從各種角度來看，是否還能保有到目前為止的幸福感呢？」懷著這樣不安，「我」放棄了結婚念頭。正因為這樣所以對伊東會有下面的感想：

---

[3] 江淵一公，《異文化間教育学序說──移民、在留民の比較教育民族誌的分析》（日本：九州大学出版会，1994 年 2 月）。

和我比起來，伊東真是演技高超的演員。雖然我還不太清楚他的事情，但是他毫不遲疑，說做就做，現在不是也做得很好了嗎？內地那種悠閒的心情和生活，伊東原原本本搬回了家鄉，我實在很佩服他。

想做日本人卻做不了日本人，對這樣的「我」而言，伊東可以說是一種理想吧。

但是，看到伊東為了澈底成為日本人，而想和生母斷絕關係，「我」的這種心境就漸漸轉變了。起初，對伊東的負面感情只是「不明所以的事物」、「模糊」的意識，不久就是明顯地變成「想一吐為快的重壓」。

彷彿是為了調適那樣的心理變化，「我」的關心漸漸轉向伊東的外甥林柏年。

林柏年是伊東的表弟，也是他的學生。對為了澈底成為日本人，而想和姨母斷絕關係的伊東恨之入骨，說什麼也不肯原諒他。但是，林柏年並非否定伊東之「成為日本人」的目的本身。林柏年有林柏年的方法，他想拿出年輕人所有的熱情，走上成為日本人的路途。柏年說：

……本島人也是堂堂正正的日本人。老是像吃家常便飯似地被說成膽小鬼，真是苦不堪言。而、而且，在打倒自己是本島人、卻又瞧不起本島人的傢伙的意義上。我也一定要拼命！

林柏年為了克服差別待遇，想做更完美的「日本人」。但是他並不認為做「日本人」和做「臺灣人」相互矛盾。林柏年進入日本武道專門學校後，寫了下面這封信給「我」：

但是我認為，越是堂堂正正的日本人，就越要是堂堂正正的台灣人才行。我不會因為自己出生在南方，而顯得自卑。溶入這裡的生活，並不見得就要貶低自己家鄉的粗俗。無論家母是多麼不體面的鄉下人，我還

　　是十分依戀。即使家母來到這裡，樣子不太好看，我也不會覺得丟臉。

　　因為倚在母親懷裡，或悲或喜都能隨心所欲，就像幼兒一般。

　　林柏年這段話所暗示的生存方式，是把「臺灣人」認同意識和「日本人」認同意識加以統合的可能性，而不是潛入日本人社會中的「變身」。王昶雄在 1943 年的時段中，描繪出這種多文化主義的生存方式，非常耐人尋味。

　　在 1943 年的時段中，〈奔流〉恐怕可以說是竭盡所能地抗拒皇民化的作品吧。陳火泉的〈道〉不惜把自己的「血」都化成「國語」，也要做日本人。〈奔流〉和〈道〉相較之下，王昶雄的抗拒姿態顯而易見。

　　而周金波則天真地相信，做日本人能提升臺灣人的文化水準——比較起來，王昶雄的思想成熟多了。

　　但是，我不想從「抗日」的觀點評論〈奔流〉。因為「抗日」一詞難免會讓人覺得，它背後存在著被視為「絕對正義」的民族主義。

　　在這幾節中，我一直想用"Passing"和「多文化主義」等文化人類學用語解讀〈奔流〉，也是基於這個理由。希望可以不要用民族主義的觀點，而從一個普遍的視野來評論戰前的臺灣文學。

　　討論和皇民化有關的作品時，絕對躲不掉的問題就是具有善惡判斷的分類。例如：因為周金波是皇民作家，所以是「惡」類；而王昶雄有抗日意識，所以是「善」類等等。不錯，臺灣剛光復時，或許難免要那樣子搜捕戰犯；但是，如今還拘泥於那種政治脈絡，不是反而會遮蔽了作品本身的現代性嗎？

　　我想，沒有人會否認現代是一個國際化時代。那麼，什麼是「國際化」呢？那是在和異文化經常的磨擦中，反反覆覆進行同化與拒絕，而漸漸學到健全的平衡感吧。這麼說，殖民時代的日本語文學是珍貴的先行模式，可以提供很多啟示。

　　一個人要經過怎樣的心理掙扎才會被異文化同化？或者在怎樣的理由

下拒絕被同化？我就是想透過這些作品了解這種心理結構。因為明白了這種心理結構，我們就不必再引發無謂的文化衝突，還可以進一步摸索出充滿更多可能性的、和異文化共存的方法。

這樣的想法，當然必須十分留意有關歷史認識不足的危險性。我們不能用「體驗異文化」的用語漂白殖民歷史。但是，承認過去的負債，再尋找新的共存之道，也不是壞事吧？

長久以來，我一直在想。為什麼我會迷上臺灣呢？也會自問，難道是舊殖民者子孫的鄉愁情結？左思右想的結果，臺灣歷史分崩離析的悲劇性，和這樣的歷史可能牽扯出的多文化主義，大概就是讓我著迷的兩大因素。我想透過臺灣這面鏡子，看看自己本身的過去與未來吧。

我覺得自己本身在很多意義上，就是四分五裂的存在，就是喪失了穩固的自我認同意識的存在。然而，放眼今日社會，到底哪裡才有能保持完美的自我認同意識的人呢？如果要追求完美的認同意識之幻象，必然會陷入原理主義之中。

相信絕對唯一的原理，這種行為好比想畫只有一個圓心的圓。有數個圓心的圓就是醜陋的橢圓，而遭到否決。但是，只能以橢圓形態存在的我，憎恨日本主義，也一樣憎恨中華主義。現在還具有新鮮感的臺灣主義，如果有一天也成為排斥或壓抑某些事物的理論時，我也會憎恨它吧。

我們明明處在一個畫不出完美的圓形的時代，為什麼還執意要畫出圓形呢？為什麼執著於圓形，而排擠橢圓，說橢圓是醜陋、不穩定的存在？橢圓不是也有橢圓的美感嗎？

我要誠實地接受橢圓形的自己，同時也希望我的存在能敲響響鐘，提醒人們別再瘋狂地想畫圓形。

因此，我不想把〈奔流〉當成「抗日」文學來評論。〈奔流〉詳細記錄著日據時代臺灣人被撕裂的認同意識之種種樣態，而且呈現出多文化主義的可能性。我想從這個意義層面來評論〈奔流〉。

三、日本語文學是日本近代文學

　　同時，我還想把〈奔流〉等一系列日本語文學，視為解構「日本近代文學」的鑰匙。

　　評論明治以來的作家時，每一位作家如何抗衡內在的「近代化」，恐怕是最重要的課題之一。不過，當時引起問題的「近代」，是西洋文明的別名；在文學中，「日本」是以被害者的姿態出現，常常被「西洋」逼迫改革，為自我的分裂而痛苦。

　　然而，對明治時代的日本文學家而言，和西洋文化格鬥是無可避免的命運。同理，對當時的臺灣知識分子而言，接納日本文化也是逃不掉的命運——日本方面完全忽略了這樣的觀點。

　　例如：〈奔流〉中的「我」說自己喜愛「內地生活」、「住在內地時的那種豪氣」和「從牢不可破的陋習中解脫」，而覺得臺灣的「單調生活」和「家鄉的粗俗」「無聊得令人窒息」。

　　周金波執筆寫〈水癌〉時，懷著滿腔歸鄉人的熱忱。他用詩歌表達了當時的心境：「青年！快拋棄固陋的社會環境，找出曙光！」

　　由此可見，當時的臺灣人果然對日本有「近代」的感覺。

　　曾經被歸國學人永井荷風罵得狗血淋頭，而在高村光太郎眼中也只是個「墜子之國」的落後國家日本，映在臺灣人眼中卻成為輝煌的「近代」，這也是一種歷史的諷刺嗎？或者，所謂「近代」終究只是那樣子相對立的事物呢？

　　我想，應該是後者吧。

　　事實上有一些很有趣的象徵現象。大罵明治日本之落後虛偽的永井荷風的〈新歸朝者日記〉，和提倡藉著「日本化」推動臺灣近代化的周金波作品，二者之間有很多類似點。

　　例如：〈新歸朝者日記〉開端，敘述者「我」吹著 11 月的風。懷念起「一整夜在暖烘烘的蒸氣中的外國居室的心情」，說出下面的感慨：

「改良衣服、改良住屋」，口口聲聲「改良」的呼聲已經空響很久了。事實上，不知道日本人還想繼續維持這種不完全的住屋到何時呢！

正好和〈水癌〉的男主角把自宅改建成日本和室，並說了下述感言的一節相對應：

他醒過來。躺在新綠的榻榻米上聞著草香，回想留學東京的時光。有很多年不曾這麼舒適地躺在榻榻米上面了。在東京度過的學生時代又在記憶中甦醒，令人懷念。而後一種更大的感慨湧上心頭。

覺得向高貴的生活邁進了一步——。覺得完成了一項義務——更化成某種珍貴的優越感，如排山倒海似地逼過來。

榻榻米上的日本人生活開始啦！

這使他得意透頂，使他產生了某種新希望。

在永井荷風眼中。日本房屋只是「不完全」的日本象徵，而在周金波眼中，卻成為「新希望」的象徵。真是諷刺。而二者的共通點則是否定落後的自家文化。

例如〈新歸朝者日記〉中的「我」，向曾經留學法國的友人吐露心中的不滿：「並非只有戲劇，而是所有的藝術都是一個民族真正的聲音。從現在的教育方針進行的方向來看，日本國民都能明白這一點的時代，再過幾百年也沒有來臨的希望。」

還有，〈志願兵〉的張明貴剛回到臺灣，表達了對臺灣的失望：「看起來是依然故我。一眼望過去，似乎看不出有任何進步的跡象。」、「我可不是指具體的事物哦。」

二者對自家文化的否定，甚至涉及母語。

〈新歸朝者日記〉的「我」遇到一位女性，她表明「我和您一樣也是半個歐洲人」。然後兩人開始使用法語通信。那位女性說：「我覺得和萬葉

形式的大和語言比起來，反而是不太熟悉的外國話更能毫無矯飾、更意義深遠地傳達我的心意。」「我」很同意她的話。

另一方面，〈志願兵〉的張明貴也說：「我只會說日本話，只會用日本的假名文字寫信。所以不做日本人。我就活不下去了。」

〈新歸朝者日記〉最初的題目是〈歸朝者的日記〉，刊登在 1904 年 10 月的《中央公論》。大約在四十年後，周金波發表了〈志願兵〉。但是，我們可以看到隔著這樣的時空，這兩位作家的構想卻有非常相似之處。雖然不能用同樣的觀點來看 1900 年代的日本和 1940 年代的臺灣，但是，他們的看法相似。正顯示出這是導入近代文化時人們的心理動態的一種模式。

同時也能重新體認，連區區「新綠的榻榻米」都附加了權威，用來破壞臺灣人的認同意識，這種罪過有多麼深重了吧？

不就是兼具這兩方面的觀點。「國文學」才能成其為「日本文學」，也才能獲得一種普遍性嗎？

為了不使「日本近代文學」再度陷入「國文學」的框框裡去，「日本語文學」是很寶貴的存在。

話題再回到王昶雄吧。

〈奔流〉中的「我」喜愛「住在內地時的那種豪氣」和「從牢不可破的陋習中解脫」，而覺得臺灣的「單調生活」和「家鄉的粗俗」「無聊得令人窒息」。說這位「我」是近代主義者，殆無疑義。但是，「我」遇到自己的映像——伊東之後，開始懷疑自己過去的生存方式。能寫出這位「我」的懷疑，從這層意義來看，王昶雄的近代主義超越了周金波的近代主義。

沒有比王昶雄和周金波這兩位日本語作家，更令我感興趣的人物了。他們兩位身世、教育程度、職業，實在是像極了。但是，一位因為加入了《文藝臺灣》，戰後被當成漢奸；而另一位加入《臺灣文學》，戰後成為臺灣文壇長老。他們命運的分歧點在哪裡？追根究柢，就是能否站在相對的立場上，觀看被近代日本吸引的自己吧。

周金波作品中的人物，能夠很天真地標榜身為領導者的自負，一點也

不覺得矛盾。反之,王昶雄作品中的人物則有迷惑,有認同意識被撕扯得四分五裂的痛苦。一樣設定男主角是醫生,但是,周金波筆下的人物後來勇敢地宣告:「我可不是普通醫生!我不是還得做同胞的心理醫生嗎?怎麼可以輸呢……」而王昶雄筆下的醫生卻只能「連呼著『狗屁!狗屁!』……」為什麼呢?因為王昶雄不僅看到近代日本的魅力,同時也看到被它蹂躪、捨棄的人們的悲哀。

例如:周金波在〈水癌〉中描寫的臺灣人,是不顧生病的孩子、沉迷於賭博的母親。而映在王昶雄眼中的,卻是被想做道地日本人的伊東拋棄的臺灣母親的悲哀。這兩者恐怕都是臺灣的真實面吧。問題只不過是「作家想看什麼」和「作家擁有不得不看到什麼的眼光」。

周金波覺得臺灣人「雖然(和自己)有接觸點,卻不是『密接』(緊密接合)」,覺得臺灣人是「毫無反應的大眾」。但是,王昶雄看到這些臺灣人的痛,周金波卻沒看到。因此,王昶雄能夠用相對的眼光,觀看被近代日本迷住的自己。

王昶雄筆下的人物不得不懷疑。而能描寫出他們的懷疑,就表示王昶雄逃過了周金波掉落的陷阱。

——《臺灣的日本語文學》垂水千惠著;涂翠花譯
臺北:前衛出版社,1998 年

——選自許俊雅主編《王昶雄全集第十冊‧評論卷》
臺北:臺北縣文化局,2002 年 10 月

輯五◎
研究評論資料目錄

作家生平、作品評論專書與學位論文

專書

1. 李魁賢主編　　望你永遠在我心內——王昶雄先生追思集　臺北　臺北縣文化
　　　局　2000 年 11 月　236 頁

本書為懷念王昶雄先生之追思集。全書共收錄：王文心〈阿公，您永遠活在我心
中〉、巫永福〈悼念王昶雄君〉、呂泉生〈懷念王昶雄——榮生泉生非兄弟，希歌
永留在人間〉、王昶雄〈安魂歌〉、李秀〈趕赴另一個故鄉田園——懷念王昶雄老
師〉、李敏勇〈你能聽見他的歌——紀念王昶雄〉、李魁賢〈但求不愧我心〉、李
魁賢〈何時打開心內的門窗〉、李魁賢〈王昶雄生日考〉、李魁賢〈同鄉兮是我的
名字〉、李魁賢〈難耐故鄉情〉、杜文靖〈再見啦，少年大仔！——追憶王昶雄
二、三事〉、杜文靖〈思想起「少年大仔」王昶雄——「益壯會」的一些故事〉、
杜文靖〈星消殞沉的北臺灣文學重鎮〉、杜文靖〈日日是好日，年年是好年——臺
灣文壇前輩王昶雄的生活哲學〉、河原功著，王郁雯譯〈告別作家王昶雄先生〉、
垂水千惠著，葉笛譯〈追悼王昶雄氏〉、林政華〈王昶雄先生獲頒「臺灣文學家牛
津獎」因緣〉、林政華〈由〈阮若打開心內的門窗〉何時所作談起〉、林政華〈終
身為臺灣文學灌溉的先行作家——王昶雄先生〉、張恆豪〈奔流到海喚不回——追
懷文學家王昶雄先生〉、莊紫蓉〈淡水河畔的美麗漣漪——王昶雄專訪〉、莊紫蓉
〈最後一瞥——探望王昶雄記〉、陳凌〈莊嚴的姿容——悼念「少年大仔」王昶雄
先生〉、陳萬益〈心奧底鄉愁〉、曹永洋〈打開臺灣人心內的門窗——懷念「少年
大」王昶雄先生〉、曹永洋〈「少年大」與「益壯會」——懷念王昶雄先生〉、黃
守禮〈文學家王昶雄與明石總督〉、黃武忠〈王昶雄自訂日治時期著作目錄〉、彭
瑞金〈讓我們一起打開心內那扇窗〉、彭瑞金〈文學的終極裁判〉、葉石濤〈敬悼
王昶雄先生〉、塚本照和著；張桂媚譯〈追憶王昶雄先生〉、路寒袖〈阮若打開心
內的門窗〉、楊翠〈奔流復位在歷史扉頁中〉、廖中山〈看臺灣，失望而不絕望—
—參加益壯會餐敘的聞與思〉、廖清秀〈自傳錄影憾事〉、廖清秀〈少年大二三
事〉、鄭清文〈停雲和飛鳥〉、賴永松〈尋找——懷念王昶雄先生與益壯會〉、賴
永松〈益壯會同餐錄——紀念王昶雄先生〉、盧永山〈未完成的志願〉、劉峰松
〈「少年大」天上的笑容——懷念王昶雄先生〉、鍾肇政〈昶老與益壯會〉、林忠
勝〈王昶雄——打開心內的門窗〉、許素蘭〈王昶雄文學年表〉，共 46 篇。正文前
有〈王昶雄先生生平事略〉與李魁賢〈懷念王昶雄先生（編序）〉。

2. 許俊雅編　　王昶雄全集‧評論卷　臺北　臺北縣文化局　2002 年 10 月　288

頁

本書為評論王昶雄作品之集結。全書收錄：窪川鶴次郎著，邱若山譯〈這半年來的臺灣文學（1）——昭和 18 年下半期小說總評〉、張恆豪〈反殖民的浪花——王昶雄及其代表作〈奔流〉〉、呂興昌〈評王昶雄〈奔流〉的校訂本〉、張恆豪〈〈奔流〉與〈道〉的比較〉、林瑞明〈騷動的靈魂——決戰時期的臺灣作家與皇民文學〉、垂水千惠著，涂翠花譯〈戰前「日本語」作家——王昶雄與陳火泉、周金波之比較〉、陳萬益〈夢境與現實——重探〈奔流〉〉、垂水千惠著，涂翠花譯〈多文化主義的萌芽——王昶雄的例子〉、林鎮山〈土地、「國民」、尊嚴——論〈奔流〉與《偶然生為亞裔人》的身分建構與認同〉、李魁賢〈歷史、現實與憧憬——王昶雄詩歌中的故鄉情結〉、彭瑞金〈從小說〈奔流〉看戰爭時期臺灣作家的邊緣戰鬥〉、杜偉瑛〈從〈阮若打開心內的門窗〉談王昶雄的歌詞創作〉，共 12 篇。正文後附錄〈王昶雄單篇研究文獻〉。

學位論文

3. 姚蔓嬪　　王昶雄小說研究　臺灣師範大學國文學系　碩士論文　許俊雅教授指導　2002 年 6 月　220 頁

本論文以王氏在二次大戰之前可考的小說為主題進行討論，藉由其作品、遺物以及訪談記錄等資料，探究其文學創作的過程、思想及作品的時代意義。全文共 6 章：1. 緒論——王昶雄生平；2.〈梨園之秋〉與〈回頭姑娘〉；3.〈淡水河的漣漪〉；4.〈奔流〉；5.〈鏡〉；6.結語。正文後附錄〈王昶雄文學年表〉。

4. 林秀蓉　　日治時期臺灣醫事作家及其作品研究——以蔣渭水、賴和、吳新榮、王昶雄、詹冰為主　高雄師範大學國文學系　博士論文　龔顯宗教授指導　2002 年 6 月　459 頁

本論文研究對象為身兼醫事人員身分的作家，如蔣渭水、賴和、吳新榮、王昶雄以及詹冰，探究此五位作家之醫學教育、社會參與、文學歷程，以及作品主題與藝術成就，繼而勾勒出日治時期以來，臺灣醫事作家的社會關懷與文學面貌。全文共 8 章：1.緒論；2.日治時期臺灣醫事作家的醫學教育及社會參與；3.作家的文學歷程；4.作品的抗日主題；5.作品的醫事主題；6.作品的藝術成就；7.社會參與及主題表現的傳承；8.結論。正文後附錄〈日治時期臺灣醫事作家之作品評論引得〉。

5. 賴文豪　　王昶雄及其作品研究　臺北教育大學臺灣文化研究所　碩士論文　林淇瀁教授指導　2013 年 6 月　285 頁

本論文從王昶雄的生平出發，分析其小說、散文及詩歌作品，探索作家作品中所富

含的文學表現與歷史意義，並揭示作家對臺灣新文學的重要影響。全文共 6 章：1.緒論；2.王昶雄的文學歷程；3.小說作品探討；4.散文作品探討；5.詩歌作品探討；6.結論。

作家生平資料篇目

自述

6. 王昶雄　　老兵過河記　臺灣文藝　第 76 期　1982 年 5 月　頁 291—328

7. 王昶雄　　老兵過河記　王昶雄全集・散文卷 3　臺北　臺北縣文化局　2002 年 10 月　頁 37—48

8. 王昶雄　　鄉音代表我的心——〈阮若打開心內的門窗〉前後　自立晚報　1984 年 6 月 7 日　10 版

9. 王昶雄　　鄉音代表我的心——〈阮若打開心內的門窗〉前後　王昶雄全集・散文卷 3　臺北　臺北縣文化局　2002 年 10 月　頁 191—196

10. 王昶雄　　過去是一個新的起點——舊作〈奔流〉箚記　臺灣時報　1985 年 5 月 14 日　8 版

11. 王昶雄　　過去是一個新的起點　驛站風情　臺北　臺北縣立文化中心　1993 年 6 月　頁 7—17

12. 王昶雄　　過去是一個新的起點　王昶雄全集・散文卷 3　臺北　臺北縣文化局　2002 年 10 月　頁 57—66

13. 王昶雄　　夢幻的除夕　少男心事　高雄　敦理出版社　1985 年 5 月　頁 146—149

14. 王昶雄　　身在此山中　人生船　臺北　爾雅出版社　1985 年 7 月　頁 352—353

15. 王昶雄　　我為什麼要寫作　聯合報　1987 年 2 月 18 日　8 版

16. 王昶雄　　我為什麼要寫作　驛站風情　臺北　臺北縣立文化中心　1993 年 6 月　頁 298

17. 王昶雄　　我為什麼要寫作　王昶雄全集・散文卷 3　臺北　臺北縣文化局

2002 年 10 月　頁 67

18. 王昶雄　鹽分帶來恩惠　自立晚報　1988 年 8 月 13 日　14 版

19. 王昶雄　鹽分帶來恩惠　王昶雄全集・散文卷 3　臺北　臺北縣文化局 2002 年 10 月　頁 49—55

20. 王昶雄　鹽分帶來恩惠　青少年臺灣文庫 2——散文讀本 2：狂歌正年少 臺北　國立編譯館　2008 年 12 月　頁 14—21

21. 王昶雄　「心靈的窗」話滄桑　新都會雜誌　第 2 期　1990 年 1 月　頁 66 —69

22. 王昶雄　「心靈的窗」話滄桑　王昶雄全集・散文卷 3　臺北　臺北縣文化 局　2002 年 10 月　頁 207—211

23. 王昶雄　還我當初美少年——樂天豁達的「益壯」一群人（1—4）　聯合報 1991 年 6 月 13—16 日　25 版

24. 王昶雄　還我當初美少年——樂天豁達的「益壯」一群人　阮若打開心內的 門窗　臺北　草根出版公司　1996 年 3 月　頁 237—267

25. 王昶雄　還我當初美少年——樂天豁達的「益壯」一群人　阮若打開心內的 門窗　臺北　前衛出版社　1998 年 4 月　頁 237—267

26. 王昶雄　還我當初美少年——樂天豁達的「益壯」一群人　王昶雄全集・散 文卷 2　臺北　臺北縣文化局　2002 年 10 月　頁 253—274

27. 王昶雄　自序　驛站風情　臺北　臺北縣立文化中心　1993 年 6 月　〔3〕 頁

28. 王昶雄　自序　王昶雄全集・散文卷 3　臺北　臺北縣文化局　2002 年 10 月　頁 77—79

29. 王昶雄　玄奘　童年的夢 1　臺北　時報文化出版公司　1993 年 8 月　頁 41 —43

30. 王昶雄　皇民熱潮下的《臺灣文藝》——以〈奔流〉來抒發對皇民的抗議運 動　日本文摘　第 9 卷第 4 期　1994 年 5 月　頁 155—157

31. 王昶雄　皇民熱潮下的《臺灣文藝》——以〈奔流〉來抒發對皇民的抗議運

動　王昶雄全集‧散文卷 3　臺北　臺北縣文化局　2002 年 10 月　頁 247—249

32. 王昶雄　筆墨歲月的省思　文學臺灣　第 13 期　1995 年 1 月　頁 14—17

33. 王昶雄　筆墨歲月的省思　一九九五／一九九六‧臺灣文學選　臺北　前衛出版社　1997 年 5 月　頁 51—54

34. 王昶雄　筆墨歲月的省思　王昶雄全集‧散文卷 3　臺北　臺北縣文化局　2002 年 10 月　頁 251—254

35. 王昶雄　我珍惜我的足跡——自序　阮若打開心內的門窗　臺北　草根出版公司　1996 年 3 月　頁 2—5

36. 王昶雄　我珍惜我的足跡——自序　王昶雄全集‧散文卷 3　臺北　臺北縣文化局　2002 年 10 月　頁 81—83

37. 王昶雄　〈阮若打開心內的門窗〉情懷　阮若打開心內的門窗　臺北　草根出版公司　1996 年 3 月　頁 15—27

38. 王昶雄　〈阮若打開心內的門窗〉情懷　阮若打開心內的門窗　臺北　前衛出版社　1998 年 4 月　頁 15—27

39. 王昶雄　〈阮若打開心內的門窗〉情懷　王昶雄全集‧散文卷 3　臺北　臺北縣文化局　2002 年 10 月　頁 261—270

40. 王昶雄　我的書‧我的歌——《阮若打開心內的門窗》　文學臺灣　第 20 期　1996 年 10 月　頁 6—8

41. 王昶雄　我的書‧我的歌——《阮若打開心內的門窗》　王昶雄全集‧散文卷 3　臺北　臺北縣文化局　2002 年 10 月　頁 85—87

42. 王昶雄　我的書‧我的歌《阮若打開心內的門窗》——自序　阮若打開心內的門窗　臺北　前衛出版社　1998 年 4 月　頁 2—5

43. 王昶雄　我的書‧我的歌《阮若打開心內的門窗》——自序　王昶雄全集‧散文卷 3　臺北　臺北縣文化局　2002 年 10 月　頁 89—91

44. 王昶雄　回憶錄箚記　民眾日報　1999 年 2 月 4 日　19 版

45. 王昶雄　回憶錄箚記　王昶雄全集‧散文卷 3　臺北　臺北縣文化局　2002

年 10 月　頁 93—95

46. 王昶雄　　創作の原初形態　臺灣文學研究の現在　東京　緑蔭書房　1999 年
　　　　　　3 月　頁 45—50

47. 王昶雄　　創作的原始型態　王昶雄全集・散文卷 3　臺北　臺北縣文化局
　　　　　　2002 年 10 月　頁 333—337

48. 王昶雄　　王昶雄自訂日治時期著作目錄[1]　文學臺灣　第 34 期　2000 年 4 月
　　　　　　頁 68—78

49. 王昶雄　　王昶雄自訂日治時期著作目錄　王昶雄全集・散文卷 3　臺北　臺
　　　　　　北縣文化局　2002 年 10 月　頁 105—114

50. 王昶雄　　王昶雄先生嘉言錄（舉隅）　福爾摩沙的心窗——王昶雄文學會議
　　　　　　論文集　臺北　真理大學臺灣文學系　2000 年 11 月　頁 156—158

51. 王昶雄作；李鴛英譯　　〈淡水河的漣漪〉刊出前的宣傳——作者的話　王昶
　　　　　　雄全集・小說卷 1　臺北　臺北縣文化局　2002 年 10 月　頁 371—
　　　　　　372

52. 王昶雄作；李鴛英譯　　創作與靈感　王昶雄全集・散文卷 3　臺北　臺北縣
　　　　　　文化局　2002 年 10 月　頁 7—11

53. 王昶雄　　〈樂而不淫・哀而不傷〉的意境——作詞後記　王昶雄全集・散文
　　　　　　卷 3　臺北　臺北縣文化局　2002 年 10 月　頁 161—162

54. 王昶雄　　打開心內的門窗——談寫作歌詞的經驗與實務　王昶雄全集・散文
　　　　　　卷 3　臺北　臺北縣文化局　2002 年 10 月　頁 213—219

他述

55. 黃武忠　　勸君飲盡千杯酒的王昶雄　臺灣日報　1981 年 6 月 30 日　8 版

56. 黃武忠　　勸君飲盡千杯酒的王昶雄　臺灣作家印象記　臺北　眾文圖書公司
　　　　　　1984 年 5 月　頁 105—109

57. 〔聯合報編輯部〕　　王昶雄　寶刀集・光復前臺灣作家作品集　臺北　聯經
　　　　　　出版公司　1981 年 10 月　頁 149

---

[1]本文以自述文學創作心得為主。

58. 〔文訊雜誌〕　　文苑短波——王昶雄退休專心寫作　文訊雜誌　第 4 期
　　1983 年 10 月　頁 9

59. 蔡文章　文壇少年大仔——向前輩作家王昶雄問安、學習　臺灣時報　1986
　　年 6 月 18 日　8 版

60. 鄭羽書　我至愛的文壇尊長〔王昶雄部分〕　臺灣時報　1988 年 10 月 19 日
　　8 版

61. 鄭羽書　我至愛的文壇尊長〔王昶雄部份〕　風範——文壇前輩素描　臺北
　　正中書局　1996 年 10 月　頁 166

62. 李宗慈　他們是一本本好書〔王昶雄部分〕　臺灣新聞報　1988 年 10 月 19
　　日　11 版

63. 李宗慈　他們是一本本好書〔王昶雄部分〕　風範——文壇前輩素描　臺北
　　正中書局　1996 年 10 月　頁 185—186

64. 劉　捷　一顆明珠　文訊雜誌　第 40 期　1989 年 2 月　頁 102—103

65. 龍瑛宗　文學伙伴王昶雄　文訊雜誌　第 40 期　1989 年 2 月　頁 103—104

66. 龍瑛宗　文學伙伴王昶雄　龍瑛宗全集‧隨筆集 2　臺南　國家臺灣文學館
　　籌備處　2006 年 11 月　頁 198—200

67. 鄭世璠　熱情開朗的萬年「少年大的」[2]　文訊雜誌　第 40 期　1989 年 2 月
　　頁 105—107

68. 鄭世璠　文壇長青樹——王昶雄　復活的群像　臺北　前衛出版社　1994 年
　　6 月　頁 179—183

69. 呂泉生　音樂的伙伴、人生的伙伴　文訊雜誌　第 40 期　1989 年 2 月　頁
　　107—108

70. 黃武忠　載滿未來　文訊雜誌　第 40 期　1989 年 2 月　頁 108—109

71. 李玉玲　打開心內的門窗　聯合晚報　1990 年 11 月 28 日　15 版

72. 王晉民主編　王昶雄　臺灣文學家辭典　南寧　廣西教育出版社　1991 年 7
　　月　頁 53—55

[2]本文後改篇名為〈文壇長青樹——王昶雄〉。

73. 連文萍　「少年大仔」的啟示　國文天地　第 77 期　1991 年 10 月　頁 4

74. 李翠瑩　王昶雄今晚將忘年高歌　中國時報　1991 年 12 月 27 日　35 版

75. 杜文靖　隨王昶雄打開心內的門窗　臺灣新聞報　1992 年 10 月 4 日　13 版

76. 杜文靖　隨王昶雄打開心內的門窗　大家來唱臺灣歌　臺北　臺北縣立文化中心　1993 年 6 月　頁 86—89

77. 杜文靖　隨王昶雄打開心內的門窗　風範——文壇前輩素描　臺北　正中書局　1996 年 10 月　頁 76—79

78. 莊永明　以〈奔流〉做時代見證　臺灣紀事——臺灣歷史上的今天（上）臺北　時報文化出版公司　1993 年 4 月　頁 192—193

79. 李　愛　臺灣前輩作家王昶雄出版第一冊文集　聯合報　1993 年 8 月 31 日　35 版

80. 　婷　王昶雄老當益壯，一張笑臉走遍天下　民生報　1994 年 8 月 14 日　15 版

81. 許素蘭　甘醇似酒淡如茶，前輩作家王昶雄先生　文學與心靈對話　臺南　臺南市立文化中心　1995 年 4 月　頁 136—143

82. 黃武忠　還有夢的王昶雄　文訊雜誌　第 117 期　1995 年 7 月　頁 24—25

83. 黃武忠　還有夢的王昶雄　人間有味是清歡　臺北　九歌出版社　1998 年 2 月　頁 93—96

84. 林忠勝　打開心內的門窗——王昶雄的故事（1—9）　民眾日報　1996 年 7 月 28—8 月 24 日　27 版

85. 林忠勝　王昶雄——打開心內的門窗　望你永遠在我心內——王昶雄先生追思集　臺北　臺北縣文化局　2000 年 11 月　頁 189—229

86. 高惠琳　王昶雄健筆不老　文訊雜誌　第 134 期　1996 年 12 月　頁 89

87. 〔岩上主編〕　王昶雄（1916—）　笠下影——1997 笠詩社同仁著譯書目集　臺北　笠詩刊社　1997 年 8 月　頁 10

88. 藍美雅，謝慧瑾　「小王在不在？大王來了」——王少濤與王昶雄的詩文往來　土城記憶　臺北　土城市公所　1997 年 12 月　頁 164—166

89. 彭瑞金　文學在為人間點燈　臺灣日報　1998 年 3 月 1 日　27 版

90. 彭瑞金　文學在為人間點燈　霧散的時候　臺北　聯合文學出版社　2004 年 3 月　頁 88—92

91. 紀慧玲　歌舞影裡的老靈魂——〈阮若打開心內的門窗〉——詞人王昶雄　中國時報　1998 年 6 月 3 日　37 版

92. 舒　蘭　日據時期的臺灣詩壇——王昶雄　中國新詩史話（三）　臺北　渤海堂文化公司　1998 年 10 月　頁 75—76

93. 洪敬舒　目睹二二八事件《阮若打開心內的門窗》撫慰人心——心靈樂手‧王昶雄病逝　臺灣日報　2000 年 1 月 2 日　11 版

94. 謝佳芬　樂觀、不服老‧一生寫照　臺灣日報　2000 年 1 月 2 日　11 版

95. 陳文芬　前輩小說家〈阮若打開心內的門窗〉作詞者——王昶雄病逝‧享年 85 歲　中國時報　2000 年 1 月 2 日　11 版

96. 曹銘宗　〈阮若打開心內的門窗〉歌曲將在王昶雄告別式中演唱　聯合報　2000 年 1 月 5 日　14 版

97. 杜文靖　再見啦，少年大仔！——追憶王昶雄二、三事　自由時報　2000 年 1 月 10 日　39 版

98. 杜文靖　再見啦，少年大仔！——追憶王昶雄二、三事　望你永遠在我心內——王昶雄先生追思集　臺北　臺北縣文化局　2000 年 11 月　頁 38—44

99. 葉石濤　敬悼王昶雄先生　臺灣新聞報　2000 年 1 月 10 日　B8 版

100. 葉石濤　敬悼王昶雄先生　文學臺灣　第 34 期　2000 年 4 月　頁 86—87

101. 葉石濤　敬悼王昶雄先生　舊城瑣記　高雄　春暉出版社　2000 年 9 月　頁 57—58

102. 葉石濤　敬悼王昶雄先生　望你永遠在我心內——王昶雄先生追思集　臺北　臺北縣文化局　2000 年 11 月　頁 137—138

103. 葉石濤　敬悼王昶雄先生　葉石濤全集‧隨筆卷五　臺南，高雄　國立臺灣文學館，高雄市文化局　2008 年 3 月　頁 243－244

104. 李敏勇　打開心內的門窗　自立晚報　2000 年 1 月 16 日　12 版

105. 莫素微　王昶雄揮灑文學想像，輕解政治禁錮　勁報　2000 年 1 月 27 日　T11 版

106. 李魁賢　但求無愧我心——吹不散的心頭人影，追悼王昶雄先生[3]　臺灣日報　2000 年 1 月 27 日　35 版

107. 李魁賢　但求不愧我心　望你永遠在我心內——王昶雄先生追思集　臺北　臺北縣文化局　2000 年 11 月　頁 16—20

108. 李魁賢　但求不愧我心　李魁賢文集 2　臺北　行政院文建會　2002 年 10 月　頁 333—337

109. 林政華　王昶雄先生獲頒「臺灣文學家牛津獎」因緣　臺灣時報　2000 年 1 月 27 日　25 版

110. 林政華　王昶雄先生獲頒「臺灣文學家牛津獎」因緣　望你永遠在我心內——王昶雄先生追思集　臺北　臺北縣文化局　2000 年 11 月　頁 80—81

111. 林政華　王昶雄先生獲頒「臺灣文學家牛津獎」因緣　臺灣文學教育耕穫集　臺北　文史哲出版社　2002 年 3 月　頁 135—136

112. 張恆豪　奔流到海喚不回——追懷文學家王昶雄　聯合報　2000 年 1 月 27 日　37 版

113. 張恆豪　奔流到海喚不回——追懷文學家王昶雄先生　望你永遠在我心內——王昶雄先生追思集　臺北　臺北縣文化局　2000 年 11 月　頁 87—90

114. 廖清秀　自傳錄影憾事　聯合報　2000 年 1 月 27 日　37 版

115. 廖清秀　自傳錄影憾事　望你永遠在我心內——王昶雄先生追思集　臺北　臺北縣文化局　2000 年 11 月　頁 157—159

116. 蔡文章　永遠的少年大仔——悼念前輩作家王昶雄　臺灣時報　2000 年 1 月 28 日　25 版

---

[3] 本文後改篇名為〈但求不愧我心〉。

117. 彭瑞金　讓我們一起打開心內那扇窗　民眾日報　2000 年 1 月 28 日　19 版

118. 彭瑞金　讓我們一起打開心內那扇窗　望你永遠在我心內——王昶雄先生 追思集　臺北　臺北縣文化局　2000 年 11 月　頁 129—132

119. 彭瑞金　讓我們一起打開心內那扇窗　文學臺灣　第 34 期　2000 年 4 月 頁 105—108

120. 李敏勇　你能聽見他的歌——紀念王昶雄　民眾日報　2000 年 1 月 28 日 19 版

121. 李敏勇　你能聽見他的歌——紀念王昶雄　文學臺灣　第 34 期　2000 年 4 月　頁 109—110

122. 李敏勇　你能聽見他的歌——紀念王昶雄　望你永遠在我心內——王昶雄 先生追思集　臺北　臺北縣文化局　2000 年 11 月　頁 14—15

123. 黃守禮　文學家王昶雄與明石總督　自由時報　2000 年 1 月 28 日　14 版

124. 黃守禮　文學家王昶雄與明石總督　望你永遠在我心內——王昶雄先生追 思集　臺北　臺北縣文化局　2000 年 11 月　頁 122—123

125. 陳　凌　莊嚴的姿容——悼念「少年大仔」王昶雄先生　自由時報　2000 年 1 月 28 日　39 版

126. 陳　凌　莊嚴的姿容——悼念「少年大仔」王昶雄先生　望你永遠在我心 內——王昶雄先生追思集　臺北　臺北縣文化局　2000 年 11 月 頁 105—107

127. 王麗華　穿山裂石的奔流——送少年大也奔流到海不復還　臺灣日報 2000 年 1 月 28 日　35 版

128. 鄭清文　停雲和飛鳥（上、下）　臺灣日報　2000 年 1 月 28—29 日　35 版

129. 鄭清文　停雲和飛鳥　文學臺灣　第 34 期　2000 年 4 月　頁 94—98

130. 鄭清文　停雲和飛鳥　望你永遠在我心內——王昶雄先生追思集　臺北 臺北縣文化局　2000 年 11 月　頁 163—167

131. 鍾肇政　昶老與益壯會　臺灣日報　2000 年 1 月 28 日　35 版

132. 鍾肇政　昶老與益壯會　文學臺灣　第 34 期　2000 年 4 月　頁 88—90

133. 鍾肇政　昶老與益壯會　望你永遠在我心內——王昶雄先生追思集　臺北　臺北縣文化局　2000 年 11 月　頁 186—188

134. 陳文芬　告別王昶雄，詠歎安魂曲　中國時報　2000 年 1 月 29 日　11 版

135. 陳萬益　心奧底鄉愁　臺灣日報　2000 年 1 月 29 日　31 版

136. 陳萬益　心奧底鄉愁——王昶雄紀念　文學臺灣　第 34 期　2000 年 4 月　頁 99—104

137. 陳萬益　心奧底鄉愁　望你永遠在我心內——王昶雄先生追思集　臺北　臺北縣文化局　2000 年 11 月　頁 108—113

138. 楊　翠　奔流復位在歷史扉頁中　臺灣日報　2000 年 1 月 30 日　31 版

139. 楊　翠　奔流復位在歷史扉頁中　望你永遠在我心內——王昶雄先生追思集　臺北　臺北縣文化局　2000 年 11 月　頁 146—151

140. 藤井省三　さらば「永遠の文学青年」　北海道新聞（夕刊）　2000 年 2 月 4 日　8 版

141. 藤井省三　さらば「永遠の文学青年」　日本台湾学会ニュースレター　第 4 期　2000 年 5 月　〔1〕頁

142. 河日卓司　臺灣の歷史映した「日本語作家」の一生〔王昶雄部分〕　讀賣新聞　2000 年 2 月 6 日　13 版

143. 劉　捷　「無門關」的光明世界　臺灣新聞報　2000 年 2 月 8 日　A5 版

144. 趙天儀　從益壯會說起〔王昶雄部分〕　勁報　2000 年 2 月 11 日　T4 版

145. 趙天儀　從「益壯會」說起〔王昶雄部分〕　風雨樓再筆——臺灣文化的連猗　臺中　臺中市文化局　2000 年 11 月　頁 203—205

146. 呂泉生　懷念王昶雄——榮生泉生非兄弟，希歌永留在人間　自立晚報　2000 年 2 月 17 日　17 版

147. 呂泉生　懷念王昶雄——榮生泉生非兄弟，希歌永留在人間　望你永遠在我心內——王昶雄先生追思集　臺北　臺北縣文化局　2000 年 11

月　頁 6—9

148. 張香華　阮若打開心內的門窗　新觀念雜誌　第 136 期　2000 年 2 月　頁 56

149. 張香華　阮若打開心內的門窗　偶然讀幾行好詩　臺北　遠流出版公司 2006 年 6 月　頁 115—121

150. 黃盈雯　王昶雄於元旦辭世　文訊雜誌　第 172 期　2000 年 2 月　頁 77

151. 杜文靖　思想起「少年大仔」王昶雄──「益壯會」的一些故事　文訊雜誌　第 172 期　2000 年 2 月　頁 105—108

152. 杜文靖　思想起「少年大仔」王昶雄──「益壯會」的一些故事　望你永遠在我心內──王昶雄先生追思集　臺北　臺北縣文化局　2000 年 11 月　頁 45—51

153. 杜文靖　星消殞沉的北臺灣文學重鎮　北縣文化　第 64 期　2000 年 3 月 頁 52—59

154. 杜文靖　星消殞落的北臺灣文學重鎮　望你永遠在我心內──王昶雄先生追思集　臺北　臺北縣文化局　2000 年 11 月　頁 52—64

155. 盧永山　未完成的志願　北縣文化　第 64 期　2000 年 3 月　頁 60

156. 盧永山　未完成的志願　望你永遠在我心內──王昶雄先生追思集　臺北 臺北縣文化局　2000 年 11 月　頁 178—180

157. 林政華　記北臺灣──臺文營念少年大仔　民眾日報　2000 年 4 月 26 日 17 版

158. 林政華　說北臺灣文學營念少年大仔　臺灣文學教育耕穫集　臺北　文史哲出版社　2002 年 3 月　頁 145—146

159. 王文心　阿公，您永遠活在我心中　淡水牛津文藝　第 7 期　2000 年 4 月 頁 36—37

160. 王文心　阿公，您永遠活在我心中　望你永遠在我心內──王昶雄先生追思集　臺北　臺北縣文化局　2000 年 11 月　頁 1—3

161. 曹永洋　「少年大」與「益壯會」──懷念王昶雄先生　淡水牛津文藝

第 7 期　2000 年 4 月　頁 38—40

162. 曹永洋　「少年大」與「益壯會」——懷念王昶雄先生　望你永遠在我心內——王昶雄先生追思集　臺北　臺北縣文化局　2000 年 11 月　頁 118—121

163. 河原功著；王郁雯譯　告別作家王昶雄先生　淡水牛津文藝　第 7 期　2000 年 4 月　頁 41—43

164. 河原功　作家王昶雄先生との別離　日本台湾学会ニュースレター　第 4 期　2000 年 5 月　〔2〕頁

165. 河原功　告別作家王昶雄先生　望你永遠在我心內——王昶雄先生追思集　臺北　臺北縣文化局　2000 年 11 月　頁 71—74

166. 巫永福　悼念王昶雄君　淡水牛津文藝　第 7 期　2000 年 4 月　頁 48

167. 巫永福　悼念王昶雄君　望你永遠在我心內——王昶雄先生追思集　臺北　臺北縣文化局　2000 年 11 月　頁 4—5

168. 巫永福　悼念王昶雄君　巫永福全集・文集卷 2　臺北　傳神福音文化公司　2003 年 8 月　頁 39—41

169. 李魁賢　難耐故鄉情　淡水牛津文藝　第 7 期　2000 年 4 月　頁 49—51

170. 李魁賢　難耐故鄉情　望你永遠在我心內——王昶雄先生追思集　臺北　臺北縣文化局　2000 年 11 月　頁 32—37

171. 林政華　終身為臺灣文學灌溉的先行作家　淡水牛津文藝　第 7 期　2000 年 4 月　頁 53

172. 林政華　終身為臺灣文學灌溉的先行作家　望你永遠在我心內——王昶雄先生追思集　臺北　臺北縣文化局　2000 年 11 月　頁 85—86

173. 林政華　終身為臺灣文學灌溉的王昶雄先生　臺灣文學教育耕穫集　臺北　文史哲出版社　2002 年 3 月　頁 137—138

174. 賴永松　益壯會同窗錄——紀念王昶雄先生　淡水牛津文藝　第 7 期　2000 年 4 月　頁 54—55

175. 賴永松　益壯會同窗錄——紀念王昶雄先生　望你永遠在我心內——王昶

雄先生追思集　臺北　臺北縣文化局　2000 年 11 月　頁 174—177

176. 劉峰松　「少年大」天上的笑容——懷念王昶雄先生　淡水牛津文藝　第 7 期　2000 年 4 月　頁 56—61

177. 劉峰松　「少年大」天上的笑容——懷念王昶雄先生　望你永遠在我心內——王昶雄先生追思集　臺北　臺北縣文化局　2000 年 11 月　頁 181—185

178. 杜文靖　日日是好日，年年是好年——臺灣文壇前輩王昶雄的生活哲學　文學臺灣　第 34 期　2000 年 4 月　頁 79—85

179. 杜文靖　日日是好日，年年是好年——臺灣文壇前輩王昶雄的生活哲學　望你永遠在我心內——王昶雄先生追思集　臺北　臺北縣文化局　2000 年 11 月　頁 65—70

180. 廖清秀　少年大二三事　文學臺灣　第 34 期　2000 年 4 月　頁 91—93

181. 廖清秀　少年大二三事　望你永遠在我心內——王昶雄先生追思集　臺北　臺北縣文化局　2000 年 11 月　頁 160—162

182. 賴永松　尋找——懷念王昶雄先生與益壯會　文學臺灣　第 34 期　2000 年 4 月　頁 111—116

183. 賴永松　尋找——懷念王昶雄先生與益壯會　望你永遠在我心內——王昶雄先生追思集　臺北　臺北縣文化局　2000 年 11 月　頁 168—173

184. 李　秀　趕赴另一個田園故鄉——懷念王昶雄老師　文學臺灣　第 34 期　2000 年 4 月　頁 117—120

185. 李　秀　趕赴另一個田園故鄉——懷念王昶雄老師　望你永遠在我心內——王昶雄先生追思集　臺北　臺北縣文化局　2000 年 11 月　頁 11—13

186. 曹永洋　打開臺灣人心內的門窗——懷念「少年大」王昶雄先生　文學臺灣　第 34 期　2000 年 4 月　頁 121—124

187. 曹永洋　打開臺灣人心內的門窗——懷念「少年大」王昶雄先生　望你永遠在我心內——王昶雄先生追思集　臺北　臺北縣文化局　2000年 11 月　頁 114—117

188. 李魁賢　同鄉會是我的名字　文學臺灣　第 34 期　2000 年 4 月　頁 125—130

189. 李魁賢　同鄉兮是我的名字　望你永遠在我心內——王昶雄先生追思集　臺北　臺北縣文化局　2000 年 11 月　頁 26—31

190. 垂水千惠著；葉笛譯　追悼——王昶雄氏　文學臺灣　第 34 期　2000 年 4 月　頁 131—134

191. 垂水千惠　追悼・王昶雄氏　日本台湾学会ニュースレター　第 4 期　2000 年 5 月　〔2〕頁

192. 垂水千惠著；葉笛譯　追悼——王昶雄氏　望你永遠在我心內——王昶雄先生追思集　臺北　臺北縣文化局　2000 年 11 月　頁 75—79

193. 垂水千惠　追悼——王昶雄氏　葉笛全集・翻譯卷 6　臺南　國家臺灣文學館籌備處　2007 年 5 月　頁 586—590

194. 李魁賢　懷念王昶雄先生　民眾日報　2000 年 5 月 11 日　17 版

195. 李魁賢　懷念王昶雄先生（編序）　望你永遠在我心內——王昶雄先生追思集　臺北　臺北縣文化局　2000 年 11 月　〔3〕頁

196. 李魁賢　懷念王昶雄先生　李魁賢文集 2　臺北　行政院文建會　2002 年 10 月　頁 330—332

197. 塚本照和著；張桂娥譯　追憶王昶雄先生　淡水牛津文藝　第 8 期　2000 年 7 月　頁 56—58

198. 塚本照和著；張桂媚譯　追憶王昶雄先生　望你永遠在我心內——王昶雄先生追思集　臺北　臺北縣文化局　2000 年 11 月　頁 139—143

199. 尹子玉　日據時期留日臺籍作家〔王昶雄部分〕　文訊雜誌　第 179 期　2000 年 9 月　頁 36—37

200. 向　陽　臺灣心窗　中央日報　2000 年 11 月 6 日　20 版

201. 林政華　臺灣的心窗——寫在「福爾摩莎的心窗——王昶雄文學會議」之前　聯合報　2000 年 11 月 1 日　37 版

202. 林政華　誤解一生終獲平　臺灣時報　2000 年 11 月 3 日　29 版

203. 林政華　誤解一生終獲平——寫在「福爾摩莎的心窗——王昶雄文學會議」之前　民眾日報　2000 年 11 月 3 日　15 版

204. 林政華　誤解一生終獲平——寫在「福爾摩莎的心窗——王昶雄文學會議」之前　福爾摩莎的心窗——王昶雄文學會議論文集　臺北　真理大學臺灣文學系　2000 年 11 月　頁 130—133

205. 林政華　誤解一生終獲平——寫在「福爾摩莎的心窗——王昶雄文學會議」之前　臺灣文學教育耕穫集　臺北　文史哲出版社　2002 年 3 月　頁 139—141

206. 莫素微　王昶雄打開心內的門窗，少年大仔身影長留文壇　勁報　2000 年 11 月 3 日　31 版

207. 陳惠妍　王昶雄獲臺灣文學牛津獎　中央日報　2000 年 11 月 5 日　14 版

208. 林政華　牛津獎，臺灣文學家好事連連　民眾日報　2000 年 11 月 29 日　15 版

209. 林政華　牛津獎，臺灣文學家好事連連　臺灣文學教育耕穫集　臺北　文史哲出版社　2002 年 3 月　頁 147—148

210. 張恆豪　皇民化奔流中的沈思者——王昶雄　臺北畫刊　第 394 期　2000 年 11 月　頁 49

211. 〔李魁賢主編〕　王昶雄先生生平事略　望你永遠在我心內——王昶雄先生追思集　臺北　臺北縣文化局　2000 年 11 月　〔1〕頁

212. 莊紫蓉　最後一瞥——探望王昶雄　望你永遠在我心內——王昶雄先生追思集　臺北　臺北縣文化局　2000 年 11 月　頁 99—104

213. 莊紫蓉　最後一瞥——探望王昶雄記　面對作家——臺灣文學家訪談錄（一）　臺北　財團法人吳三連臺灣史料基金會　2007 年 4 月　頁 56—61

214. 廖中山　看臺灣，失望而不絕望——參加益壯會餐敘的聞與思　望你永遠在我心內——王昶雄先生追思集　臺北　臺北縣文化局　2000 年 11 月　頁 152—157

215. 張恆豪　奔流下的沉思者——王昶雄　臺北人物誌（二）　臺北　臺北市新聞處　2000 年 11 月　頁 168—175

216. 杜文靖　追懷王昶雄四章　這些人‧那些事‧某些地方　臺北　臺北縣文化局　2000 年 12 月　頁 2—32

217. 李魁賢　福爾摩莎的心窗　北縣文化　第 67 期　2000 年 12 月　頁 88—91

218. 李魁賢　福爾摩莎的心窗　李魁賢文集 2　臺北　行政院文建會　2002 年 10 月　頁 353—359

219. 林秀蓉　文壇長青樹——速寫王昶雄　臺灣時報　2001 年 5 月 18 日　22 版

220. 松田吉郎　王昶雄先生を悼む　東洋史訪　第 7 期　2001 年 6 月　頁 88—90

221. 張良澤　王昶雄的兩封舊信　臺灣文學評論　第 1 卷第 2 期　2001 年 10 月　頁 200—202

222. 林政華　臺灣本土小說名家與名作——王昶雄　臺灣文學汲探　臺北　文史哲出版社　2002 年 3 月　頁 128—155

223. 張瑋儀　辭世文學人小傳——王昶雄（1916—2000）　2000 臺灣文學年鑑　臺北　行政院文建會　2002 年 4 月　頁 152—155

224. 杜文靖　從稿紙、原稿到手稿的片片段段〔王昶雄部分〕　幼獅文藝　第 581 期　2002 年 5 月　頁 56

225. 許俊雅　編者序　王昶雄全集〔全 11 冊〕　臺北　臺北縣文化局　2002 年 10 月　頁 3—4

226. 林政華　正言反說，歌詞傳誦打開國人心窗的文醫——王昶雄　臺灣新聞報　2002 年 11 月 4 日　11 版

227. 林政華　正言反說，歌詞傳頌打開國人心窗的文醫——王昶雄　臺灣古今

文學名家　桃園　開南管理學院通識教育中心　2003 年 3 月　頁
49

228.〔杜文靖編輯〕　臺灣文學界少年大王昶雄[4]　臺北縣鄉土人物群像　臺北
臺北縣文化局　2002 年 11 月　頁 348—359

229. 王景山　王昶雄　臺港澳暨海外華文作家辭典　北京　人民文學出版社
2003 年 7 月　頁 548

230. 巫永福　王昶雄與益壯會　巫永福全集‧文集卷 2　臺北　傳神福音文化公
司　2003 年 8 月　頁 57—67

231.〔彭瑞金選編〕　作者簡介　國民文選‧小說卷 2　臺北　玉山社出版公司
2004 年 7 月　頁 40—41

232.〔陳萬益選編〕　作者簡介　國民文選‧散文卷 1　臺北　玉山社出版公司
2004 年 8 月　頁 292

233. 陳美雪編　王昶雄　日本研究臺灣文學文獻目錄　臺北　臺北文獻委員會
2004 年 12 月　頁 73—74

234. 陳俊宏　讀思錄——〈奔流〉流不走的王昶雄　臺灣文學評論　第 6 卷第 1
期　2006 年 1 月　頁 246—248

235. 許俊雅　王昶雄小傳　臺灣文學家年表六種　臺北　臺北縣政府　2006 年
12 月　頁 226—227

236. 落　蒂　王昶雄暗夜提燈　臺灣時報　2007 年 1 月 15 日　15 版

237. 莊紫蓉　王昶雄　面對作家——臺灣文學家訪談錄（一）　臺北　財團法
人吳三連臺灣史料基金會　2007 年 4 月　頁 43—45

238. 賴婉玲　皇民文學的發源與軌跡——戰後皇民文學研究及作家去向——王
昶雄：抗議精神創作不輟　皇民文學論爭研究　中央大學中國文
學系　碩士論文　李瑞騰教授指導　2007 年 7 月　頁 31—35

239. 許俊雅　淡水河流域的文化與文學——淡水河流域的文化——文學中淡水
文本的構成類型的作家群——王昶雄（一九一五年—二〇〇〇

---

[4]正文後附錄〈王昶雄編年事略〉。

年）　續修臺北縣志・藝文志第三篇・文學（上）　臺北　臺北
縣政府　2008 年 3 月　頁 12—13

240.〔封德屏主編〕　王昶雄　2007 臺灣作家作品目錄　臺南　國立臺灣文學
館　2008 年 7 月　頁 82

241.〔路寒袖編著〕　作者介紹／王昶雄　青少年臺灣文庫 2——散文讀本 2：
狂歌正年少　臺北　國立編譯館　2008 年 12 月　頁 13

242. 林衡哲　臺灣醫師對臺灣文化、文學的貢獻——淡水之子——齒科醫生王
昶雄（1916—2000）　臺灣文學評論　第 9 卷第 1 期　2009 年 1
月　頁 193—195

訪談、對談

243. 王昶雄等[5]　傳下這把香火——「光復前的臺灣文學」座談會（上、下）
聯合報　1978 年 10 月 22—23 日　12 版

244. 王昶雄等　傳下這把香火——「光復前的臺灣文學」座談會　楊逵全集・
資料卷　臺南　國立文化資產保存研究中心籌備處　2001 年 12 月
頁 187—199

245. 王昶雄等　傳下這把香火——「光復前的臺灣文學」座談會（摘錄）　王
昶雄全集・散文卷 5　臺北　臺北縣文化局　2002 年 10 月　頁
285—286

246. 王昶雄等[6]　永不熄滅的爝火——光復前臺灣文學中的民族意識與抗日精神
（上、下）　聯合報　1980 年 7 月 7—8 日　8 版

247. 王昶雄等　永不熄滅的爝火——光復前臺灣文學中的民族意識與抗日精神
楊逵全集・資料卷　臺南　國立文化資產保存研究中心籌備處
2001 年 12 月　頁 205—216

248. 王昶雄等　永不熄滅的爝火——光復前臺灣文學中的民族意識與抗日精神

---

[5]與會者：王詩琅、王昶雄、巫永福、杜聰明、郭秋生、郭水潭、黃得時、陳火泉、陳逢源、葉石
濤、楊雲萍、楊逵、廖漢臣、劉捷、劉榮宗；紀錄：黃武忠。
[6]與會者：王詩琅、王昶雄、郭水潭、黃得時、楊逵、廖漢臣、劉榮宗、黃武忠、聯副同仁；記
錄：李泳泉、吳繼文。

王昶雄全集‧散文卷 5　臺北　臺北縣文化局　2002 年 10 月　頁 287—288

249. 王昶雄等[7]　　日據時期詩人談詩　臺灣日報　1981 年 3 月 17 日　8 版

250. 王昶雄等　　日治時期詩人談詩　陳千武詩走廊散步　臺中　臺中市文化局 2003 年 8 月　頁 71—87

251. 劉靜娟　　過河的卒子——訪王昶雄先生　文運與文心——訪文藝先進作家 臺北　中央月刊社　1982 年 2 月　頁 55—56

252. 劉靜娟　　過河的卒子——訪王昶雄先生　中央月刊　第 7 卷第 14 期　1982 年 5 月　頁 104—105

253. 劉靜娟　　過河的卒子——訪王昶雄先生　老鼠走路　彰化　彰化縣立文化 局　1996 年 7 月　頁 192—196

254. 王昶雄等[8]　　美人心事——「文人與藝旦」座談會　聯合文學　第 3 期 1985 年 1 月　頁 64—73

255. 王昶雄等　　美人心事——「文人與藝旦」座談會　美人心事　臺北　號角 出版社　1987 年 8 月　頁 91—104

256. 黃武忠記錄　　美人心事——文人與藝旦座談會（摘錄）　王昶雄全集‧散 文卷 5　臺北　臺北縣文化局　2002 年 10 月　頁 289—291

257. 王昶雄等[9]　　臺灣新文學回顧座談記錄　臺灣文藝　第 103 期　1986 年 11 月　頁 6—28

258. 王昶雄等　　臺灣新文學回顧——座談記錄（摘錄）　王昶雄全集‧散文卷 5 臺北　臺北縣文化局　2002 年 10 月　頁 281—284

259. 王昶雄等[10]　　我們是怎樣走過來的——日據時代作家座談會　新地文學　第

---

[7] 與會者：楊雲萍、邱淳洸、楊啟東、林精鏐、楊逵、周伯陽、江燦琳、巫永福、郭啟賢、龍瑛宗、王昶雄、郭水潭、李魁賢、陳金連、趙天儀、杜國清、康原、廖莫白、李敏勇、黃勁連；主持人：林亨泰；紀錄：陳千武；策劃：陳千武。

[8] 與會者：王昶雄、巫永福、吳松谷、林芳年、周添旺、郭水潭、黃得時、楊逵、劉捷、龍瑛宗；記錄：黃武忠。

[9] 與會者：楊啟東、郭水潭、邱淼鏘、劉捷、龍瑛宗、黃平堅、巫永福、林芳年、王昶雄、陳千武、李敏勇、林梵、何麗玲、張芳慈。

[10] 主持人：趙天儀；與會者：王昶雄、葉石濤、陳千武、林亨泰。

1 卷第 3 期　1990 年 8 月　頁 64—65

260. 王昶雄等　　我們是怎樣走過來的——日據時代作家座談會　葉石濤全集 ·
　　　評論卷七　臺南，高雄　國立臺灣文學館，高雄市文化局　2008
　　　年 3 月　頁 246—247

261. 楊麗玲　　舊情綿綿、土地之歌——訪呂泉生與王昶雄（上、下）　自由時
　　　報　1991 年 4 月 30 日—5 月 1 日　18 版

262. 楊麗玲　　土地之歌——訪呂泉生與王昶雄　呂泉生的音樂世界——臺灣兒
　　　童合唱音樂之父／呂泉生　臺中　臺中縣立文化中心　1994 年 12
　　　月　頁 93—94

263. 蘇偉貞　　臺灣文壇的荷鋤人——聯副與「寶刀集」作家文會「少年大的—
　　　—訪王昶雄先生」　聯合報　1991 年 6 月 29 日　25 版

264. 謝　　天　　被兩個時代母親遺棄的孩子——訪劉捷、王昶雄、李篤恭　自由
　　　時報　1995 年 4 月 15 日　29 版

265. 莊宜文　　聆聽歲暮的聲音，資深前輩作家現況報導——王昶雄　聯合報
　　　1997 年 12 月 16 日　41 版

266. 莊紫蓉　　專訪王昶雄先生特刊——醫生作家，志節的座標[11]　自立晚報
　　　2000 年 2 月 27 日　17 版

267. 莊紫蓉　　淡水河畔的美麗漣漪——王昶雄專訪　淡水牛津文藝　第 7 期
　　　2000 年 4 月　頁 62

268. 莊紫蓉　　淡水河畔的美麗漣漪——王昶雄專訪　望你永遠在我心內——王
　　　昶雄先生追思集　臺北　臺北縣文化局　2000 年 11 月　頁 91—
　　　98

269. 莊紫蓉　　淡水河畔的美麗漣漪　面對作家——臺灣文學家訪談錄（一）
　　　臺北　財團法人吳三連臺灣史料基金會　2007 年 4 月　頁 46—55

年表

270. 張恆豪　　王昶雄生平寫作年表　翁鬧、巫永福、王昶雄合集（臺灣作家全

---

[11]本文後改篇名為〈淡水河畔的美麗漣漪——王昶雄專訪〉。

集） 臺北 前衛出版社 1991 年 2 月 頁 385—387

271. 王昶雄 王昶雄年表 驛站風情 臺北 臺北縣立文化中心 1993 年 6 月 〔3〕頁

272. 〔民眾日報〕 王昶雄文學年表 民眾日報 2000 年 1 月 28 日 19 版

273. 〔淡水牛津文藝〕 王昶雄文學年表 淡水牛津文藝 第 7 期 2000 年 4 月 頁 20—21

274. 許素蘭 王昶雄文學年表 望你永遠在我心內——王昶雄先生追思集 臺北 臺北縣文化局 2000 年 11 月 頁 230—233

275. 林政華 王昶雄文學年譜 福爾摩莎的心窗——王昶雄文學會議論文集 臺北 真理大學臺灣文學系 2000 年 11 月 頁 135—154

276. 〔胡建國主編〕 王昶雄先生年表 國史館現藏民國人物傳記史料彙編‧第 23 輯 臺北 國史館 2000 年 12 月 頁 44—46

277. 姚蔓嬪 王昶雄文學年表 王昶雄小說研究 臺灣師範大學國文學系 碩士論文 許俊雅教授指導 2002 年 6 月 頁 140—213

278. 許俊雅 王昶雄生平著作年表初編 王昶雄全集‧隨筆、翻譯卷 臺北 臺北縣文化局 2002 年 10 月 頁 251—337

279. 許俊雅 王昶雄生平著作年表初編 臺灣文學家年表六種 臺北 臺北縣政府 2006 年 12 月 頁 228—304

280. 秦賢次 王昶雄年表 臺灣文化菁英年表集 臺北 臺北縣文化局 2002 年 12 月 頁 1—59

281. 河原功 王昶雄略年譜 王昶雄作品集 東京 綠蔭書房 2007 年 6 月 頁 439—443

其他

282. 〔文訊雜誌〕 王昶雄榮獲臺灣新文學特別推崇獎 文訊雜誌 第 38 期 1988 年 10 月 頁 1

283. 尹乃菁 總統明令褒揚王昶雄 中國時報 2000 年 1 月 26 日 11 版

284. 〔中央日報〕 李總統明令褒揚王昶雄 中央日報 2000 年 1 月 26 日 18

版

作品評論篇目

綜論

期　1984 年 6 月　頁 12—13

298. 陳千武　光復前後臺灣新詩的演變〔王昶雄部分〕　笠　第 130 期　1985年 12 月　頁 13—14

299. 張恆豪　世界觀的激盪——《王昶雄集》序　翁鬧、巫永福、王昶雄合集（臺灣作家全集）　臺北　前衛出版社　1991 年 2 月　頁 321—323

300. 張恆豪　世界觀的激盪——《王昶雄集》　短篇小說卷別冊（臺灣作家全集）　臺北　前衛出版社　1994 年 3 月　頁 41—43

301. 朱雙一　臺灣新文學運動的重挫——時代困圍下的不滅詩魂〔王昶雄部分〕　臺灣文學史（上）　福州　海峽文藝出版社　1991 年 6 月　頁 594—596

302. 朱雙一　日據時期的臺灣新詩〔王昶雄部分〕　臺灣新文學概觀（下）　廈門　鷺江出版社　1991 年 6 月　頁 99

303. 垂水千惠　三人の日本人作家——王昶雄、陳火泉、周金波[12]　越境する世界文学　東京　河出書房新社　1992 年 12 月　頁 252—260

304. 垂水千惠著；涂翠花譯　戰前「日本語」作家——王昶雄與陳火泉、周金波之比較　臺灣文藝　第 136 期　1993 年 5 月　頁 44—57

305. 垂水千惠著；涂翠花譯　戰前「日本語」作家——王昶雄與陳火泉、周金波之比較　臺灣文學研究在日本　臺北　前衛出版社　1994 年 12 月　頁 87—107

306. 垂水千惠著；涂翠花譯　戰前「日本語」作家——王昶雄與陳火泉、周金波之比較　王昶雄全集・評論卷　臺北　臺北縣文化局　2002 年 10 月　頁 85—103

307. 林清玄　打開心內的門窗　聯合報　1994 年 3 月 23 日　37 版

308. 林水福　日據時期的重要作家及其作品——生在那個時代何其不幸「以文學體驗人生，啟發人生——王昶雄」　日本文摘　第 9 卷第 4 期

---

[12]本文後由涂翠花譯為〈戰前「日本語」作家——王昶雄與陳火泉、周金波之比較〉。

1994 年 5 月　頁 131—132

309. 張超主編　　王昶雄　臺港澳及海外華人作家辭典　江蘇　南京大學出版社
1994 年 12 月　頁 450—451

310. 垂水千惠　　多文化主義の萌芽——王昶雄を例として[13]　臺灣の日本語文學
東京　五柳書院　1995 年 1 月　頁 103—123

311. 垂水千惠著；涂翠花譯　　多文化主義的萌芽——王昶雄的例子　臺灣的日
本語文學　臺北　前衛出版社　1998 年 2 月　頁 95—112

312. 垂水千惠著；涂翠花譯　　多文化主義的萌芽——王昶雄的例子　王昶雄全
集‧評論卷　臺北　臺北縣文化局　2002 年 10 月　頁 125—140

313. 許俊雅　　日據時期臺灣小說之作者及其背景分析——小說作者之相關資料
及生平略傳——王昶雄　日據時期臺灣小說研究　臺北　文史哲
出版社　1995 年 2 月　頁 280—281

314. 張素貞　　臺灣小說中的抗戰經驗（上、中、下）〔王昶雄部分〕　中央日
報　1997 年 7 月 7—9 日　18 版

315. 彭瑞金　　為黑暗時代點燈的詩人——王昶雄　臺灣新聞報　1998 年 7 月 20
日　13 版

316. 彭瑞金　　為黑暗時代點燈的詩人——王昶雄　臺灣文學步道　高雄　高雄
縣立文化中心　1998 年 7 月　頁 169—174

317. 彭瑞金　　為黑暗時代點燈的詩人——王昶雄　臺灣文學 50 家　臺北　玉山
社出版公司　2005 年 7 月　頁 254—260

318. 陳建忠　　一事能狂便少年——追憶王昶雄先生的人與文學　中央日報
2000 年 1 月 28 日　22 版

319. 呂興昌　　扑開門窗，看著臺灣——臺語詩中的臺灣意象〔王昶雄部分〕
臺杏第二屆臺灣文學學術研討會——詩／歌中的臺灣意象　臺南
臺杏文教基金會主辦　2000 年 3 月 11—12 日

320. 張明雄　　徬徨心靈的迴響——王昶雄的小說　臺灣現代小說的誕生　臺北

---

[13]本文後由涂翠花譯為〈多文化主義的萌芽——王昶雄的例子〉。

前衛出版社　2000 年 9 月　頁 140—145

321. 彭瑞金　文學的終極裁判[14]　臺灣日報　2000 年 9 月 17 日　31 版

322. 彭瑞金　文學的終極裁判　望你永遠在我心內——王昶雄先生追思集　臺
　　　北　臺北縣文化局　2000 年 11 月　頁 133—136

323. 彭瑞金　福爾摩莎的心窗　臺灣日報　2000 年 10 月 29 日　31 版

324. 巫永福　八方益壯來相會——談王昶雄的生命情調　福爾摩莎的心窗——
　　　王昶雄文學會議論文　臺北　真理大學臺灣文學系　2000 年 11 月
　　　4 日

325. 黃武忠　尋找文學的王昶雄　臺灣日報　2000 年 11 月 4 日　31 版

326. 林政華　王昶雄文學會議二、三事　民眾日報　2000 年 11 月 15 日　15 版

327. 林政華　王昶雄文學會議二、三事　臺灣文學教育耕穫集　臺北　文史哲
　　　出版社　2002 年 3 月　頁 142—144

328. 巫永福　王昶雄文學的管見　福爾摩莎的心窗——王昶雄文學會議論文集
　　　臺北　真理大學臺灣文學系　2000 年 11 月 4 日　頁 1—6

329. 巫永福　王昶雄文學的管見　臺灣文藝　第 173 期　2000 年 12 月　頁 4—
　　　9

330. 巫永福　王昶雄文學的管見　巫永福全集・文集卷 2　臺北　傳神福音文化
　　　公司　2003 年 8 月　頁 24—38

331. 巫永福　王昶雄文學的管見　巫永福精選集——評論卷　臺北　富春文化
　　　公司　2010 年 12 月　頁 235—243

332. 莊嘉玲　王昶雄「記人散文」的特色[15]　福爾摩莎的心窗——王昶雄文學會
　　　議論文集　臺北　真理大學臺灣文學系　2000 年 11 月 4 日　頁 7
　　　—32

333. 歐宗智　留下熱愛生命的足跡——談王昶雄的散文成就　福爾摩莎的心窗
　　　——王昶雄文學會議論文集　臺北　真理大學臺灣文學系　2000

---

[14]本文由王昶雄獲得「牛津文學獎」切入，進而談論其創作背景、文學特色，以及其文學地位。
[15]本文探討王昶雄「記人散文」的特色。全文共 4 小節：1.前言；2.時代背景；3.王昶雄記人散文的
　　特色；4.結語。

年 11 月 4 日　頁 33—42

334. 歐宗智　留下熱愛生命的足跡——談王昶雄的散文成就　明道文藝　第 299
期　2001 年 2 月　頁 160—168

335. 歐宗智　留下熱愛生命的足跡——談王昶雄的散文成就　為有源頭活水來
臺北　財團法人清傳商職文教基金會　2001 年 2 月　頁 11—21

336. 歐宗智　留下熱愛生命的足跡——談王昶雄的散文成就　橫看成嶺側看成
峰——臺灣文學析論　臺北　臺北縣文化局　2004 年 12 月　頁
50—67

337. 李魁賢　歷史、現實與憧憬——談王昶雄詩歌中的故鄉情結[16]　福爾摩莎的
心窗——王昶雄文學會議論文集　臺北　真理大學臺灣文學系
2000 年 11 月 4 日　頁 43—56

338. 李魁賢　歷史、現實、憧憬——王昶雄詩歌中的故鄉情結（摘錄）　臺灣
時報　2000 年 11 月 4 日　29 版

339. 李魁賢　歷史、現實、憧憬——王昶雄詩歌中的故鄉情結（1—8）　民眾
日報　2000 年 11 月 4—11 日　15 版

340. 李魁賢　歷史、現實、憧憬——王昶雄詩歌中的故鄉情結　北縣文化　第
67 期　2000 年 12 月　頁 92—100

341. 李魁賢　歷史、現實與憧憬——王昶雄詩歌中的故鄉情結　王昶雄全集‧
評論卷　臺北　臺北縣文化局　2002 年 10 月　頁 171—194

342. 李魁賢　歷史、現實、憧憬——王昶雄詩歌中的故鄉情結　李魁賢文集 9
臺北　行政院文建會　2002 年 10 月　頁 48—69

343. 林秀蓉　打開戰爭期的心窗——王昶雄　日治時期臺灣醫事作家及其作品
研究——以蔣渭水、賴和、吳新榮、王昶雄、詹冰為主　高雄師
範大學國文學系　博士論文　龔顯宗教授指導　2002 年 6 月　頁
142—152

---

[16]本文就王昶雄創作的詩和歌詞中所表現的故鄉情結，加以歸納分析。全文共 4 小節：1.歷史的故
鄉；2.現實的故鄉；3.憧憬的故鄉；4.結語。

344. 向　陽　　心的門窗　我們其實不需要住所　臺北　聯合文學出版社　2004
　　　　　　　　年 12 月　頁 110—113

345. 蔣朗朗　　臺灣日據時期小說文本精神內涵的解讀——以受難感為例〔王昶
　　　　　　　　雄部分〕　海南師範學院學報　2005 年第 1 期　2005 年 3 月　頁
　　　　　　　　72—81

346. 編輯部　　劉捷‧吳漫沙‧王昶雄　臺灣文學館通訊　第 8 期　2005 年 8 月
　　　　　　　　頁 12—17

347. 吳叡人　　他人之顏：民族國家對峙結構中的「皇民文學」與「原鄉文藝」
　　　　　　　　——王昶雄：敗者的抵抗　跨領域的臺灣文學研究學術研討會論
　　　　　　　　文集　臺南　國家臺灣文學館　2006 年 3 月　頁 284—288

348. 賴婉玲　　跨越與認同——試論王昶雄詩作　青春詩會——臺灣現代詩人詩
　　　　　　　　作研討會　桃園　中央大學中國文學系現代文學教學研究室主辦
　　　　　　　　2006 年 6 月 12 日

349. 河原功　　作品解說　王昶雄作品集　東京　緑蔭書房　2007 年 6 月　頁
　　　　　　　　421—438

350. 李詮林　　日據時段的臺灣現代日語文學——概述——日語詩歌創作發展脈
　　　　　　　　絡〔王昶雄部分〕　臺灣現代文學史稿　福州　海峽文藝出版社
　　　　　　　　2007 年 12 月　頁 237—238

351. 林皇德　　打開心裡的門窗——王昶雄　國語日報　2009 年 3 月 7 日　5 版

352. 林皇德　　王昶雄——打開心裡的門窗　用愛釀成篇章——臺灣文學家的故
　　　　　　　　事　臺南　國立臺灣文學館　2011 年 7 月　頁 61—65

353. 廖亮羽　　王昶雄的奔流意識　文學人　第 18 期　2009 年 5 月　頁 69—81

354. 陳永興　　挑戰皇民文學塑造醫師形象——王昶雄（一九一六—二〇〇〇）
　　　　　　　　醫者情懷——臺灣醫師的人文書寫與社會關懷　臺北　印刻文學
　　　　　　　　生活雜誌出版公司　2009 年 10 月　頁 78—87

355. 莊金國　　《王昶雄全集》——「少年大的」希望你打開心門　臺灣流動見
　　　　　　　　證　高雄　春暉出版社　2010 年 6 月　頁 470—472

356. 向　陽　　臺灣的心窗——王昶雄及其〈阮若打開心內的門窗〉　文訊雜誌
　　　　　　　　第 320 期　2012 年 6 月　頁 14—18

357. 向　陽　　臺灣的心窗——王昶雄及其〈阮若打開心內的門窗〉　寫字年代
　　　　　　　　——臺灣作家手稿故事　臺北　九歌出版社　2013 年 7 月　頁
　　　　　　　　128—139

358. 河原功　　王昶雄的の文學世界　歷史、社會、文化——第五屆淡水學國際
　　　　　　　　學術研討會　臺北　淡江大學歷史系臺灣史研究室主辦；臺北縣
　　　　　　　　淡水鎮公所合辦　2010 年 10 月 15—16 日

359. 河原功　　王昶雄の文學世界　淡江史學　第 23 期　2011 年 9 月　315—331
　　　　　　　　頁

360. 劉克襄　　消逝的北淡線——王昶雄生命裡的史詩　印刻文學生活誌　第 96
　　　　　　　　期　2011 年 8 月　頁 108—113

361. 李文卿　　國族「心」想像——「皇民文學」與大東亞共榮——戰爭協力：
　　　　　　　　「皇民文學」作家的出現——「國語」世代：王昶雄、陳火泉、
　　　　　　　　周金波　想像帝國——戰爭時期的臺灣新文學　臺南　國立臺灣
　　　　　　　　文學館　2012 年 10 月　頁 127—133

362. 張　羽　　日本殖民時期臺灣醫生作家的疾病敘事研究〔王昶雄部分〕　文
　　　　　　　　學評論　2012 年第 1 期　2012 年　頁 147—156

363. 河尻和也　　日本統治時代末期の陳火泉の思想に関する考察——周金波、
　　　　　　　　王昶雄の作品、思想との比較　淡江日本論叢　第 28 期　2013 年
　　　　　　　　12 月　頁 69—93

分論
◆單行本作品
散文
《阮若打開心內的門窗》

364. 杜文靖　　《阮若打開心內的門窗》讀後　文訊雜誌　第 126 期　1996 年 4
　　　　　　　　月　頁 8—9

365. 歐宗智　　　老幹新芽——評介王昶雄散文集《阮若打開心內的門窗》　臺灣
　　　　　　　　新聞報　1997 年 5 月 25 日　13 版

366. 歐宗智　　　老幹新芽——評介王昶雄散文集《阮若打開心內的門窗》　書評
　　　　　　　　雜誌　第 31 期　1997 年 12 月　頁 6—11

367. 傅錫壬　　　王昶雄筆下刻畫的人物特質——以《阮若打開心內的門窗》一書
　　　　　　　　為例　第 4 屆「淡水學」國際學術研討會　淡水　淡江大學歷史
　　　　　　　　學系主辦　2007 年 5 月 25—26 日

《驛站風情》

368. 杜文靖　　　臺灣筆會推薦一九九三年本土好書，最堪玩味是鄉情——王昶雄
　　　　　　　　的《驛站風情》　自立晚報　1994 年 1 月 13 日　13 版

369. 杜文靖　　　人生「驛站」，「風情」無限——評《驛站風情》　文訊雜誌
　　　　　　　　第 99 期　1994 年 1 月　頁 7—8

370. 傅錫壬　　　王昶雄《驛站風情》中的鄉土情懷　2001 淡水學學術研討會　臺
　　　　　　　　北　淡江大學歷史系主辦　2001 年 12 月 7—8 日

371. 傅錫壬　　　王昶雄《驛站風情》中的鄉土情懷　二〇〇一年淡水學學術研討
　　　　　　　　會——歷史、生態、人文論文集　臺北　國史館　2003 年 4 月
　　　　　　　　頁 81—93

文集
《王昶雄全集》

372. 賴素鈴　　　《王昶雄全集》出版——蒐編總動員過程彰顯文學心　民生報
　　　　　　　　2002 年 11 月 7 日　A13 版

373. 孫蓉華　　　阮若打開心內的門窗，《王昶雄全集》問世　聯合報　2002 年 11
　　　　　　　　月 7 日　18 版

374. 林政華　　　盡善盡美的「全集」編輯——《王昶雄全集》成典範　文訊雜誌
　　　　　　　　第 207 期　2003 年 1 月　頁 21—22

375. 莊永明　　　少年大佬老小——《王昶雄全集》補遺　文學臺灣　第 46 期
　　　　　　　　2003 年 4 月　頁 19—30

376. 洪士惠　　《王昶雄全集》、《周金波集》作品出版　文訊雜誌　第 218 期　2003 年 12 月　頁 83

單篇作品

377. 窪川鶴次郎　　臺灣文學之半年（一）——昭和十八年下半期小說總評[17]〔〈奔流〉部分〕　臺灣公論　第 9 卷第 2 期　1944 年 2 月 1 日　頁 110

378. 窪川鶴次郎　　臺灣文學半ケ年（一）——昭和十八年下半期小說總評〔〈奔流〉部分〕　日本統治期臺灣文学文芸評論集・第 5 卷　東京　緑蔭書房　2001 年 4 月　頁 255

379. 窪川鶴次郎著；邱若山譯　　這半年來的臺灣文學——昭和十八年下半期小說總評〔〈奔流〉部分〕　王昶雄全集・評論卷　臺北　臺北縣文化局　2002 年 10 月　頁 1—2

380. 窪川鶴次郎著；邱香凝譯；涂翠花校譯　　臺灣文學之半年（一）——昭和十八年下半期小說總評〔〈奔流〉部分〕　日治時期臺灣文藝評論集・雜誌篇 4　臺南　國家臺灣文學館籌備處　2006 年 10 月　頁 456—457

381. 劉心皇　　從文藝的觀點看〈奔流〉　革命文藝　第 71 期　1962 年 2 月　頁 9—10

382. 〔羊子喬，林梵，張恆豪〕　　王昶雄〔〈奔流〉〕　閹雞（光復前臺灣文學全集）　臺北　遠景出版公司　1981 年 9 月　頁 257—258

383. 張恆豪　　反殖民的浪花——王昶雄及其代表作〈奔流〉　暖流　第 2 卷第 2 期　1982 年 8 月　頁 60—65

384. 張恆豪　　反殖民的浪花——王昶雄及其代表作〈奔流〉　翁鬧、巫永福、王昶雄合集（臺灣作家全集）　臺北　前衛出版社　1991 年 2 月　頁 365—382

---

[17]本文後由邱若山譯為〈這半年來的臺灣文學——昭和十八年下半期小說總評〉，邱香凝譯為〈臺灣文學之半年（一）——昭和十八年下半期小說總評〉。

385. 張恆豪　　反殖民的浪花──王昶雄及其代表作〈奔流〉　驛站風情　臺北　臺北縣立文化中心　1993 年 6 月　頁 310─328

386. 張恆豪　　反殖民的浪花──王昶雄及其代表作〈奔流〉　覺醒的島國──南臺灣文學（一）──臺南市作家作品集　臺南　臺南市立文化中心　1995 年 4 月　頁 164─182

387. 張恆豪　　反殖民的浪花──王昶雄及其代表作〈奔流〉　王昶雄全集・評論卷　臺北　臺北縣文化局　2002 年 10 月　頁 3─18

388. 莊永明　　〈奔流〉的時代見證　大同雜誌　1987 年第 12 期　1987 年 12 月　頁 78─83

389. 莊永明　　〈奔流〉的時代見證　臺灣文藝　第 136 期　1993 年 5 月　頁 58─63

390. 張恆豪　　三讀〈奔流〉　文訊雜誌　第 40 期　1989 年 2 月　頁 109─111

391. 呂興昌　　文章千古事，得失寸心知──評王昶雄〈奔流〉的校訂本　國文天地　第 77 期　1991 年 10 月　頁 17─22

392. 呂興昌　　評王昶雄〈奔流〉的校訂本　王昶雄全集・評論卷　臺北　臺北縣文化局　2002 年 10 月　頁 19─29

393. 張恆豪　　〈奔流〉與〈道〉的比較　臺灣作家鍾理和逝世卅二周年紀念會暨臺灣文學學術會議　高雄縣政府　高雄縣政府，臺灣筆會，文學臺灣雜誌聯合主辦，高雄縣文化中心承辦　1992 年 8 月 2 日

394. 張恆豪　　〈奔流〉與〈道〉的比較　文學臺灣　第 4 期　1992 年 9 月　頁 243─259

395. 張恆豪　　〈奔流〉與〈道〉的比較　王昶雄全集・評論卷　臺北　臺北縣文化局　2002 年 10 月　頁 31─47

396. 〔施淑編〕　王昶雄〔〈奔流〉〕　日據時代臺灣小說選　臺北　前衛出版社　1992 年 12 月　頁 393─394

397. 〔施淑編〕　王昶雄〔〈奔流〉〕　日據時代臺灣小說選　臺北　麥田出版公司　2007 年 9 月　頁 372─373

398. 林瑞明　　騷動的靈魂——決戰時期的臺灣作家與皇民文學〔〈奔流〉部分〕　臺灣文藝　第 136 期　1993 年 5 月　頁 28—40

399. 林瑞明　　騷動的靈魂——決戰時期的臺灣作家與皇民文學〔〈奔流〉部分〕　臺灣文學的歷史考察　臺北　允晨文化公司　1996 年 7 月　頁 294—331

400. 林瑞明　　騷動的靈魂——決戰時期的臺灣作家與皇民文學〔〈奔流〉部分〕　王昶雄全集・評論卷　臺北　臺北縣文化局　2002 年 10 月　頁 49—83

401. 陳萬益　　夢境與現實——重探〈奔流〉　賴和及其同時代的作家——日據時期臺灣文學國際學術會議論文　新竹　清華大學　1994 年 11 月 25—27 日

402. 陳萬益著；垂水千惠譯　　夢と現實——王昶雄「奔流」試論　よおがえる臺灣文學——日本統治期の作家と作品　東京　東方書店　1995 年 10 月

403. 陳萬益　　夢境與現實——重探〈奔流〉　于無聲處聽驚雷　臺南　臺南市立文化中心　1996 年 5 月　頁 143—166

404. 陳萬益　　夢境與現實——重探〈奔流〉　王昶雄全集・評論卷　臺北　臺北縣文化局　2002 年 10 月　頁 105—124

405. 許俊雅　　日據時期臺灣小說創作形式之探討——小說敘事觀點之應用〔〈奔流〉部分〕　日據時期臺灣小說研究　臺北　文史哲出版社　1995 年 2 月　頁 583

406. 許俊雅　　日據時期臺灣小說中的人物形象——醫師形象〔〈奔流〉部分〕　日據時期臺灣小說研究　臺北　文史哲出版社　1995 年 2 月　頁 642—643

407. 王昶雄　　北臺文學綠映紅——編輯導言〔〈奔流〉部分〕　以臺灣為名　臺北　臺北縣立文化中心　1995 年 6 月　〔1〕頁

408. 王昶雄　　北臺灣文學叢書導言（二）——一九九五年「北臺文學綠映紅」

王昶雄全集・散文卷 3　臺北　臺北縣文化局　2002 年 10 月　頁
297—298

409. 趙　園　五四新文學與兩岸文學之緣〔〈奔流〉部分〕　揚子江與阿里山
的對話──海峽兩岸文學比較　上海　上海文藝出版社　1995 年
12 月　頁 46—47

410. 梁明雄　皇民文學概述〔〈奔流〉部分〕　日據時期臺灣新文學運動研究
臺北　文史哲出版社　1996 年 2 月　頁 280—281

411. 張香華　風中的淚滴──從王昶雄小說〈奔流〉說起（上、中、下）　聯
合報　1996 年 4 月 16—18 日　37 版

412. 呂正惠　皇民化與現代化的糾葛──王昶雄〈奔流〉的另一種讀法　近、
現代中國文學與文化變遷　臺北　臺灣學生書局　1996 年 12 月
頁 193—203

413. 呂正惠　皇民化與現代化的糾葛──王昶雄〈奔流〉的另一種讀法　文藝
理論與批評　1998 年第 4 期　1998 年 7 月　頁 105—108，136

414. 呂正惠　皇民化與現代化的糾葛──王昶雄〈奔流〉的另一種讀法　殖民
地的傷痕──臺灣文學問題　臺北　人間出版社　2002 年 6 月
頁 31—39

415. 呂正惠　皇民化與現代化的糾葛──王昶雄〈奔流〉的另一種讀法　中華
現代文學大系（貳）・臺灣一九八九─二○○三評論卷（二）
臺北　九歌出版社　2003 年 10 月　頁 400—408

416. 許俊雅　〈奔流〉集評　日據時期臺灣小說選讀　臺北　萬卷樓圖書公司
1998 年 11 月　頁 393—395

417. 呂正惠　臺灣小說一世紀──世紀末的肯定或虛無〔〈奔流〉部分〕　文
訊雜誌　第 168 期　1999 年 10 月　頁 34—35

418. 張修慎　「皇民文學」に見られる台湾知識人の意識──〈志願兵〉〈奔
流〉と〈道〉を中心として－　現代台湾研究　第 18 期　1999 年
12 月　頁 94—104

419. 呂正惠　殖民地的傷痕：脫亞入歐論與皇民化教育〔〈奔流〉部分〕　殖民地經驗與臺灣文學——第一屆臺杏臺灣文學學術會議論文集　臺北　遠流出版公司　2000 年 2 月　頁 52—53，56—58

420. 許明珠　近代與傳統的權衡——我讀王昶雄的〈奔流〉　臺灣文藝　第 171 期　2000 年 8 月　頁 28—37

421. 大久保明男　王昶雄〈奔流〉の改訂版について——日本語版との比較から　駒澤大學外國語部論集　第 52 期　2000 年 8 月　頁 177—198

422. 陳芳明　殖民地傷痕及其終結〔〈奔流〉部分〕　聯合文學　第 191 期　2000 年 9 月　頁 134

423. 彭瑞金　從小說〈奔流〉看戰爭時期臺灣作家的邊緣戰鬥（1—16）　民眾日報　2000 年 10 月 30—31 日，11 月 1—14 日　17 版

424. 彭瑞金　從小說〈奔流〉看戰爭時期臺灣作家的邊緣戰鬥　福爾摩莎的心窗——王昶雄文學會議論文集　臺北　真理大學臺灣文學系　2000 年 11 月　頁 81—98

425. 彭瑞金　從小說〈奔流〉看戰爭時期臺灣作家的邊緣戰鬥　王昶雄全集・評論卷　臺北　臺北縣文化局　2002 年 10 月　頁 195—218

426. 彭瑞金　從小說〈奔流〉看戰爭時期臺灣作家的邊緣戰鬥　臺灣文學史論集　高雄　春暉出版社　2006 年 8 月　頁 3—25

427. 李令儀　〈奔流〉反映臺灣人的苦難　聯合報　2000 年 11 月 5 日　14 版

428. 劉勝雄　從王昶雄小說〈奔流〉談日據時期皇民文學　福爾摩莎的心窗——王昶雄文學會議論文集　臺北　真理大學臺灣文學系　2000 年 11 月　頁 57—80

429. 鍾肇政　益壯之後——記與塚本照和教授一夕歡聚〔〈奔流〉部分〕　鍾肇政全集・隨筆集 2　桃園　桃園縣文化局　2000 年 12 月　頁 310—311

430. 邱雅芳　王昶雄：〈奔流〉　聖戰與聖女——以皇民化文學作品的女性形

象為中心（1937—1945）　靜宜大學中國文學系　碩士論文　陳
芳明教授指導　2001 年 6 月　頁 89—94

431. 尹子玉　　從佛洛伊德精神分析理論看〈奔流〉中的仿同與焦慮　國立中央
大學中國文學研究所論文集刊　第 7 期　2001 年 6 月　頁 15—28

432. 張良澤摘譯　　王昶雄原著〈奔流〉集評　臺灣文學評論　第 2 卷第 1 期
2002 年 1 月　頁 29—36

433. 良本惠莉　　臺灣人作家の手による皇民文學：時代の〈奔流〉──王昶雄
日本統治時代之臺灣文學考　淡江大學日本研究所　碩士論文
陳伯陶教授指導　2002 年 6 月　頁 200—205

434. 李郁蕙　　戰時日本語文學與「邊緣性」〔〈奔流〉部分〕　日本語文學與
臺灣　臺北　前衛出版社　2002 年 7 月　頁 76—82

435. 陳明姿　　王昶雄的〈奔流〉──殖民地知識分子的迷思　後殖民主義──
臺灣與日本研討會集　臺北　臺大日文系　2002 年 8 月　頁 169
—181

436. 林鎮山　　土地、「國民」、尊嚴──〈奔流〉與《偶然生為亞裔人》的身
份建構與認同　臺灣小說與敘事學　臺北　前衛出版社　2002 年
9 月　頁 345—382

437. 林鎮山　　土地、「國民」、尊嚴──論〈奔流〉與《偶然生為亞裔人》的
身分建構與認同　王昶雄全集‧評論卷　臺北　臺北縣文化局
2002 年 10 月　頁 141—170

438. 邱雅芳　　以母親之名──皇民化時期臺灣男性作家作品的女性呈現（1937
—1945）〔〈奔流〉部分〕　臺灣文學學報　第 3 期　2002 年 12
月　頁 238—243

439. 楊子霈　　殖民／性別／情慾的多音對話──以吳濁流、王昶雄、鍾肇政小
說中的臺日異國戀為例〔〈奔流〉〕　第七屆青年文學會議論文
集──臺灣文學的比較研究　臺北　文訊雜誌社　2003 年 11 月
頁 323—337

440. 尹東燦　王昶雄〈奔流〉論　藝文攷　第 8 期　2003 年　頁 19—44

441. 簡俊安　醫病醫人——王昶雄〈奔流〉中醫病關係的探討與省思　臺灣醫學人文學刊　第 1、2 期合併　2004 年 3 月　頁 109—120

442. 許麗芳　追求極至無畏衝擊的生命之流：王昶雄〈奔流〉　戰鬥與追尋、衝擊與消沉——皇民文學中的知識份子心靈　中山大學政治學研究所　碩士論文　曾國祥教授指導　2004 年 6 月　頁 40—42

443. 〔彭瑞金編〕　〈奔流〉賞析　國民文選・小說卷 2　臺北　玉山社出版公司　2004 年 7 月　頁 80—81

444. 劉紅林　論「皇民文學」的本質及其表現〔〈奔流〉部分〕　世界華文文學論壇　2004 年第 4 期　2004 年 12 月　頁 26—28

445. 黃萬華　戰時臺灣文學的抵抗意識〔〈奔流〉部分〕　中國文學研究　2004 年第 4 期　2004 年　頁 84—90

446. 黃萬華　血脈的溝通：從社會心理到習俗、語言——戰時臺灣文學的抵抗意識〔〈奔流〉部分〕　中國與海外——20 世紀漢語文學史論　天津　百花文藝出版社　2006 年 1 月　頁 157—159

447. 傅錫王　從「奔流」的命題探索兩種文化的衝擊〔〈奔流〉〕　淡江史學　第 16 期　2005 年 12 月　頁 199—211

448. 阮美慧　導讀〈奔流〉　二十世紀臺灣文學金典——小說卷（日治時期）　臺北　聯合文學出版社　2006 年 1 月　頁 342—343

449. 方孝謙　日據臺灣同化政策與當代小說：反同化論述的形成〔〈奔流〉部分〕　跨領域的臺灣文學研究學術研討會論文集　臺南　國家臺灣文學館　2006 年 3 月　頁 413—414

450. 林鎮山　文學望鄉・家國想像——追憶似水年華——想像臺灣〔〈奔流〉部分〕　離散・家國・敘述——臺灣當代小說論述　臺北　前衛出版社　2006 年 7 月　頁 299—301

451. 許光武　成為日本人：「本島我」與「皇民我」想像的糾纏——臺灣文學家的「皇國／民」想像——王昶雄的「皇國／民」想像〔〈奔

流〉〕　帝國之眼——日本殖民者與他的「它者」臺灣　政治大學東亞研究所　博士論文　李英明教授指導　2006 年 7 月　頁 113—116

452. 林秀蓉　日治時期臺灣小說中的醫生形象——醫生作家筆下的醫生形象〔〈奔流〉部分〕　中國語文　第 595 期　2007 年 1 月　頁 65—66

453. 李育霖　帝國的錯位——王昶雄〈奔流〉中的游移認同（The Dislocation of Empire：An Identity Paradigm of Colonial Displacement in Wang Chang-hsiung's A Raging Torrent）　臺灣文學研究　第 1 卷第 1 期　2007 年 4 月　頁 5—31

454. 劉乃慈　形式美學與敘事政治——日據時期臺灣自然主義小說研究〔〈奔流〉部分〕　臺灣文學研究　第 1 卷第 1 期　2007 年 4 月　頁 137—139

455. 李詮林　日據時段的臺灣現代日語文學——概述——日語小說創作發展脈絡〔〈奔流〉部分〕　臺灣現代文學史稿　福州　海峽文藝出版社　2007 年 12 月　頁 249—252

456. 德田幸惠　臺灣人作家的容納與抵抗——王昶雄的〈奔流〉　日本統治下臺灣的「內臺共婚」——日本與臺灣的「家」制度的衝突和交流　淡江大學歷史學系　碩士論文　林呈蓉教授指導　2007 年　頁 69—72

457. 廖秀娟　王昶雄〈奔流〉論　2008 亞太社會文化研究學術研討會　臺北　元智大學人文社會學院，國父紀念館　2008 年 6 月 20 日

458. 廖秀娟　新論王昶雄〈奔流〉　亞太文學・語言與社會　臺北　揚智文化公司　2008 年 7 月　頁 117—139

459. 許達然　「介入文學」：日治時期臺灣短篇小說量化探討〔〈奔流〉部分〕　臺灣文學史書寫國際學術研討會論文集・第二集　高雄　春暉出版社　2008 年 6 月　頁 212

460. 王景苾　　調和主義的「精神血液」：王昶雄〈奔流〉　書寫「精神血液」
　　　　　　　——皇民化時期臺灣小說的「民族」再現　中興大學臺灣文學研
　　　　　　　究所　碩士論文　朱惠足教授指導　2008 年　頁 57—72

461. 陳大道　　「鄉愁」與第一人稱敘述的現代小說類型——以王昶雄〈奔流〉
　　　　　　　為例　第十一屆文學與美學國際學術研討會　臺北　淡江大學中
　　　　　　　國文學系主辦　2009 年 5 月 8—9 日

462. 橫路啓子　王昶雄〈奔流〉論——與周金波〈志願兵〉的比較（王昶雄
　　　　　　　「奔流」論——周金波「志願兵」との比較から）　臺大日本語
　　　　　　　文研究　第 20 期　2010 年 12 月　頁 17—36

463. 陳瑩真　　日據「皇民化」時期臺灣自然主義小說的特色〔〈奔流〉部分〕
　　　　　　　問學集　第 18 期　2011 年 6 月　頁 109—110

464. 林秀蓉　　開啟王昶雄寫作的門窗——〈奔流〉的醫生形象　從蔣渭水到侯
　　　　　　　文詠——臺灣醫事作家的現實關懷　高雄　春暉出版社　2011 年
　　　　　　　10 月　頁 75—104

465. 黃文雀　　邁向「皇民」之路——追求日本化與回歸鄉土間的認同掙扎：王
　　　　　　　昶雄〈奔流〉　同化、皇民化與認同——以小說中的人物類型為
　　　　　　　例　中興大學臺灣文學研究所　碩士論文　朱惠足教授指導
　　　　　　　2011 年　頁 23—27

466. 歐宗智　　殖民歷史的見證——談王昶雄〈奔流〉的版本（上、下）　臺灣
　　　　　　　時報　2012 年 9 月 25—26 日　18 版

467. 歐宗智　　殖民歷史的見證——談王昶雄〈奔流〉的版本　真善美的永恆追
　　　　　　　求——小說名著鑑賞　臺北　致良出版社　2013 年 7 月　頁 202
　　　　　　　—206

468. 楊乃雯　　日據時代臺灣小說中留日知識分子的歸鄉書寫——以陳虛谷〈榮
　　　　　　　歸〉、王昶雄〈奔流〉為觀察中心　人文社會學報　第 9 卷第 3
　　　　　　　期　2013 年 9 月　頁 243—256

469. 崔末順　　殖民下的精神荒蕪：日據時期臺灣小說中的殖民性接受過程

〔〈奔流〉部分〕　海島與半島——日據臺韓文學比較　臺北
聯經出版公司　2013 年 9 月　頁 290—294

470. 崔末順　戰爭時期臺灣文學的審美化傾向及其意義〔〈奔流〉部分〕　海
島與半島——日據臺韓文學比較　臺北　聯經出版公司　2013 年
9 月　頁 328—329

471. 莊永明　〈我愛臺灣我的故鄉〉　自立晚報　1988 年 4 月 5 日　14 版

472. 莊永明　〈我愛臺灣我的故鄉〉　中國時報　1995 年 7 月 12 日　34 版

473. 武瀛海　〈秋夜一地銀輝——臺灣中秋夜譚〉賞析　臺灣散文鑑賞辭典
太原　北岳文藝出版社　1991 年 12 月　頁 103—104

474. 陳　黎　〈阮若打開心內的門窗〉　中國時報　1992 年 6 月 27 日　27 版

475. 小　野　五十年代的一扇窗〔〈阮若打開心內的門窗〉〕　想要彈同調
臺北　皇冠出版社　1992 年 9 月　頁 152—157

476. 汪詠黛　少年大ㄟ打開阮的心內門窗——王昶雄一次靈感成就一首好歌
〔〈阮若打開心內的門窗〉〕　中國時報　1998 年 4 月 13 日　6
版

477. 林央敏　〈阮若拍開心內的門窗〉導讀　臺語詩一甲子　臺北　前衛出版
社　1998 年 10 月　頁 43—44

478. 路寒袖　〈阮若打開心內的門窗〉　臺灣日報　2000 年 1 月 27 日　35 版

479. 路寒袖　〈阮若打開心內的門窗〉　望你永遠在我心內——王昶雄先生追
思集　臺北　臺北縣文化局　2000 年 11 月　頁 144—145

480. 李魁賢　何時打開心內的門窗〔〈阮若打開心內的門窗〉〕　民眾日報
2000 年 3 月 29 日　17 版

481. 李魁賢　何時打開心內的門窗〔〈阮若打開心內的門窗〉〕　望你永遠在
我心內——王昶雄先生追思集　臺北　臺北縣文化局　2000 年 11
月　頁 21—23

482. 李魁賢　何時打開心內的門窗〔〈阮若打開心內的門窗〉〕　李魁賢文集 2
臺北　行政院文建會　2002 年 10 月　頁 349—350

483. 林政華　由〈阮若打開心內的門窗〉何時所作談起　民眾日報　2000 年 3 月 22 日　17 版

484. 林政華　由〈阮若打開心內的門窗〉何時所作談起　望你永遠在我心內——王昶雄先生追思集　臺北　臺北縣文化局　2000 年 11 月　頁 82—84

485. 林政華　由〈阮若打開心內的門窗〉何時所作談起　臺灣文學汲探　臺北　文史哲出版社　2002 年 3 月　頁 124—126

486. 杜偉瑛　從〈阮若打開心內的門窗〉談王昶雄的歌詞創作　福爾摩莎的心窗——王昶雄文學會議論文集　臺北　真理大學臺灣文學系　2000 年 11 月　頁 99—128

487. 杜偉瑛　從〈阮若打開心內的門窗〉談王昶雄的歌詞創作　王昶雄全集・評論卷　臺北　臺北縣文化局　2002 年 10 月　頁 219—261

488. 林政華　大時代臺灣人的心曲——挖掘早期臺灣歌謠的生命力〔〈阮若打開心內的門窗〉部分〕　臺灣文學汲探　臺北　文史哲出版社　2002 年 3 月　頁 121—123

489. 蘇紹連　詩的鐐銬與鉐鐺清音（上、下）〔〈古井札記〉部分〕　臺灣日報　2000 年 1 月 11—12 日　35 版

490. 莫　渝　〈我的歌〉　新詩隨筆　臺北　臺北縣文化局　2001 年 12 月　頁 129—131

491. 陳建忠　曲折的鏡像——小論王昶雄的〈鏡〉　自由時報　2003 年 6 月 8 日　43 版

492. 陳建忠　曲折的鏡像：小論王昶雄的〈鏡〉　日據時期臺灣作家論——現代性・本土性・殖民性　臺北　五南圖書出版公司　2004 年 8 月　頁 285—293

493. 豐田周子　王昶雄〈鏡〉試論——決戰時期臺灣における自己探求の物語　野草　第 74 期　2004 年 8 月　頁 115—131

494. 羊子喬　清晰又模糊的鏡像——試析王昶雄的小說〈鏡〉　鹽分地帶文學

第 5 期　2006 年 8 月　頁 196—199

495. 羊子喬　　清晰又模糊的鏡像——試析王昶雄的小說〈鏡〉　鹽田裡的詩魂
　　　　　　　——羊子喬文學評論集 2　臺南　臺南縣文化局　2010 年 10 月
　　　　　　　頁 89—93

496. 林芳玫　　日治時期小說中的三類愛慾書寫：帝國凝視、自我覺醒、革新意
　　　　　　　識〔〈鏡〉部分〕　中國現代文學　第 17 期　2010 年 6 月　頁
　　　　　　　147—150

497. 林沛潔　　鏡像滿州：王昶雄〈鏡〉中的多重結構　臺灣文學的內在世界—
　　　　　　　—第十屆全國臺灣文學研究生學術研討會論文集　臺南　國立臺
　　　　　　　灣文學館　2013 年 12 月　頁 389—412

498. 路寒袖　　作品導讀／〈鹽分帶來恩惠〉　青少年臺灣文庫 2——散文讀本
　　　　　　　2：狂歌正年少　臺北　國立編譯館　2008 年 12 月　頁 22

499. 陳淑容　　《臺灣新民報》的「新銳中篇創作集」——夢與現實——王昶雄
　　　　　　　與〈淡水河的漣漪〉　戰爭前期臺灣文學場域的形成與發展——
　　　　　　　以報紙文藝欄為中心（1937—40）　成功大學臺灣文學研究所
　　　　　　　博士論文　林瑞明教授指導　2009 年　頁 135—143

500. 陳淑容　　爭取日本讀者大眾：黃得時及「新銳中篇創作集」〔〈淡水河的
　　　　　　　漣漪〉部分〕　臺灣文學研究學報　第 17 期　2013 年 10 月　頁
　　　　　　　185—209

多篇作品

501. 羊子喬　　激起臺灣心靈的漣漪——王昶雄〈奔流〉、〈淡水河的漣漪〉小
　　　　　　　介[18]　臺北人　第 10 期　1988 年 6 月　頁 86—87

502. 羊子喬　　鹽的召喚——激起臺灣心靈的漣漪——王昶雄的文學精神〔〈奔
　　　　　　　流〉、〈淡水河的漣漪〉〕　自立早報　1988 年 8 月 13 日　14
　　　　　　　版

503. 羊子喬　　激起臺灣心靈的漣漪——王昶雄〔〈奔流〉、〈淡水河的漣

[18]本文後改篇名為〈鹽的召喚——激起臺灣心靈的漣漪——王昶雄的文學精神〉。

漪〉〕　神秘的觸鬚——羊子喬文學評論集　臺南　臺南縣立文
化中心　1995 年 6 月　頁 211—214

504. 羊子喬　激起臺灣心靈的漣漪——王昶雄〈奔流〉、〈淡水河的漣漪〉小
介　神祕的觸鬚　臺北　台笠出版社　1996 年 6 月　頁 211—214

505. 陳玉玲　王昶雄作品導讀〔〈阮若打開心內的門窗〉、〈憂患詩人〉、
〈古井札記〉〕　臺灣文學讀本 2　臺北　玉山社出版公司　2000
年 11 月　頁 147

506. 〔陳萬益選編〕　〈張文環與酒〉、〈童年一個夢〉賞析　國民文選‧散
文卷 1　臺北　玉山社出版公司　2004 年 8 月　頁 300—301

507. 〔林瑞明選編〕　〈阮若打開心內的門窗〉、〈我的歌〉賞析　國民文
選‧現代詩卷 1　臺北　玉山社出版公司　2005 年 2 月　頁 179

508. 李敏忠　皇民的反抗：臺灣人的新生苦旅——以王昶雄〈淡水河的漣
漪〉、〈奔流〉以及〈鏡〉小說的考察為例　第一屆臺灣語文暨
文化研討會　高雄　中山醫學大學臺灣文學系主辦　2006 年 4 月
29 日　〔14〕頁

509. 向　陽　〈阮若打開心內的門窗〉、〈我的歌〉作品導讀　青少年臺灣文
庫 2——新詩讀本 1——春天在我的血管裡歌唱　臺北　國立編譯
館　2008 年 12 月　頁 5—6

510. 王幸華　他者／主體的情境場域：醫師作家的醫病書寫——生命出口的擺
渡者——王昶雄的〈奔流〉與〈病牀日記〉　日治時期臺灣新文
學之醫病書寫研究　東海大學中國文學系　博士論文　陳萬益，
李立信教授指導　2008 年 1 月　頁 193—220

作品評論目錄、索引

511. 張恆豪編　王昶雄小說評論引得　翁鬧、巫永福、王昶雄合集（臺灣作家
全集）　臺北　前衛出版社　1991 年 2 月　頁 383—384

512. 〔真理大學臺灣文學系〕　名家論王昶雄為人、作品暨傳記資料　福爾摩
莎的心窗——王昶雄文學會議論文集　臺北　真理大學臺灣文學

　　　系　2000 年 11 月　頁 160

513. 許俊雅　　王昶雄單篇研究文獻　王昶雄全集・評論卷　臺北　臺北縣文化
　　　局　2002 年 10 月　頁 265—287

514.〔封德屏主編〕　　王昶雄　臺灣現當代作家評論資料目錄（一）　臺南
　　　國立臺灣文學館　2010 年 11 月　頁 212—237

國家圖書館出版品預行編目資料

臺灣現當代作家研究資料彙編. 59, 王昶雄 / 許俊雅編
選. -- 初版. -- 臺南市：臺灣文學館, 2014.12
　面；　公分
ISBN 978-986-04-3264-0(平裝)

1.王昶雄 2.傳記 3.文學評論

863.4　　　　　　　　　　　　　　103024273

【臺灣現當代作家研究資料彙編】59
王昶雄

發 行 人　翁誌聰
指導單位　行政院文化部
出版單位　國立臺灣文學館
　　　　　地　　　址／70041 臺南市中西區中正路 1 號
　　　　　電　　　話／06-2217201　　　　　傳　　　真／06-2218952
　　　　　網　　　址／www.nmtl.gov.tw　　　　電子信箱／pba@nmtl.gov.tw

總 策 畫　封德屏
顧　　問　林淇瀁　張恆豪　許俊雅　陳信元　陳義芝　須文蔚　應鳳凰
工作小組　汪黛妏　陳欣怡　陳鈺翔　張傳欣　莊雅晴　黃寁婷　詹宇霈　蘇琬鈞
編　　選　許俊雅
責任編輯　張傳欣
校　　對　杜秀卿　汪黛妏　張傳欣　莊雅晴　黃寁婷
計畫團隊　財團法人台灣文學發展基金會
美術設計　翁國鈞・不倒翁視覺創意
印　　刷　松霖彩色印刷事業有限公司

著作財產權人　國立臺灣文學館
　　　　本書保留所有權利。欲利用本書全部或部分內容者，須徵求著作財產權人
　　　　同意或書面授權。請洽國立臺灣文學館研究典藏組（電話：06-2217201）

經銷展售　國家書店松江門市（02-25180207）
　　　　　國立臺灣文學館─雪芙瑞文學咖啡坊（06-2214632）
　　　　　三民書局（02-23617511）　　　　　五南文化廣場（04-22260330）
　　　　　台灣的店（02-23625799）　　　　　府城舊冊店（06-2763093）
　　　　　南天書局（02-23620190）　　　　　唐山出版社（02-23633072）
　　　　　草祭二手書店（06-2216872）

初版一刷　2014 年 12 月
定　　價　新臺幣 380 元整
　　　　　第一階段 15 冊新臺幣 5500 元整　第二階段 12 冊新臺幣 4500 元整
　　　　　第三階段 23 冊新臺幣 8500 元整　全套 50 冊新臺幣 18500 元整
　　　　　全套 50 冊合購特惠新臺幣 16500 元整
　　　　　第四階段 14 冊新臺幣 5000 元整

GPN　1010302585（單本）　　ISBN　978-986-04-3264-0（單本）
　　　1010000407（套）　　　　　　　978-986-02-7266-6（套）